读客悬疑文库

认准读客读悬疑，本本都是大师级。

DONATO CARRISI

罪恶捕手

[意]多纳托·卡瑞西 著
吴宗璘 译

IL TRIBUNALE
DELLE ANIME

文匯出版社

图书在版编目（CIP）数据

罪恶捕手 /（意）多纳托·卡瑞西著 ; 吴宗璘译
.-- 上海 : 文汇出版社, 2022.7

ISBN 978-7-5496-3758-4

Ⅰ. ①罪… Ⅱ. ①多… ②吴… Ⅲ. ①推理小说－意大利－现代 Ⅳ. ①I546.45

中国版本图书馆CIP数据核字(2022)第043570号

罪恶捕手

作　　者 / ［意］多纳托·卡瑞西
译　　者 / 吴宗璘

责任编辑 / 陈　屹
特约编辑 / 齐海霞　　徐陈健
封面设计 / 陈绮清

出版发行 / 文匯出版社
上海市威海路 755 号
（邮政编码 200041）
经　　销 / 全国新华书店
印刷装订 / 三河市龙大印装有限公司
版　　次 / 2022 年 7 月第 1 版
印　　次 / 2022 年 9 月第 2 次印刷
开　　本 / 890mm × 1270mm　1/32
字　　数 / 308 千字
印　　张 / 13.25

ISBN 978-7-5496-3758-4
定　　价 / 59.90 元

证人再怎么可怕，控诉者再怎么严厉，都抵不过人类灵魂深处的良心。

——古希腊政治历史学家　波利比乌斯

07: 37

尸体睁开双眼。

他躺在床上，天光照亮整个房间，面前的墙上挂着木质十字架。

他看着自己的双手，分别搁在雪白床单的两侧，仿佛是别人的手，与他无关。他抬手——右边的那只手——举到自己的面前看个仔细，就在此时，他察觉头上缠绑着绷带，显然自己是受伤了。但奇怪的是，他居然一点都不痛。

他面向窗户，玻璃上浮现出自己面孔的模糊映影，恐惧涌上心头。问题来了，可怕的大问题，但更令人痛苦难耐的是，他根本不知道答案。

我是谁？

五天前

00: 03

地址在市中心之外。天气恶劣，卫星导航系统也找不到那间房子，他们多花了半小时，才终于找到这处偏僻地点。要不是在车道入口处发现那盏微弱的路灯，他们可能会以为这个地方根本没有住人。

救护车缓缓穿过荒废的花园，警示灯发出闪光，让那些幽黑、布满青苔的精灵与断臂维纳斯逐一苏醒。她们侧倾微笑，摆出优雅含蓄的手势，以静止的舞蹈姿态目迎他们到来。

前方的老旧别墅，宛若暴风雨中的港口，准备接待他们歇息，里面没有开灯，但大门已经打开。

那屋子正等着他们进去。

一共有三个人：轮值夜班的年轻实习医生莫妮卡、经验丰富的医务员托尼，还有司机。那两名医务人员不畏风雨，走向那间房子，司机则待在救护车里留守。他们在门口大声呼喊，希望能唤起里面人的注意。

无人响应，他们直接进去。

腐浊的空气，阴暗的墙壁，一排黄色的灯泡，发出朦胧微光，勉强照亮走廊，右侧是通往二楼的阶梯。

他们看见走廊尽头的起居室房门开着，地上躺了一个人。

他们赶紧冲过去，除了房间中央的老旧摇椅和对面的老旧电视机，其他家具全被盖上白布，一切充满了陈旧的气味。

莫妮卡跪在那男人旁边，他似乎失去意识，而且呼吸困难。

“他出现发绀症状。”

托尼先确定病患的呼吸道没有阻塞，随即用苏醒器盖住他的嘴巴，莫妮卡则用手电筒检查他的虹膜。

这名男子应该不到五十岁。他身着条纹睡裤与浴袍，脚上穿着皮质拖鞋，好几天没刮胡子，再加上稀疏的发丝凌乱不堪，令他看起来邋遢落魄。他手里紧抓着手机，刚才他打了紧急电话，喊着胸痛难忍。

最近的医院是杰梅里。遇到严重突发状况的时候，值勤的医生都会随着医务员一起坐上立刻出班的救护车。

所以，莫妮卡出现在此。

有张小桌被翻倒，地上有碎碗，牛奶和面包撒落满地，还混杂着尿液，想必他是在看电视的时候突然发病，倒地时把东西撞得乱七八糟。莫妮卡心想，又是一个典型的例子，独居中年男子，心脏病发，要是来不及打电话求救，通常只能等邻居闻到臭味的时候才会被人发现。当然，在这种遗世而独立的偏僻别墅中，绝对不可能是这种结果。要是他没有往来密切的亲戚，恐怕要多年之后，才会有人注意到屋内有死人。无论如何，这场景看起来似曾相识，令她不禁心生怜悯。至少，在他们解开他的衣服、准备做心肺复苏术、看到他胸前的那几个刀刻的字之前，她依然保持着这种心情。

杀了我。

他们都假装没看到，医护人员的职责是救人性命。不过，他们的动作也开始格外小心翼翼。

“饱和度在下降。”托尼看着血氧浓度计告诉莫妮卡，换言之，已经没有空气进入这名男子的肺部。

“现在要插管，不然他就没命了。”莫妮卡拿出喉镜，并准备移动位置，蹲在病患头部的后方。

莫妮卡发现托尼的脸上突然出现怪异神色，他是训练有素的专业人员，见识过各种阵仗，但居然会有东西让他目瞪口呆，而且，那吓人的东西就在她背后。

医院里的每一个人，都知道这位年轻医师与她妹妹的故事，虽然从没有人提起，但她知道大家看她的眼神充满怜悯与关切，不知道她背负此等重担，怎么能够活下去。

现在托尼脸上出现的正是这种表情，而且还夹杂某种恐惧，所以莫妮卡转头，她也看到了。

一只溜冰鞋，被人丢在房间角落，来自地狱的溜冰鞋。

红色鞋身，金色环扣。与另一只一模一样，但那只不在这里，在另外一座房子里，属于另一个人。莫妮卡总觉得那双鞋很俗气，但是特蕾莎认为它们“复古”。这两个女孩长得一模一样，所以，在那个凄冷的十二月清晨，她妹妹的尸体在河边空地被人发现时，她居然有亲见自己死亡的感觉。

年仅二十一岁的她，被人割断喉咙身亡。

有人说，双胞胎就算相隔千里之外，也能同时产生感应，但莫妮卡根本不信。那个星期天下午，特蕾莎和朋友溜完冰，在回家的路上被绑架的时候，莫妮卡根本没有感受到任何的恐惧或危机感。一个月之后，尸体终于被寻获，她身上穿着的正是失踪那天所穿的衣服。

那只红色的溜冰鞋，宛如古怪的义肢，套在她的脚上。

莫妮卡留着那只溜冰鞋，已经有六年的时间，她一直在想，不知道另一只到哪里去了，有没有机会可以找回来。她经常陷入沉思，不知道是什么人拿走那只鞋，她也常常偷偷研究街头路人的面孔，也许，那个人正藏身其中，久而久之，这居然也变成了某种游戏。

也许，现在，答案就在莫妮卡的面前。

她低头看着地上的那名男子，粗糙肥短的双手，鼻孔冒出鼻毛，裤裆还沾着尿液，与她所想象的那个禽兽有很大的落差。他也是血肉之躯，一介凡人，还有岌岌可危的心脏。

托尼的声音把她拉回来。“我知道你现在心里在想什么，”他说道，“只要你给我一句话就好，我们随时可以停手。该来的总会来的，我们只要坐着等就够了，不会有人知道的。”

他看到她的动作也出现了迟疑，喉镜停在那名男子的口腔上方，没有进去。莫妮卡再次看着他的胸口。

杀了我。

她妹妹在被当成屠宰场里的动物遭人断喉的那一刻，所看到的最后景象，很可能就是这几个字，那不是人类在临终前所希望看到的慰藉之语，凶手可能借此嘲弄自己的猎物，得到快感，而对特蕾莎来说，未尝不是如此，她一心求死，只希望这一切能早早结束。莫妮卡怒意攻心，她的手紧掐着喉镜的握把，指关节已经泛白。

杀了我。

这个懦夫虽然在胸前刻下这几个字，却在病危之际拨出紧急救援电话，他和大家一样，也怕死。

莫妮卡的心底不断翻搅。那些认识特蕾莎的人，把莫妮卡当成真人副本，宛若蜡像馆里的人像。对家人而言，莫妮卡等于是妹妹的化身，特蕾莎可能会变得像她一样，但也永远不可能有这个机会。他们看着她长大，却在她身上找寻特蕾莎的影子。现在，她有机会可以做自己，驱赶在体内徘徊不去的双生姐妹幽魂。我是医生，她提醒自己。她能为这个躺在面前的人挤出一丝怜悯，或者担忧道德的审判，抑或是要找寻蛛丝马迹？没有，她发现自己无动于衷，所以她拼命想要说服自己，其实这男人与特蕾莎之死没有关系，但她完全想不出理由，红色溜冰鞋会出现在这个地方，终究只有那一个理由。

杀了我。

此时此刻，莫妮卡已做出最后的决定。

06: 19

大雨仿如柩衣，笼罩罗马。这座历史古都的建筑物外墙无声低泣，被幽长阴影披盖。纳沃纳广场周边蜿蜒的羊肠小道荒无人烟，距离布拉曼特修道院回廊不远处，湿漉漉的街道路面上，可以看到老字号的和平咖啡馆门窗的倒影。

店里有红丝绒的座椅、灰纹大理石桌、新文艺复兴风格的雕像，还有那些艺术家常客，他们多半是画家与音乐家，正陷入黎明来临前的焦躁不安；也有等着营生的商店老板与古董商；还有一些刚结束整夜排演的演员，趁回家补觉之前，先来这里喝杯卡布奇诺。在这可怖的天气下，每个人都想找寻些许慰藉，大家都在高谈阔论，没有人注意到对着门那桌的两位黑衣陌生客。

“偏头痛好点没？”年纪较轻的男人先开口。

他的同伴本来忙着用指尖猛抠咖啡杯里剩下的糖粒，此时停下动作，不由自主地抚摸着左边太阳穴的疤痕：“有时候会痛醒，但算是好多了。”

“还会做那个梦？”

“每晚都会出现。”那男人回道，抬起那双深蓝色的忧郁眼眸。

“会过去的。”

“对，一定会。”

意式浓缩咖啡机发出蒸汽嘶鸣的长声，划破两人之间的沉默。

“马库斯，时候到了。”年轻的那个说道。

“我还没有准备好。”

“我们不能再等下去，他们一直在问我你的事，很担心你的进度。”

“我已经加快进度了，难道不是吗？”

“对，没错，你的表现越来越好，我也很开心，相信我，但大家也等太久了，很多事情都得靠你。”

“但到底是哪些人对我这么有兴趣？我很想和他们见个面，好好聊一下，现在我只认识你而已，克莱门特。”

“我们以前讨论过，不可能。”

“因为？”

“因为一直就是这样。”

马库斯又开始摸疤，他一开始紧张，就会做这个动作。

克莱门特倾身向前，逼马库斯看着他：“这是为了你的安全着想。”

“你的意思是，他们的安全吧。”

“如果你是这么想的话，也行。”

“我要是出现，就丢人现眼了，绝对不能出这种丑事，对吧？”

马库斯语气尖酸刻薄，但克莱门特并没有因此不高兴：“所以你有什么问题？”

“我是个不存在的人。”马库斯的声音透露着被压抑的苦痛。

“我是唯一认得你面孔的人，因此你得以自由自在，你怎么会不懂呢？他们只知道你的名字，在其他的事情上，他们全然信任我，所以你的工作不会有任何限制，他们只要不知道你是谁，自然不可能妨碍你。”

“因为？”马库斯再次回嘴。

“因为我们正在追查的事情，也可能会危及他们的安全。就算所有的防护措施都宣告失败，连他们设下的障眼法也都失灵，至少还有一着活棋，你是他们的最后一道防线。”

“回答我一个问题就好，”马库斯依然面有不服之色，“还有其他像我这样的人吗？”

克莱门特沉默了一会儿：“我不知道，我不可能会知道答案。”

“当初你把我留在医院就好了……”

“马库斯，别说这种话，别让我失望。”

马库斯望着窗外零落的路人，他们趁风雨稍歇赶紧离开临时遮蔽处，继续前行。他还有许多问题想要问克莱门特，包括那些与他并没有直接关联的事，还有他不知道的事。克莱门特是连接他与这个世界的唯一窗口，克莱门特就是他的世界。马库斯从来没有和其他人讲过话，他没有朋友。不过，他知道某些人与恶魔的凶暴恶行，但他宁可自己从来没听过这些事，它何其令人发指，它会动摇你的信心、玷污你的心灵，让你万劫不复。他看着自己四周那些浑然不觉的人过得无忧无虑，他好嫉妒他们。当初是克莱门特救了他，但同时也把他引入了幽暗世界。

“为什么是我？”他的目光依然停留在窗外。

克莱门特露出微笑。“狗是色盲。”这是他经常挂在嘴边的一句话，“好，你还是站在我这边吧？”

马库斯的眼神终于离开窗外，他看着自己唯一的朋友：“对，我站在你这边。”

克莱门特不发一语，把手伸入挂在椅背上的风衣口袋，拿出信封，放到桌上后，推到马库斯的面前。马库斯拿起信封，每一个动作都小心翼翼，慢慢将它打开。

信封里面，放有三张照片。

第一张是一群年轻女孩在海边开派对的集体照，最靠近镜头的是两个穿泳衣的女孩，她们站在营火前干杯。其中一个女孩再次出现在第二张照片里，戴着眼镜，头发后梳。她面带微笑，指着后方罗马博览会区的意大利文化馆。第三张照片，还是同一个女孩，她搂着一男一女，想必是她的父母。

“她是谁？”马库斯问道。

“她叫拉若，二十三岁，南部来的女孩，在罗马住了一年，是建筑系大学生。”

“她怎么了？”

“这就是问题：没有人知道，她在大约一个月前失踪了。”

马库斯专心凝视那女孩的脸，完全不理会周遭的嘈杂。她有刚移居到大城市的乡下女孩的标准模样，漂亮，五官精致，没化妆。他猜这女孩平常都绑马尾，因为要省钱，不去发廊做头发，只有回老家时才能进美容院打理头发。她的穿着风格比较将就，喜好牛仔裤与T恤，如此就不必苦苦追随时尚潮流。还有，她的脸上可以看出昨晚熬夜苦读或吃鲔鱼罐头充饥的疲惫迹象，首次离家的学生，到了月底预算窘迫，等待爸妈的汇款到来之际，吃这种罐头就是他们的下下之策。他还可以想象那女孩日日思乡的痛苦挣扎，与一直牵绊着她的建筑师之梦。

“说吧。”

克莱门特拿出笔记本，把咖啡杯移到旁边，开始翻阅笔记：“拉若失踪的那天晚上和朋友一起出去玩。她朋友说，那天她看起来很正常，大家随意闲聊，在晚上9点钟左右，她说自己累了，想要先回家，一对朋友送她回家，而且还看着她走进大门。”

“她住哪儿？”

“市中心的一栋老旧建筑。”

“有没有其他租户？”

“二十个上下。那栋房子是校方提供给学生的出租公寓。拉若住一楼，八月之后，她的室友就搬走了，她还在找新的室友。”

“所以她的最后行踪是？”

“她回家之后的那一个小时，还待在公寓里，因为她用手机打了两通电话：第一通是9点27分，另一通是10点12分。第一通是打给她妈妈的，讲了约十分钟；第二通是打给她的好友的。10点19分，她的手机关机，从此再也没有开机。”

年轻女服务生过来收咖啡杯，同时等着他们加点别的东西，不过他们两人都没吭声，等她自己走开。

“什么时候报的案？”马库斯问道。

“第二天傍晚。她没有去上课，同学打电话找她好几次，但都转到了语音信箱。8点钟左右，他们过去找她，敲她的房门，但没有任何回应。”

“警察怎么看？”

“拉若失踪的前一天，从银行账户提取了四百欧元，准备付房租，但校方办公室并没有拿到钱。还有，根据她母亲的说法，衣橱里有些衣物和背包不见了，她的手机也不知去向，所以警察判定她是自己跑了。”

“敷衍了事。”

“你也知道他们的风格，不是吗？眼不见为净最好，过了没多久，他们就懒得继续侦办下去，只会静观其变。”

也许要等到见尸吧，马库斯心想。

“拉若的生活规律正常，大部分的时间都待在学校，而且交友圈不复杂，就那几个朋友。”

“她的朋友怎么看？”

“拉若不是乱七八糟的人，但她最近的确有些异常，似乎很容易疲倦，精神涣散。”

“她有没有男朋友或暧昧对象？”

“就手机通话记录来看，她都是固定打电话给那几个人，大家也没提到她有男友。”

“网络使用习惯？”

“通常是在图书室或车站附近的网咖，电子信箱里也没有可疑信件。”

就在这个时候，咖啡店的门突然打开，有新客人进来，一阵冷风灌入屋内，每个人都面露愠色，但马库斯依然沉浸在自己的思绪里：“拉若一如往常，傍晚回家，她最近容易疲倦，当晚也不例外。与外界的最后联系时间是晚上10点19分，随后她的手机就关机，人和手机一起失踪，而且再也没有开机，这就是她最后的行踪，有些衣物不见了，钱和帆布背包也是，所以警方据此断定她是自愿离家出走。她可能是独自行动，也可能有同伴，但完全没有人看到她离开。”马库斯看着克莱门特：“为什么我们要担心她？我的意思是，为什么是我们？”

克莱门特的表情说明了一切。这就是症结，违常之处。他们一直在追根究底的就是这个东西，布料中的微小破绽，警方侦办结果之外的蛛丝马迹。通常，在这些小瑕疵当中，会发现其他的秘密，想要发现截然不同、完全意想不到的真相，这就是他们披挂上阵的时候了。

“拉若没有离开那间屋子，马库斯，她的门是反锁的。”

克莱门特和马库斯直接前往拉若的失踪现场，那栋房子在念珠商街，紧临着桂冠救主广场与其十六世纪的小教堂，他们潜入那间位于一楼的公寓，完全没有引发别人的注意。

马库斯进入拉若的公寓，开始四处张望，他最先注意到的是被破坏的门锁。当初警方为了要进到屋内，强行破门而入，干员们并未注意到屋内门链锁是扣上的，而且链条还在门柱上悬晃。

这间公寓至多不过六十平方米，做了跃层，第一个无隔间，附厨房，有一面墙柜，还有个电炉，上面也做了橱柜，旁边是冰箱，箱门上到处都是五彩缤纷的磁铁。冰箱顶有只花瓶，里面插的是仙客来，现在早已枯死。餐桌旁配放四张餐椅，中央还放有一个茶具盘。角落两张沙发，对着电视。绿色墙壁上挂的不是一般照片或海报，而是全世界各地的著名建筑物。屋内有扇窗户，与其他窗户一样，面对着庭院，外面有金属栅栏保护，不可能有人闯入。

马库斯用眼默记所有的细节，他不发一语，画了一个十字，克莱门特也立刻跟着照做。马库斯随即开始在房内四处走动，他不只在看，还靠手摸，以掌心轻抚物体表面，仿佛想要感知残余的能量、某种无线电的信号。它们似乎可以与他沟通，将它们的所见所闻偷偷向他倾诉。马库斯仿佛是能听到地底水层召唤的寻水巫师，正在探测这些东西幽寂的沉默地带。

克莱门特看着他，刻意保持距离，以免让他分心。马库斯似乎毫无迟疑，全神贯注，对他们双方来说，这都是一场重要的试炼，马库斯必须证明自己可以再次发挥先前所培养出的能力，对克莱门特来说，他也必须确定自己的判断无误：马库斯已经恢复正常。

他看着马库斯走到公寓的最底端，那里有间小卫生间，里面铺着白色瓷砖，挂着惨白的日光灯。淋浴区在洗手台和马桶之间，卫生间里还有洗衣机与杂物柜，门后挂着月历。

马库斯退出去，走到起居室的左边：通往跃层的阶梯。他一次跨三阶走上去，最后到达狭窄的梯台，前方有两扇卧室的门。

第一间原来是拉若室友的房间，已经清空，只剩下光秃的床垫、小摇椅和五斗柜。

另外一间，正是拉若的房间。

百叶窗是开着的，房间角落有计算机桌，还有摆满书籍的书架。马库斯走过去，以手指轻抚着书脊，大部分都是建筑用书，上面还摆放着一叠未完成的桥梁设计图。他看到玻璃罐里放着铅笔，抽出其中一支猛力嗅闻，橡皮擦他也不放过，他要用鼻子好好欣赏唯有文具所蕴藏的秘密韵味。

这个味道，也是拉若世界的一部分，这里是她的幸福属地，她的小王国。

他打开衣橱，翻找她的衣服，有些不见了，只剩下衣架。低层架放着三双鞋，两双是运动鞋，另外一双是特殊场合使用的半高跟鞋。虽然还有第四双的空位，却看不到鞋子的踪迹。

她睡的是加大的单人床，枕头上还放着泰迪熊，它很可能是拉若成长过程的见证者，但现在的它何其孤单！

床边桌上放着相框，照片里是拉若和她的爸妈，此外，还有小锡盒，里面有蓝色戒指、珊瑚手链，还有一些首饰。马库斯仔细研究照片，他认出来了，克莱门特在咖啡馆拿出的照片里，也有这一张。照片中的拉若戴着金质十字架项链，但是小盒里没有这东西。

克莱门特站在阶梯底处等他：“怎么样？”

马库斯沉默了一会儿：“她被绑架了。”语气极为肯定。

“为什么这么有把握？”

“现场太整齐，衣服与手机不见只是障眼法。不过，无论主犯是谁，都还是百密一疏，屋内的门链锁是反锁的。”

“可是他怎么——”

“我们迟早会知道答案，”马库斯打断他，随即又四处走动，努力还原现场，他的脑袋天旋地转，马赛克的碎片在他眼前汇涌，“拉若有客人。”

克莱门特知道他说的是绑架时的事，马库斯正在回溯，这是他的天分。

马库斯眼前的景象，一如恶徒之所视所见。

“他趁拉若不在的时候偷偷潜入，坐她的沙发，躺她的床，还四处找东西、翻照片，想要把她的记忆拥纳入怀。他摸她的牙刷，闻她的衣服，想要寻觅她的气味，就连她放在洗碗槽里用过的玻璃杯，也被他拿来喝水。”

“我听不懂……”

“他知道她所有东西的摆放位置，所有的秘密，她的行程表，还有生活习惯。”

“但这里看不出绑架的痕迹，没有打斗，也没有其他人听到尖叫或求援声，你怎么能这么确定？”

“因为她那时候在睡觉。”

克莱门特正要开口，马库斯却先插话：“帮我找糖。”

虽然不知道马库斯脑袋里在想些什么，他还是一起帮忙，并且在炉子上方的柜子里，找到一个标注“糖”字的调味盒，而马库斯也在看茶具旁的糖碗。

都是空的。

他们各拿着空空如也的容器，两人之间产生了一股强烈震荡，这并非巧合，马库斯也不是在随意猜测，他有料事如神的直觉。

“糖是贮放毒品最好的地方，不但可以掩盖气味，而且方便吸毒者每日吸食。”

克莱门特听到这句话，心中也不免起伏纠结，他记得拉若的朋友曾经提过，她最近总是很疲倦，毒品可能是关键因素，但他把话藏在心里，没有告诉马库斯。

“这是渐进式手法，”马库斯继续说道，“绑架她的人之前就来过这里，除了她的衣服和手机，也清光了毒糖。”

“但你忘记了门链锁，”克莱门特回道，这个细节足以摧毁所有假设，“他是怎么进来的？又怎么能两个人一起出去？”

马库斯再次四处张望：“我们在哪儿？”罗马，全世界最大的考古学据点城市，地底层次丰富，只要往地底挖掘，即可发现不同时期的文明遗迹。马库斯很清楚，就连在地表之上的生活，也因为时间的洗礼而显现出多层次的沉淀痕迹。每个地方都蕴含丰富的历史与多元的可能性。“这是哪里？我要问的不是现在，而是以前——你曾提到这栋建筑可以追溯到十八世纪。”

“这原来是柯斯塔蒂家族的住所之一。”

“对，贵族盘踞高楼层，下面是商区、仓库，还有马厩。”

马库斯摸着左边太阳穴的疤痕，他也不知道那段记忆是怎么来的，他怎么知道？明明多数的记忆都消失了，但残存的部分仍然会不时侵扰，那个令人折磨的问题也随即浮现，他的出身之地，隐藏着某些秘密，在那个充满幽暗迷雾的世界里，他担心永远找不到真相。

“你说得没错，”克莱门特回道，“这地方以前确是如此，校方在十年前接受这笔捐赠，将其改建为公寓。”

马库斯跪在地上俯身，未经加工的地板是实木的，很坚实：“不，不是这里。”他喃喃自语，径自走入卫生间，克莱门特也随他走进去。

他在杂物柜里取出水桶，装了半桶水，并向后退一步，克莱门特跟在后面，但依然不明所以。

马库斯把水泼洒在瓷砖地板上，脚下淹成小池塘，他们静待是否会出现变化。

几秒钟之后，水渍不见了。

简直像是变魔术，宛如女孩消失在反锁的公寓里一样神奇，但这次有合理解释。

水渗入了地板。

某些瓷砖的边缝里冒出气泡，旋即消失，最后出现一块正方形，边长约一米。

马库斯蹲下去，以指尖抚摩瓷砖，想找出哪里有细缝。似乎有了眉目，他起身想找东西撬开瓷砖，有把铁剪刀刚好够用，他将剪刀伸进去猛力一扳，发现有座石制地板门。

“等等，我来帮你。”克莱门特回道。

石门之下，数米深的石灰华阶梯，通往另一段秘道。

“歹徒从这里出入，”马库斯解释道，“至少两次：一次是进入屋内，另外一次是掳走拉若。”他拿出随身携带的手电筒，照亮入口。

“你要不要下去？”克莱门特问道。

马库斯转头看着他：“难道我还有其他选择吗？”

马库斯拿着手电筒，慢慢走下石阶，到达底部之后，才发现这个地底隧道有两个方向，不知会通往何处。

“没事吧？”克莱门特在上面大喊。

“嗯。”马库斯随口应答。十八世纪的时候，这条隧道很可能是用作避险的逃生通道，反正他横竖得选个方向。其中一条通道的远方传来落雨声，他决定循声前进，不过才走了五十米，他已经因为地面湿滑而跌倒好几次。野鼠四处逃窜，想要找寻幽黑避身处，滑溜温热的鼠身还摩擦着他的小腿。他听到台伯河因连日大雨而发出的湍急怒吼，还有那甜腥的水味，让人联想到暴怒的狂兽。过了没多久，出现了铁栅栏，透入灰蒙蒙的天光，前方已无路可去。他回头，改走另外一个方向，立刻发现地上有个亮晶晶的东西。

他弯身拾起。是条金质十字架项链。

在卧室那张与父母的合照中，她的脖子上戴的正是这条项链，这也证明了他的所有假设。

克莱门特说得对，他的确天赋异禀。

他激动不已，完全没注意到克莱门特已经站到他面前。

他把项链交过去：“你看。”

克莱门特放在手中仔细端详。

“拉若可能还活着，”马库斯语气兴奋，“现在已经有了线索，接下来可以循线找人。”但他发现自己的朋友不但没有被这份热情所感染，反而还忧心忡忡。

“我们早就知道了，只是需要证实而已，很遗憾，果然是真的。”

“什么？”

“糖里的毒品。”

马库斯一头雾水：“好，现在又有什么问题？”

克莱门特看着他，一脸肃穆：“该是让你见杰里迈亚·史密斯的时候了。”

08: 40

桑德拉·维加学到的第一堂课：房子绝对不会说谎。

人们喜欢吹嘘自己，讲得天花乱坠，让大家都信以为真，但是他们所选择的居所，一定会暴露所有的秘密。

工作之故，桑德拉必须拜访许多住家。每次跨过门槛的那一刹那，她总觉得应该得到主人允许才是，不过，她为了任务，都是长驱直入，连按电铃的动作都不需要。

在她进入这一行之前，只要有机会搭夜班列车，她一定会注视着街头住家亮灯的窗户，猜测里面上演的剧目。她偶尔有机会匆匆一瞥，女人边看电视边熨烫衣物，男人坐在摇椅里吐烟圈，孩子站在椅子上翻柜子。每一面小窗，都是从电影里撷取下来的定格画面，然后，火车驶过，那些生动的故事继续上演，完全不知有她这个观众存在。

她一直很好奇，如果能够继续看下去，不知道会怎么样。以隐形的方式进入这些人最重要的私密空间，像观察水族箱里的鱼一样，看看他们如何过着寻常生活。

对于自己住过的地方，她也保持同样的好奇：这些墙面在她到来之前，曾经经历了哪些事情，吞隐了什么样的欢笑、争执，还有哀伤。

有时候，她也会想到屋里所隐藏的悲剧或可怖之事。所幸这些房子被遗忘得很快，住客来来去去，只要换了人，又是一番新局面。

有时候，先前的主人会留下痕迹，遗忘在卫生间橱柜里的口红、架子上的过期杂志，抽屉背后还塞了一张纸条，上面写着性侵危机中心的电话号码。

透过这些细微的线索，便能追溯前尘往事。

她从来没有料到，追索细节，居然会变成她的工作。不过，任务毕竟不一样：她一到达这些地方，这些屋子就永远失去了清白。

桑德拉通过竞争激烈的考试之后，加入警察行列。她首先接受的是一般训练，佩带值勤手枪，了解用枪规则。不过，在接受过特训课程之后，她被遴选为刑事鉴识摄影人员，穿上了团队的白袍制服。

她会带着相机抵达现场，唯一的工作目标，就是凝止时间，让一切在她的镜头下冻结。

桑德拉学到的第二堂课：房子与人一样，终有大限之日。

当屋内的住户再也不会出现的时候，就是它们的死期，而她注定要送它们最后一程。弥留时的种种煎熬，包括凌乱的床铺、水槽里叠放的碗盘、地上遗落的孤单袜子，仿佛里面的人在世界末日仓皇逃逸，留下一片狼藉。不过，其实真正的世界末日，发生在这些墙壁之内。

所以，那天桑德拉刚进入米兰郊区某栋居民楼六楼的公寓，她已有预感，这个犯罪现场她一辈子也忘不了。她最先看到那棵挂满装饰品的塑料树，不过，圣诞节也是许久之前的事了，无须猜测，她当然知道为什么圣诞树还在那里。她妹妹五岁的时候，曾经在圣诞节过完之后，哀求父母不要取下树上的装饰品，整个下午她又哭又叫，最后她父母只好放弃，希望她总有一天会放下执念，不过，那棵装满小灯泡与彩球的树继续杵在角落，过了一整个夏天，甚至，到了第二年的冬天都还在。所以，桑德拉一看到这棵树，胃部不禁猛然抽搐。

屋里住着小孩。

她闻得到小孩的气味。因为她学到的第三课，就是每间屋子都散发着住客的独特味道，房客换人，旧的气味也会随之退位，让新气味进驻。随着时间的积累，它也与其他味道混杂在一起，天然的、人工的都有——衣物柔顺剂、咖啡、学校课本、室内盆栽、清洁剂，还有甘蓝汤。诸此种种，成就了家的气味、家中成员的气味，气味附着在他们身上，他们却浑然不觉。

现在，若说这间公寓与其他单薪家庭的公寓有什么不同，也只有味道而已。三间卧室，一间厨房，家具购置的时间各有不同，视当时的经济能力而定。相框里的照片多是夏日度假场景：夏天去度假是他们的财力极限。电视机前的沙发上有条花格披毯：想必这是他们每晚的避风港，彼此依偎在一起看电视，直到睡意袭身。

这些画面在桑德拉的心头一一浮现，接下来发生的事，毫无迹象可循，完全没有人发现异状。

警察像是意外的访客，肆意在房内四处走动，侵犯这个家庭的隐私，她刚入行时，也觉得自己像个入侵者，但现在这种感觉已经消失不见。

在这样的犯罪现场，几乎不会有人说话。纵使是恐惧也有自己的规范。在这场静默无声的舞蹈之中，言语已成多余，因为每个人都知道该如何恪尽本分。

但总有例外，法比奥·瑟吉就是其中之一，她听到他在骂脏话。

“妈的！怎么会这样！”

桑德拉循声望去：他正待在窄小无窗的浴室里。

“怎么了？”她把自己的两个器材包放在走道上，穿上塑料鞋套。

“今天真是诸事大吉，”他语带讥讽，看也没看桑德拉，只是大力猛拍着瓦斯暖炉，“妈的！不能用的烂东西！”

“我们不会被你炸死吧？”

法比奥瞪着桑德拉，但他没有接话，这个同事生气了。她只好低头看着地上的尸体。死人占了浴室门与洗手台之间的位置，脸朝下，全身赤裸，年纪约四十岁，体重九十公斤左右，身高大约一米八，他的头呈不正常的歪斜角度，头骨出现横斜伤口，黑白地砖上积着一摊暗红色血池。

他手里紧抓着一把枪。

尸体旁散落着一小块陶瓷，与洗手台左侧的缺角相符，应该是他摔倒时发生了磕撞。

“你要拿这暖炉做什么用？”桑德拉问道。

法比奥不耐烦地说：“我需要还原现场。这男的正准备洗澡，也把它带了进来，以便让浴室可以更暖和。我等一下就要把水龙头打开，你赶快把自己的东西准备好就是了。”

桑德拉知道他的想法，水蒸气会让地板上的脚印现形，所以他们可以还原死者在浴室内的动作。

“我去拿螺丝刀，”他颐指气使，“我马上回来，你给我靠边站。”

她没有说话，面对这种要求，她早已习惯，指纹专家总认为只有他们才能掌控犯罪现场，而且，在这个以男性为主的职场上，同事们多少会染上点性别歧视，对她这个只有二十九岁的女子大呼小叫，她并不感到意外。但瑟吉这个人更恶劣，他们一直处不来，她也不喜欢与他共事。

趁他离开浴室，桑德拉立刻去拿包里的相机和脚架。她以海绵擦拭支架底部，避免留下痕迹，架好之后，她让镜头朝上，取出浸过氨水的纱布擦拭镜头，以免沾染雾气，随后她又加上全景镜头，这样可以拍摄浴室的三百六十度照片。

先是全局，然后是细节，这是规矩。

相机会以连续自动拍摄的方式环拍整个刑事现场，然后，她会手持相机拍摄局部照片，进行重建，并针对重大发现标示编号与实际尺寸，整理出事件顺序，提交给相关人员参考。

桑德拉刚把相机架设在浴室中间，就注意到架子上放了小水缸，里面有两只小龟，一想到这个家里曾经有人细心照顾宠物，拿一旁的饲料喂养它们，定期更换那不过几厘米高的池水，还会以小石片和塑料假叶美化水缸，她的心就不禁一阵酸楚。

她心想，一定不是大人。

瑟吉也在这个时候带着螺丝刀回到浴室，几番拨弄，那个瓦斯暖炉又可以用了。

“我就知道自己可以搞定。”他扬扬得意。

这里空间狭小，尸体又占去大部分的面积，想要再挤下他们两个人，可以说是难上加难，她不禁心想："这样要怎么工作？"

"我先释放水蒸气，"他立刻打开热水的水龙头，显然这招是要把她逼出去，"你可以趁这个时候去厨房工作，那里还有一个'双胞胎'……"

刑案有第一现场与第二现场，前者为发生犯罪行为的真正地点，而其他则只是与案件相关而已，例如藏匿尸体或找到杀人凶器的地方。

当桑德拉听到这间公寓里有"双胞胎"的时候，她马上听出瑟吉的意思，这里还有另一个第一现场，换言之，死者不是只有一个人，她马上想到了那两只小龟与圣诞树。

桑德拉站在厨房门口，呆若木鸡。想要在这种状况下镇定自若，一定要遵照鉴识拍照的规矩，但即使遵循这些原则，也难以面对眼前的混乱场面。

狮子王辛巴在电视里对她眨眼，随后和森林里的其他动物开始合唱，她很想关掉电视，但不可以。

她决定先不管这个了，随即把录音机夹在腰带上，准备口述现场状况。她把棕色长发向后梳拢，取下随时套在手腕上的橡皮筋，扎成马尾，然后又在头上戴好麦克风，让双手开始工作。她早已从袋里拿出第二台相机，将镜头对准现场，心中庆幸她与眼前这幅景象之间还有这道安全距离可以相隔。

刑案现场摄影的习惯性原则，从右至左，从下到上。

她看了一眼手表，随即开始录音。她先报出姓名与职级，接下来是地点与时间，她一边拍照，同时也录下自己所看到的细节。

"餐桌在厨房中央，摆放了早餐，有张椅子被推倒，旁边是第一具尸体：女性，年龄在三十岁至四十岁。"

那女子身上仅穿着轻薄睡衣，睡衣褪至腰间，露出大腿与私处，头发上夹有花发夹，脚上有只拖鞋不见了。

“有数处枪伤，手里还捏着纸。”

她正在列采购清单，餐桌上还搁着笔。

“尸体面朝门口，一定是看到凶手，想要阻止他，她站起来，但才跨出一步就倒了下去。”

相机的咔嚓声，像一种定时器，记录着一种全新的、不同的时间。桑德拉凝神聆听，仿佛是个依赖节拍器的音乐家，场景的细节一一进入数字内存时，也进入了她自己的记忆里。

“第二具尸体：男性，年龄在十岁到十二岁，背门而坐。”

他根本来不及知道出了什么事。不过，桑德拉很清楚，如果能在不知不觉的状况下死亡，也等于是对于生者的唯一宽慰。

“他穿蓝色睡裤，伏在餐桌上，脸埋在玉米脆片碗里，脖子后方有道很深的枪伤。”

对桑德拉来说，死亡，不在那两具遭子弹穿孔的尸身里，也不在他们脚边四处喷溅、逐渐凝固的血迹里，更不在那死不瞑目的呆滞双眼，甚或是他们离世前未完成的姿势里。死亡在别的地方。桑德拉知道它最可怕的就是匿身于细节之中的能力，而她会在自己的相机中一一揭露这些细节。瓦斯炉上的咖啡渍，事发之后，炉上的老旧摩卡壶继续烧煮，一直等到有人发现后才关火。冰箱持续发出低鸣声，它依然尽忠职守，保持腹中食物的鲜度，电视还在播放欢乐的卡通节目。在这场大屠杀发生之后，只有这些人造物体还能兀自存活，而里面正暗藏着死亡的秘密。

“好个一日之初，对吧？”

桑德拉转身，伸手关掉录音机。

是督察，迪·米凯利斯，他站在门口，双手交叠胸前，嘴里还叼着一根未点火的烟：“你刚在浴室看到的那男人，在保安公司担任警卫工作，那是合法的枪。这一家人只靠他的薪水过活，房租加上车险，几乎总是捉襟见肘，但哪户人家不是这样呢？”

“他为什么要这么做？”

“我们正在问邻居，这对夫妻经常吵架，但状况不算严重，所以也没有人会因此打电话报警。”

“所以他们的婚姻有问题？”

“显然是。丈夫对泰拳很有兴趣，甚至还是地方比赛的冠军，不过，他被人发现使用同化类固醇，丧失资格，打不了比赛了。”

“他家暴妻子？”

“法医应该会告诉我们答案，我们只知道这男人爱吃醋。”

桑德拉看着躺在地上的那女子，下半身光溜溜，她心想，人都死了，还能怎么吃醋？

“她有别的男人？”

“或许吧，谁知道呢？”米凯利斯耸肩，“所以浴室那边你进行得如何？”

“我架好第一台相机，已经在拍全景照片，我现在就等它拍完，或是等瑟吉叫我过去。”

“事情不是表面上看起来的那样……”

桑德拉瞪大眼睛，看着他：“什么意思？”

“那男人不是自杀。所有的弹壳，都出现在厨房里。”

“究竟出了什么事？”

迪·米凯利斯取下口中的香烟，走进去，“他本来在洗澡，全身赤裸地离开浴室，走到走廊上，拿起制服旁枪套里的枪，然后进入厨房，差不多就站在你现在这个位置，拿枪射杀儿子，有一枪就直接对准他的脖子后方，”他伸手作势模拟，“接下来，又把枪对准老婆，整起事件不过才数秒钟而已。他又回到浴室，地板依然湿滑，他摔倒之后撞上洗手台，力道太过猛烈，还敲破了边角，马上就挂了。”督察稍作停顿，随即多加了一句评语，“有时候，真是老天有眼。”

桑德拉心想，上帝与此无关，她看着那小男孩，今天早晨，上帝张望的是别的方向。

“7点20分，一切画下句点。”

她回到浴室，迪·米凯利斯的最后几个字让她异常不安。她打开浴室门，热腾腾的水蒸气扑面而来，瑟吉已经关上水龙头，跪在他的试剂盒前面。

“小蓝莓，问题总是出现在小蓝莓上……”

桑德拉不知道他在说什么，他似乎完全沉浸在自己的世界里，所以她决定保持沉默，以免又让他碎嘴反弹。她确定全景照片已悉数拍完，随即从脚架上取下相机。

离开浴室之前，她又回头对瑟吉开口：“我只是要换个记忆卡，等一下我会继续拍局部照片，”她望了望浴室，“这里没窗户，光线不足，所以我需要两三盏低散射灯，你觉得呢？”

瑟吉抬头看着她：“我还是当妓女好了，可以被那些骑摩托车的大男人干得爽歪歪。”

她顿时语塞，如果这算是笑话，她真的听不懂有什么好笑的，而从瑟吉的眼神来看，他似乎也并不期待她回以笑声。他没理她，继续搞他的试剂，桑德拉也退到走廊上。

她不想理会同事满嘴的胡说八道，开始透过相机屏幕逐一检查照片，浴室的三百六十度照片相当清晰，以三分钟为间隔，一共拍摄了六张，水蒸气显现出凶手的赤足印，但实在难以判读，起初她以为他和他太太在浴室里起了争执，因而引发杀机，不过，若真是如此，理应在地板上看到女性拖鞋的痕迹才是。

她违背了守则的信条，居然开始想找出缘由。这起案件固然扑朔迷离，但是她必须以中立的态度如实报告现场状况。她无法参透原因，这并不重要，维持客观才是她的本分。

不过，在这过去五个月的时间当中，想做到这个基本要求，却越发艰难。

先是整体，然后是细节。桑德拉开始寻索影像里的蛛丝马迹。

屏幕里，她看到镜子下方柜架上的刮胡刀、小熊维尼沐浴乳，还有等着晾干的湿袜，一般家庭的日常生活情态，而这些无辜的对象，却成为惨案的目击证人。

它们绝非嘿语，只是以无声的方式在说话，你只需要找到聆听的方式。

影像在她的眼前逐一显现，她频频思索，凶手为什么会突然暴力难遏？她越来越不安，偏头痛也隐隐发作，还突然头晕目眩，而她只不过想知道真相而已。

为什么会发生这样的家庭惨剧？

快接近7点的时候，这一家三口都起床了，女主人为儿子做早餐，男主人第一个使用浴室，他等一下得带小男孩去上学，随即赶去上班，天气寒冷，他把瓦斯暖炉也带了进去。

他洗澡的时候，又出了什么事？

水哗啦啦地流，怒气冒上来，也许他整个晚上都没有合眼，有事烦心，想法、执念挥之不去，嫉妒？他发现了妻子有外遇？米凯利斯说过，他们夫妻常常吵架。

但一早并没有发生口角，为什么要开枪？

男人离开浴室，拿枪，又走进厨房，没说话就直接开枪，他的理智为何溃堤？难以忍受的焦虑与恐慌：行凶之前的普遍性征兆。

相机屏幕上出现三件浴衣，大、中、小排列整齐，玻璃杯里有三支牙刷，桑德拉在找寻天伦之乐图里的破绽，让整个世界天翻地覆的幽微秘密。

“7点20分，一切画下句点。”督察是这么说的，邻居在那个时候听到枪声，立刻打电话报警。淋浴最多花十五分钟，而就是这段时间定夺了一切。

屏幕上出现了养龟的小水缸、饲料罐、塑料叶，还有小石子。

乌龟。

桑德拉放大照片，一共六张，间隔时间三分钟，逐一检查细节，瑟吉打开热水，整间浴室都热气蒸腾……但乌龟动也不动。

物体会说话，死亡就在细节里。

桑德拉眼前又开始冒金星，她以为自己差点儿要晕厥过去。

迪·米凯利斯走进来：“你还好吧？”

桑德拉恍然大悟：“瓦斯暖炉！”

“什么？”迪·米凯利斯听不懂，但她没时间解释了。

“瑟吉！要马上救他出来！”

消防车与救护车停在房子外面，救护车是为了营救瑟吉。

他们冲进浴室的时候，他已经失去意识，但算他走运，还来得及。桑德拉站在房子前面的人行道上，将相机里的水缸死龟照给迪·米凯利斯看，努力还原事件经过。

“我们到达现场，瑟吉想要开瓦斯暖炉。”

“这个白痴不知道什么时候开始吸进的瓦斯，浴室内没有窗户，消防员说里面全是一氧化碳。”

“瑟吉想要还原现场状况，但你想想看，今天早上那男人洗澡的时候，才出了那种事情。”

迪·米凯利斯皱眉：“抱歉，我听不懂。”

“一氧化碳是燃烧的产物，无臭无色无味。”

“我知道那是什么，”督察的表情在挖苦她，“但会擦枪走火？”

“你知道一氧化碳中毒的症状吗？头痛、眩晕，有时候还会出现幻觉与妄想……在密闭的浴室待久之后，瑟吉也出现了谵语，嘴里嚷着小蓝莓，一直在胡说八道。”

迪·米凯利斯面色难看，他不喜欢。“桑德拉，你听好，我知道你在想什么，但不可以这样。”

“那个爸爸也是把自己关在浴室里，然后才冲出来开枪。”

“这种说法无法获得证实。”

“但这说得通啊！男主人吸入一氧化碳之后，开始头晕目眩，产生幻觉还有妄想，他没有像瑟吉一样马上倒下去，而是全身赤裸冲出来，抓起枪，杀死了自己的妻子与小孩，事发之后他回到浴室，在缺氧的状况下失去意识，跌倒，撞伤了头部。至少，有这个可能吧。”

迪·米凯利斯双手叠胸，这种态度让桑德拉很不高兴，不过，她自己也很清楚，这种推论言之过早，很难说服这位督察。她认识他也好几年了，如果他知道这些离奇命案并非出于谋杀，他自然是再开心不过了，但他说得没错，没有证据。

“我会转告法医，他们会检验男尸的毒物反应。”

桑德拉心想，聊胜于无。迪·米凯利斯是谨慎的优秀警察，她喜欢与他共事。而且他热爱艺术，显然是相当敏锐的人，她知道他没有子女，每当和妻子外出度假的时候，总是拼命造访博物馆，他深信所有的艺术作品都包含了丰富的内涵，挖掘它们的意义，正是爱好者的责任，所以他当然不是那种轻易满足于表象的警察。

“有时候，我们希望能看到不一样的结局，而如果无法改变现状，我们就会以一厢情愿的方式自行诠释，但这种方式未必可行。”

“你说得对。”桑德拉脱口而出，但立刻就后悔了，这番话是针对她而来，而她并不认同。

她转身离开。

“嘿，我只是想说……”迪·米凯利斯紧抓着自己的一头灰发，想努力找出最适合的措辞，“我很同情你的遭遇，事发至今，已经六个月了……”

“五个月。”她开口纠正他。

“对，但这些话我应该早点告诉你才是……”

“没关系，”她勉强挤出一丝微笑，“但还是谢谢你。”

桑德拉准备去开自己的车，她脚步急快，胸中满溢着那股未曾消散的悸动，他人一直无知无觉，它像是心里的球，由焦虑、愤怒与悲伤所累积而成的一颗球，她称之为“那个”。

她不想承认，但在这五个月当中，“那个”的确占据了她的心头。

11: 40

雨势再起，固执不歇。其他人匆忙赶路，但马库斯与克莱门特不慌不忙，慢慢走向罗马的大型教学医院杰梅里。

“大门口有警方驻守，”克莱门特说道，“我们要避开监视器。”

他左转，离开主道，引领马库斯向一栋白色建筑物走去，外面有屋顶、檐架，下面放着盛装清洁剂的大桶，还有塞满脏床单的推车，他们爬上通往小门的铁梯，门没有关。两人进入医院洗衣室的储藏区，随即搭乘电梯到达低楼层，穿过狭窄的走廊，眼前已经是最后的管制门，他们在推车上找到白袍、口罩与鞋套，穿戴整齐之后，克莱门特又交给马库斯一张磁卡，有这个东西挂在脖子上，绝对不会有人盘问，他们刷卡开门，进去了。

前方是蓝色墙面的长廊，闻得到酒精与地板清洁剂的气味。

加护病房与其他科别不同，这里鸦雀无声，不会听到医生与护士的慌张声响，这里的工作人员在走廊上安静、镇定地走动，除了让病人维持生命的机器发出的低鸣声，听不到任何噪声。

但这里是生死攸关的宁静战场，万一有任何战士倒下，也不会发出任何声响，无人嘶吼，没有警报声大作，只有护理站亮起的红灯，低调宣告生命已然终止。

在医院的其他地方，抢救生命之战，意味着与时间竞赛，但在加护病房，时间消逝的方式截然不同，它悠悠流转，仿佛并不存在。在医院行话中，为了快速将一切简化为首字母缩写，那个地方被称为UOC，即“复杂手术单元”的简称。而对于在那里工作的人来说，这个地方叫作“边界”。

“有人选择越界，”克莱门特说道，“有些人却能折返而归。”

他们站在走廊的玻璃隔间前，望着其中一间病房，里面放置了六张病床。

只有一张病床上躺了人。

病患五十岁上下，插管连接着呼吸器。马库斯看着他，不禁联想到以前的自己，当初克莱门特发现他的时候，他也躺在这样的床上，在生死之间奋战徘徊。

他选择留在生界。

克莱门特指着玻璃的彼端："昨晚有人因心脏病发作，打电话紧急求助，救护车开到市郊的某处别墅，医护人员在房子里发现了几样东西——发带、珊瑚手环、粉红色围巾，还有一只溜冰鞋。全是连续杀人案件受害者的遗物，这名男子，叫作杰里迈亚·史密斯。"

马库斯心想，杰里迈亚，好虔敬的名字，完全无法和连续杀人犯联想在一起。

克莱门特从风衣口袋里取出活页夹，封面只有一组编号：c.g.97-95-6。

"六年之中，一共有四名受害者，全遭割喉。死者都是女性，年龄介于十七岁至二十八岁。"

克莱门特继续陈述枯乏无味的背景资料，马库斯则凝视着那男人的脸，千万不能被骗了，那具孱弱的身体只是避人耳目的伪装。

"医生说他仍在昏迷，"克莱门特仿佛有读心术，"人员到达现场，立刻插管急救，对了……"

"什么？"

"命运捉弄人，其中一位医护人员，刚好是杰里迈亚连续杀人案件首名受害人的姐姐，二十七岁，是名医生。"

马库斯惊讶异常："她知道自己救的是什么人吗？"

“知道，她还确定了房间里的那只溜冰鞋属于自己的双胞胎妹妹所有，她妹妹在六年前受害身亡。对了，还有一件事很不寻常。”

克莱门特从活页夹中取出照片，那男子的胸前有刻字：杀了我。

“他身上刺着这几个字，四处混迹。”

“这是他双重性格的表征，”马库斯回道，“他仿佛在告诉大家，一切不能只看表象，因为我们通常都只会以衣装去评断一个人。事实刻写在他的皮肤上，与众人的距离如此接近，却藏得隐蔽，没有人看得到。杰里迈亚·史密斯就是这样的一个人：街上人群与他擦身而过，对于危险浑然不知，没有人知道他的真面目。”

“这几个字里含有挑衅的意味——有本事，杀了我。”

马库斯看着克莱门特：“所以现在的挑战是什么？”

“拉若。”

“为什么你觉得她还活着？”

“他至少都会在一个月之后，才会杀人弃尸。”

“你又怎么知道是他带走的拉若？”

“有问题的糖。其他女孩也都被下药了，他的手段如出一辙：在光天化日之下，找借口接近她们，请她们喝饮料，但他早已在杯里动了手脚，加进迷奸药，这种东西会产生催眠效果，而且还会妨碍思考与自主能力，这似乎是他的典型犯案手法。”

“迷奸药，”马库斯问道，“所以他是劫色？”

克莱门特摇头：“受害人没有被性侵，他只是把她们绑起来，留一个月后，割喉杀人。”

“但拉若是在家里被掳走的，这又该如何解释？”

“有些连续杀人犯的虐杀幻想会越来越丰富，犯案模式也会更加精进，他们偶尔会加入新的细节，增添快感，久而久之，杀人成了任务，他们想让自己更厉害。”

克莱门特的解释不无道理，但依然无法说服马库斯，但他决定先不管这个了：“杰里迈亚·史密斯的那间别墅呢？”

“警方还在搜索，我们无法入内，但显然那里并非藏匿人质的地方，一定另有他处，我们只要能找到，就可以救回拉若。”

“但警察没有在找她。”

“也许警察会在屋内发现两人之间的相关线索。”

“要不要直接告诉警察调查方向？”

“不可以。”

“为什么不行？”马库斯感到难以置信。

克莱门特试图表现得果断：“我们的运作方式不是这样。”

“但可以让拉若早点脱险。”

“警方可能会成为你的阻力，你需要无拘无束的行动自由。”

“行动自由？什么？我连从哪里着手都不知道。”

克莱门特望着他，意味深长：“你觉得气馁，我了解，因为对你来说，一切似乎很陌生，但这并非你第一次执行任务，以前你表现得不错，我相信你可以恢复。我向你保证，能找到那失踪女孩的人，就只有你了，我希望你可以早点想通，因为拉若所剩时间无多。”

马库斯看着克莱门特背后的病人——连接着呼吸器，在最后的边界徘徊挣扎——然后，他又看到自己在玻璃隔板上的映影，影子与病榻上的人交叠在一起，宛若幻象。他赶紧移开视线，倒不是因看到那禽兽而心惊，而是他没有办法忍受镜子，因为他到现在还认不出镜中的自己。

“万一我失败了怎么办？”

“所以，你担心的是自己。”

“克莱门特，我已经不知道自己是谁了。”

“你很快就会找出答案，”他把活页夹递过去，“我们相信你，但自此刻开始，你只能靠自己。”

20: 56

桑德拉・维加学到的第三课：屋子有味道，属于住客的气味，每一间都不一样，与众不同，当里面的人离开之后，味道也会随之消失。所以，只要一回到米兰运河旁的房子里，她马上就急着寻索戴维的气味。

须后水，还有大茴香口味的香烟。

她知道，总会有那么一天，回家之后猛力嗅吸空气，却再也闻不到那些气味，等到气味消散的时候，戴维就真的不见了。

她一想到此就不免颓丧悲郁，所以她小心翼翼，维持低调，不希望让自己的气味污染了这间房子。

起初她好讨厌那须后水的气味，超市的便宜牌子，戴维就是爱买，但她总觉得那味道太浓烈、呛鼻。在他们共同生活的三年中，她多次努力，想要改变他的品位，每逢生日、圣诞节，或是周年纪念日，除了正式礼物，她一定会另外附赠一款新味道的须后水。戴维会用一个礼拜，但随后就束之高阁，他总是振振有词：“抱歉，金格尔，那就不是我的味道嘛。”他还会边说边眨眼，让人更加火冒三丈。

桑德拉万万没想到，自己居然有一天会囤积那种须后水，一买就是二十瓶，而且还把它喷洒在房子的各个角落，她一口气买这么多，完全是基于莫名的恐慌，她好担心它会下架，不再贩卖。而且，她连那可怕的大茴香香烟也买了，放在烟灰缸里烧空烟，让气味溢满屋内。然而这套魔法并不灵光，毕竟是戴维的肉身和这些气味紧紧相系，他的皮肤、吐纳、心绪，造就出他的独特气味。

历经一整天的工作，桑德拉关上公寓大门，在黑暗之中等了一会儿后，终于，丈夫的气味迎面而来。

她把包包放在门厅的摇椅上：应该要先把相机设备整理好才是，但她不管了，晚餐后再说。她泡热水澡，一直到手指发皱才起身，她穿上蓝色T恤，打开红酒，这是她的逃避方式，她没有办法再打开电视，也无心看书，所以她晚上就窝在沙发里，慢慢喝光一瓶浓烈的红酒，让视线渐渐模糊。

她年方二十九岁，难以想象自己成了寡妇。

桑德拉学到的第二堂课：房子与人一样，终有大限之日。

自戴维死后，她从来不曾在微物之间发现他的存在，也许是因为这里大多数的东西都是她的。

她丈夫是自由接单的摄影记者，必须在世界各地旅行，在遇到她之前，他根本没有家，如果能睡到旅馆或是其他的住宿地点，算是他走运。戴维曾经告诉过她，有一次在波斯尼亚采访，他睡的是坟地，整个人就躺在墓洞里。

戴维所有的家当，全在两只绿色的大帆布袋里面，那等于是他的衣橱：冬夏两季的衣物都有，因为他永远不知道自己会被派到什么地方出差采访。此外，还有永不离身的破烂笔记本电脑以及各式各样的装备：万用刀、手机电池，甚至是可以净化尿液的装置，在没有饮水的状况下可以救急。

他把生活中的一切精简到只剩下必需品，比方说，他手边不放书，虽然他阅读量很大，但只要一看完，他就会立刻送人，自从两人住在一起，这个习惯才开始改变，桑德拉为他在书架上腾出一个空间，他也开始想要藏书了，这是他落地生根的方式。葬礼结束之后，他的朋友们来找桑德拉，每个人都带了一本戴维生前送给他们的书，书页里充满注记、他的阅读折角记号，还有小小的焦痕与油渍，她的眼前浮现出一幅画面：在炙热的沙漠中，一旁是坏掉的越野车，他抽着烟，静静看着卡尔维诺的书，等待别人过来救援。

他们告诉她，戴维无所不在，你很难忘记他，事实却并非如此。她再也听不到他喊她的名字，当然，习惯性地在餐桌上多摆一套碗盘，也是不可能的事了。

那样的寻常生活，琐碎的时时刻刻，让她思念万分。

每逢周日，她总是比他晚起，看到他已经坐在厨房里，啜饮着第三杯咖啡，在大茴香气味的烟团中翻阅报纸。他的手肘支在餐桌上，香烟夹在指间，烟尾的灰几乎快掉下来了，他如此专注，完全遗忘了外在世界。当她出现在门口，流露出平日一贯的不以为然的表情，他会赶紧抬头，顶着那一头乱七八糟的卷发对她微笑。她为自己弄早餐的时候，还会刻意躲开他的目光，但戴维依然一直傻笑着望着她，让她再也无法闪避，他的嘴笑起来歪歪的，因为门牙有缺缝，那是他七岁时骑单车摔倒所留下的纪念，还有他的眼镜，假的玳瑁镜框用胶带随意绑粘起来，活像个英国老太太。戴维就是这样，没过多久就会把她拉坐到自己的腿上，在她的脖子上留下深深的湿吻。

桑德拉沉浸于回忆之中，她把酒杯放在沙发旁的小桌上，伸手去拿手机，听自己的语音留言。

那小小的手机屏幕上，一直显示有留言，其实，她早就听过了，就在五个月之前。

“嘿，我打了两三次电话，但一直转到语音信箱……我时间不多，所以只能告诉你我最想念的事……我想念你上床钻进被窝时挨过来取暖的冰脚丫，我想念你逼我吃冰箱里的东西，以确定它们还没有走味，还有，我想念你半夜3点把我吵醒的尖叫声，痛喊着你抽筋了，还有，你一定不相信这件事，但我真的想念你偷偷拿我的刮胡刀去刮你的腿毛……好啦，奥斯陆冷死了，我好想赶快回去，金格尔，爱你！”

戴维的遗言似乎充满了愉悦，仿佛周边有蝴蝶飞舞，雪花轻飘，还有几个踢踏舞舞者翩翩相随。

桑德拉关上手机：“我也爱你，弗雷德。”

每次听留言，她都会心情激动，思念、悲伤、温情，但也有苦楚，最后那几句话里有问题，桑德拉无法解答，她也不想知道答案。

奥斯陆冷死了，我好想赶快回去。

戴维四处旅行，她早已习惯了，那是他的工作，他的生活，她一开始就很清楚，虽然桑德拉私心想要留住他，但她知道自己终究还是该放手的。

想要确保他回到她的身边，这是唯一的方法。

这份工作经常让他深入世界上最可怕的地方，他走过几次鬼门关，只有老天知道，不过戴维就是这样，那是他的天性，他必须眼见为真，手触为凭，为了描绘战争，他的鼻子必须闻到建筑物起火所发出的烟味，他的耳朵还要能够分辨子弹击中各类物体的不同声响。虽然各大媒体都想要招揽他，但是他从来没想过要特别为哪家卖命，他没有办法忍受别人控制他。桑德拉已经学会放下最沉重的恐惧，将自己的焦虑深埋心底，努力活得像个正常人，佯装自己所嫁的是个一般的店员或工人。

她和戴维之间有种默契，也因而衍生出一套奇特的示好仪式，这等于是他们的沟通方法。他会在米兰待一段很长的日子，两人开始过着安稳的婚姻生活，然后，某天傍晚，她回家的时候，会看到他正准备擅长的虾蟹海鲜，里面至少放入五种蔬菜，此外，还有咸味海绵蛋糕。这的确是他的拿手菜，但在他们不成文的规矩中，这也等于宣布他第二天就要离家。他们会照常用餐，谈天说地，他总是能逗得她开怀大笑，两人还会做爱，第二天早上，她却是一个人孤单醒来。他通常一去就是好几个礼拜，有时甚至是好几个月。然后，有天他会打开家门，一切又恢复如常。

戴维从来不告诉她他要去什么地方，只有最后一次除外。

桑德拉将杯里的剩酒一饮而尽。她一直不愿去猜戴维到底出了什么事，他一直在冒险，如果注定要送命，他也应该是死在战场上，或是被他所追查的某名罪犯谋杀。说来也许愚蠢，他最后的死法如此平庸，竟让她很难接受。

当桑德拉的手机响起时，她正在打瞌睡，她望着手机屏幕，但认不出来电者的号码，时间已经接近11点。

“请问戴维·利奥尼的太太在吗？”

男声，有外国口音，很可能是德国人。

“哪位？”

“我是夏贝尔，在国际刑警组织工作，我们是同事。”

桑德拉起身，揉着惺忪双眼。

“抱歉这么晚打扰，我才拿到你的电话号码。”

“不能等到明天再说吗？”

电话那一头传来清脆的笑声，她不知道这个夏贝尔是何方神圣，却有独特的男孩腔。“对不起，我就是没办法等，只要有问题苦思不解，我就一定要马上想办法，不然今晚就睡不着了，难道你不会吗？”

桑德拉很难判断他究竟是在挑衅还是语气轻佻，她决定冷淡以对：“需要我帮什么忙？”

“我们正在调查你丈夫的死因，有些事情需要你帮忙厘清。”

桑德拉脸色一沉：“那是意外。”

夏贝尔应该早已料到她会有这种反应：“对，我看过警方报告了，”他语气镇定，“请稍等……”

桑德拉听到对方在翻动纸张。

“报告里提到你丈夫从六楼摔下去，但当时没死，几个小时之后才因为多处骨折与内出血而身亡……”他没有再念下去，“我想你一定很痛苦，想必很难接受这种事。”

“你不会懂的。”这几个字寒气逼人，她讨厌自己说出这样的话。

“根据警方资料，利奥尼先生是为了取得绝佳摄影角度爬上建筑工地的。”

“对。”

“你去过现场吗？”

“没有。”她语气恼怒。

“我去过了。”

“你到底要说什么？”

夏贝尔停顿好久，才继续开口说话：“你丈夫的相机在他坠楼时摔坏了，可惜我们再也看不到照片了。”他的话里有挖苦之意。

“国际刑警组织怎么会管到意外死亡事件？”

“是没有，但此案例外，我关切的不只是你丈夫的死亡事件。”

“所以呢？”

“本案还有诸多疑点，我发现利奥尼先生的行李应该已经交还给你了。”

“对，两个袋子。”她真的生气了，她怀疑这才是对方的真正动机。

“我曾经请求查阅证据，但显然太迟了。”

“为什么要看？是什么东西让你这么有兴趣？”

夏贝尔稍作停顿：“我从来没有结过婚，但也有好几次差点进了结婚礼堂。”

“那又关我什么事？”

“我不知道和你有什么关系，但我认为当你全然信任某人、连命都可以交到对方手上的时候——我说的是极特殊的对象，像是配偶——有些问题，你就不会深究了，比方说，两人不在一起的时候，对方做了哪些事。有人称其为信任，但有时候，那只是恐惧，担心知道真相的恐惧。”

“就你的观点来看，我应该要追问戴维什么事情？”其实，桑德拉已经知道了答案。

夏贝尔转趋严肃：“维加警官，我们大家都有秘密。”

“我不知道戴维生活的所有细节，但我知道他是什么样的人，这对我来说就够了。”

“话是没错，但你可曾想过他未必会一一吐露实情？”

桑德拉大为光火：“你给我听好，别想逼我去怀疑我丈夫，不可能的。”

“事实就是如此，你已经在怀疑他了。”

“你根本不认识我吧？”她回呛。

“那两个袋子早在五个月前就发还给你了，但现在依然放在总部的储藏室里，你为什么还不去拿？”

桑德拉笑得凄然：“再次目睹遗物会有多痛，我不需要向别人多加解释。我要是把东西领回来，就等于承认一切真的结束了，戴维再也不会回家，也没有人能帮我。”

“鬼扯，你自己最清楚。”

那男人如此失礼，让她吓了一大跳，半晌说不出话，她最后也只能勃然大怒：“去你妈的，夏贝尔。”

她摔了电话，立刻信手拿起空酒杯，猛力朝墙扔过去。那男人凭什么？她根本不该让他继续说下去的，早该挂断他的电话。她站起来，开始在房内紧张踱步，夏贝尔说得没错，她很害怕，但只是一直不敢承认。接到这通电话，她不意外，其实桑德拉自己多少也有所期待，希望有人能够点醒她。

她心想，太疯狂了，那只是意外，一场意外。

她冷静下来，打量着屋内，书架角落是戴维的藏书，书桌上堆放着大茴香口味的香烟盒，须后水早已过了使用期限，但依然贮放在卫生间的柜子里，还有，他周日早晨在餐桌旁看报的固定位置。

桑德拉·维加学到的第一堂课：房子绝对不会说谎。

但人会说谎。

奥斯陆冷死了，我好想赶快回去。

戴维的确撒谎了，他明明死在罗马。

23: 36

尸体醒来了。

四周一片漆黑，他好冷，心慌意乱，充满了恐惧，五味杂陈，奇特的熟悉感。

他记得枪伤，那股气味，然后是肉烧焦的味道，全身肌肉也立刻缴械，瘫软倒地，他发现自己还能把手伸出去，一阵探摸，他以为自己倒在血池里，没有，他以为自己死了，也没有。

首先，是名字。

“我叫马库斯。”他自言自语。

记忆瞬时涌入脑海，他想起来自己还活着，而且人在罗马，他住的地方，自己的床上。他的心跳加快，慢不下来，盗汗，呼吸困难。

不过，他再次从噩梦中全身而退。

他通常会留一盏光，以免自己惊慌无措，但今天他忘了，想必是不小心睡着了，因为他也没更衣。他开灯看时间，其实只不过睡了二十五分钟而已。

这点时间也够了。

他拿起枕头旁的签字笔，在墙上写下几个字：碎玻璃。

行军床旁边的那道白墙，等于是他的日记本，这个房间里几乎一片空荡。当初他选择赛彭提路的这间阁楼栖身，正是因为这地方没有任何记忆，可以让他好好回想过往。两间厅室，除了床与灯，没有任何家具，他的衣服全搁在地板上的行李箱里。

每每当他从睡梦中惊醒，总有一些记忆被唤醒，影像、字句，或是声音，这一次是玻璃破碎的声响。

不过，是哪片玻璃？

某一场景的影像频频出现，他在墙面上写下所有线索。过去一年之中，他确实找回了一些蛛丝马迹，但若想要重建那间旅馆房间的事件，显然还是不够的。

他确定自己当时人在现场，还有他最要好的朋友——愿意为他赴汤蹈火也在所不辞的德沃克，也和他在一起，好友当时看起来害怕又困惑，他无法解释原因，但想必事态严重，他记得当时危机四伏，也许德沃克想要提前警告他。

但除了他们，还有另外一个人。

那人站在昏昧幽暗之处，敌意笼罩而来，马库斯知道对方是名男子，但他不知道来者究竟是谁，又是为何而来。他身上有带枪，他突然拿出来，对他们开火。

德沃克中枪倒地，动作显得尤其慢，落地前虽然还望着他，但眼神已空茫涣散，他的双手紧压胸口，指缝间淌出黑血。

随即又是第二发，他看到火光，这次轮到他自己，子弹击中头骨的力道极其强烈，他听到骨碎声，异物如手指般直捣入脑，鲜血从伤口渗出，温热滑腻。

头上的那个黑色窟窿，把他脑中所有的东西都吞吸不见了，他的过往、身份，还有他的好友，不过最重要的，还是仇敌的那张脸。

他之所以饱受煎熬，是因为想不起开枪凶手的长相。

说来吊诡，如果他想要追查下去，当务之急就是要先把这件事搁在一旁，因为如果要伸张正义，他必须先重新成为以往的那个马库斯，一心想着德沃克的遭遇是不够的，他必须从头开始，先知道自己是谁再说。

唯一的方法，是先找出拉若的下落。

碎玻璃。先不管了，他再次想起克莱门特最后提到的那几句话："自此刻开始，你只能靠自己。"他偶尔也不免怀疑，这个世界上除了他们两人，是否还有其他人存在？当初是克莱门特找到躺在医院病床上的他，那时他奄奄一息，身无分文，克莱门特报出马库斯的真正身份，他一开始还不相信，久而久之，他才慢慢接受。

"狗是色盲。"他自言自语，重复那句老话，想说服自己一切都是真的。他随即拿起杰里迈亚·史密斯的档案，c.g.97–95–6，开始阅读内容，想要找出失踪女学生的线索。

先从凶手的简单背景资料开始。杰里迈亚五十岁，未婚，出身富裕的中产阶级家庭，母亲是意大利人，父亲则是英国人，两人都已经过世，他们生前在罗马开了五家布店，但是在八十年代就已经歇业，杰里迈亚是他们的独子，并没有什么交情深厚的亲戚，他收入优渥，所以从来没有外出工作过。档案所揭露的信息告一段落，他的人生有一大块看不见的黑洞。最后两行，简单提到他一个人住在罗马近郊的山区别墅里。

马库斯心想，这个人实在毫无特色可言，不过，也正因为如此，才塑造出他最后的性格。杰里迈亚虽然想与人为伴，但人不仅孤僻，而且情感幼稚，无法与同侪往来，自然事与愿违。

你知道吸引女人目光的唯一方法，就是诱拐她，再将她五花大绑，对吗？当然，你很清楚，但你想要得到什么？真正的目的呢？你不是为了泄欲，也没有强暴和施虐。

你想要有个家人。

你想要强迫别的女子与你同居，希望两人可以好好相处，你想像个体贴的小丈夫一样爱她们，但是她们怕得要死，根本不可能给你任何回报。你努力讨好，但经过一个月之后，你发现这终究是不可能的事，这是病态又扭曲的关系，只是你一厢情愿。然后，我们就直说吧，你迫不及待地拿刀划开这些女人的喉咙。最后你杀死她们，但依然一直在……寻爱。

虽然这种分析言之成理，但绝大多数的人都无法接受，马库斯却恰恰相反，他不只看得透彻，而且也能接受，他自问为何会如此，却找不出答案，这算是他的天赋吗？有时候，连他自己也觉得害怕。

他开始分析杰里迈亚的手法，六年来冷静犯案，一共杀了四个人，他犯案之后会沉寂好一阵子，在这段时间当中，他靠着先前暴行留下的记忆控制自己再次犯案的欲望，等到效力减退之后，他又开始产生新幻想，准备找新的绑架对象，这不是计划，而是一种纯粹的生理进程。

杰里迈亚所杀害的全是年轻女性，年龄介于十七岁到二十八岁。他在光天化日之下，找借口接近她们，请她们喝饮料，但他早已在杯里加入迷奸药，等到这些女子开始眩晕，哄骗她们随他离开，可说是易如反掌。

不过，这些女孩为什么会愿意喝他送的饮料？

这一点让马库斯想不通，像杰里迈亚这样的人，中年男子，完全称不上英俊，这些受害人理应会怀疑他的真正意图才是，她们却放心让他近身。

因为信任。

也许他给了钱或是某种机会，这是诱骗女人的技巧之一，变态犯之流的最爱，让她们以为有机会可以轻松赚钱，或是参加选美，还有电影或电视节目的试镜机会。但这种策略需要相当程度的社交能力，这和杰里迈亚的性格并不相符，他是个反社会的遁世者。

你到底怎么把她们骗上手的？

还有，当你接近她们的时候，为什么没有任何人注意到异状？早在拉若之前，已有四名女子在大庭广众下被掳走，但连一个目击证人都没有，何况"追求"这些受害者得花一些时间。解答，可能就在这个问题里，杰里迈亚·史密斯实在太不起眼了，在旁观者的眼中，这家伙等于是隐形人。

你在众人之间低调游走，但你觉得自己好厉害，因为没有人看得到你。

他再次想起杰里迈亚胸前的字：杀了我。"他仿佛在告诉大家，一切不能只看表象。"他曾经这么告诉克莱门特，"事实刻写在他的皮肤上，与众人的距离如此接近，却藏得隐蔽，没有人看得到。"

你就像是在派对里满地乱爬的小蟑螂，没有人会注意到你，大家都对你没兴趣，只要小心不被踩死就好，你避人耳目的技巧越来越高超，到了拉若的时候，你决定要改变模式，直接把她从公寓的床上掳走。

一想到拉若，马库斯的心头又出现了一连串令人心痛的问号，她在哪里？还活着吗？先假设答案是肯定的好了，她的身边有水或食物吗？她还能撑多久？她现在意识清醒还是被下药昏迷了？有没有受伤？是不是被五花大绑？

这些情绪性的干扰应该到此为止，马库斯要保持清醒，态度超然。杰里迈亚为什么针对拉若改变了犯案手法，一定有其原因。克莱门特曾经对他提出解释，即某些连续杀人犯会改变模式，为了增添快感而加入新的元素。所以这起女学生绑架案可算是某种主题变奏曲。但马库斯不相信这种理论，变化太大了，也太突然。

也许杰里迈亚只是嫌麻烦，想着直接下手比较快，或者他发现欺人小把戏已经再也玩不下去了，搞不好有人听过先前的案例，揭穿了他的真面目，他的知名度越来越高，风险也急遽攀升。

不，这理由不成立。为什么拉若和别人不一样?

整起事件的棘手之处，在于前四名受害者没有共同特征，年龄长相各异，他对女人似乎没有特殊偏好。马库斯的脑海中，不禁浮现“随机”这个形容词。杰里迈亚一定是凭运气挑人，否则这些受害人应该会有相似之处才是。马库斯继续深入研究这些受害女子的照片，更加认定凶手之所以挑中她们，只是因为所处的地点容易下手而已，他虽然不认识她们，但还是可以在光天化日之下掳人。

但是，拉若很特殊，杰里迈亚绝对不能失手，所以他才会直接闯入她的公寓，特别挑夜晚下手。

马库斯放下档案，离开行军床，走到窗边。夜幕低垂，罗马的参差屋顶也成了一片汹涌的阴暗之海，这是一天中他最喜爱的时光，他的心底涌起一股诡异的宁静感，他通体舒畅，随即发现自己犯下大错，先前他是在白天进入拉若的住处，但其实应该等到晚上才是，因为那才是绑架者的下手时间。

他如果想要了解杰里迈亚的心理转折，应该要在相同的状况下重新模拟。

马库斯心已动念，随即拿起风衣，急忙走出阁楼，准备回到念珠商街的那间女学生公寓。

一年前　巴黎

追猎者懂得时间的价值，耐心是他的一大天赋，他知道等待的节奏，同时也为品尝胜利滋味的那一刻做好了万全准备。

一阵疾风吹来掀翻桌布，也让邻桌的玻璃杯撞得哐啷作响，追猎者举起自己茴香酒的酒杯，沾唇，享受着傍晚的阳光，他看着小酒馆前的车辆来来往往，行人脚步匆匆，没有人会多看他一眼。

他穿蓝色西装，搭配同色系的衬衫与领带，他已经松开领口，宛如在下班返家途中先小酌一杯的上班族。他知道自己一个人入座会引人注目，所以他特别在一旁的座位上放了小纸袋，袋口露出一根法棍、一把香芹，还有鲜艳的糖果罐，他看起来俨然像是个居家好男人，而且他手上还戴有婚戒。

其实，他孤家寡人。

多年来，他已经把自己的需求降到极限，过着极度节俭的生活，他把自己当成了禁欲的修行者，与唯一目标无关的渴求，都应该被摒除在外，不能让欲望分心，他只需要一件东西就够了。

他的猎物。

多时追查无功，最后他终于接获线报，对方应该是在巴黎。他还没等到确定的消息，自己就先搬过来了，他需要认识猎物的新领域，和对方看一样的景物，走相同的街道，虽然猎物还不认识他，但他依然可以想象两人偶遇时的奇特悸动，他要确定彼此仰望的是同一片天空。他兴奋莫名，甚至有了期许，他迟早会把这家伙揪出来。

为了保持行事低调，他每三个礼拜就会更换住处，他专挑小旅馆或出租屋，这样可以认识更多的地方，他同时也留下诱饵，引诱猎物自曝行踪。

然后，他开始等待。

他现在住在第六区的圣父旅馆，房间里堆满了这段时间所收集的报纸，到处都是画线的痕迹，他想要找寻线索，就算可能只有些微关联，也绝对不能放过，它可能会让那堵幽暗沉默的墙出现裂痕。

他在巴黎待了九个月，至今依然没有任何进展，信心也开始动摇。但他万万没有想到，自己一直在等待的事件发生了，那是某种信号，某种线索，只有他能够解码。他一直不放弃，严格自律，现在，他终于得到了回报。

二十四小时之前，巴黎近郊贫民窟的玛尔梅森路上，工人在某一建筑工地挖出了尸体。

男性，三十岁左右，身上没穿衣服，也没有个人物品，推测死亡时间已经超过一年，现在警方正等着验尸报告出炉，没有人多作怀疑，就案发时间推算，警方认为这将会是一场悬案，就算有任何证据，恐怕也早已湮灭或损坏。

发现尸体的地点在郊外，可能起因于贩毒集团之间的纠纷，凶手不想惊动警方。

这种事对警察来说是家常便饭，他们也不会起疑，虽然这起命案有其令人发指之处，足以让人神经紧绷，但大家依然浑然不觉。

那具尸体的脸不见了。

这不是单纯的暴行，也不是对敌人最后的凌辱，从尸体脸部的肌肉与骨骼被仔细破坏的程度来看，凶手一定有其理由。

这正是追猎者需要的细节。

从他抵达巴黎的第一天开始，他一直在注意大型医院停尸间的新尸，所以他才会知道有这具尸体。尸体到医院一个小时之后，他偷了白袍，闯入圣安东尼医院的停尸间，以印泥采集指纹，之后赶紧回到旅馆进行扫描，然后偷偷侵入政府数据库网站。追猎者知道，网络上每一笔的活动数据都会被保留下来，不可能被移除，它宛如人脑，只需要一个小细节，就能重新唤起神经突触，我们误以为已经忘记的事情，又会再次被忆起。

网络从不遗忘。

漆黑无光，追猎者等待着网络查询的响应，他心中默默祈祷，同时也回想起这段历程。七年了，第一具残尸出现在孟菲斯，然后是布宜诺斯艾利斯、多伦多、巴拿马，接下来是欧洲的都灵、维也纳、布达佩斯，最后是巴黎。

他努力寻索，也只发现这些案子，但凶手其实可能犯下了更多案件，它们都早已石沉大海。这些命案的地点天南地北，而且间隔时间又长，除了他，没有人会猜到这是同一凶手犯案。

他的猎物，也在掠食别人。

追猎者一开始就认定对方是“浪迹天涯”型犯罪手法：连续杀人犯四处旅行，意图遮掩，他只需要重新找寻新的落脚处即可。显然这家伙是西方人，住在大城市里，这种浪行者具有良好的社会适应能力，有家庭、有小孩，还有足够的财力得以支付频繁旅行的花费，他们聪明，行事小心，让人误以为他们在从事商务旅行。

他后来发现，这一连串犯罪有其特殊之处，起初他没有多加注意，如今他观看全局，却已经产生了不同的切入角度。

受害者的年龄层不断升高。

这时候他才惊觉，这名罪犯的心思其实相当复杂可怕，远超过他的想象。

杀人之后，他不逃，反而留下来。

在巴黎逮人正是时候，良机稍纵即逝。他等了两三个小时，政府数据库有了响应，那具在贫民窟发现的无脸尸，曾有过犯罪记录。

他不是什么大毒贩，只不过是年少轻狂犯错的普通人，十六岁的时候，在玩家专卖店偷了一台布加迪的模型小汽车。当时警察已经开始采集未成年犯的指纹，虽然最后被撤销起诉，全案终结，警方也删除了他的档案，这笔资料却出现在政府的未成年犯罪的统计数据库里。

这一次，他的猎物犯下大错，尸体虽然无脸，却有名有姓。

尚·杜耶。

有了这条线索，追查其他部分也就不难了。尚·杜耶三十三岁，未婚，双亲因车祸身亡，他没有其他近亲，只有一个罹患阿尔茨海默病的老阿姨，住在亚维农。他在家搞网络创业，卖模型小汽车给玩家，人际互动降到最低点，他没有伴侣和朋友，只对赛车模型充满热情。

尚·杜耶是完美人选，没有人会注意到他失踪，大家也懒得理会这个人的下落。

追猎者认为先前的受害人应该也有类似背景，单调平凡，没有显著特征，工作也不需要特殊专长，过着近乎厌世的孤单人生，没有朋友，鲜与人接触，没有密切往来的亲戚，也没有家人。

猎物如此狡猾，让追猎者大感意外，他可能犯了虚荣的毛病，但能够面对这种高难度的挑战，他心中不免一阵窃喜。

他看了一眼手表，快要7点钟了，小酒馆的熟客陆续报到，他伸手招呼女服务生，准备买单走人。有个小男生穿梭在座位走道间，兜售刚出炉的晚报，追猎者顺手买了一份，虽然他知道尚·杜耶之死要明天才会见报，这是他占上风之处。多年的等待即将结束，他好开心，追猎过程中最甜美的那一个部分，立刻就要揭开序幕，他只需要确定一件事就好，所以今天他才会坐在小酒馆。

街头又开始起风，夹带了街角花摊的缤纷花粉，他不知道巴黎春天的风情居然如此美丽动人。

他全身战栗。他刚才在人群间看到自己的猎物从地铁站走了出来。那男子穿着蓝色连帽夹克，灰紫色长裤，球鞋，头上戴着鸭舌帽，他走在对面的人行道上，追猎者的目光也一路紧紧相随。那个人看来心情不好，双手插在口袋里，显然没料到有人在跟踪他，所以也没有多加提防。太好了，追猎者自言自语，猎物朝拉玛克路的某道绿门而去。

女服务生递上账单："茴香酒还可以吗？"

"好喝。"他面露微笑。

追猎者的手伸入口袋中找皮夹，尚·杜耶浑然不觉已被人监视，径自走入那间房子。

追猎者不断提醒自己，受害者的年龄层越来越高。他可说是凭运气找到了这个猎物：将不同时间、不同地点的无脸尸命案拼凑在一块儿，发现这些受害者应是被同一人夺去性命，凶手年纪越来越大，受害者也一样，仿佛他在为自己换装。

他的猎物是变形人。

凶手行为背后的动机，他依然无解，不过，他很快——应该说立刻——就会找出真相。追猎者站定位置，距离绿门有几米之远，他的手里拿着购物纸袋，等到别人进门的时候，他再趁机跟上去。

皇天不负苦心人，有个穿着笨重外套、戴着宽边帽与大眼镜的老先生出现在门口，他带着可卡犬，狗猛拉链绳，迫不及待想要去附近的小公园玩耍。追猎者伸手抵住门，那老头子根本没多看他一眼。

阶梯狭窄阴暗，他竖耳聆听动静，公寓里的人声与其他声响汇织在一起，他察看信箱，尚・杜耶住在编号3Q的房间。

他把购物袋放在第一个台阶上，拿出法棍和香芹，最后又从袋底取出伯莱塔M92F手枪，美国军方将其改造成麻醉枪，这是他在耶路撒冷向佣兵所买的枪，如果想要让麻醉剂立刻发挥作用，必须对准头部、心脏或是鼠蹊处。弹匣退出与重新装填需五秒的时间，太久了，换言之，第一发就必须命中目标，他的猎物很可能也有枪，而且还是真的子弹。追猎者其实并不在意，对他来说，麻醉枪已经绰绰有余。

他要留活口。

先前他没有时间去研究猎物的习惯，但经过多年之后，他了解到对方的基本原则：一贯性，生活步调绝对不会偏移，如果你能够每次都按部就班行动，就更能保持低调与掌握状况，这也是追猎者从猎物身上学到的经验，从某种程度来说，猎物算是他的模范，教导他纪律的重要性，环境再怎么恶劣，他也会顺势而行，他仿佛具有在海底深层地带生活的能力，就算在那光线无法抵达、低温与水压足以致死的漆黑之地，他也能够挑战极限，继续活下去。追猎者其实多少算是欣赏这个人的，基本上，这家伙正在生死边缘不断挣扎。

他紧握着麻醉枪，慢慢走上四楼，他在尚・杜耶的房门外等了一会儿，随后开锁，除了老爷钟发出的嘀嗒声，一片静默。这间房子并不大，最多也只有八十五平方米，一共有三间房间，外加卫生间，前方出现了短短的走廊。

某间紧闭的房门里透出微光。

追猎者小心前进，不敢发出任何噪声，他先察看第一间。他迅捷地来到门口，举枪。里面是厨房，没有人，一切整齐光洁，放置瓷器的碗柜、烤面包机、挂在烤箱把手上的擦碗布。他的心里突然涌起一股诡异的悸动，他正在猎物的巢穴里，摸索他的世界。追猎者继续进入卫生间，里面也没有人，地板是白绿色相间的棋盘式瓷砖。卫生间里只放有一支牙刷，还有仿玳瑁纹的梳子。隔壁房间是卧室，加大双人床上铺着棕色缎面床单，床边桌上放着水杯，地上有皮拖鞋，壁柜里全是模型小汽车：尚・杜耶的最爱。

追猎者离开卧室，准备进入那紧闭的房间。他竖耳倾听，里面没有任何声响。他低头看着地面，门底露出一隙金黄色微光，但没有出现阴影，显然里面没人，不过，地板上有他先前不曾注意的东西。

一团褐色的污痕。

血渍，但现在不是分心的时候。他就算再怎么欣赏自己的猎物，也不能忘记这家伙的性格阴沉残酷，毫无怜悯之情，他并不想与这头凶暴狂兽正面交锋。

唯一的方法是先声夺人，让他措手不及，该来的总会来，追猎过程即将结束，跨越终点线之后，一切才有意义。

他退后一步，大脚踹门，手中的麻醉枪早已就绪，希望能立刻击中目标，但没看到人，他赶紧进去察看状况。

没有人。

里面有烫衣板，柜架上放着老旧收音机和发亮的台灯，挂衣架上有好几件衣服。

追猎者趋前察看，怎么可能呢？这些衣服全是猎物刚才进来时的打扮，蓝色连帽夹克、灰紫色长裤、球鞋，还有鸭舌帽，追猎者也在此时发现角落放了个碗。

碗边还写着名字：费多。他想起刚才带狗出门的那个老先生。

他暗骂一声，但发现对方欺敌技巧实在高明，不禁笑了出来，这一招足以骗过所有想要追捕他的人，他每天一回家，立刻换上伪装，带狗去公园，躲在那里观察房子的动静。

换言之，尚・杜耶——或者，更精确的说法，那只鸠占鹊巢的禽兽——现在已经知道有他这个人了。

四天前

01: 40

风雨过后，流浪狗占据古城小道，它们成群结队，安静移驻墙边。马库斯走在念珠商街上，一群狗也向他走来，领头的是只单眼失明的红色杂种狗，人狗目光短暂相接，打过招呼，随即分道扬镳。

几分钟之后，他再次进入拉若的屋内。

他置身一片漆黑之中，宛如杰里迈亚·史密斯。

他本来想伸手开电灯，却临时改变心意，绑架拉若的人应该有带手电筒，所以他也如法炮制，在光线的照射之下，屋里的家具与摆设也在黑暗中逐一现形。

其实他也不知道自己要找些什么，但他认为年轻女学生和杰里迈亚之间一定有某种关联，拉若不只是受害者而已，她还是欲望投射的对象，只有找出他们之间的联结点，才能知道女孩被囚禁的地点，这算是他个人的臆测，但也是他的希望。不过，在这种时候，他绝对不会排除任何的可能性。

远方传来流浪狗的叫声。

犬吠悲凄，他开始逐一搜索，先从那间藏有地道的厕所开始。花洒旁的架子上摆着沐浴乳、洗发水，还有护发素，依照高度排得整整齐齐，洗衣机旁边的洗涤剂，看得出也花了相同的心思。洗手台上方的镜后有个小柜，里面摆放着化妆品与药品，门上的月历还停留在上个月。

外面的野狗开始狂叫，似乎在打架。

马库斯回到小客厅与厨房。杰里迈亚在上楼之前，曾经特别清空桌上的糖碗与橱柜里的糖罐，企图消灭毒品残痕，他的一举一动从容不迫，绝不冒险，只要拉若入睡，全世界的时间都是他的了。

你很厉害，小心翼翼不犯错，但一定会留下线索。马库斯知道连续杀人犯的心理，他们想向众人展示自己的罪行，所以会刻意向追捕者下战帖，以吸引媒体的目光。连续杀人犯们很享受犯罪的过程，如果可能的话，当然希望一直犯案，他们志不在名，因为那只会带来麻烦——但他们有时确实会留下痕迹，不是为了对话，而是想要分享。

你又会留下什么给我？马库斯想要知道答案。

他开始研究厨房橱柜，其中一格摆满食谱，他猜想拉若和父母住在一起的时候，她根本不需要下厨，但搬到罗马后，她马上就得学习照顾自己，当然也包括学习做菜。在这些五彩缤纷的书脊当中，有本黑色的书，相当醒目，马库斯趋前细看，是《圣经》。

他心想，有问题。

他把书拿下来，打开红缎书签带来压的那一页——帖撒罗尼迦前书。

“主的日子来到，好像夜间的贼一样。”

令人不寒而栗的反讽，这绝非巧合，是不是有人刻意把书放在那里？这两句话意指最后的审判，但的确也是拉若遭遇的写照，窃贼夜闯，将人偷偷掳走，这个年轻女学生根本就不知道杰里迈亚如影相随。马库斯继续翻找各个地方：沙发、电视、桌上的杂志、贴满磁铁的冰箱，还有破旧的拼花地板，这间小公寓是让拉若觉得最放心的地方，却没有办法保护她的安全，她怎么可能会知道呢？他心想乐观是人的天性，想要活得好好的，要注意的是眼前的危境，而不是未知的风险。

我们无法活在恐惧的阴影之中。

生活中充满挫折与不幸，但正面的态度能让我们继续走下去，唯一的缺点在于它会制造盲点，让我们看不到邪恶的存在。

野狗的狂吠声终于停止，一股冰凉的战栗掠过他的后颈，有异状，地板突然发出轻微嘎吱声。

主的日子来到，好像夜间的贼一样。他知道自己犯了错，应该先检查楼上的跃层才是。

“关掉。”

声音从背后的楼梯传来，显然对方指的是他的手电筒。他没有回身，只是默默照做。想必这个人比他早来，马库斯凝神细听，推测两人之间的距离不过只有两三米，这个人躲在暗处观察他，不知道有多久了。

“转过来。”对方再次下令。

马库斯慢慢回头，庭院的微光从窗户铁条的间隙透进来，在墙上投射出如监牢般的图案，里面关着一个宛若野兽的可怖幽影，对方至少比他高二十厘米，孔武有力。两人都没说话，对峙了好一会儿，最后，黑暗中再次飘出对方的声音。

“是你吗？”

从音色判断，应该只是个男孩。马库斯听得出来，这孩子不只是愤怒，而且还很害怕。

“就是你，王八蛋。”

马库斯不知道那孩子身上是否有枪，他没回话，继续等对方说下去。

“昨天早上我看到你和另外一个男人过来，”马库斯猜他说的是克莱门特，“我这两天都在注意这里，你们究竟要我怎样？”

马库斯不明白这话是什么意思，接下来会出现什么状况也很难说。

“是不是想骗我？”

黑影向前逼近一步，马库斯看到对方的手，没有任何武器。“我不知道你在说什么。”

“他妈的少跟我开玩笑！”

“我们去别的地方，好好坐下来谈吧。”

“有话这里说。”

马库斯决定直接切入：“你是为了那个失踪的女孩？”

“我不知道什么女孩，跟我没关系，你是不是要陷害我？妈的！”

马库斯发现对方是真的不知情，如果真的是杰里迈亚·史密斯的同伙，何苦要冒险回来？

他还没来得及回答，陌生人已经冲上来，一只手揪住他的衣领，把他推向墙边，另一只手则拿出信封，在马库斯的面前晃动：“妈的，这封信是不是你写的？”

“不是。”

“那你来这里做什么？”

现在这个状况和拉若失踪有何关联，马库斯必须先搞清楚才行：“就听你的吧，我们先讲这封信好了。”

那男孩依然咄咄逼人：“是不是拉尼埃利派你来的？你可以告诉那个王八蛋，我不想和他继续牵扯下去！”

“相信我，我真的不认识这个人。”

马库斯想要挣脱，但对方没有松手的意思，诘问还没有结束。

“你是警察？”

“不是。”

“这个符号你又怎么说？明明没有人知道这东西。”

“什么符号？”

“信里出现的符号，白痴！”

信，还有符号，这两条线索让马库斯现在心里多少有了底，虽然没什么太大帮助，但至少可以了解这年轻人的意图，要不然这家伙就是在胡言乱语。面对现在这个状况，他必须拿回主导权：“别说信的事了，我什么都不知道。”

“你他妈到底是谁？”

马库斯没回答，他希望这个大男孩可以冷静下来，不过此刻他却被压在地板上动弹不得，虽然拼命想自卫，但对方抵住他的胸口，一阵痛打，他举起双手护头，但拳拳惊心，嘴里都是血味。正当他觉得自己快要失去意识时，攻击落幕，他躺在地上，看着对方打开公寓大门，关上，接着是匆忙离去的脚步声。

马库斯又躺了一会儿之后才努力起身，眼冒金星加耳鸣，但不痛，应该说时候未到，他知道该来的还是会来，届时全身上下都会疼痛不堪，就算是没被殴打到的地方也一样。他不记得这段回忆是什么时候发生的，但他确实有印象。

他先坐下来，厘清思绪。他让那男孩跑了，不过应该有办法找到对方。他安慰自己，反正从那人身上也问不出什么名堂，而且他也算是小有收获。

方才一阵扭打，他夺下了那封信。

他在地板上摸找手电筒，找到之后猛敲两三下，打开电源，对着那只信封。

没有寄件人，但有收件人——拉法艾拉·阿提耶利。寄件日期是三天前，里面只有一张薄纸，载明了拉若在念珠商街的住处地址，但最触目惊心的是那宛如签名的符号。

三个小红点所组成的三角形。

06: 00

她睡不着。接到夏贝尔打来的那通电话之后，她在床上辗转反侧了好几个小时，终于等到凌晨5点，闹铃响起，桑德拉马上起床。

她匆匆做好出门准备，赶忙打电话叫出租车去警区总部，她不希望有同事看到她的车。当然，他们不会多问，但有时候看到他们的眼光，她不禁十分恼怒。寡妇。他们会这样叫她吗？不知道，但心里铁定是这么想的，错身而过时，他们脸上流露出的怜悯之情，像是狠狠甩了她一巴掌，最可怕的是某些人自以为应该说些什么，她已经听腻了，最常听到的就是："要勇敢，戴维一定希望你坚强地活下去。"她很想好好记住这些话，然后在以后告诉大家，对于别人的悲惨遭遇，漠不关心固然很糟糕，但其实还有更不堪的态度：以滥俗的方式告诉你要疗伤止痛，要走出来。

也许她只是太敏感了，不过她还是想趁大夜班换班之前抵达储藏间。

她花了二十分钟到达目的地，途中她还先去买了外带的早餐，可颂面包与卡布奇诺。

她的同事正准备离开："嘿，维加，怎么这个时候过来？"

桑德拉努力露出灿烂微笑："帮你带了早餐。"

他眼睛为之一亮："果然够朋友，这个晚上忙死了，他们在地铁站外面逮捕了哥伦比亚帮派分子。"

桑德拉不想闲扯，所以直接表明来意：“我想要领回袋子，五个月前留在这里的东西。”

同事表情惊讶，但未见迟疑：“我马上去拿。”

他消失在储藏间里面，桑德拉听到他一边在找东西，嘴里一边喃喃自语。她很焦急，但依然力求镇定。她最近变得非常易怒。她妹妹说，曾经看过书上这么写，挚爱离世之后，必须历经四个阶段，但她已经忘记了顺序，所以也很难判断桑德拉现在处于哪一个阶段，是否能够尽快恢复。桑德拉很怀疑这种说法，但随妹妹怎么说了。其他的家人也和妹妹一样，没有人想去真正面对她的遭遇，倒不是他们迟钝无觉，但说真的，在二十九岁的寡妇面前，也很难提供什么中肯建议，所以他们只能分享杂志上看到的内容，或是引述某位生疏朋友的经验，他们觉得这样算是尽到了本分，而对桑德拉来说，也够了。

五分钟后，桑德拉的同事再度出现，手中提着戴维的那两个大袋子。

他拿袋子的方式和戴维不一样，戴维总是背在肩上，左右各一个，所以他走路的时候总是东摇西晃。

“弗雷德，你这样好像驮骡。”

“金格尔，但你还是一样很爱我。”

她先前担忧的事，还是发生了，一看到那两个袋子，仿佛有人对她胸口猛挥了一拳。她的戴维躺在里面，袋里的东西是他全部的世界，如果她不领出来，这些东西会继续放在储藏间，总有一天会和其他的废物放在一起，被人不小心给扔了。但昨晚夏贝尔提出了关键一问。自她发现戴维说谎之后，她一直承受着揪心之痛。她不能让人怀疑她的男人——就连她自己也不可以。

“都在这里。”她的同事把袋子搁在柜台上。

也不需要签单确认了，自意外发生后，东西从罗马的警区总部送过来，他们就一直好心为她保管着东西，只是她一直没领回。

“要不要检查一下有没有什么东西不见了？”

“谢谢你，不用了，没问题。”

但同事依然看着她，表情立刻陷入哀伤。

她心想，拜托，千万别说出口。

但他还是说了：“要勇敢，维加，丹尼尔一定希望你坚强地活下去。”

天知道这个什么“丹尼尔”是谁。但她还是勉强挤出一丝微笑，谢过同事之后，带着戴维的袋子离开。

半小时之后，她又回到家中，先把袋子放在门口的地板上，她刻意保持距离看着它，就像是野狗张望着食物，想找出是否有异状，而她在寻索的却是面对试炼的勇气。她走到袋子旁边，但又改变心意离开，随后又为自己泡杯茶，坐在沙发上，她的双手环抱着杯身，紧盯着袋子，她真的做到了。

她把戴维带回家了。

在这几个月当中，她也曾经期待过、想象过，甚至相信过他迟早会回来，每每想到他们再也无法做爱，她就苦恼不已。有时候她会忘记他已经死了，心里突然想到什么，然后自言自语：“这一定要告诉戴维。”一会儿之后，她会被现实打醒，悲愤酸楚。

戴维再也不会回家了，一切已画下句点。

接获消息那天的情景，依然历历在目。那是个安静的早晨，就和现在一样。桑德拉让那两名警员站在门口，她心想，只要他们还站在那里，只要他们不踏过大门，戴维的死讯就永远不会成真，她也不需要面对那场宁静风暴，虽然表面看起来安好无恙，却会将整个家摧毁殆尽，她知道自己无能为力。

夏贝尔对戴维的行李有兴趣，一定有什么原因。

她把茶杯搁在地板上，毅然决然走过去。她先拿起比较轻的那个袋子，里面装的全是衣物，她把东西全倒在地板上，衬衫、长裤、毛衣全滚了出来，戴维肌肤的味道也随之飘散，但她不敢多想。

天，弗雷德，我好想你。

她噙住泪水，疯狂地翻找衣物，她眼前浮现出戴维穿着这些衣服的模样，两人一起生活的短暂时光，现在的她，感伤与愠怒交杂。

这里没有东西，连所有的口袋都翻过了，还是没有。

她筋疲力尽，但所幸最难熬的那一刻已经结束了，接下来该检查他的工作装备，这些对象宣告了戴维已不在人世，但毕竟不是属于她的记忆，所以处理起来不会那么沉重。

她先取出戴维的备用相机，惯用的那一台在坠楼时已经摔坏。他爱用佳能，桑德拉却偏爱尼康，两人经常在家里辩得不可开交。

她打开相机，里面没有记忆卡。

她继续研究其他电子用品。她接上电源，毕竟已经有好几个月没有使用，电池早已失去电力。卫星电话的最后一通记录，已经是许久之前的事，不需理会。至于戴维的手机，她在去罗马认尸的时候也已经亲自确认过，除了叫出租车，就只有最后一通打给她的电话留言——奥斯陆冷死了。要是没有这些通信记录，他仿佛已与世隔绝。

她打开笔记本电脑，希望至少能找到一点蛛丝马迹，但所有的数据都是旧档案，没有什么重要性，就连电子邮件也看不出什么端倪。戴维为什么会去罗马？在计算机里找不到答案。

为何如此扑朔迷离？她好疑惑，让她整晚失眠的那个问题，再次侵扰上身。

她一直相信丈夫是个诚实的人，也许，他内心深处藏有其他故事？

“去你妈的，夏贝尔。”她不断咒骂，都是这个人的错，害她现在也不禁起了疑心。

她回到袋子旁边，整理那些看似无关紧要的东西，比如万用刀和长镜头，还有一本真皮日志，用了好久，边缘已出现破损，戴维每年只会更换内页的部分，这算是他永不离身的物品之一，其他还包括了鞋底被磨光的棕色凉鞋，还有他之前在电脑上打字时老穿的羊毛衫，桑德拉总是千方百计想将它们除之而后快，他起初会佯装不知道，但几天过后，这些东西不知怎么就会再度出现。

回忆过往，让她嘴角泛笑。戴维就是这样，换作其他男人一定会鬼叫个不停，但面对她小小的逞威，他从不违抗，只是默默照自己的方式行事。

桑德拉打开日志，里面有些内容与戴维的罗马之行有关，他写下了一些地址，同时还在地图上标示出相对位置，总共约二十个。

她专心研究这些注记，却意外发现袋子里有一个陌生物体——列表上面没列出的东西——民用频段无线电对讲机。出于本能，她立刻检查频率，八十一频道，但也没有吐露半点玄机。

戴维带这个干什么？

她继续检查其他物品，发现有东西不见了：戴维随身携带的小型录音机，他说那等于是他脑袋的备用内存，但他坠楼的时候，东西不在身上，当然，可能有诸多原因，桑德拉决定先写下来再说。

她打算先整理一下目前所发现的线索，然后再继续下去。

日志里的地址，同时也标示在罗马市区地图上，无线电对讲机，对准了神秘频率，还有，戴维记录口述的录音机不见了。

她在脑海里反复思索这几件事之间的关联，同时隐隐不安了起来。在意外发生之后，她曾经询问过路透社与美联社——也就是她丈夫经常合作的新闻单位——是否曾指派戴维去罗马工作，但双方都说没有。当然，他也可能先自行采访报道，之后再询价卖出，但桑德拉有不祥的预感，这次的状况没有那么单纯，她不知道自己是不是应该继续追查下去。

先不管这些烦恼了，她继续闷头翻查袋里的物品。

她从袋底拿出了徕卡，那是一九二五年的古董相机，由奥斯卡·巴奈克发明、恩斯特·莱兹所研发的机种，它是第一代的便携式相机，操作方便灵活，也为战争摄影带来了革命性的改变。

那是一台功能完美的相机，横走式帘幕快门，速度从二十分之一秒到五百分之一秒，还有五十毫米的定焦镜，藏家珍品。

那是桑德拉送给戴维的第一件纪念日礼物，她还记得他打开礼物时的惊奇神情。依他们两人的收入，绝对无法负担此等贵重大礼，但这是桑德拉祖父送她的礼物，对摄影的热情，祖孙一脉相传。

那是家族遗产，戴维绝对不让它离开自己的视线，他说，那等于是他的护身符。

但救不了你的命，桑德拉轻叹。

相机还放在原厂皮套里，上面刻有戴维名字的缩写。她打开套子，想要召唤往日的回忆，戴维只要开始把玩这台相机，眼睛马上就绽放出孩子般的神采。她正要把相机放回去，却发现快门拨杆被扣住了，里面有底片。

这台相机里有戴维拍过的照片。

07:10

他们把那些地方称为“庇护所”：散落在这座城市各处的公寓，可以提供后勤支持，充当临时的避难处，不然，作为吃点东西放松一下的地方也可以。门铃旁的门牌上经常会出现某些公司的名称，但其实全是虚设行号。

马库斯现在进入的这间公寓，克莱门特先前带他来过，他们在罗马有很多这样的地方。这间大门的钥匙，正藏在附近的墙缝里。

果然不出马库斯所料，他拂晓时开始全身发疼，先前遭到攻击的部位当然逃不了，在他呼气的时候，肋骨周围的瘀伤不断提醒着他昨晚所发生的事，而且他的嘴巴破皮，脸也被打肿了，再加上他太阳穴的伤疤，如果有人看到，必定会吓一大跳。

庇护所里面通常提供了食物、床铺、热水、急救箱、伪造证件，还有无安全之虞的联网电脑。但马库斯挑的这间一片空荡，没有家具，也没有百叶窗，只有其中一间厅室的地板上放置了电话。

这个地方的唯一功能，就是保护这具设备而已。

克莱门特一开始就告诉他，他们不适合带手机，马库斯也小心翼翼，从来不会留下自己的行踪。

我不存在。他提醒自己，随即打电话给数据查询服务中心。

几分钟之后，态度有礼的接线人员告诉了他拉法艾拉·阿提耶利的住址与电话号码。马库斯挂了电话，随即拨出那个号码，他刻意让它响了许久，以确定无人在家。现在换他去拜访这个年轻人，正是时候。

没过多久，他已经站在滂沱大雨之中，在高级的帕里欧里区，鲁本斯路的街角，凝望某栋五层楼高的建筑。

马库斯潜入停车层。他感兴趣的那套公寓在四楼。他将耳朵紧贴着大门，想要再次确定没人在家。没有声响，他决定冒险一试，总得要摸清楚攻击者的底细。

他破坏门锁，进去了。

这是间宽敞的公寓，家具不但显示出好品位，也展现了惊人财力，屋内还有古董与昂贵画作，光亮的大理石地板，房门全部漆成白色，最令人好奇的是，这地方实在不像是一个疯子的家。

马库斯开始在屋内四处走动，他一定要快，因为随时可能会有人回来。

有个房间被当成了健身房，里面有搭配杠铃的健身椅、健身梯、跑步机，还有各式各样的健身器材，这个年轻人显然热衷此道，马库斯已经领教过对方的爆发力了。

从厨房的状况来看，他应该是独居。冰箱里只看得到脱脂牛奶和功能饮料，橱柜里摆放着一罐罐的维生素片与营养补充品。

这个大男孩的生活样貌，在接下来的这个房间中更是展露无遗。乱七八糟的单人床，床单上印有电影《星球大战》的图案，床头墙上贴着李小龙的海报，其他的墙面上也贴满了海报——摇滚乐团，还有摩托赛车。柜子上放着音响，房间角落搁着电吉他。

这是青少年的房间。

拉法艾拉究竟多大年纪？马库斯心生疑惑，而答案就在隔壁的房间里。

倚墙的一套桌椅，是房内仅有的家具，对面的墙上贴满剪报，虽然纸张因老旧而泛黄，却保存得相当完好。

时光回到十九年前。

马库斯近身细看，剪报依时间顺序自左至右贴成一排。

双尸命案。受害人之一是瓦莱里娅·阿提耶利，她是拉法艾拉的妈妈，另一名死者则是她的情夫。

马库斯盯着墙上的报道图片，除了剪报，也有从八卦杂志上剪下来的资料。

八卦所需的素材，在这起谋杀案中显然是应有尽有。

瓦莱里娅貌美优雅，养尊处优，性好奢华，她的丈夫奎多是知名商务律师，经常在国外出差，有钱有势，交游广泛。马库斯看到一张他在妻子葬礼上的照片，他面色凝重，虽然这起丑闻让他悲痛不已，但他依然努力保持镇定，紧握着稚子的手，目送灵柩，当时的拉法艾拉只有三岁。瓦莱里娅生前的情夫是知名游艇选手，曾经赢得多项船赛的冠军，他比女方小了几岁，多少算是被女方包养。

这起案件喧腾一时，除了因为当事人有头有脸，谋杀的手法也同样令人震惊。这对男女躺在床上时被侵入的歹徒吓醒，根据警方的调查判断，犯案人数至少有两人，但截至目前尚未破案，凶手身份依然成谜。

马库斯继续研读资料，才发现凶案现场就在这间公寓，现在拉法艾拉已经二十二岁了，依然住在里面。

他妈妈被谋杀时，他正在自己的床上睡觉。

凶手可能没注意到还有个小孩，或者决定放过他也说不定。第二天早上，当这小男孩醒来，去隔壁卧室找妈妈的时候，却看到了两具尸体，上面总共有七十多处刀痕。马库斯仿佛可以看到那懵懂孩子惊见可怕现场，当场号啕大哭的模样。

瓦莱里娅为了与情夫偷欢，提前支开了用人，所以直到她丈夫从伦敦出差回来，那两人才被发现陈尸家中。

小男孩与尸体相伴了整整两天。

马库斯沉思许久，想不出还有什么比这更可怕的梦魇，而某种记忆也从他的内心深处汩涌而出：被抛弃的孤单感。

他不知道这是在什么时候发生的，但他的确有所感应。马库斯的父母早已不在人世，自然无法告诉他这段记忆从何而来，他甚至连失怙之痛也淡忘了，但这也许是失忆症带来的少数好处之一。

他的心思又回到了当下，开始研究书桌。

档案堆积如山，马库斯很想坐下来仔细阅读，但没有时间，待得越久越危险，所以他只好信手翻阅。

里面是照片、警方报告的复印件、证物清单，照理说，这些文件不应该出现在这种地方。此外，还有拉法艾拉·阿提耶利的注记与心得，私家侦探的报告，马库斯还找到了一张侦探社的名片。

拉尼埃利。

拉法艾拉昨晚曾提过这个名字：“是不是拉尼埃利派你来的？你可以告诉那个王八蛋，我不想和他继续牵扯下去！”

马库斯把名片塞入口袋，继续看着墙上的文章，想要一口气全部读完，他心中暗忖，这狡猾的私家侦探，利用男孩的执念，不知道捞了多少钱。

找到弑母凶手。

这些剪报与文件，全都是执念的证据。拉法艾拉的童年，被那群怪物给玷污了，他想要知道他们的面目。马库斯心想，小孩子们都有假想敌，它们来自空气、灰尘、阴影，或是黑衣人与大灰狼，这些坏人只是住在故事里，当小孩乱闹脾气的时候，父母才会搬出来吓人，但它们终究会消失，回到原来的黑暗世界。

不过，拉法艾拉的怪物一直徘徊不去。

还有最后一件事，信末的三角小红点——就是这个符号，将拉法艾拉召唤到拉若的公寓里。

“这个符号你又怎么说？明明没有人知道这东西。”

马库斯在档案中找到一份检察署的文件，里面虽然提到了本案案情，但有些部分似乎被刻意删除了。这种做法是有原因的：一方面，警方通常会隐藏案件的某些细节，不让媒体和大众知道，以免有人作伪证，或是吸引说谎狂出来乱投案；另一方面，也可以让犯罪者误以为警方已掌握完整线索。而在瓦莱里娅·阿提耶利的案子中，犯罪现场所出现的某一重大线索，警方基于某种理由，坚持不肯吐露。

他不知道那与杰里迈亚·史密斯或拉若失踪有无关联，此案发生于十九年前，就算当时警方遗漏了什么线索，现在也铁定无法复原了。

犯罪现场永远消失了。

马库斯低头看表：他在屋里已待了二十分钟，他不想和拉法艾拉再来一次正面冲突。

但他还是做出决定，至少要看一下当年女主人遇害的卧室。

一打开房门，他就发现自己错了，犯罪现场并没有消失。

他最先看到的是斑斑血迹。

双人床的蓝色床单被血浸染，死者的失血量惊人，还可以看出他们当初遇害时的姿势，枕头与床垫还看得出人形，两人躺在一起，给彼此最后的绝望拥抱，对于凶狠虐杀毫无招架能力。

鲜血从床单滴落，宛如火山岩浆般流遍整张雪白的地毯，渗入纤维之中，色泽红艳鲜丽，与死亡的意象格格不入。

墙上的喷溅血迹，是凶手挥刀刺人的运力速写，见证了他的愤怒、速度，甚至是疲态。

杀人犯还以血为墨，在床边的墙上用英文写了一个词。

EVIL（恶）。

一切凝止不动。这里如此写实逼真，仿佛凶案才刚刚发生，马库斯觉得自己仿佛走入了时空隧道。

不可能，他自言自语。

十九年前的凶案现场，怎么可能保留到现在？

只有一种合理解释，而墙角的油漆桶与刷子，以及验尸照片，也证明了他的猜测，拉法艾拉重建了命案现场：在某个三月的宁静早晨，奎多·阿提耶利出差返家时所看到的景象。

自此之后，一切都变了。除了警方介入办案，也有人想要立刻清理现场，将所有的可怕记忆除之而后快，让这个地方尽快恢复原貌。

马库斯心想，恐怖命案发生之后，大家都有一样的反应，尸体被移走了，血迹干涸，生活再次回到正轨。

他心想，没有人想要保留那种回忆，就连我也没办法。

但拉法艾拉·阿提耶利决意要忠实呈现犯罪现场，执念紧紧夹缠，他必须为这起暴行建立专属的圣坛。而且，为了让恶行无所遁逃，他把自己也囚禁在圣坛之中。

不过，这也让马库斯有机会能研究现场，找出违常之处。所以他补画了一个十字，继续找寻线索。

他走向那宛如祭坛的床边，这才发现为什么行凶者至少有两名。

死者无路可逃。

马库斯想要还原当时的情景。瓦莱里娅和情夫被惨无人道的恶行吓得不知所措，她有没有尖叫？抑或是强忍着不出声，以免惊醒隔壁房间熟睡的幼子，害他误闯进来？

床尾的右端有一摊血池，而左边吸引了马库斯的目光。三团圆点。

他弯腰，想看个仔细。完美的等边三角形，边长约五十厘米。

就是这个符号。

马库斯思索着那个三角形可能代表的各种含义，他抬头，赫然发现刚才不曾注意到的东西。

地毯上有小孩的赤足印。

他心中浮现了当时的景象：三岁的拉法艾拉一大早在门口探头探脑，看到了那幅骇人的画面，却不知道那代表了什么意思，他跑向床边，小脚丫踩在血泊中，拼命想要摇醒妈妈。

还有，他那小小的身躯，躺在浸血的床单上，大哭了几个小时之后，他好累，蜷在妈妈身边睡着了。

这孩子就在公寓里足足待了两天，之后才被爸爸带离现场。两个白天，还有两个漫长的夜晚，独自面对潜伏在黑暗之中的各种可能。

孩子何须记忆，他们要学习的是遗忘。

从另一个角度来看，这四十八小时，足以让这孩子留下一辈子的印记。

马库斯无法动弹，他开始深呼吸，担心自己会恐慌发作。这不就是他的天分吗？体悟恶行在万物里所留下的寓意，聆听死者的无声之言，眼睁睁地看着人类的败德剧上演，却无能为力。

“狗是色盲。”

所以，全世界对拉法艾拉百般不解，只有他懂，那个三岁大的小男孩，还在等待救赎。

09: 04

“金格尔，有些事必须眼见为实。”

戴维只要一提到自己工作的危险性，必定会讲出这句话。对桑德拉来说，相机是必要的慰藉，她每日记录各式各样的暴力行为，只有靠它才能降低心理冲击，对戴维而言，相机就只是工具罢了。

桑德拉思索着两人的差异，同时忙着把家中厕所布置成临时暗房，她以前看戴维弄过好多次了。

她先把门窗封好，然后拿掉镜上的小灯，换成不会让相纸感光的红灯，先前她已经从阁楼中取出了放大机，还有显影与定影的专用罐，其他的东西她只好随机应变。平日洗涤贴身衣物的小盆可以作为冲洗设备，厨房里的钳子、剪刀、勺子都可以派上用场，而相纸与化学药剂都还没有过期，仍然可以使用。

桑德拉拿起那台装了三十五毫米底片的徕卡相机，开始卷片并退片。

接下来的步骤，需要在全黑的环境中进行。她戴上手套，打开底片盒，抽片，凭着脑海中的印象，以剪刀先修平片头，然后上片轴，再把预先调配好的显影剂倒进去，开始计算时间，定影剂也重复相同的步骤，最后再打开水龙头冲洗。桑德拉没有助洗剂，于是改将几滴中性洗发精滴入罐内，再将那卷底片晾在浴缸上。

她在自己的手表上设定好时间之后，整个人靠在瓷砖墙面上，叹了一大口气。黑暗中的等待让人烦躁不安，她不知道戴维为什么要用这台老相机，她希望这些其实是无关紧要的照片，但也有殷殷期待，因为戴维离奇死亡，她实在不甘。

戴维只是在试相机而已，她这么告诉自己。

虽然夫妻两人对摄影都有兴趣，而且摄影也是他们的工作，但是他们没有合影。她偶尔会惦念着这件事，当丈夫在世的时候，这似乎也不算太奇怪，就是觉得没必要罢了，当下如此强烈真实，又何须过往？桑德拉从来没想到有这么一天，她居然需要贮藏记忆才能活下去。随着时间流逝，她记忆的存量也变得越来越淡薄，与她的余生相比，两人共同生活的日子也未免太短暂了，接下来她该怎么办？对他的情感还能像以往一样浓烈吗？

定时器的铃声将她拉回现实，现在她终于可以开红灯了，她拿起胶卷，对着灯光看片。

这台徕卡相机，一共拍了五张照片。

桑德拉现在还无法判断照片里有什么东西，但好想赶快冲印出来。她开始准备那三个冲洗盆，第一个倒入相纸显影液，第二个是清水加醋酸所调制的急制液，第三个是定影液，同样也是加水稀释。

她使用放大机，将负片投射在相纸上曝光，然后将第一张相纸浸入显影液里，她轻轻摇晃，影像也在液体中慢慢浮现。

但太黑了。

也许戴维在拍这张照片时出了差错，不过，桑德拉依然把它置入另外两个冲洗盆，然后用衣夹挂在浴缸上方，随即继续处理其他负片。

第二张照片是戴维裸胸的自拍镜面照，他单手拿相机，另一只手则在挥动着，但他脸上没有笑意，而且神情还相当凝重，他的后方挂着月历，刚好就是他死亡的那个月份，桑德拉心想，这可能是他死前的最后影像。

鬼魅的阴冷道别。

第三张照片是某处建筑工地，还可以看到裸露的柱子，没有墙，整个区域一片空荒。桑德拉心想，这应该是在戴维出事的建筑物内拍摄的照片，不过，当然是他生前。

他带徕卡相机去那里干什么？

戴维坠楼是在晚上，但这张照片是日景，也许他一直忙着在勘查那个地方。

第四张照片，极其诡异，她猜是十七世纪的画，不过应该只是大幅油画的局部而已。有个小孩大幅扭动着身躯，仿佛准备拔腿就跑，但他转头看向后方，后面有个既可怕又漂亮的东西，让他看得目不转睛，小孩露出诧异表情，嘴巴还张得大大的。

桑德拉有印象，但她忘了这是哪一幅画。她想起督察迪·米凯利斯喜好艺术，这个问题可以问他。

有件事倒是可以确定：那幅画作在罗马，她应该要亲自去一趟。

她今天是下午2点的班，但她打算请假。戴维发生意外后，她还不曾请过丧假，如果她搭高铁，不到三个小时就可以到罗马。就像戴维说的，她一定要亲眼看到才算数，的确有必要深入了解，因为戴维拍这些照片一定有其理由。

她的脑袋在思考行程，手里却忙着冲洗最后一张照片，前四张不但找不出答案，反而带来更多的疑问。

也许在最后一张照片里能发现线索。

那张相纸慢慢显像，她的动作更加小心翼翼，干净的背景出现暗块，越来越清楚，宛如在海底幽暗世界沉睡多年的船骸逐渐浮出水面。

一张脸。

特写，显然对方不知道被拍了。戴维的罗马之行，或是意外身亡，与这个人有关系吗？桑德拉知道一定要找到他。

这个人是黑发，衣服也一身黑，眼神忧郁闪烁。

太阳穴上有伤疤。

09: 56

马库斯站在城堡露台上俯瞰罗马，眼光迷茫，他的后方矗立着大天使米迦勒的雕像，雕像双翼开展，挥舞利剑，凝望着芸芸众生与无尽的人生悲剧。青铜雕像的左方放着悲悯钟，在圣天使城堡作为教皇监狱的黑暗时代，只要有人被宣布处死，钟声就会幽幽响起。

这个充满虐刑与绝望的地方，已经成为游客络绎不绝的观光要地。躲在云后的太阳探出头来，银白色的光芒照耀着这个落雨不停的城市，大家赶紧趁现在开心拍照。

克莱门特靠了过来，但马库斯的目光依然驻留在眼前的大片景色上。“怎么了？”他开口问道。

他们想要见面时，全靠电话留言。只要其中一人有需求，留下指定的时间地点即可，到目前为止，这方式还未曾出过任何差错。

“瓦莱里娅·阿提耶利的谋杀案。”马库斯回道。

克莱门特先不管这个，他担心的是马库斯肿胀的脸："谁把你打成这样的？"

"我昨天晚上遇到了她的儿子，拉法艾拉。"

克莱门特摇头："超级棘手的案子，一直破不了。"

他的语气仿佛是知之甚详，马库斯心中不免觉得有些诧异，往前推算时间，他朋友在当年案发时，最多也不过十岁罢了。想必只有一个原因：他们处理过这起谋杀案。

"有档案资料吗？"

克莱门特不喜欢在大庭广众之下讨论这种事。"谨慎为上。"他叮咛马库斯。

"这是重大案件，你还知道些什么？"

"警方有两个调查方向，奎多·阿提耶利都脱不了关系。红杏出墙的妻子被杀，大家第一个想到的嫌疑犯，永远都是丈夫。而且奎多有专业知识与资源，他如果买凶杀人，当然知道该怎么脱罪。"

但如果奎多·阿提耶利是主谋，难道他会故意把儿子留在屋里，伴尸两日，只为让自己的不在场证明更具有说服力？

"第二个方向是？"

"阿提耶利在伦敦的时候，完成了一项重大并购案，事实上，这起交易疑云重重——与石油和军火有关，牵涉诸多重大利益。卧室墙上的那个英文字'恶'，也可能是故意写给他看的。"

"一种警告。"

"但杀手放过了他的小孩。"

一群小孩从马库斯面前跑过去，他的目光紧紧相随，充满了对他们的自由自在的羡慕。

"这两个方向为什么最后都不了了之？"

“先说第一个。这对夫妻本来就快离婚了，太太偷欢无度，这个游艇选手只算是刚交的男友而已。这律师虽然丧妻，但似乎不怎么伤心，几个月之后，他立刻再婚，现在的他早已另组家庭，而且又生了小孩。还有，别忘了，像阿提耶利这样的人，就算想要杀妻，也不可能下这种残忍毒手。”

“儿子呢？”

“多年来都不曾与父亲说话，就我所知，那小孩疯了，频频进出精神病院，他觉得自己变成这个样子，都是父亲害的。”

“第二个方向呢？”

“警方追查了一阵子，但没有任何证据。”

“犯罪现场有没有留下指纹或其他线索？”

“虽然看起来像是疯狂屠杀，但犯案手法干净利落。”

马库斯心想，就算凶手留下了什么蛛丝马迹，但案子发生在十九年前，当时的刑事鉴识不像现在这么先进，DNA 分析也还不普及。除此之外，小孩待在犯罪现场四十八小时之久，痕迹已遭其破坏而消失殆尽。他不禁又想到拉法艾拉为寻索真相所重建的凶案现场。

“还有第三个调查方向吧？”

马库斯心觉有异。为什么“他们”对于这起陈年旧案兴趣浓厚？他的朋友对此只字不提，这更让他不解，而且克莱门特还立刻转移了话题：“这和杰里迈亚·史密斯，以及拉若失踪案又有什么关联？”

“还不知道。但昨晚拉法艾拉也在拉若的公寓里面，有人寄信给他，叫他去那里。”

“谁？”

“我不知道，可是我在拉若厨房的食谱里发现一本《圣经》，第一次过去的时候，我没有注意到。有时在黑暗中反而能看得更清楚，所以我昨晚才会又回去公寓，希望可以在相同的条件下重建杰里迈亚的犯罪过程。”

“《圣经》？”克莱门特不解。

“书签带压住的那一页是帖撒罗尼迦前书：‘主的日子来到，好像夜间的贼一样……’我觉得有人刻意要给我们看这句话，让我们遇到拉法艾拉·阿提耶利。”

克莱门特脸色僵硬：“没有人知道我们的事。”

“当然没有。”马库斯回道。对，没有人，他自言自语，满腹酸楚。

“营救拉若的时间相当紧迫，你也知道。”

“你曾经告诉我，能找到她的人只有我，叫我要依照直觉行事，我都照做了，”马库斯不松口，“另一个调查方向的细节，我也要知道。犯罪现场除了那个‘恶’字，还有以被害人鲜血画出的三个小红点所排成的三角形。”

克莱门特转向青铜天使雕像，仿佛在祈求保护：“那是神秘学符号。”

马库斯心想，警方在档案中隐藏这种细节，也没什么好意外的，他们实事求是，不喜欢这种与神秘学领域有关的案件，到了法庭之上，这种议题不但棘手，而且被告还能以精神失常为由借机脱罪，无法彰显警方的办案能力。

但克莱门特显然是认真以待：“有人说，那卧室里举行过某种仪式。”

与巫术相关的罪行，的确是“他们”所处理的异常事件类型，马库斯正在等克莱门特去找出阿提耶利的档案资料，却等不及想知道那三角形符号的意义，他决定去某个地方，在那里也许能找出答案。

安杰利卡图书馆，位于圣奥古斯丁广场某一座奥斯定会的前修道院，会士们自十七世纪开始收集书本，并加以编目保存，累积了将近二十万册的珍贵藏书，这里分有古书区与当代书籍区，是欧洲公共图书馆的先驱之一。

马库斯坐在阅览室里的某张桌旁，这间阅览室名为万维特利厅，因为在十八世纪时，这位建筑师负责翻修这座建筑，遂取其名作为纪念，阅览室四周的木制书架上摆满书籍。穿过布满阿卡迪亚学院成员画像的走廊，即可到达目录区，再继续往里面走，可以看到某道防护门，里面储存的是极为珍贵的微缩画。

数百年来，安杰利卡图书馆一直深陷于各种宗教争议之中，因为这里的馆藏有大量禁书，马库斯对此深感兴趣，他借阅过一些符号学主题的书籍。

他戴上白色棉质手套，因为皮肤的酸性物质会污损旧书。纸页被翻动，宛如蝴蝶在拍翅，这是阅读室里唯一的声响。马库斯如果生在宗教法庭时代，看了这些资料，恐怕得赔上自己的性命。经过一个小时的研究，他终于找到三角形符号的起源。

它被大家当成基督教十字架的对立物，所以很快便成为诸多异教的代表标志。其起源可追溯至君士坦丁大帝的改宗时期，那时起基督教不再遭受迫害，教徒也脱离了穴居生活，这些洞穴反而成为异教徒的避难所。

马库斯万万没想到，现代邪教居然承袭于古代异教。千百年之后，撒旦形象已经取代了其他恶神，因为它是反基督的主要势力，这些邪教信众被视为大逆不道之徒，他们在偏僻而空旷的地方会面，以拐杖在地面画出神殿之墙，万一被人发现，可以立刻抹消痕迹。会盟歃血、杀害无辜，是为了让信徒之间紧紧相系，这除了有仪式性意义，也能发挥实际的钳制力量。

马库斯心想，如果我叫你杀了人，这辈子你就永远和我脱不了关系。如果有人胆敢退出，很可能会被举报为杀人犯。

他也找到了此类仪式的演化史资料，由于这些都是当代出版品，他便脱下手套，拿起一本犯罪学的书，开始埋首研究。

在许多谋杀案中，都可以发现邪教的元素，不过，在大多数的案件中，它都只是性变态行为的托词罢了。某些心理变态杀人犯坚称有某种强大的力量想与他们沟通，所以他们只好一再杀人作为响应，而受害者的尸体也成为传话的信使。

最知名的案例当属大卫·理查德·柏克威兹——外号为“山姆之子”——他所犯下的多起案件，震惊了二十世纪七十年代末的纽约。警方终于抓到犯人后，他却供称邻居的狗被邪灵附身，命令他犯案杀人。

马库斯认为，瓦莱里娅·阿提耶利的这起案件，应与变态犯罪无关，行凶者不止一人，换言之，他们精神状况很正常，没有问题。

但集体杀人的案子，在邪教中屡见不鲜。平常一个人不敢作恶，加入团体之后，却有了胆大妄为的勇气，平日的压抑，靠群体之力得到解放，而且责任均摊，罪恶感也相对减轻。

还有一种名为“迷幻邪教”的教派，让成员大量使用毒品，以便于操控。这类组织喜欢穿着黑色服饰，而且使用许多邪教符号，不过他们的灵感来源与渎神无关，而是重金属音乐。

瓦莱里娅的卧室墙上的那个“恶”字，也许与此有关，但很少听说这些团体会动手杀人，通常他们下手的对象是可怜的小动物，它们会被当作模拟黑弥撒时的祭品。

真正的邪教倒不会玩这么戏剧化的手法，他们需要百分之百的隐蔽才能维系下去。很难发现他们存在的确切证据，只有扑朔迷离的线索而已。不过，有些残暴凶手之所以犯案，并非出于精神异常，在意大利最为人熟知的例子，莫过于“佛罗伦萨的恶魔”[1]。

马库斯看了一下事件梗概：1974—1985年一共发生了八起双尸命案，这并非一人所为，而是好几名凶手联合犯下的罪行。警方的确逮捕了数名罪犯，却就此止步，再也没有继续侦办下去，不过大家怀疑背后其实有某一团体在教唆杀人，其目的是取得人尸，用于仪式。

马库斯发现其中有个段落，颇值得一究，“佛罗伦萨的恶魔”的下手对象，都是年轻情侣或夫妻，对这些恶徒来说，最美妙的杀人手法就是让他们在性高潮中断气，据说人体在欲仙欲死的时刻，会释放出某种能量，能够增强邪魔仪式的效果。

某些谋杀案的日期刚好在基督教节日之前，而且凶手特别喜欢挑新月之夜。

马库斯特别查了一下瓦莱里娅与情夫的遇害日期，三月二十四日晚上，天使报喜节的前一天，而且也是新月。

邪教犯案的元素一一出现，近二十年无法破解的悬案，现在该是重新调查的时候了，马库斯认为背后一定有知情人士，只是那人一直选择默不作声，他摸了摸口袋，找到在拉法艾拉桌上偷来的名片。

先从拉尼埃利下手，那个私家侦探。

1　佛罗伦萨的恶魔：发端于1968年的意大利的真实连环杀人案。——编者注（如无特殊说明，本书注释均为编者注。）

拉尼埃利的办公室位于普拉蒂区，某间小房子的顶楼。马库斯在暗地里观察他，这个侦探刚下车，开的是绿色斯巴鲁，现实生活里的他，看起来比侦探社网站上的照片老多了。从事这种工作的人，居然会把自己的面貌公之于世，马库斯觉得匪夷所思，但也许拉尼埃利根本不在乎。

马库斯正准备尾随进去，但发现那辆车沾满了泥巴，虽然罗马下了好几个小时的雨，也不可能如此狼狈，他猜侦探应该是从郊外刚进入城内。

大门警卫正在专心看报，马库斯偷溜进去，对方浑然不觉。拉尼埃利没搭电梯，也许是因为等得不耐烦，他步履仓促，似乎急着上楼。

拉尼埃利走进办公室，而马库斯则藏身在二楼的隐蔽处，等待他再次现身，届时就可以换他潜入，看看大侦探何以如此匆忙。

一早他在图书馆研究资料的时候，克莱门特也依约为他准备好了案件资料，编号 c.g.796-74-8，里面包含了所有相关人物的档案，东西早已留在某栋大型公寓的信箱里，这是他们交换文件的专设地点，其他住户一无所知。

先前在等待拉尼埃利出现的时候，马库斯早已看完对方的档案资料。

名声不佳，这也不令人意外，由于行为不检，他早已被吊销执照。而且，他从事的职业显然相当多元，过去曾涉及多起诈骗案，甚至因为开假支票而坐牢。他最大的客户就是拉法艾拉・阿提耶利，这些年来，他在这个年轻人身上捞了一大笔油水，不过最近两人关系突然破裂。位于房价昂贵的普拉蒂区的办公室其实只是吸引无知肥羊的门面罢了，这侦探连个秘书都请不起。

马库斯陷入沉思，此时却突然有女子发出尖叫，声音似乎是从顶楼传下来的。

他受过严格的训练：在这种状况下，一定要尽速离开，到了安全的地方之后才可以通知警方，最重要的就是要不计一切代价保护自己不被发现。

我不存在，他再次提醒自己。

他按兵不动，也许会有其他人听到尖叫跑出来，但没有，马库斯忍不下去了，要是他眼见弱女子身陷危险而不救，他永远不会原谅自己。正当他要冲上顶楼的时候，那间办公室的门打开了，侦探准备下楼，马库斯又赶紧藏身，对方根本没有多加注意，但他发现拉尼埃利手里提了一只皮箱。

等到确定拉尼埃利离开，他冲上楼梯，希望一切还来得及。

他用脚踹开办公室大门，迎面而来的是狭小的等待区，走廊尽头有个房间，马库斯跑过去，却停在门口，他听到里面传来敲击声，他小心翼翼靠过去，仔细一看，原来是大开的窗户被风吹打得砰砰作响。

没有女子的踪影。

里面还有一道紧密的门，他慢慢走过去，动作格外小心。手放在门把上，猛然打开，他已有了出现可怕场景的心理准备，但那只是一间小小的卫生间，什么都没有。

他明明听到有女人在尖叫，人呢?

医生曾经警告过，他会出现幻听症状，这是失忆症的副作用。他的确也出现过幻听。有一次，他待在自己的阁楼，听到电话声响个不停，但屋内明明没有装电话，还有，他也曾听到德沃克在喊他的名字，其实他不确定那是不是好友的声音，因为他不记得了，但是那声音让他联想到德沃克的脸，他不禁开始怀抱希望，也许哪天能够恢复记忆。但医生说不可能，失忆症是不可逆的脑部损伤，而且他的问题也并非心理性因素。但马库斯仍然相信自己终能找回失落的过往。

他深呼吸，想要忘却那女子的尖叫声，当务之急，要搞清楚这里出了什么事。

马库斯走到窗户旁，向下张望，那台绿色斯巴鲁不见了，拉尼埃利取车离开，表示他暂时不会回来，马库斯还有一点时间。

柏油路面上有一摊油渍，再加上先前发现车身溅上的泥，想必拉尼埃利早上行经的是崎岖不平的路面，所以车才沾污又受损。

他关上窗户，继续研究办公室。

拉尼埃利停留的时间还不到十分钟，他在这里干什么?

有办法找出真相。马库斯记得克莱门特教过他的一件事，犯罪学家和测绘人员称其为“密室之谜”，所有的事件，即便最微不足道的也不例外，都会留下痕迹，随着时间分秒消逝，也会逐渐露出端倪，所以房间虽然看起来是空的，实则不然，里面其实蕴藏了许多线索。但马库斯只能利用有限的时间，努力还原现场。

首先，要运用视觉。书架只用了一半的空间，摆放的是弹道学与法学书籍，已满布积灰，显然是纯作装饰之用。沙发很破旧，书桌旁配了张转椅，前头还有两张椅子。

他还注意到办公室内出现了时序错乱的怪异组合，等离子电视，搭配老旧的录放机，他不知道这个年代还有人在用这东西，而屋内根本找不到录像带。

马库斯默记于心，继续找寻线索。墙上歪挂着调查特训课程的结业证明，还有过期的职业证书，他靠近察看，发现墙后藏有保险柜，门没有合紧，他赶紧打开，但里面什么也没有。

他想到拉尼埃利离去时所携带的皮箱，里面一定有东西，是钱吗？他准备逃之夭夭？要躲谁？躲避什么事情？还有，他刚进来的时候，窗户大开，为什么拉尼埃利没有关窗？

他心想是为了要让空气流通，他猛吸鼻子，果然闻到一股淡淡的怪焦味，应该是叶绿素，他赶紧冲去纸篓旁边。

只有一张纸，已被火烧得皱烂。

拉尼埃利不只从办公室取走物品，而且还在离开前销毁了某个东西。马库斯拿起那张纸，小心翼翼地摊在书桌上，然后又进入卫生间，看了一下洗手液的标签，并把它拿到办公室里。他在指尖倒了一些皂液，尽可能把它摊平，在烧黑的手写字痕处，仔细抹匀，然后从火柴盒里拿出火柴棒，先前拉尼埃利应该也做过相同的动作——马库斯准备再烧一次。在划火柴之前，他告诉自己，只有这么一次机会，点燃之后，一切消失殆尽。

失忆症造成偏头痛、幻听，以及错觉，但至少还是有一个好处：马库斯开始拥有优异的记忆能力，他猜一定是脑内出现空白地带，让他得以快速学习吸收，此外，他也拥有绝佳的图像式记忆能力。

他暗自祈祷，希望这次没问题。

点亮火柴，拿纸，以自左至右的方向，慢慢点火。

墨水因皂液中的甘油而发生反应，字迹再度显现，马库斯迅速背记，不过几秒的时间，纸片已经化成一缕灰烟。纸上写的是地址：可梅提路十九号，还有那红点三角形符号。

除了地址不一样，这张纸与拉法艾拉·阿提耶利所收到的那封信，一模一样。

14: 00

“我觉得不太好。”

迪·米凯利斯在电话里说得直接，桑德拉不禁有些懊悔，没事干吗把这位警官卷进来。她在火车站叫了出租车，但连绵的雨势让罗马交通受阻，沿路走走停停。

这位督察当然乐意帮忙，但他不解的是，为什么她要亲自去一趟。

“你知道自己在做什么吗？这样对吗？”

桑德拉的行囊里准备了离家数日的必需品，她也把徕卡相机冲出的照片、标记陌生地址的日志、双向对讲机都带在身边。

“戴维从事的是危险工作，我们双方早有共识，他不会告诉我要去哪里出差，所以他何必要在那一通留言里对我撒谎？为什么要说他在奥斯陆？我苦思许久之后，发现自己真是白痴，他不是在隐藏秘密，而是提醒我要注意。”

“好，就算他发现了什么，想要保护你，但你现在正让自己步入险境。”

“我不这么认为。戴维知道自己冒着生命危险，若有不测，他希望我可以继续调查下去，所以他才留线索给我。”

“你是说那老相机里面的照片？”

“说到这个，那个小孩逃跑的照片是哪一幅画？”

“光听你的描述，我没办法知道，得亲眼看到才行。”

“我已经发电子邮件给你了。”

“你也知道我对计算机是门外汉，我会请部属帮我下载，一有消息，我尽快让你知道。”

桑德拉知道可以信赖他，虽然戴维死了五个月之后，他才向她表达遗憾之意，但他真的是个好人。

“督察……”

“嗯？”

“你结婚多久了？”

迪·米凯利斯大笑：“二十五年，怎么了？”

桑德拉又想起夏贝尔的话：“我知道这个问题涉及个人隐私，但……你曾经怀疑过自己的另一半吗？”

督察清了清喉咙：“有一天下午，芭芭拉告诉我她要和某个女性朋友见面，我知道她在说谎，我们警察有第六感，你懂吧？”

“是，我懂，”桑德拉不知道自己是否要把故事听完，“但你不说也没关系。”

迪·米凯利斯没理她，径自说下去：“然后，我简直把她当成了嫌犯，决定偷偷跟踪她，她当然不知道。但过了一会儿之后，我停下脚步，思考自己的所作所为，最后反悔，回头。当然，你可以说这是恐惧，但我很清楚自己在想什么，其实，她就算骗我，我也不在意。不过，如果最后我看到她真的是和自己的女性朋友见面，我会觉得自己背叛了她，我有权要求太太忠诚，但芭芭拉的丈夫也应该信任她才是。”

桑德拉心想，这位资深同事可能从来没有告诉过别人这件事，所以她也鼓起勇气，想问另一件事：“督察，可以帮个忙吗？”

“这次又是什么问题？”他假装生气。

“有个国际刑警组织的探员夏贝尔在昨天晚上打电话给我，他认为戴维的死有黑幕，这家伙很讨厌。”

“知道了，要叫我去查他的资料，就这样？”

“对，谢了。”桑德拉如释重负。

不过，迪·米凯利斯的问题还没有结束："等一下，你现在要去什么地方？"

一切消亡的终点，桑德拉很想这么告诉他。

"戴维坠楼的地方。"

同居，其实是她的想法，但戴维也欣然同意，至少，她是这么以为的。那时两人不过才认识几个月，能不能摸透戴维的心思，她没有把握，这个男人有时候很深沉，感情不外显，和她的风格截然不同。当他们意见相左的时候，提高声量说话的人是她，而他淡然安抚，桑德拉忍不住猜想，戴维并非无动于衷，这是他的既定策略：先让她恼火，等到她怒不可遏的时候才出手。

他搬进她公寓的一个月之后所发生的事，足可为证。

戴维一整个礼拜都态度怪异，安静不语，桑德拉觉得他在闪避她，甚至两人在屋内独处的时候亦是如此，那时候他手上没案子，但依然异常忙碌，如果不是躲在书房里，就是忙着修插头或是清理堵塞的水槽。她觉得不太对劲，但也不敢问，她告诉自己，必须给他时间，戴维不习惯生活里突然出现一个叫作家的地方，而且他也缺乏两人生活的经验。桑德拉生怕会失去他，但他依然躲躲闪闪，她的怒气也越来越高涨，爆发的一刻终于来临。

时值深夜，他们正在熟睡，她突然感觉到他的手在猛摇她，唤她起床。还不到3点钟，她睡眼惺忪，问戴维究竟要干吗，但他把大灯打开，逼着她一定得坐起来。戴维的目光在房间里飘移，他努力找寻字词，将他酝酿了好一段时日的想法和盘托出：两个人这样下去是不行的，他浑身不自在，简直快喘不过气。

桑德拉努力要听懂他这番话的含义，而她唯一想到的答案就是：这个大白痴想甩了我。她的自尊受创。而且他想分手，难道不能等到早上再说吗？她气冲冲地起床，开始对他连番开骂，只要手上能抓到的东西，全扔到了地上，其中一个是电视遥控器，砸地时刚好触到电源开关，屏幕上出现深夜时段的黑白老片《礼帽》，弗雷德·阿斯泰尔和金格尔·罗杰斯正在对唱。

甜蜜的旋律，夹杂着桑德拉的歇斯底里，构成一幅超现实场景。

场面越搞越僵，因为戴维低头沉默，只是任由她骂。不过，等到她的怒火飙升到最高点的时候，她发现他把手伸入枕头底下，取出一个蓝丝绒小盒，又把她拉到床边，露出诡诈笑容。她傻了，看着那小盒子，恍然大悟那里面装的是什么东西，她觉得自己真够笨的了，张大嘴巴，惊讶得说不出话。

“我只是要告诉你，”戴维说道，“过这种日子也不是办法，依我个人浅见，我们应该要结婚才对，因为我爱你，金格尔。”

这是他的第一次——第一次对她表达情爱，第一次叫她金格尔——当时，弗雷德正唱着《贴颊双舞》[1]。

天堂，我身在天堂，
心跳加快，让我几乎无法言语。
在我们贴颊双舞的时刻，
我找到了幸福。

桑德拉还搞不清楚状况，已经哭得稀里哗啦，她钻进戴维的怀里，她要一个热情紧拥。她挨在他胸前啜泣，开始脱衣，想与他做

1 《贴颊双舞》：英文原名 *Cheek to Cheek*。

爱的欲望何其激切，两人缠绵直至天色破晓，言语无法形容她当晚的感受，纯然的欢愉。

当那种时刻出现的时候，她也有所体悟，自己和戴维绝对不可能过着安静平和的生活，两人都以燃烧热情的方式在过生活，而这也成为他们的隐忧，要是擦枪走火，一切将迅速消失殆尽。

果然发生了。

现在，距离那独一无二的夜晚，已经过了三年五个月，再加上零星的几天。桑德拉站在某处空荒的工地，戴维，她亲爱的戴维，就在这里坠楼撞地。现场没有血迹。时日已久，强风骤雨带走了污渍。她曾想过带鲜花过来，但又担心会感情溃堤，此行的主要目的毕竟是查访真相。

戴维落地之后，在这里躺了一整个晚上，奄奄一息，后来有人骑单车经过发现，赶紧打电话报警，但太迟了，戴维死在医院里。

当罗马的同事告诉桑德拉这个消息的时候，她不敢问太多详情，比方说，他的意识是否一直很清楚？其实，她比较希望他当场断气，而不是之后才因多处骨折与内出血而死去。但最重要的问题，她一直不敢问。

如果早点被人发现，是不是还有活命的机会？

垂死挣扎的痛苦过程，更证明戴维应是意外死亡，如果有人把他推下楼，那此人一定会确定任务达成之后，才会离开现场。

桑德拉发现右侧有阶梯，她放下背包，小心翼翼拾级而上，因为两侧完全没有扶手，到了七楼的时候，四周完全没有隔板墙，只看得到支撑楼板的梁柱。她走到临空边界戴维失足的地方，天黑之后，他来到这里，她想起昨晚夏贝尔在电话里说过的话。

“根据警方资料，利奥尼先生是为了取得绝佳摄影角度爬上建筑工地的……你去过现场吗？”

“没有。”

“我去过了。”

“你到底要说什么？”

“你丈夫的相机在他坠楼时摔坏了，可惜我们再也看不到照片了。”

桑德拉放眼望去，正是戴维坠楼那晚所看到的景象，一片空地，四周全是公寓建筑，她现在才懂得夏贝尔为何语带讥讽，这有什么好拍的？何况，还是黑漆漆的晚上。

她随身携带那台徕卡所拍的照片，她没有猜错，照片里的建筑工地就是这里，不过戴维拍摄的时间是白天。她当初把照片冲出来的时候，曾经以为戴维在勘查这个地方。

桑德拉看着四周环境，心想戴维来这里，一定有他的目的。这地方如此荒凉，看不出有何重要性，至少表面上没有。

所以，他为何而来？

她必须从其他方向思考，如同学校老师说的，转移焦点。

真相藏在细节里，她提醒自己。

在细节里找寻答案，她平常的工作内容也是如此，现在她准备开始判读现场，由下往上，先整体，然后是细节。她拿着戴维拍摄的照片，准备进行比较。

现在，该好好比对照片与现场的细微差异，宛如在玩比对图片游戏，从几乎一模一样的图片中，找出相异之处。

她先从地板开始，一步又一步，仔细比对照片，然后，她抬头看天花板，希望能够在混凝土中找到蛛丝马迹，但一无所获。

接下来研究梁柱，一次一根。显然在这五个月当中，有些柱身出现了轻微毁损，主要是因为没有上灰浆，所以更容易出现龟裂。

她走到了最左端，发现现场看起来与照片有些不同，是小地方，却引人注意。五个月前，戴维拍照的时候，梁柱基底有一处横状裂缝，现在却不见了。

桑德拉弯身细看，它被一块灰浆板刻意挡住了。她将其移开，却目瞪口呆。

那处裂痕还在，而且还夹放着戴维的那台小型录音机，明明他每次都会带出门，在遗物袋里却找不到。

桑德拉把它拿出来，拂去灰尘，它机身纤薄，长度也只有四英寸，是取代传统卡带录音机的电子产品。

望着掌心里的那台小机器，她发现自己好害怕，天知道里面有什么秘密，戴维可能特意把它藏在这里，并拍照记下位置，想着日后再回来拿，却没想到会坠楼；又或者，他藏机器偷偷录音的时间可能就是在出事那晚，她记得可以用遥控的方式启动这台录音机，只需要发出一声噪声，录音立刻开始。

要不要听录音？她得做决定，不能再等下去了，但她依然心生犹豫，等一下听到的内容，很可能会推翻戴维死于意外的推论，她也无法再找理由推辞，必须追查真相。这是一场冒险，她可能永远找不到答案。

她不再迟疑，按下了播放键，静静等待。

戴维咳嗽两声，可能只是为了遥控启动机器。他开始讲话，模糊，遥远，夹杂着环境噪声，而且断断续续。

“……只有一个人……我一直等……”

他的语气冷静，但桑德拉很不安，隔了这么久，居然又听到他的声音，太不习惯，因为她早就告诉自己，此生再也不可能听到戴维对她说话。在这种需要冷静的时刻，她担心情感失控，桑德拉提醒自己，这是在调查，必须以专业方式处理。

“……不存在……必须靠想象……失望……”

句子实在太过破碎，难以判断脉络。

“……我知道……所有……这一次都要……不可能……”

桑德拉根本听不懂，但接下来的句子相当完整。

“……我找了好长一段时间，最后终于找到它……”

戴维在说什么？对谁说话？她完全没有头绪。

也许她应该把这段录音拷贝下来，交给专业工程师处理，去除背景噪声，当下她只能想到这个解决方法。正当她准备关机的时候，她又听到了另外一个声音。

“……对，是我……”

桑德拉背脊发凉，果然不是只有戴维一个人，难怪他要录下那一段话。接下来的连串话语异常激动，不知道为什么，状况急转直下，现在，她丈夫的声音充满恐惧。

“……等一下……不可能……真的要相信……我没有……我还能……不……不……不要！”

扭打声响，两个人的身体在地上滚动。

“……等等……等……等一下！”

最后一声凄厉尖叫逐渐消失在远方，随即戛然而止。

手中的录音机掉落地面，她用双手勉强支在水泥地上，频频激烈作呕，最后吐了两次。

戴维遭人谋杀，他是被推下去的。

桑德拉想尖叫，她不该来这个地方，不该认识戴维，不该爱上他。这种想法何其残忍，但的确是事实。

她听到脚步声。

桑德拉看着录音机，它还在播音，逼得她继续听下去，凶手仿佛知道麦克风的藏匿地点。

脚步声没了。

过了几秒钟之后，声音又出现了，这次不是话语声，而是有人在唱歌。

天堂，我身在天堂，
心跳加快，让我几乎无法言语。
在我们贴颊双舞的时刻，
我找到了幸福。

15: 00

可梅提路位于罗马市郊，马库斯搭乘公共交通工具，花了一些时间才顺利抵达。公交车站距离目的地不远，再走个两百米就到了。周边全是荒芜野田与工厂仓库，还有一些公寓四散各地，宛如水泥群岛，中央矗立一座丑陋的现代教堂，根本无法与市中心那些悠久的古老教堂相提并论，街道上的车辆来来往往，川流不息。

十九号是栋仓库，看来已经废弃不用，但这确实是马库斯潜入侦探办公室之后，在那张三角标志信纸上所发现的地址。他不想冒险，所以在进入之前，先仔细观察四周动静。街道对面有个加油站，旁边有附设的洗车区和小吃店，顾客不断进出，但似乎没有人对那间仓库有兴趣。马库斯信步朝加油站走去，佯装他正在等迟到的朋友。他站着不动，观察了足足有半小时之久，总算确定仓库无人看管。

仓库前方有处空地，已被大雨淋成一片沼泽，他看到车胎痕迹，很可能是拉尼埃利的那台绿色斯巴鲁，他的车身有大量的溅泥。

那个侦探来过这里，然后又赶回办公室，烧毁那张纸，最后他带着保险箱里的某个东西，迅速离去。

马库斯正在努力拼凑完整原貌，但他最纳闷的是，拉尼埃利怎么会这么匆忙？

因为恐惧，才会如此急促，但他究竟看到了什么而陷入恐慌？

马库斯刻意避开仓库大门，想要找边门进去，这栋低矮的长方形建筑有圆鼓状的金属屋顶，看起来很像是飞机棚，四周都是灌木丛，马库斯从中借道而过，果然看到防火门，拉尼埃利应该也是从这个入口进入，因为还留有小缝。马库斯双手稍微使力，拉开了门，刚好让身体可以钻进去。

这是间大仓库，里面光线昏暗，除了一些堆高机和天花板上悬垂而下的滑轮，没有其他东西，雨滴从屋顶渗落而下，在地板上积成一摊摊黑臭的水洼。

马库斯四处走动，脚步声也发出巨大回音，远处有架通往夹层的铁梯，里面是间小办公室。他趋前细看，大吃一惊，铁梯把手完全没有灰尘，有人花工夫仔细擦拭干净，可能是要抹去自己的指纹。

上面一定藏有秘密，他得上去。

马库斯爬楼梯爬得极其小心，走到一半的时候，味道已经扑鼻而来，错不了，只要曾经闻过那味道，无论到什么地方，你马上闻得出来。第一次接触的时间和地点，他完全没有印象，但是内心深处的某个东西永远忘不了那股气味。那像是假的氨水，他宁可记得玫瑰的芬芳或是母亲胸脯的味道，但存留在他记忆里的是尸臭。

他以风衣袖子掩住口鼻，走上最后几阶楼梯，刚走到办公室门口，他已经看见尸体。两具尸体位置相当接近，一个仰面，另一个趴地，两人都是脑袋中枪，马库斯心想，这完全是行刑式手法。

有人放火烧过尸体，这令尸臭腐气更加不堪，应该是倒了酒精或汽油，但烈焰摧残的部分只有上半身，尸体的下半部分依然完好，无论是谁下的手，显然是为了让人无法辨识尸体身份。还有，这两名死者一定有过作奸犯科的记录，不然凶手何必大费周章，砍断他们的双手？

马库斯忍住呕意，继续向前看个仔细。

死者直接被截腕，肌腱已断，但是骨面有整齐的刮痕，这通常是尖突利器所留下的痕迹，比方说锯子。

他拉起其中一个人的裤管，察看小腿部位，从皮肤的惨白颜色判断，死亡时间应该将近一个礼拜，死者皮肤浮肿而松弛，年纪应该在五十岁以上。

他不认识死者，恐怕也永远没有机会知道他们是谁。但他强烈怀疑这两人就是杀害瓦莱里娅与她情夫的凶手。

现在，他要知道是谁杀了他们，还有为什么要在事隔多年之后才出手。

一封匿名信，将拉法艾拉引入拉若的公寓，在拉尼埃利办公室所发现的那张纸，也将侦探召唤到这间仓库。

好，这个侦探看到这两个人，他们可能也是因为类似的阴谋而来到这里，于是他动手杀人。

马库斯不信。

拉尼埃利几小时之前才来过这里，如果这两个人已经死了一个礼拜，他为什么还要再回来？也许是为了烧尸或砍手，或者只是纯粹要了解状况，但何须冒这种风险？而他又在怕什么？躲避什么人？

不，杀死他们的另有其人，而且如果凶手没有移尸，显然他是希望尸体被人发现。

这两个人可能不是什么重要角色，只是听命行事罢了。马库斯依然认为当年的命案应是有人在背后指使，或者下令的不止一个人。虽然他不喜欢最后这个推论，但也不无可能，毕竟卧室里的血案充满了祭仪性。邪教团体一定要全力维护自己的隐蔽性，就算是杀死两名成员也在所不惜。

马库斯发现此案有两股势力在较劲：一个是发出匿名信，要让秘密曝光；另一个则是要不计任何代价，矢志捍卫秘密到底。

这两股力量的唯一交集，只有拉尼埃利。

这个侦探一定知道内情，马库斯很确定，他也有同样的自信，他最后一定能找出杰里迈亚·史密斯与拉若失踪案之间的关联。

诡谲的黑暗势力不断撕扯，马库斯觉得自己是战局中的小卒，他必须界定自己的角色，换言之，必须与拉尼埃利会上一面。

他已经受够了这里的尸臭。离开之前，他出于本能，抬手画了一个十字，但转念一想，这两个人恐怕是死有余辜，不值得。

拉尼埃利因为匿名信而赶到仓库，时间是今天早上，他看见尸体后回到办公室，烧毁了那张纸，带着保险箱里的东西迅速离开。

马库斯反复思索这一连串事件，他知道自己一定遗漏了重要的细节。

天空又开始下雨，他离开仓库，穿越大门前的空地，尽量避免踩到烂泥，就在这个时候，他发现了先前没有发现的异状。

地上有处暗色污渍，稍远处还有另外一块。他早上在拉尼埃利办公室外面，绿色斯巴鲁的停车处，也曾经看到类似的东西。

经过大雨的冲刷，却依然可以看到这些污渍，显然应该是某种油性物质，马库斯弯身察看，是机油。

显然侦探的车曾经停在仓库外面，但这一点早就从他脏兮兮的车身猜测出来。马库斯一开始以为，车沾泥与受损是同一时间发生的事，但他四下张望，没看到有坑洞或突出的石头，车受损一定是发生在更早之前，而且是在别的地方。

拉尼埃利先前去了哪里？

马库斯抬手抚摸太阳穴的伤疤，他的头鼓胀得厉害，偏头痛来犯，他要吃止痛药，还得找东西果腹。思路遇到重重关卡，他得想办法解决。此时公交车刚好到站，马库斯立刻跳上车，找了后头的位子坐下来。旁边是个背着购物袋的老太太，她望着他肿胀的脸和裂伤的嘴唇，满脸狐疑，那是拉法艾拉的攻击所留下的纪念品。马库斯没理她，双手交叠胸前，两只脚伸入前方座位的下方，闭目养神，想要忘却脑中的阵阵剧痛。他陷入半昏睡状态，依稀能听到四周的人语与其他声响，在这样的状况下，他才不会做梦。马库斯经常搭这样的公交车或地铁，他半醒半睡，没有目的地，只是随意乱搭，唯有如此才能逃离那不断重复的梦境：他和德沃克都死了。车行颠簸如摇篮，宛若幽隐的抚慰力量，让他安心。

他睁开眼睛，因为那股让人平静的摇晃感突然消失，四周的乘客突然情绪激动了起来。

公交车停住不动，某些乘客抱怨在浪费时间，马库斯望向窗外，想知道现在的位置，他认出圆环旁的建筑物，起身走到前方，只见司机没有熄火，但坐在位子上，双手交叉环胸。

“怎么了？”马库斯问道。

“车祸，”司机回答，“应该很快就可以动了。”

马库斯看着前方，车一辆接着一辆，依序通过清空的狭道，避免影响事故现场，这起意外似乎有好几辆车遭殃。

公交车走走停停，终于要轮到他们过去了，交警示意司机加快速度，马库斯看到窗外出现烧焦变形的金属车体，消防队员正忙着灭火。

引擎盖冒出的火焰刚被浇熄，马库斯立刻认出那是拉尼埃利的车，里面的驾驶员已被盖上白布。

他终于明白，为什么侦探停车的地方会留下油渍，他先前搞错了方向，一切与拉尼埃利去了哪些地方、车在哪里受损无关，那是不断漏出的刹车油，有人偷偷对车动了手脚。

这不是意外。

17:07

那首歌是要唱给她听的，等于是留言。别查了，为你自己好。

或者是另外一个意思，来找我啊。

花洒的水冲击着桑德拉的脖子与背脊，她动也不动，闭着眼睛，双手抵着瓷砖墙面。她的脑海里再次响起《贴颊双舞》的旋律，还混杂着戴维的最后几个字。

“……等等……等……等一下！”

她下定决心，在整起事件结束之前，绝对不会再掉一滴泪。她害怕，但绝对不会回头，现在她知道了。

她丈夫的死，与某人有关。

人死不能复生，桑德拉知道。但这阻止不了她的决心，她承受了诡谲而不公平的丧夫之痛，她可以做一点什么，至少是一点弥补，想不到这个想法居然发挥了抚慰的作用。

她下榻的地点在罗马火车站附近的某间一星小旅馆，主要的住客都是朝圣观光团。

戴维只要到罗马，一定都住在这里。桑德拉刻意订了同一间房，幸好那间还没有人入住。她既然要着手调查，自然需要模拟重建他当时的情境。

在发现录音资料之后，她为什么不立刻报警？她并非不相信同僚，同事的丈夫被谋杀，他们一定会优先办案，这是默契，一种规矩，至少她可以告诉迪·米凯利斯。但她不断告诉自己，证据收集足够之后，他们办案才会更方便，但这当然不是理由，她知道真正的原因只是不想面对罢了。

她离开淋浴间，包上浴巾，全身湿漉漉地回到卧室。她把行李箱放到床上，开始把里面的东西全拿出来，最后拿出藏在箱底的东西。

她的值勤警枪。

检查了弹匣与保险栓之后，她把枪放在床头边桌上，自此时此刻起，手枪永不离身。

她穿上内裤，开始整理其他的东西。首先把小电视机从架上移开，改放那台双向无线电对讲机、注明陌生地址的日志，还有小型录音机。她又取出胶带，将那五张照片贴在墙上，第一张是建筑工地，她已经确认过了，还有一张全黑的照片，她还是决定带出来。第三张是太阳穴带疤的男子，然后是油画的局部特写，最后是她的丈夫一边挥手一边对镜自拍所留下的裸胸照片。

桑德拉看着卫生间，戴维的最后一张照片，就是在这里拍的。

乍看之下，这只是他平常的搞笑照片而已，他曾经寄给她他在婆罗洲吃烤森蚺，还有在澳洲沼泽被水蛭爬满全身的照片。

但这张不一样，戴维没有笑容。

一开始的时候，她以为这是幽魂的悲伤告别，但也许里面隐藏了其他信息，或者桑德拉应该好好检查这个房间，戴维也许藏了什么东西，等她找出来。

她搬动家具，找了床底下和衣橱，也仔细摸过床垫和枕头，甚至把电话与电视外壳都拆开，又检查地板瓷砖与踢脚板，最后，她仔细搜了卫生间。

除了发现清洁人员平常疏于清扫，她一无所获。

已经过去五个月了，就算留有什么痕迹，也早就不见了，她忍不住又骂了自己一声，怎么过了这么久才检查戴维的行李。

她坐在地板上，身上还是没穿衣服，不禁开始发冷。她随手拿起褪色床罩，包裹全身，内心虽然挫败，但也不能影响理智，此时手机响起。

“所以呢，维加警官，有没有照我的话去做？”

她愣了一会儿，才听出那个讨人厌的德国腔。

“夏贝尔，我正等着你打电话来。”

“你丈夫的行李还在警局储藏室吗？要不要让我看一下？”

“如果是调查中的案件，你可以向侦办的检察官提出申请。”

“你也知道我是国际刑警，只能与各国的警察机关合作，我不想惊动你的同事，怕会让你难堪。”

“我没什么好隐瞒的。”这家伙把人惹毛的功夫一流。

“你在哪里，桑德拉？我直呼你的名字可以吧？”

“不行。还有，我在哪里关你屁事。”

“我现在在米兰，要不要一起喝杯咖啡，或者看你方便。”

桑德拉当然不能让对方发现她在罗马：“有何不可？明天下午怎么样？我们好好把事情搞清楚。”

夏贝尔开怀大笑：“相信我们两人一定合得来。”

“别想太多，我不喜欢你的做事方法。”

“我知道你找长官调查了我的资料。”

桑德拉没说话。

“这么做是对的，他会告诉你，我不是那种会轻易退缩的人。”

这番话听起来像是威胁，她才不怕：“夏贝尔，你怎么会进国际刑警组织？”

“我本来在维也纳警界服务，重案组，反恐反毒，各方面多少都有接触。有一天我接获通知，国际刑警组织打电话叫我过去。”

“你的工作内容是？”

夏贝尔刻意停顿，一贯的玩笑语气不见了：“我专门对付骗子。”

桑德拉摇头：“你知道吗？我应该狠狠摔你电话才对，但我还是很好奇，想听听看你还有什么话要说。”

“我想讲个故事给你听。”

“如果你觉得有必要，说吧。”

“我在维也纳有个同事，当时我们正在调查某一东欧贩毒组织，但这人有个坏习惯，因为拼命想升官，所以不喜欢分享线报。有一天他说要请假一个礼拜，和太太去坐游轮度假。他其实是跑去卧底，最后却穿帮了，他被折磨了三天三夜，歹徒知道没有人会去找他，干脆把他杀了。他如果信任我的话，搞不好还能活到现在。”

“真有意思，”她语带讥讽，“你在女孩子面前经常要这招吧？”

“你多考虑一下，我们都需要身边有个人。我明天再打电话给你，看怎么约喝咖啡。”

他挂了电话，桑德拉依然坐着不动，想着最后一句话的意思，她需要的那个人已经不在人世了，戴维呢？他需要的又是谁？他生前留下的诸多线索是给她的吗？她确定吗？

他从来不让她介入自己的调查案件，需要冒险的时候，也绝对不会透露半点风声，但不知道在罗马的时候，他是否单枪匹马？他的手机没有任何陌生号码的通话记录，似乎没有和别人联络，但也许有人在帮他也说不定。

她紧盯着那台无线电，不知道戴维拿来做什么，可能那是他与某人联络的工具？

她起身，走到置物架旁边拿起无线电，现在她有了新的想法，即先前定频在八十一频道，她应该继续开着才是，搞不好会有人主动联络。

桑德拉打开无线电，调高音量，她当然不觉得会立刻传出动静，所以她把它放回去，整理行李箱拿衣服。

就在这个时候，信号声出现了。

是个冷静而平淡的女声，汇报说诺曼塔纳路有毒贩在打斗，该区巡逻警车请立刻前往处理。

桑德拉转头，看着那台对讲机，那是罗马市警局与巡逻警车的联络频道。

她恍然大悟，终于知道戴维日志上的地址是怎么来的了。

19: 47

马库斯回到自己的住所。他没开灯，也没脱去风衣，直接躺在床上，双手抱着膝盖，失眠夜晚又要到来，另一波的偏头痛也准备进袭。

拉尼埃利之死让马库斯的调查无法进行下去，一切的努力化为乌有。

侦探从保险箱里带走了什么东西？

无论答案为何，那很可能是让他死在车里的关键。马库斯从口袋里拿出编号为c.g.796-74-8的档案，现在不需要这个了，他将其抛向空中，纸张散落在地板上，月光映亮了那些面孔，他们全是近二十年前谋杀案的关键人物。马库斯心想，时间太久了，现在难以查明真相，如果他无法伸张正义，能得到这个结论也该心满意足了。不过，现在他得从头再来，当务之急还是要找到拉若。

瓦莱里娅正抬头看着他，露出微笑，那是张剪报上的照片，背景是除夕派对，她看起来极其优雅，精致衣装更衬托出她的金发与曼妙体态，她的双眸绽放出独特的吸引力。

此等的雍容华贵，害她丢了性命。

要是她没有如此动人的美貌，她的死或许不会引发大家的关注。

马库斯忍不住在想，不知道当初凶手为什么要找上她，就像拉若，杰里迈亚·史密斯一定也是基于某种隐秘的原因选择了拉若。

看过了那间卧室雪白地毯上的血色小脚印之后，他一心只把瓦莱里娅当成拉法艾拉的妈妈，没办法专心研究这名女子，但现在不一样。

马库斯心想，一个人之所以会引人注目，一定有其原因，当然这个说法并不适用于他自己，他是隐形人。瓦莱里娅却是让社会大众目不转睛的人物。

床头墙上写了“恶”字，死者身上有多处刀伤，凶案发生在家里，一切似乎都是为了引起骚动。这起谋杀案之所以引人注目，除了死者是名流，情夫也具有同等知名度，还在于杀人手法同样令人瞠目结舌。

虽然狗仔队并没有拍到凶案现场，但那一切仿佛是专为八卦杂志所安排的桥段。

一场恐怖秀。

马库斯起身，脑中有了新想法。违常之处。他打开灯，拾回瓦莱里娅·阿提耶利的档案资料。这个夫姓响当当，但在嫁人之前，她的娘家姓氏科尔梅蒂并不在上流社会圈之中。她出身于中产阶级小家庭，父亲是一般职员，她曾经就读过师范学校，但她真正的天赋其实是美貌，能让男人痴心发狂的美貌。二十岁的时候，她想当电影明星，但只能争取到小角色。马库斯心想，不知道有多少男人为了哄骗她上床，满口答应要让她当女主角。也许她马上就屈服了，不知道她听了多少话里有话的赞词，被人吃了多少豆腐，假装高潮了几次，委曲求全只为一圆自己的明星梦。

然后，奎多·阿提耶利出现在她面前，面貌英俊，年纪略长，出身名门世家，是个前途光明的律师。瓦莱里娅知道自己不是专情的女人，奎多也明明知道这女子绝对不可能安分，她太自我，也太美了，怎么可能甘心当个忠心的妻子？不过，他还是开口向她求婚。

马库斯告诉自己，故事就此开始，他下床去找纸笔，准备写笔记。婚礼揭开了序幕，然而这貌似幸福的一连串情节，却难逃卧室血案的悲惨收场。

他找到一本笔记本，在第一页画下那三角符号，在第二页写下英文的“恶”字——EVIL。

瓦莱里娅，等于是男人可望而不可即的珍品。欲望，尤其是在难以控制的状况下，会让我们做出连自己都无法想象的事，它会腐蚀我们的心灵，有时候，当欲望转化为某种危险事物的时候，很可能会变成杀人动机。

偏执，拉法艾拉之所以饱受煎熬，也是受偏执所苦。

如果连一个对妈妈记忆模糊的小孩都有如此深重的偏执，其他人可能也有此等情仇，在这种状况下，只有一种解决之道，他低声说出了那个词。

“毁灭。”

只要消灭执恋的对象，我们就再也不会受到任何伤害，而且事物的美好状态永远不会变调。想要达成这样的目的，死亡，是不够的。

他撕下那张画有符号与写有“恶”字的纸，放在手中反复细看，希望能找到解谜之钥。

马库斯觉得有人在背后死盯着他，他赶紧转身，发现原来是自己映在窗玻璃上的影子，虽然他不喜欢看到自己的镜像，但这次他没有闪避。

那个英文词，EVIL，也映在窗户上，是镜像对称的。

“一场恐怖秀。”他喃喃自语，刹那间他恍然大悟，在拉尼埃利办公室听到的女子尖叫声，不是幻觉，是真的。

这栋豪华红砖别墅位于高级的奥贾塔区，四周有气派的花园与英式草坪，还有游泳池，两层楼高的建筑，灯光透亮。

马库斯从车道走进去，住户大门的进出权是少数特定人士的专利。不过，他长驱直入并不困难，没有警报大响，也没有警卫冲来质问，显然，豪宅里的人知道将有访客到来。

玻璃大门开了，他走进去，里面是典雅的客厅，没有任何声响，右侧是阶梯，他立刻走上去，二楼没有开灯，但可以看到走廊尽头房间有火光闪曳，他继续向前，知道那里正是自己的目的地。

那男人待在书房里，安坐在皮质摇椅上，旁边是温暖的火炉，他背对着门，手中握着一杯干邑，而他的正前方——和拉尼埃利的办公室一样，出现怪异的组合——等离子电视加录放机。

他知道门口站了人。

“我把所有人都支开了，现在屋里没有别人，”奎多·阿提耶利面对接下来要发生的事，态度相当务实，“你要多少钱？”

“我不要钱。”

律师准备转身：“你是谁？”

马库斯制止他：“不要看我的脸，拜托。”

他努力迎合马库斯：“你不说自己是谁，也不要钱，那你来我家里究竟要什么？”

“我要搞清楚真相。”

“你既然已经追到这里，想必什么都知道了。”

“不算，你不如帮我个忙？”

“为什么要帮你？”

“因为，除了可以救你自己，你还可以拯救另外一个无辜女孩。”

“我洗耳恭听。”

“你是不是接到了匿名信？拉尼埃利死了，两个凶手也被枪决和焚尸，你一定以为寄信的人是我。”

“我的确收到了信，里面提到今天傍晚会有访客。”

“不是我写的，而且我到这里来，也没有害人之意。”

阿提耶利手里的水晶杯，映闪着火炉的光焰。

马库斯停顿了一会儿，随即切入重点：“红杏出墙的妻子被杀，大家第一个想到的嫌疑犯，永远都是丈夫，”他虽然引用克莱门特的话作为开场，但用意可以说是至为明显，“谋杀案发生在宗教节日之前，新月之夜……太巧了。”马库斯心想，有时候人类会被迷信所牵引，为了填补内心迷惘的空缺，什么都会相信。“其实，没有仪式，也没有邪教组织，床后所写的那个词，‘恶’（EVIL），不是威胁，而是许诺……如果你从相反方向看，它就变成了‘实况’（LIVE）。这也许是个玩笑，但也许不是……一个必须直达伦敦向你通报的信息。交代的任务已经完成，你可以回家了……地毯上的三角形，根本不是什么邪教符号，而是放在血泊中的某个东西，挪移到其他位置后所沾留的血痕，就这么简单。三只脚、一只眼的怪物，架在三脚架上的摄影机。”

马库斯又想到拉尼埃利办公室传出的女子尖叫声，那不是幻觉，而是瓦莱里娅的声音，从录像带中传出来的。拉尼埃利一直把录像带藏在保险柜里，今天早晨，他先检查播放了一次，才放入手提箱，离开办公室。

“拉尼埃利负责策划杀人，你只是买凶。不过，在出现匿名信与仓库尸体之后，拉尼埃利知道有人发现了真相，他知道自己被人盯上了，担心账都会算在他头上，他陷入惊慌，匆忙赶回办公室，烧了那封信。还有，如果有人能在近二十年后追查到凶手，那么此人当然也可能将保险柜里的录像带调包，所以他必须在带走之前再次确定……好，拉尼埃利的录像带是原始拍摄带还是拷贝带？”

“你问这个做什么？”

“因为他出车祸的时候，录像带也毁了，要是没有这份证物，永远无法伸张正义。”

“命真不好。”阿提耶利语带讽刺。

马库斯又望着等离子电视下方的录放机：“是你下令的，对吗？妻子死了还不够，你要亲眼看到才满意，就算可能被众人嘲弄也无妨——戴绿帽的丈夫在出国工作的时候，太太找情夫在家里卧室偷情。最后你虽然成了大家的笑柄，却完成了复仇计划。”

“你不懂。”

“不，等我说完，你会吓一跳。对你来说，瓦莱里娅是一种执恋，就算是离婚，也没有办法忘记她。”

“她是那种会让人失去理智的女子，有些男人就是无法招架，明明心里有数，但还是会走上自我毁灭一途。她们貌似甜美可爱，但只会施舍给你一点情感，之后你总算有了领悟，其实还是有机会可以救自己一命，找个真正爱你的女人生小孩，好好经营一个家，但到了关键时刻，你必须做出选择：有你，就没有她。”

“你为什么想看录像带？”

“因为看着画面，仿佛是我自己动手杀了她，我就是要体验这种感觉。”

因为这样，你对她的印象，就不会是美好的回忆，而是带有遗憾色彩的恐怖场景。“好，所以当你一个人在家的时候，你经常坐在这个漂亮的摇椅里，为自己斟上一杯酒，播放录像带。”

“执恋难戒。”

“你在看录像带的时候，有什么感觉？开心？”

奎多·阿提耶利眼睫低垂："后悔……我怎么没有自己动手。"

马库斯摇头，这句话让他生气了，他不喜欢自己动怒："拉尼埃利找的应该不是专业杀手，墙上的血字是外行手法，地毯上的符号却是神来之笔。这个失误，本来应该会让摄影机的秘密曝光，没想到带来好处，让案情变得诡谲复杂。"马库斯想到自己当初误以为是邪教动念犯案，不禁笑了，真相并没有那么曲折离奇。

"所有的细节，你都一清二楚。"

"你知道吗？狗是色盲。"

"当然，讲这个做什么？"

"狗看不见彩虹，也没有人能教导狗什么叫作颜色，但你我都知道红黄蓝这些颜色，这个道理不也适用于人类吗？有些事我们虽然看不到，但它们确实存在，比方说犯罪。恶行败露之后，我们才知道有事发生，但那时都已经太迟了。"

"你又怎么知道什么是恶行？"

"我了解人，我看得到恶行的痕迹。"

"什么痕迹？"

"小孩赤脚，走在血泊中……"

阿提耶利挥手，甚为恼怒："拉法艾拉那天晚上不该待在家里，他本来要去外婆家才对。我不知道他生病了。"

"但他待在那间房子里，整整两天，孤零零一个人。"

对方沉默不语，马库斯知道真相让这位父亲伤心，他却松了一口气，这个人起码还有一点良知。

"这些年来，你儿子一直在追查母亲之死的真相，但拉尼埃利不断在误导他。不过，拉法艾拉开始接到奇怪的匿名信，告诉他可以循线追查到真相。"马库斯心想，其中一条线索，就是他，但他真的不知道为什么有人要把他卷入这起案子，“你儿子先开除了拉尼埃利，一周前，他找到了杀母凶手的下落，把他们引到无人仓库之后，拿枪毙了他们。他也对拉尼埃利的车子动了手脚，害他车毁人亡，换言之，今天的访客应该是他，我只是比他早一步罢了。”

“如果不是你，那究竟是谁设下的局？”

“我不知道，我只知道不到二十四小时前，名叫杰里迈亚·史密斯的连续杀人犯几乎快没命了，这个人胸前有刺字：杀了我。其中一名医疗人员刚好是受害者的姐姐，她大可以趁机亲自制裁歹徒，看来应该有人要送你儿子相同的复仇机会。”

“为何这么想救我？”

“不是只有你。那个连续杀人犯绑架了女学生拉若，把她藏在某个地方，但他现在陷入昏迷，没办法讲话。”

“她就是你刚才说的无辜女孩，对吧？”

“要是我能找出是谁在幕后策划，也许还有机会救她一命。”

阿提耶利喝了一口酒：“我不知道自己能帮什么忙。”

“你儿子马上就会来寻仇，请你赶快打电话给警方自首。我去等你儿子，劝他和我聊一聊，也许他可以提供给我一些有用的线索。”

“要我向警察供出一切？”从他讪笑的语气听来，应该是不可能了，“你是谁？如果你连这也不说，凭什么要我相信你？”

这或许是唯一的办法，但暴露身份违反了规定。正当马库斯要开口的时候，枪声响起，他赶紧回头，后面站的是拉法艾拉，他手里拿着枪，枪口对着父亲的摇椅，子弹贯穿皮革与扶手，阿提耶利向前倒下，酒杯落地。

马库斯想质问这孩子为什么开枪。但他知道，拉法艾拉选择了报复，而不是伸张正义。

“谢谢你，让他全说出来了。”拉法艾拉说道。

马库斯现在终于懂得自己在整起事件中扮演的角色，难怪有人刻意安排他们在拉若的公寓里相会。

拉法艾拉的拼图还欠了一块，父亲的自白。而这由马库斯补上了。

马库斯很想问问他，近二十年前的谋杀案、杰里迈亚·史密斯与拉若失踪案之间，究竟有何关联，但良机已逝，他已经听到远方的声响，拉法艾拉在对他微笑，是警笛声，是他自己报的警，而且他没有要逃的意思。这一次，正义终得实现，虽然都是杀人行凶，但他不想和父亲变成一样的人。

他知道自己最多只剩下两三分钟的时间，纵然心中有诸多问号，但他一定得马上离开，以免被人发现。

他的存在，是不能曝光的秘密。

20: 35

桑德拉把必要物品放入袋内，在吉欧里提路附近搭上出租车。把地址交给司机之后，她整个人靠在椅背上，开始推演自己刚才拟订的计划。风险极高，万一他们发现她的真正目的，她一定会被停职。

出租车经过共和国广场，随即转入民族街。她对罗马不熟，对她这种在北部出生长大的人来说，这实在是座令人费解的城市。也许，太美了吧。它有点像威尼斯，到处都是观光客，很难想象这种地方会有真正的住户——工作、购物、带小孩上学，而不是忙着赞叹身旁的美丽风景。

出租车开进圣维塔利路，桑德拉在市警局下了车。

不会有事的，她给自己打气。

她在接待台亮出自己的警徽，表示希望与档案组的同僚会面，他们请她在会客室稍坐，并立刻打电话找人。过了好一会儿，穿着衬衫、一身轻松的红发男出现，他的嘴里还塞满食物。

“维加警官，有什么事需要我效劳？”他边嚼边讲话，衬衫上到处都是面包屑，显然刚才在吃三明治。

桑德拉挤出最和善的笑容：“我知道现在时间是晚了一点，但主管今天下午才派我到罗马来，我应该先打电话知会才是，但一直抽不出时间。”

红发同事抓抓头，心不在焉：“所以是什么事？”

“我需要研究资料。”

“是某个案子还是……”

“有关社会重案发生率与警力有效介入的数据研究，以米兰与罗马两市之方法差异为例。”她火速念完，一气呵成。

那男人皱着眉头，她这种工作没什么好羡慕的，出这种差通常等于是处罚，不然就是主管对你极其不满。还有，他不明白这份研究的用途：“谁对这种题目有兴趣？”

“我不知道，可能局长过几天要参加什么会议吧。”

那男人面露懊丧，这工作显然要花许多时间，原本平静无波的夜班就这么给毁了。

“维加警官，可否请你出示出差令函？”他的语气变得官僚，似乎是想要拒绝她的请求。

但桑德拉也早有腹稿，她神秘兮兮地靠过去，压低声音：“这种话你知我知就好，我可不想为了讨好我的笨蛋长官，督察迪·米凯利斯，浪费整个晚上待在档案室里，”把长官讲得这么难听，桑德拉充满罪恶感，但她没有公文，也只好拿主管的名字来充数，“这样好了，我把要找的资料留给你，一切就麻烦你尽快处理。”

桑德拉交给他一张纸，其实，那只是旅馆服务生塞给她的罗马观光景点名单而已，她知道这位同事只要看到名单这么长，就绝对不会再多说废话。

他看都没看，就把那张纸还给她：“我真的不知道该如何着手，听你刚才的说法，这研究挺麻烦的，我看还是你自己来好了。”

“但我不懂你们的编目系统。”

“没关系，我会向你解释，非常简单。”

桑德拉刻意做出不耐烦的模样摇头，眉毛挑得老高：“哎，好啦，但我明天早上要回米兰，最晚也不能拖过下午，可以的话，就请让我赶快开始吧。”

“没问题，”现在他突然变得超级热心，“跟我来。”

宽敞的空间，四周都是壁画，还有挑高的雕花天花板，里面一共放了六张书桌，桌上都附有计算机。所有的档案数据都在这里了。纸本文件已经被转换为数据库，服务器放在下两层的地下室。

这栋建筑的历史可追溯至十九世纪，桑德拉抬头，向上匆匆张望，在里面工作，宛如置身艺术品之中，她心想，这应该算是在罗马的好处之一吧。

她挑了张桌子坐下来，四周无人，她的台灯是唯一的光源，散发出宜人的光晕。室内一片寂静，稍有动作，立刻发出回响，而外面已传来暴雨将至的隆隆声。

桑德拉专心研究计算机，她的红发同事解释了如何进入系统，又给了她一组暂用密码，随即离开档案室。

她从袋中取出戴维的真皮日志。他在罗马待了三个礼拜，依日期陆续写下了二十个地址，然后又在地图上标示出相关位置。难怪他需要听警用频道，只要值勤人员一通知巡逻警车，戴维应该就会立刻赶赴现场。

为何？他在追查什么？

桑德拉翻到第一个地址，她把地址连同日期一起输入数据库的搜索引擎，不消几秒钟，结果已经出现在屏幕上。

赫罗狄斯·阿提库斯路，某一女子遭男友杀害。

她打开档案，阅读案情摘要。因家庭纷争而引发杀机，男方是意大利人，刺死秘鲁籍的同居女友之后逃逸无踪。桑德拉不知道戴维怎么对这种故事有兴趣，她决定继续查第二个地址，于是再次连同日期输入搜索引擎。

圣母门天路，抢劫与过失杀人。

劫匪闯入某位老太太的家，歹徒将她五花大绑，还在她嘴里塞布条，害她因窒息而死亡。桑德拉想努力找出这两起案件之间的关联，但百思不得其解，案件关系人、地点、死因都风马牛不相及。她继续输入第三条数据。

的里雅斯特大道，因愤行凶的杀人案。

此案发生在半夜的公交车站，两个陌生人因某一无聊事由而发生扭打，其中一人拔刀相向。

这又有什么关联？她没有头绪，越来越挫败。

不止前三起案件毫不相关，就连之后的搜寻结果也一样，都是凶杀案，受害者可能有一人以上，诡异的命案地图，有的已经破案，其他仍在继续侦查。

不过，这些案件都有刑事鉴识照片。

桑德拉的职务内容是依据影像了解犯罪现场，所以研究文字叙述并非她的专长，她习惯以视觉方式操作，而且这些案子刚好也都有照片，她决定好好研究。

这项工作并不轻松：二十起谋杀案，表示一共有数百张照片，她开始盯着计算机一一检视，她不知道自己在找什么，这样看下去可能要花好几天的时间，但戴维也没有留下其他线索。

妈的，弗雷德，为什么把事情搞得这么神秘？你就不能写一封信交代清楚吗？亲爱的，你是不是觉得很麻烦？

她紧张不安，而且肚子好饿，她已经超过二十四小时没睡觉了，而且，她到市警局之后，一直觉得尿急。之前那个国际刑警组织探员的一通电话，摧毁了她对丈夫的信任，她又发现戴维并非死于意外，而是被人推了下去，最后凶手还对她发出威胁，将她人生中最美丽的回忆之歌，变成了恐怖的吊丧曲。

短短一天，也未免太沉重了。

外面又开始下雨，桑德拉决定先放手，她低头趴在桌子上，闭起双眼，让心神放空，重责大任把她压得喘不过气来。将歹徒绳之以法，从来就不是容易的工作，所以她才会选择这份职业，但以一己之力对整套机制提供部分贡献是另一回事，现在最后的结果全悬系在她一人身上，两者自然不能相提并论。

她告诉自己：我办不到。

她的手机突然发出振动，回声在屋内回荡，她整个人被吓得跳了起来。

“我是迪·米凯利斯，我都知道了。”

桑德拉以为长官知道了她干的好事：冒用主管名号，私闯档案中心。

“先让我解释。”她急忙回道。

“什么？不，我先说，我找到那是什么画了！”

督察发现答案的惊喜之情，让她安了心。

“那个因害怕而作奔跑状的小男孩，出于卡拉瓦乔的画作，《圣马太殉难》。”

桑德拉当然希望这是有用的线索，但光知道画名是没有用的，不过她不忍心浇长官冷水。

“这幅画是在1600年完成的，最初委托者要求的规格是壁画，这位画家却选择帆布油画，它和《圣马太与天使》《圣马太蒙召》成为一系列作品，三幅画作都在圣王路易教堂。”

这样还是无济于事，她决定打开浏览器，搜寻图片。

出现了。

圣马太之死的场景，行刑手目光发出怒火，挥剑以对，圣者倒地伸出一只手想要阻挡，但另外一只手已经无力支地，仿佛已默然接受即将殉难的命运，他的周围有好几个人，那个被吓坏的小男孩，正是其中之一。

“这幅画有相当特殊之处，”迪·米凯利斯继续说道，“卡拉瓦乔把自己也画进去了，成了现场目击者之一。”

桑德拉认出他的自画像位置，中央偏左的角落。

这幅画描绘的是犯罪现场。

“督察，我得挂电话了。”

“什么？我都还不知道你的进度。”

“别担心，没事。”

督察嘴里念念有词。

“明天我会打电话给你，谢了，你真是够朋友。”

没等督查答应，她就挂断了电话。这信息太重要了。这下，她知道该找的是什么了。

刑事鉴识照片，不只是犯罪现场本身，也要针对其他部分进行拍摄：周遭环境，尤其是在还没有抓到嫌犯之前，那些聚集在警方封锁线之外的围观者。其实，有时候犯罪者会躲在里面，观察警方的查案过程。

杀人犯会回到犯罪现场，此言不假，许多凶犯都是因为这样而落网。

桑德拉聚精会神，开始研究戴维日志中那二十处犯罪现场的照片，她在旁观者当中努力找寻某张面孔，面孔的主人如同藏于画中的卡拉瓦乔，也让自己隐身于人群之中。

她盯着其中一个案子，有名妓女被杀，照片在博览会区的湖边拍摄，尸体刚被打捞上岸，她的衣装暴露、花俏，与她年轻肌肤的死白色成了强烈对比。受害者暴尸在无情的天光与众目睽睽之下，桑德拉似乎在她脸上看到一抹难堪的神情，难听的闲言碎语可想而知：她活该，要是做点别的正经事，也不会沦落到这种下场。

桑德拉看到他了。那男人站在后方的人行道，距离人群有一小段距离，他凝望着丧葬人员在搬移尸体，眼中倒是没有批判责难的味道。

她马上认出了那张面孔，徕卡相机第五张照片里的那个人，深色衣装，太阳穴有疤。

混账，你是谁？把戴维推下楼的人是不是你？

她又在其他照片中发现那男子的身影，还有另外三个地点，他总是冷眼旁观，与人群保持相当距离。

戴维想要在犯罪现场找到那个人，所以他才会收听警用频道，而且在日志里记下地址，并且在地图上标记位置。

戴维为什么要调查这个人？他是谁？他和这些恐怖凶案有何关联？和戴维又有什么关系？

桑德拉知道自己的下一步该怎么走了。要找到这个人才行。但要到哪里去找？也许她应该依循戴维的方法，等待无线电通报巡逻警车，然后赶赴犯罪现场。

现在她突然发现一个问题，先前她完全没想到，虽然与那名男子无关，但依然需要寻求解答。

戴维没有拍卡拉瓦乔画作的全图，反而只选择局部，这太不合理了：如果这是刻意所为，他何必要安排得如此复杂？

桑德拉再次看着计算机屏幕上的那幅画，戴维完全可以在网络上找到图片，直接翻拍，不过，他只拍了那个小男孩。他想告诉她，我的确去过那里。

“金格尔，有些事必须眼见为实。”

她记得迪·米凯利斯刚才说过的话，画作在罗马，圣王路易教堂。

23: 39

克莱门特第一次带他到犯罪现场，就是在罗马的博览会区，死者是一名妓女，刚从某个小湖被打捞上来，自此之后，他又目睹了许多具尸体，他们的脸上都有同样的神情：质疑。

为什么是我？

相同的诧异，相同的惊愕。此外还有一种不切实际的期待，他们想要逆转翻盘，渴求能有第二次机会。

马库斯知道，那惊讶的表情不是因为死亡，而是猛然惊觉、无力回天，他们想的不是“天哪，我就要死了”，而是“天哪，我就要死了，居然完全束手无策”。

也许，那天在布拉格的旅馆里，有人朝他开枪的时候，他心里也闪过一模一样的念头。他是觉得害怕，还是坦然面对无可避免的命运？失忆症不仅抹消了他的最后一段记忆，连先前的也不见了，新记忆的第一个影像，是病床对面白墙上的木头十字架，他躺在那里，盯着它看了好几天，不知道自己究竟出了什么事。控制语言与行动的脑部区域并没有被枪伤影响，所以他还是能够走动与说话，但该说些什么、去哪里，他一片茫然。后来，克莱门特出现了：干净的脸庞带着微笑，深色头发、旁分的发线，以及那双和善的眼眸。

“找到你了，马库斯。”那段开场白带来了一丝希望，还道出了他的名字。

克莱门特先前从来没有见过他，只有德沃克知道他的身份，这是规矩。克莱门特是循线追到了布拉格。事发当时，是他的好友兼导师德沃克拼死救了他，这却是马库斯最艰难的功课。他失去记忆，也不记得德沃克这个人，但在知道这个人被杀害之后，他才发现人类的悲伤并不需要与记忆有所连接，遗腹子或幼童虽然还不懂死亡的意义，但依然能够体会丧亲之痛，拉法艾拉·阿提耶利就是一个活生生的例子。

马库斯心想，我们之所以需要记忆，只是为了要快乐地活下去。

克莱门特对他很有耐心，等他康复之后，便带他回罗马。克莱门特对马库斯的过往所知有限，在接下来的几个月当中，陆续讲述给他听：他的原籍是阿根廷，父母双亡，他到意大利的原因，还有他的任务——克莱门特从来不把它称为工作。

他接受克莱门特的指导，一如德沃克多年前对他的殷殷教诲，这倒是不难，某些事物早已存留在他的脑海里，只需要被人再次唤醒。

“那是你的天赋。”克莱门特这么告诉他。

马库斯有时候也不想这样，他比较想当正常人，但只要看着镜中的自己，他就知道这是无法实现的愿望，所以他一看到镜子总是立刻回避。无论当初是谁下的手，太阳穴上的伤疤已经成了濒死的纪念品，他永远忘不了，只要看到凶案死者，马库斯不免想到自己也曾有过相同处境，他与这些受害者是同类，体会他们的孤独，是他的宿命。

那具湿漉漉的妓女尸体，也是他想要躲开的镜像。

一看到她，他立即想到卡拉瓦乔的画作《圣母之死》，她软垂卧床，已毫无生息，宛若躺在停尸板上。四周没有任何宗教象征，也没有光晕，与兼具神性和人性的传统圣母形象大相径庭。这幅画中的圣母是具苍白狼狈的尸体，腹部肿胀，据说卡拉瓦乔的灵感来自河里的妓女浮尸，导致出资者无法接受。

卡拉瓦乔喜欢在日常生活中找寻令人毛骨悚然的场景，加入神圣意义，并赋予画中人物不同的角色，让他们化身成圣者或垂死圣母。

克莱门特第一次带马库斯到圣王路易教堂的时候，吩咐他仔细观看《圣马太殉难》，然后要求他摒除画中人物的圣性色彩，仿佛这只是一群在犯罪现场的普通民众。

“现在你看到了什么？”克莱门特问道。

“谋杀。”

这是他的第一课，对像他这样的人来说，训练的起点，一定是从绘画开始。

“狗是色盲，”新导师告诉他，“从另一方面来看，我们人类看到的颜色未免太多了。抽离颜色，只留下黑与白，善与恶。”

但马库斯立刻发现自己还可以看到阴影，人狗都无法感知的部分，那才是他真正的天赋。

想到这个，他的心头突然泛起一阵愁思，也不知道在伤感什么，但这种莫名的情绪经常出现。

时间已晚，但他不想回家，不想入睡，也不想看到那一再重复出现的梦境，逼他回到那生死一瞬间的布拉格。

他告诉自己，因为每夜入梦，必死一次。

待在这里还比较舒服，教堂已成为马库斯的秘密避难所，经常可以看到他的身影。

今晚他并不寂寞，身边有一群人正等着雨停。音乐会才刚结束，神职人员与警卫也没有要立刻关门的意思，所以音乐家没有停手，临时起意，继续加演夜晚的美妙乐音，风雨交加，音符与隆隆雷声对阵，欢乐气氛感染了全场。

马库斯一如往常，站在墙边。对他来说，圣王路易教堂还有另一层意义，卡拉瓦乔的杰出画作《圣马太殉难》。他曾经以普通人的角度欣赏画作，在侧厅的幽暗环境中，他发现画作里已经安排好了场景的主光，他好嫉妒卡拉瓦乔的本领：别人的眼中只有一片黑，他却能看到光，刚好与马库斯成了极端对比。

不过，在展现天赋、欣赏作品之际，他眼角的余光刚好瞄到了左方。

中殿尽头，站着一名年轻女子，她全身被雨水淋得湿淋淋的，正紧盯着他。

他心底的警钟立刻响起，第一次有人突破了他的隐形防线。

马库斯转身，快步走向圣器室，她也紧追在后。他应该可以甩掉她，因为他记得这一侧还有其他出口，他的脚步越来越快，但那女子的橡胶鞋底也在大理石地板发出急切的摩擦声，巨雷隆隆，盖过了其他声响，这女人找他要做什么？他钻进教堂后方的通廊，门口就在前面，他赶紧冲过去开门，正准备要冒雨出去的时候，她开口了。

“不许动。”女子没有大声嚷嚷，但语调冷酷。

马库斯停下脚步。

“现在给我转过来。”

他乖乖照做。现在只有街灯的微弱黄光，但依然能看得出她手上有枪。

“你认识我吗？知不知道我是谁？”

马库斯不假思索：“不知道。”

“那我丈夫呢？你认不认识他？是不是你杀了他？”

她的声音里没有愤怒，只有绝望：“你如果知道什么事情，一定要坦白告诉我，否则我一定会杀了你。”她似乎是认真的。

马库斯没说话，低垂双手动也不动。他回望着她，面无惧色，却充满了怜悯。

女子的眼眶泪湿：“你是谁？”

此时突然出现闪电，随即是震耳欲聋的雷声大作。街灯闪烁了一会儿之后，全熄灭了。街道与圣器室顿时陷入漆黑。

但马库斯并没有立刻逃跑。

“我是神父。”

街灯再度亮起，他已经从桑德拉的面前消失了。

一年前　墨西哥

◎罗马

墨西哥

出租车在高峰时间的拥堵车流里缓慢前进。由于天气炎热，大家早已摇下车窗，收音机传出的拉丁乐曲，与其他车辆的音乐交杂在一起，混织成令人难以忍受的噪声。追猎者发现每个驾驶者似乎都只沉醉在自己的音乐里，对噪声充耳不闻。他请司机关窗，改开空调，得到的回答却是空调坏了。

墨西哥市现在是三十摄氏度，烟雾漫天，让湿度更是向上攀升，此地不宜久留，待办事项完成之后，马上离开这里。虽说天气令人不适，但一想到自己到了这里，他依然兴奋难耐。

必须眼见为实。

在巴黎的时候，他的猎物差一点就落网了，可想而知，这家伙也立刻抹除自己的所有行迹。但墨西哥市象征的是新希望，追猎者如果想要重新展开追缉行动，一定要更深入了解自己的对手。

出租车把他载到圣露西娅医院大门口。追猎者抬头看着那白色的五层楼建筑，看起来略显破败。虽然有殖民时代的美观建筑式样，但窗外架设了铁条，这地方的用途已不证自明。

他心想，这就是精神病人的宿命，进去之后，再也没有办法出来。

芙罗琳达·瓦德兹博士特地在柜台迎接他。他们先前已经有过多次的电子邮件往来，追猎者一开始就捏造身份，佯称自己是剑桥大学的鉴识心理学讲师。

“嘿，福斯特博士。”她面露微笑，主动伸手示意。

“嘿，芙罗琳达。”一看到这四十出头的胖女人，追猎者立刻信心满满，温文儒雅的福斯特博士要打动此女芳心，绝非难事。在联络她之前，他已经做好功课，这是位未婚女博士。

“这趟旅程还顺利吗？”

“很好啊，我一直想来墨西哥。”

“那就好，周末的完美旅游路线，我已经规划好了。”

“太棒了，”他假装兴致勃勃，“那就尽快展开工作吧，这样我们可以有更充裕的时间自由活动。”

“当然，请跟我来。”

追猎者在网络上找寻精神病数据的时候，意外发现了芙罗琳达·瓦德兹的影片，看到她在迈阿密的精神病学者会议中发表演说。算他好运，看完之后，他有信心可以达成目标，多年来的辛苦付出，一定能得到回报。

她的演讲题目是“镜中女孩之个案研究”。

“当然，平常我们绝对是谢绝访客。”她带他走过医院走廊，忙着向他解释，她的话似乎别有用意，仿佛期待得到对等回报。

“你知道，我脑子里想的都是研究。我把行李放在旅馆就直接过来了，等一下结束之后，如果你不介意，我们一起回旅馆，我好好请你吃个晚餐？”

“哦，没关系。”她脸红了，对于今晚，她心底涌现了各式各样的绮想。不过，追猎者根本没有什么旅馆房间，他要搭今晚8点的班机离开。

病房里传来此起彼落的呻吟，她的雀跃之情不免显得突兀。他一有机会就探头张望，住进这里之后，他们就再也不是人了：被注射大量镇静剂，面色苍白如病服，头发全部被剃光以免长虱，赤脚乱走，不时互撞，宛若漂流水面的残骸。还有人被拘束带绑在床上，整张床都早已被汗水浸湿，但病人依然不断扭动身躯，发出魔鬼般的尖叫，或者动也不动，等待迟迟不肯现身的无情死神。还有些老人做出孩子般的举动，或者他们是提早老化的小孩。

追猎者走过地狱，这些病患睁大眼睛看着他，目光流露出困锢在他们内心的邪恶力量。

他们走到了女博士所说的特别病房，它位于医院边侧，与其他区域远远相隔，在这里的病房，一间最多只安置两个病人。

“这里除了具有暴力倾向的病患，还包括各种令人极度好奇的临床案例……安洁莉娜就是其中之一。”她的语气中流露着一股骄傲。

两人走到宛如监狱的铁门前，芙罗琳达示意男护士开门，里面一片昏暗，只有从墙顶小窗透入的微光。追猎者找了一会儿，才发现床与墙之间的角落躲着一个瘦小的人，活像是细弱的树枝，那女孩应该不到二十岁，脸庞的确有饱受折磨的痕迹，但依然看得出清秀的模样。

“这就是安洁莉娜。”芙罗琳达的语气夸张炫示，仿佛在介绍马戏团的畸形人。

追猎者向前走了几步，他千里迢迢到此，与她正面相对，就是为了要找出答案。他早已迫不及待，但这名病患似乎根本没有意识到这两个人的存在。

“警方突袭蒂华纳附近村落的妓院，本来要抓毒贩，没想到却发现了这女孩。她的父母都是酒鬼，当年她才不过五岁，已经被爸爸卖到妓院。”

追猎者心想，这女孩当初想必奇货可居，专门保留给那些愿意付出大把钞票一逞恶欲的客人。

“她逐渐长大，行情也随之下滑，只要付个几比索即可成交。妓院总把她推给醉醺醺的农夫和卡车司机，每天接客的数量恐怕有几十个。”

“奴隶。”

“她从来没有离开过那个地方，他们把她当成犯人，负责看管的人还虐待她。这女孩从来不说话，我猜她不太清楚自己出了什么事，似乎一直处于紧张状态。”

追猎者心想，这刚好是那些性变态逞欲的完美对象，但他必须佯装专业，所以忍住没说出口。“你什么时候发现她的……天赋的？”

“警察把她带来之后，我们安排她与某个老人同房，因为她们都是与外界断绝往来的人，事实上，她们也从来不对话。”

追猎者看着那女孩，然后又望着女博士：“然后呢？出了什么事？”

“安洁莉娜出现了奇怪的动作方面的症状，关节僵直疼痛，而且行走有困难，我们起初以为她得了某种关节炎，但后来她开始掉牙齿。”

“掉牙齿？”

“不只是这样，我们还做了其他检查，发现她连内脏都出现严重衰竭。”

“最后怎么发现症结的？”

芙罗琳达的脸闪过一抹阴霾：“她连头发都变成白色的了。”

追猎者再次望着那女孩，他努力端详，女孩几乎顶着个大平头，但那层薄毛确实是黑色的。

“将老太太移去其他病房后，她的症状就立刻消失了。”

追猎者看着安洁莉娜，想在她无神的眼底深处挖掘出一点人的气味。“变色龙症候群，或者叫镜子症候群。”他说道。

长期以来，安洁莉娜一直被迫受人摆布，她只是泄欲的工具而已，所以她也随之改变，随着时间点滴流逝，逐渐丧失自我，多年来任人蹂躏，早已抹消了她所有的认同，所以她必须向周边的人借用身份。

“这个案例并非多重人格，”女博士解释，“也不是那种自称为拿破仑或英国女皇的病人，患有变色龙症候群的病人，无论遇到了什么样的人，都会模仿得惟妙惟肖，看到医生，他们也成了医生，见到厨师，他们也说自己精通烹饪，如果你去质疑他们的专业，他们只能讲出泛泛之论，但态度有模有样。”

追猎者记得曾读过某一变色龙症候群的个案，他遇到心脏科医生，随即开始模仿，本尊问他某一特殊的复杂案例该如何诊治，而他是这么回答的：如果没有详尽的检查报告，他无法遽下判断。

“但安洁莉娜不只是模仿别人而已，在她与老太太共处一室的过程中，她的身体也开始老化，心理影响了身体。”

追猎者告诉自己，这就是变形人，他立刻接问：“还有没有其他症状？”

“还有一些，但都不重要，持续的时间也不过只有几分钟。会出现这种症状的病患，多是因为颅脑损伤，或是像安洁莉娜一样，因为过度惊吓而出现了相同反应。”

这女孩天赋异禀，让追猎者既困惑又着迷，他的理论是否为真，就看这一次了，对猎物的假设是对是错，答案也即将揭晓。

追猎者知道，所有的连续杀人犯都有认同危机，他们大开杀戒的时候，却能在受害者的身上看到自我，再也不需要隐藏，血溅八方之际，埋藏于他们心底的恶魔也在他们的脸上现形。

但他的猎物没这么简单，这男人没有真正的自我意识，所以他总是在借用别人的身份。他的情况特殊，是极为罕见的精神病个案。

这个连续杀人犯是变形人。

他不只学习别人的行为态度，其实根本就“变身”成了那个人，所以，除了追猎者，根本没有人发现他的踪迹。

他的行动诡谲难测，变形人的学习技巧高超过人，尤其是语言与腔调。经过多年之后，他已渐臻完美之境。首先，挑一个合适人选，与自己相似的人：没什么个人特色，身高相等，其生活细节容易模仿，就像是巴黎的那个尚·杜耶，重点在于这个人没有过去，独来独往，而且作息固定不变，喜欢在家里工作。

这个变形人窃夺了他的人生。

犯罪手法如出一辙，先夺命，接着破坏脸部，仿佛要彻底消灭死者的特征，然后自己接替对方的身份。

安洁莉娜不只是一个确证，她是第二个例子。追猎者看着她，他知道这次错不了，但他需要亲眼看到，因为真正困难的挑战不在于此。

如何凭空想象一个兼具变色天赋与杀人天性的人?

女博士的手机在振动，她暂时离开，去外面接电话了，这是追猎者等待多时的大好机会。

在来此之前，他已经做足了功课。这女孩有个弟弟，但她五岁就被卖到妓院，所以两人共处的时间非常短暂，不过，她的心里可能依然残留部分记忆。

对追猎者来说，这正是解开她内心囚房的钥匙。

现在他和安洁莉娜独处一室，他蹲坐在她前面，让女孩可以好好看着他的脸，然后他开始说话，刻意放慢速度。

“安洁莉娜，听我说，我抓走了你的弟弟，小佩德罗，记得他吗？好可爱的小男孩，可是我准备宰了他。”

女孩没有反应。

“有没有听到我说的话？我要杀他，安洁莉娜，我要挖他的心，放在我手里，等到它停止跳动，”追猎者张开掌心向上，对她示意，“你听到心脏在跳吗？佩德罗快死了，没有人救得了他，痛死了，真的，他马上就要断气了，不过，他在死前要承受莫大的痛苦。”

突然，女孩朝追猎者扑过去，紧咬住他伸出来的那只手。他一时没注意，失去平衡。她整个人欺身上来，压住他的胸口。她不重，他猛力挣脱，看到女孩又缩回角落，嘴里都是血，牙龈染成一片红，虽然她已经没有牙齿，但还是咬出一道深痕。

芙罗琳达回来，发现安洁莉娜安静地蜷在角落，而她的贵客正忙着拉起衬衫的一角，擦拭手上冒出的血。

“怎么回事？”她紧张大叫。

“她攻击我，”追猎者急忙解释，“不严重，但恐怕得缝个几针。”

“她从来不会这样。”

“这该怎么说？我只是想努力和她说话而已。”

她暂且信了这套说辞，也许她只是不想破坏自己与福斯特的大好机会。对追猎者来说，已经不需要留在这里：挑衅女孩之后，他已经找到了自己寻索多时的答案。

“我觉得应该要赶快看医生才行。”他刻意装出痛苦的表情。

芙罗琳达不知如何是好。她不想让他离开，但也找不出理由挽留。她想陪他去急诊，却被他婉拒，情急之下，她脱口而出：“我还想和你分享另一个案例……”

她的话发挥了预期效果，追猎者已经走到门口，却停下脚步：“还有其他案例？”

“多年前发生在乌克兰，”她回道，“有个小男孩，名叫迪马……”

三天前

03:27

尸体发出尖叫。

等到喘得上气不接下气，他才会从噩梦中惊醒。德沃克又被杀了，他还得目睹多少次？这是他最初的记忆，只要合眼入眠，这个梦境就会不断出现。

马库斯的手伸进枕头下方摸笔，找出来之后，他在床边的墙上写下：三声枪响。

又是一段痛苦的过往，但这条新线索改变了事件轮廓，比方说关于碎玻璃，这是关于听觉的记忆，但他知道这次的梦相当关键。

他听到了三声枪响，但先前他一直以为只有两声，一枪对他，另一枪对德沃克，在刚才的噩梦中，他却听到了三声。

他的无意识状态在对他开玩笑，布拉格旅馆的场景偶尔会变得突兀，多出某些格格不入的声音或是物体，点唱机飘送流行音乐，梦境诡谲多端，但马库斯对此无能为力。

不过，这次有一股熟悉感。

第三枪，融入了事发现场的其他细节，马库斯知道这线索有助于他还原现场，最重要的是可以让他想起那男人的脸，杀死他的导师、害他忘记自己是谁的凶手。

三声枪响。

几个小时之前，马库斯也曾面临枪口威胁，但那不一样，他毫无惧色，圣王路易教堂的那名女子很可能开枪，他知道，但她的眼中没有恨，只有绝望。那一场短暂的大停电救了他一命，其实马库斯可以立刻逃跑，但他没有，反而继续站在那里，告诉她自己的身份。

我是神父。

他为什么要这么做？为什么想告诉她实情？因为他想对她致意，对她所受的折磨表达一点同情。他的身份是最高机密，万万不可泄露，这个世界永远不该理解。打从第一天开始，克莱门特就对他不断耳提面命，但他的承诺被打破了，而且还是在陌生人面前不打自招。无论这女子是谁，她显然是因为爱人被杀害，所以要置他于死地，尽管如此，马库斯还是很难把她当成仇敌。

她是谁？她和她的丈夫与自己的前半生有何关联？能不能从她身上找出自己的过往？

他告诉自己，也许我应该去找她，好好和她谈一谈。

但此举太鲁莽了，而且人海茫茫，他也不知该从何着手。

马库斯绝对不会向克莱门特透露半点口风，如此冲动的行为，想必他一定不以为然。他们两人都谨守同一套誓词，行事方法却大相径庭，他的年轻朋友是忠贞虔敬的神父，马库斯躁动不安的心魂，却连他自己也难以参透。

他看了一眼手表。克莱门特先前留信息给他，要在黎明前见面。几个小时之前，警方已经暂时停止搜索，撤出了杰里迈亚·史密斯的别墅。

现在，该轮到他们前去拜访了。

道路顺沿着罗马西区的山坡起起伏伏，这里距离台伯河的出海口菲乌米奇诺只有几千米的距离。老旧的菲亚特熊猫吃力地爬坡，头灯勉力照亮部分道路，他们周边的乡村聚落已陆续晨醒，破晓时分即将到来。

克莱门特手握方向盘，身体前倾看路，换挡时车子一直发出巨大噪声。先前在米尔维奥古桥附近的时候，马库斯已经告诉他前一晚在奎多·阿提耶利家中所发生的事件，不过他的朋友其实比较担心的是电视上报道的版本，所幸新闻并未提及律师儿子的弑父现场还出现了第三人。克莱门特如释重负，两人的秘密身份不会因此曝光。

至于后来在圣王路易教堂发生的事，马库斯倒是只字未提，他把话题直接切入拉若失踪案，在刚才的几个小时之中，他又有了一些新的想法。

“杰里迈亚·史密斯没有心脏病，他是遭人下毒的。”

“根据血液检测结果，并没有任何的毒物反应。”克莱门特驳斥道。

“这样说吧，我认为只有这个可能，除此之外，找不到其他解释。”

“好，显然有人把他胸前的刺字当真了。”

杀了我，马库斯想起了那几个字。一定有人在暗中运作，让杰里迈亚杀人案首名受害者的双胞胎姐姐莫妮卡，还有拉法艾拉·阿提耶利得到复仇机会，慰偿多年来的煎熬。“如果正义荡然无存，你也无路可退，只能选择宽恕或报复。”

“以牙还牙，以眼还眼。”克莱门特接道。

“对，但不止于此，”马库斯顿了一会儿，他在整理思绪，经过昨晚的事件，他又有了体悟，“有人正等着我们介入，你记得我在拉若公寓里发现的《圣经》吗？还用红缎书签带标出了那一页。”

“那一页是帖撒罗尼迦前书：主的日子来到，好像夜间的贼一样。”

“克莱门特，有人知道我们，”他的语气越发肯定，“你回想一下，他寄给拉法艾拉匿名信，还针对我们神父的身份挑了一段经文，对方把我牵扯进去，一定有其目的，拉法艾拉会出现在拉若的公寓，也是这个原因。到了最后，我成了让他发现父亲真相的引路人，奎多·阿提耶利被杀，都是我的错。”

克莱门特望着马库斯好一会儿：“会是谁在幕后策划？”

“我不知道，但无论这个幕后策划者是谁，他不仅想让受害者的亲属接触凶手，甚至想把我们卷入其中。”

克莱门特知道这不只是假设，不禁面露愁容，现在他们即将造访杰里迈亚的豪宅，这将是关键的一步，他们相信应该有机会找到线索，进入迷宫的下一阶段。他们一心想要救出拉若，要是没有这个目标，他们就没有那么强烈的动力继续调查下去，整起谜团的幕后黑手也明白这一道理，所以才会把这个女学生的性命当成奖品。

大门口依然看得到警察在巡逻，不过这间豪宅面积很大，实在难以面面俱到。克莱门特把车子停在一千米外的小道，两人下车，徒步前行，仰赖夜色掩藏行踪。

“动作要快。”路面崎岖不平，克莱门特急忙催促，“再过两三个小时，刑事鉴识小组的人会回来继续工作。”

他们移除后窗的封条，进入屋内。当然，假封条早已预先准备好，等到离开的时候会再贴回去，绝对不会有人起疑。两人穿上鞋套，戴上乳胶手套，开启手电筒的电源开关，以手掌掩盖部分光源，以免被外面的警察发现屋内有人。

这间宅邸是复古的新艺术风格，但依然可以看到多处现代风格的布置痕迹。他们进入书房，里面摆放了桃花心木书桌以及大型书架，屋内家具是过去富裕生活的见证。杰里迈亚出身中产阶级家庭，父母在纺织业发迹致富，两人辛勤工作，也难再生第二个小孩，他们应该殷殷期盼独子能够继承衣钵，让史密斯家族的名声得以继续发扬光大，但终究发现他不是那块料。

马库斯将手电筒对着橡木桌，上面整齐地摆放着一排相框，这个家庭的故事浓缩在那褪色的照片里。草地上的野餐，小小的杰里迈亚坐在妈妈的腿上，父亲则极呵护地抱着妻小；还有在豪宅的网球场里面，一家人穿着光鲜的运动服，手持木拍；圣诞节时分，全家全身鲜红，在挂满装饰品的圣诞树前合影留念。

这家人笑容僵硬，等待相机完成自动拍摄，他们总是排成完美的三联画，仿佛是来自另外一个时代的鬼魂。

不过，从某个时间点开始，这些照片里少了一个主角，十多岁的杰里迈亚和妈妈笑得悲伤又拘谨。一家之主突然罹病，撒手人寰，但孤儿寡母依然遵循传统，将之作为消除死亡阴影的解毒剂。

有张照片引发了马库斯更多的好奇心。他们等于与死者共同入镜，令人不寒而栗：母子两人站在砂岩大壁炉的两侧，中间的墙壁挂着一幅阴森的父亲画像。

克莱门特站在他背后插话："他们没有找到与拉若相关的线索。"

警方在这房间里搜索的痕迹处处可见，东西被翻动了，家具也是。

"所以警察还是不知道杰里迈亚带走了拉若，根本也没查案。"马库斯叹气道。

"够了！"克莱门特突然变得严厉。

马库斯吓了一大跳，这不是他平日的作风。

"我真的不明白，你怎么还是搞不懂？你不该介入侦查，做好分内工作就是了，如此而已，我还需要再向你解释一次吗？我告诉你，她危在旦夕，搞不好她现在已经是一具尸体，我们无论做什么或没做什么都改变不了事实，不要再心怀愧疚了。”

马库斯再次凝神看着那年方二十岁的杰里迈亚，他站在父亲的肖像画之下，神情肃穆。

“你打算从哪里着手？”克莱门特问道。

“他奄奄一息的地方。”

刑事鉴识小组显然已经仔细研究过客厅，卤素灯还放在架子上，几乎到处都是采集生物体液与指纹的化学试剂空瓶，以及标示拍照证物位置的编号牌。

蓝色发带、珊瑚手环、粉红色的编织围巾、红色溜冰鞋，杰里迈亚·史密斯杀人案四名受害者的遗物全在这间客厅里被找到了。这些纪念品证实了他嫌疑重大。保留这些东西，等于承担风险，但马库斯可以想象凶手每次抚摩战利品时波涛汹涌的情绪，这是他展现最佳能力的表征：杀人。将遗物拿在手中把玩，仿佛能够吸取死亡的能量，让凶手的精神为之一振。

杰里迈亚希望能随时看到这些东西，所以才选择放在客厅，宛如那些心灵饱受折磨的女孩成为这间屋子的囚徒，被迫与他共处一室。

但在这些对象中，没有拉若的东西。

马库斯进入客厅，克莱门特则守在门口。除了中央的沙发与老旧电视机，家具全都盖上了白布。小桌子被打翻了，地板上有破碗、凝干的牛奶渍加面包屑。

马库斯心想，杰里迈亚一定是在发病的时候打翻了这些东西，事发傍晚，他喝牛奶、吃面包，同时在看电视，好一幅孤单的景象，这个禽兽无须躲藏，别人的冷漠态度成为他最好的保护色，这世界要是能多注意一下杰里迈亚，也许能早点遏止他的恶行。

他的个性明明无法与人交际，但他还是改变性格，骗诱受害者，而且，除了拉若，所有的受害者都是在白天被绑架。马库斯不禁觉得奇怪，他究竟是运用什么方法赢得了她们的信任？他一定很有办法，因为这些女孩完全不怕他，那他为什么不以相同手段结交朋友？他的唯一目标是杀人作恶，有了犯案动机，反而让他看起来像个值得信赖的好人。但杰里迈亚·史密斯忽略了一项重要事实：善恶终有报，每一个人，即使是选择过隐士生活的人也一样，最恐惧的不是死亡，而是濒死时孤单无依，两者之间毕竟还是存在着些微差异，不到最后关头，难以体会个中滋味。

没有人会为我们哀悼，没有人会记得我们，马库斯心想，迟早我也会有那么一天。

他的目光停留在病患被急救的位置，消毒手套、纱布、注射器与插管，所有的东西都还搁放在那里，时光仿佛凝滞在那一刹那。

马库斯现在将注意力放在杰里迈亚·史密斯病发前的状况。“下毒者必然相当了解他的生活习惯。杰里迈亚对拉若下手，他也以其人之道还治其人之身。他想尽办法进入屋内，观察杰里迈亚的一举一动，他不会在糖里藏毒，却可能在牛奶里面动了手脚，这算是一种报复。”

克莱门特看着自己的徒弟已经完全进入另外一个人的心理状态：“所以他开始觉得不舒服，打紧急电话求救。”

“最近的是杰梅里医院，所以电话被转到那里也很正常。加害杰里迈亚的人知道莫妮卡的身份，她是第一个受害者的姐姐，而且她当晚在医院急诊室当班，将会随车出勤。”凶手善于精心安排巧合、制造复仇，似乎让马库斯若有所感。“这个人并非随意行动，而是小心谨慎，”他继续抽丝剥茧，“对，你真高明，”他自言自语，仿佛对手也在现场，“好，让我们看看你还藏了什么东西。”

“有没有机会找到营救拉若的线索？”

“不可能，他太狡猾了。就算有，也早就被他处理得干干净净，别忘了，那女孩是奖品，我们得努力争取。”

马库斯开始在客厅里四处打转，他认为自己一定有什么遗漏。

“我们现在要找什么？”克莱门特问道。

“看起来毫无关联，警察不会留意的东西，只有我们能洞察的线索。”

他必须先确定犯罪现场的调查起点，唯有如此，才能厘清真相，而最合理的地点就是这里，杰里迈亚垂死挣扎的客厅。

“那边的窗户。”他提醒克莱门特去关上后方的两扇大窗，随即以手电筒四处找寻，对象的光影宛如乖巧的小兵依序浮现，沙发、餐具柜、餐桌、摇椅、摆着郁金香画作的火炉，马库斯突然觉得似曾相识，他回头，手电筒的光再次对着那幅画。

“不该在这里。”

克莱门特听不懂，但马库斯记得很清楚，在书房里的那一排照片中，有一张杰里迈亚和母亲站在砂岩火炉的两侧，但中间是他过世父亲的油画。

“有人动过了。”

那幅肖像已经不见了，马库斯站上去，检查那幅郁金香的画框，发现它确实与墙底上的贴痕不符，他要把它移回原位的时候，发现左下角有编号：1。

“找到了！”克莱门特在走廊叫喊。

马库斯闻声过去，发现杰里迈亚父亲的肖像在门旁的墙上。

“这两幅画似乎对调了位置。”

他移画，查看后面，这次是“2”。两人开始四处张望，心里想的是同一件事。他们分开行动，开始逐一检查画作，想要找出第三号。

“在这里。”克莱门特发现了——一幅风景画，挂在走廊尽头，接近通往上层的楼梯口。他们往上走，才到一半的位置，又发现了第四号，他们知道朝这个方向走没错。

“这是他为我们设下的路标……”马库斯说道，但两人都不知道最后会到哪里去。

三楼的梯台处，他们找到了第五号，然后在小小的走廊找到了第六号，而在通往卧室的走廊上，又看到了第七号。第八号的尺寸极小：孟加拉虎的蛋彩画，应该是出自冒险小说家萨加里的故事。它放在某扇小门旁边，那一定是杰里迈亚·史密斯小时候的卧室，架柜上摆放着一整队的锡制小兵。此外，还看得到高级组合玩具、弹弓和木马。

马库斯心想，就算是禽兽，也曾经是个孩子，而我们常常忘了这一点。有些习性，我们自小到大都不会改变，但杀人的恶欲从何而来，没有人知道。

克莱门特打开了一扇小门，看起来是通往阁楼的陡峭阶梯。

“也许警察还没看过上面。”

他们心里有底，第九号，将是这个系列的最后一幅画作。他们小心地步上高低不平的阶梯，过低的天花板逼得他们只能蹲下来，最后，他们进入一处宽敞空间，里面堆满了老旧家具、书籍和箱子，屋椽间已有许多鸟儿筑巢，它们惊觉有人闯入，纷纷四处窜飞，想要找寻出口，终于觅得一扇未关的老虎窗。

克莱门特看了一眼手表：“天快亮了，我们没剩多少时间了。”

两人随即开始找画，角落有一大沓油画，克莱门特快速翻找：“没有。”话刚讲完，他立刻开始拍衣服上沾到的灰。

马库斯看到五斗柜后方出现金色闪光，他趋前一看，一只华丽的画框挂在墙上，不需要翻到后面察看，也知道那必定是第九号画作，里面的图案极其特殊，显然他们已经到达了寻宝游戏的终点站。

那是一幅小孩子的画。

练习簿的彩色铅笔习作，放在那么金碧辉煌的画框里，太不协调了，很难不引人注目。

画的背景应该是春夏时节，阳光照耀着美丽大地，树木、燕子、花朵，还有小溪。画中有两个小孩，穿红色波点洋装的小女孩，还有手中紧抓着某个东西的小男孩，虽然用色缤纷欢乐，人物纯真可爱，马库斯却有一股莫名的诡异感受。

这幅画里有邪恶的因子。

他往前细看，才发现女孩的衣服上不是红点，而是溅血的伤口，而小男孩手里拿的是剪刀。

他看着边角所注明的日期，二十年前的画，杰里迈亚·史密斯年纪太大了，不可能是作画的小画家，不，作者应该另有其人，这幅画正是他的变态幻想之一。他又想到了卡拉瓦乔的画作《圣马太殉难》，现在他面前的这幅画，也是活生生的犯罪现场，只是，当初画完的时候，那还是一起尚未发生的凶案。

他再次想到了那句话，就算是禽兽，也曾经是个孩子。那画中的人物想必已经长大成人，马库斯知道，一定要找出这个男人。

06: 04

上刑事鉴识课所学到的第一件事：犯罪现场没有所谓的巧合。要是你忘记的话，老师会不断找机会耳提面命，他们说巧合不只会误导你，而且还可能会适得其反，他们会举出各种案例，告诉你这种假设对侦办造成的致命伤害，完全无法弥补。

所以，桑德拉也不太相信巧合这种事。但在现实生活中，这种说法或可解释不同事件之间的意外关联性，至少我们会开始留意平常不会注意的事物。

她发现有些巧合微不足道，大家往往嗤之以鼻：“哦，不过就是巧合罢了。”那些让生活出现重大转折的巧合，却被赋予一个截然不同的名称：“预兆”。我们自认为收到了某种独特的信息，仿佛宇宙或某种高灵选择了我们，换言之，这些“预兆”让我们觉得自己与众不同。

桑德拉记得心理学家荣格把第二种巧合称为“共时性”，他还列举了它的三大要素：与其他事件没有因果关联，伴随深刻的感情体验，而且具有强烈的象征意义。

荣格还认为，某些人总是竭尽所能，想要在每一桩不平凡的事件中找寻更深层的意义。

桑德拉不是这种人，但她不禁开始重新思考个中三昧，因为今天这个变局，要从促成她与戴维结识的那一连串事件说起。

那是八月节的前两天，他人在柏林，正准备和朋友在希腊的米克诺斯岛相会，搭帆船畅游诸岛。不过，出发的那天早晨，他的闹钟没响，他起晚了，但还是赶在停止值机之前抵达机场，他那时心想，运气真好！却没料到接下来有重重阻难。

为了到希腊，他必须先飞到罗马转机，就在他准备搭第二段航班，提领行李的时候，航空公司却告诉他出现了状况，他的托运行李还留在柏林。

他不打算就此放弃，所以立刻在机场买了新的行李箱与衣服，准时出现在飞往雅典的航空公司柜台，却发现因为过多的旅游度假人潮发生了超额订位，他的机位没了。

晚上8点，他本来应该坐在三桅船的船尾，和两周前在米兰认识的印度籍辣模在一起，共同啜饮冰凉的茴香酒，现在却和一大群旅客挤在离境室，忙着填写行李延误的索赔表格。

照理说，他应该要等到第二天搭最早班飞机离开，但他觉得自己实在等不下去，所以他决定租车，想从罗马直接杀去布尔迪西港，再搭渡轮前往希腊。

开了一整晚的车，长途跋涉了五百多千米，朝阳已从普利亚区的海岸线缓缓升起，他瞄一眼路标，快要到目的地了，但就在此时，车出了状况，不断发出嘎嘎声，最后抛锚了。

戴维跳下车，霉运连连，但他没有破口大骂，反而开始欣赏四周的美景，右边是高原上的白色小城，而向左边再走个几百米，即可到达海边。

戴维走过去，清晨的海边不见人迹，他站在前滩，掏出大茴香口味的香烟，点烟，迎接旭日东升。

他低头一看，发现湿润的沙地上有小巧的对称足印，他一看就觉得是女子慢跑所留下的痕迹。这条海岸线处处都是曲折湾口，所以前头已经看不到人，但对方确实离开没有多久，否则足印一定早已被退浪冲蚀得无影无踪。

之后每次向人提起这段故事，戴维总是难以言明当时的想法，他突然觉得一定要跟过去，而且立刻拔腿狂追。

桑德拉只要听到这个情节，就会忍不住追问戴维，为什么笃定对方是名女子。

“不知道，我当然希望是女人最好，但也可能是小男孩或是矮个头男子。”

她对于这种说辞一直半信半疑，警察工作所培养的直觉当然会让她追根究底：“你又怎么知道她是在慢跑？”

戴维对此也早有准备：“沙滩上的脚印前端比较深，显然是跑步留下的痕迹。”

“这倒是言之成理。”

故事继续说下去，他说他跑了一百米左右，爬上沙丘，往下一看，果然有个女子的身影，短裤、紧身T恤、运动鞋，一头金发扎成马尾，戴维看不到她的脸，顿时有股冲动想叫住她，但这想法也未免太蠢了，因为他连对方的名字都不知道。

他加快速度冲了过去。

等到追过去的时候，该说些什么好呢？距离越来越近，他知道自己一定得赶快编出个好理由，才不会看起来一脸呆相，但他实在想不出来。

戴维奋力追赶，总算到了女子身旁，她长得很漂亮，桑德拉每次听到这句话，总是面露微笑。他向那女子道歉，请她留步。她是停下来了，但看得出百般不愿，直瞪着面前这名喘得上气不接下气的疯狂男子。他给人的第一印象应该好不到哪里去，整整二十四小时都没换过衣服，彻夜未眠，而且还因为跑步而满头大汗，全身的味道恐怕很难清新怡人。

“你好，我叫戴维。”他想要和她握手，但她满脸嫌恶，没有多加理会，仿佛那只手是臭烂的死鱼，但他毫不气馁，继续讲下去：

“你知道荣格的巧合论吗？”前一天从柏林离开之后所发生的种种事件，他一股脑全说了出来，她不发一语，可能是搞不清楚对方讲这些话究竟有什么用意。

等戴维讲完之后，女子终于开口，她说，他们两人相遇不能算是巧合，虽然一连串的偶发事件把他带来了海边，他却是因为自由意志决定跟踪她的足印的，换言之，并不适用共时性的理论。

“谁说的？”

“荣格说的。”

戴维知道这番反驳无懈可击，没再接腔，他向女孩道别，黯然转身离去。他在归途中依然无法忘情，心想要是这女孩能变成挚爱该有多好，以这样的方式相遇，陷入爱河，一定让人难忘，并成为让人津津乐道的故事。小状况接二连三，没想到最后却成为浪漫经典。

都是因为那只遗落的皮箱。

那女孩并没有追过来，告诉他她改变了心意，他也没有机会知道佳人芳名。不过，由于航空公司迟迟未送回行李，一个月之后，他只好去米兰警区总部报案，就在那里的咖啡机前面，他第一次遇到桑德拉，两人讲了几句话，彼此颇有好感，几个礼拜之后，两人就住在一起了。

现在，桑德拉在罗马的旅馆幽幽醒来，心事重重——发现戴维之死另有隐情，而且自己必须找出凶手——但她还是忍不住面露微笑。

每次戴维向不知情的朋友提到这个故事，对方都以为那个海滩慢跑女子就是她，不过这就是生活的奥妙，有时在平庸之中却能找到无限宽广的机会。世间男女不需要特别去寻找“预兆”。

有时，在数十亿人中，找到彼此就足够了。

要不是他们同时准备要投币买咖啡，要不是她只有五欧钞票，而刚好戴维口袋里有铜板可以换零钱，他们就没有机会可以说话，很可能只是站在那里，等各自的饮料，随即如陌生人一般转身离开，根本不知道两人能爱得如此轰轰烈烈，无怨无悔。

在一天之中，会遇到多少次这样的机会，我们却浑然不知？有多少人偶遇却错身而过，不知道自己遇到了完美的另一半？

所以，虽然戴维已经不在人世，但她依然觉得自己是被上天眷顾的人。

那昨晚的事件呢？她好生疑惑，遇到太阳穴带疤的那个男人，让她吓了一大跳，至今情绪还是无法平复。她以为自己遇到的是凶手，却发现对方是神父，她相信他说的是真话，因为他大可以利用停电的时候逃跑，而不需要留下来自曝身份，这完全出乎她的意料。她也迟疑了，无法扣下扳机，她似乎听到母亲在一旁斥责："桑德拉，乖女儿，不可以杀神父，就是不可以。"何其荒谬。

巧合。

那男人和戴维之间有什么关系？

桑德拉起床，再次看着那个人的照片。为什么神父会牵扯进这起案件？照片里的人没有办法给她答案，反而带来更多的谜团。

她的胃好痛，好几个小时没吃东西了，而且她发烧了，觉得好疲倦，昨晚她淋雨、全身湿透回到旅馆。

在圣王路易教堂的圣器室里，她发现自己寻索的不只是正义，还有某种更晦暗的情绪等待平抚。身心受创，会引发奇特的效应，我们变得更加虚软无力，但同时又强化了我们某种压抑的欲望，一种看到别人承受相同痛苦的欲望，仿佛复仇是唯一的慰藉之道。

桑德拉从来不知道自己也有黑暗的一面，她心想，我也不想变成这样，但她担心自己已经彻底变了，再也无法回头。

她把神父的照片先放在一旁，开始研究最后两张照片。

其中一张是全黑的照片，另外一张是戴维忧伤挥手的对镜自拍照。

她把两张照片并置在一起，想要找出之间的关联，但依然毫无线索。她正要收拾照片，却愣住了，她的目光紧盯着地板。

门缝下有张小卡片。

她看了好一会儿，终于下定决心，速速拾起，动作甚是胆怯。一定是有人趁她半夜熟睡的时候偷偷把它塞进来。她端详卡片，是张道明会修士的圣像。

佩尼亚福特的圣雷孟。

卡片后面印有名字，而且还附有一段求圣者助佑的拉丁文代祷词，许多字词已经模糊难辨，因为有人拿红笔在上面写了几个大字，虽然只是几个字，却让她背脊发凉。

弗雷德。

07: 00

他需要拥挤的地方。一大早，西班牙广场附近的麦当劳再适合不过了。里面几乎都是不适应意大利式甜面包早餐的外国观光客。

他看中这里，是因为想要感受人间气味。天天目睹各种惨剧，他想要确定这个世界仍然安然无恙，还有，在这场搏斗中他并不孤单，因为围绕在他身边的那些家庭——以爱孕育下一代的众生——在人类救赎的过程中扮演了重要角色。

马库斯把清淡如水的咖啡移向桌角，他根本没喝，随即把克莱门特半小时前留在告解室的档案拿出来放在桌子中间，他们平常也会利用告解室来交换信息。

在杰里迈亚·史密斯家中阁楼所发现的那张儿童画，小男孩手持利剪的杀人图，让克莱门特想起了三年前的往事。当他们还在屋内的时候，他已经先向马库斯简单讲述了案情，两人离开之后，他赶忙去找档案，封面编号是c.g.554-33-1，不过，大家都把它叫作费加罗案，这是媒体给凶手的绰号——响亮好记，却不怎么尊重受害者。

他开始翻阅档案。

星期五傍晚，警方到达新萨拉里欧区的某栋小屋，一打开门，就看到令人惊骇的画面：二十七岁的年轻人意识不清，倒在自己的呕吐物中，位置就在通往二楼的阶梯处，而在他身旁不远处，还有一架损坏的轮椅。费德里克·诺尼是半身麻痹患者，警方刚开始以为他只是因摔倒而受伤，登上二楼之后，他们才发现真正的惨剧。

某间卧室里，躺着一具尸体，二十五岁的妹妹乔琪亚，全身赤裸，遍体鳞伤。

可以看出有多处刺伤，致命伤是开膛剖肚的那一刀。

法医分析死者伤口，认定凶器为利剪，这个结果让警方提高了警觉，因为先前已经有三起相同的攻击案例，行凶的疯子绰号为费加罗。前三位受害人所幸都保住了性命，但显然凶手并不满足，这一次，他索性把人杀死。

马库斯心想，凶手不只是个疯子，在他病态而扭曲的幻想中，持剪伤人是快感来源的必需品，看到受害者的伤口汩汩流出鲜血还不够，他还要体会她们的恐惧。

档案里的字字句句逼得他无法喘息，他必须转移视线，呼吸一口正常的空气。不远处有个小女孩正小心翼翼地打开快乐餐，她舔着嘴唇，眼睛里闪烁着兴奋的光芒。

他不禁自问，我们是哪里变了？生活从何时开始产生不可逆的变化？但有时候它未必会发生，一切如常。

看到那小女孩的脸，他终于重拾对人性的信心。他再次进入字里行间的炼狱。

现在，他仔细研究起警方的调查报告。

凶手是从大门直接进去的，因为乔琪亚买完东西回家，忘记关门了。费加罗喜欢在超市挑选行凶对象，并尾随她们回家，不过其他人都是落单时被攻击，但乔琪亚的家里还有哥哥费德里克，他本来是前途不可限量的运动选手，但一场摩托车意外终结了他的未来。根据这位年轻人的证词，费加罗从他背后偷袭，翻倒轮椅，趁轮椅倒地时把他打昏，随即把乔琪亚拖上二楼，她的下场与其他受害人一样凄惨。

费德里克清醒过来时，发现轮椅已经严重损毁。他听到妹妹的尖叫声，知道楼上一定出了事，他大声呼救，随即想要爬上二楼，但他多年来未曾锻炼身体，又加上面部重创导致头脑昏沉，最后只能放弃。

他只能被迫留在那里，听着自己在这世界上最亲爱的人拼命哭喊，却无能为力。

妹妹一直照顾他的生活，而且可能终生都不会放下这个重担，而他望着那该死的楼梯，破口大骂，暴怒，依然无能为力。

有个邻居听到他们屋内传出尖叫，终于打电话报警，凶手听到警车鸣笛，匆忙从通往花园的后门逃逸，花坛上也因此留下他的足印。

他看完资料，发现那个在享用快乐餐的小女孩，现在正与弟弟快乐分食巧克力麦芬，他们的父母看着小姐弟，一脸慈爱。不过，这幅天伦之乐图依然让马库斯眉头深锁，因为他的心里有太多问号。

这次是不是轮到费德里克·诺尼执行复仇行动？某人已经帮他找到了逍遥法外的凶手？还有，马库斯不禁自忖，是不是该出手阻止？

马库斯瞄到档案最后的注记，恐怕连克莱门特自己都没发现，因为他在杰里迈亚·史密斯的豪宅讲述案情的时候，显然遗漏了这一点。

复仇，似乎是没有机会了，费加罗有名有姓，而且已经遭到逮捕，本案正式终结。

07: 26

她看着那张写有“弗雷德”的圣像，至少看了二十分钟。一开始，在戴维出事的工地所找到的录音机中，除了凶手的声音，她居然听到了象征挚爱的那首歌在低切悲吟，现在，他们夫妻之间的闺房私密又再次曝光，戴维的甜蜜昵称，已经不再是她一个人的专利。

一定是凶手把卡片塞进来的，他知道我住在这里，这个人想要干什么？

她坐在旅馆房间里苦寻答案，卡片上除了圣雷孟的图像与祷文，还标注了一个纪念这位圣者的地方。

神庙遗址圣母堂的小礼拜堂。

桑德拉决定打电话给长官迪·米凯利斯询问详情。她拿起手机，但电池没电了，她接上插座充电，接着拿起房间里的室内电话，正要拨号之前，她突然停下来，看着手中的话筒。

自从她知道戴维在罗马秘密进行调查，一直有个问题让她百思不解，他待在这里的时候，是否曾和其他人联络？他的笔记本电脑里没有这段时间的相关邮件，手机记忆卡里也没有任何通话记录。

与世隔绝得如此彻底，未免有些诡异。

桑德拉发现自己忘了查旅馆房间的电话。

她在心里感叹，我们如此依赖这些高科技产品，却忽略了那些最基本的设备。

按下“9”接通柜台，她直接找经理，要求打印戴维住房时的通话明细，当然，她再次利用自己的警官身份，谎称自己正在调查亡夫的命案。她不知道对方相不相信这番说辞，不过经理还是乖乖照办了，过了一会儿，经理派人把记录送上来，只有一组电话号码。

0039 328 39 56 7 ×××

她猜得没错，戴维打这个号码打了好几次，她很想知道这究竟是谁的电话号码，但最后三位数被盖住了。

为了保护住客隐私，旅馆的交换机系统不会记录完整的电话号码，毕竟这只是要作为向住客收费的依据而已。

既然戴维从旅馆房间拨打这个手机号码，这就表示他根本不怕那个人，她又有什么好畏惧的呢？

她再次看着那张卡片：弗雷德。

把卡片塞入门缝的那个人，也许不是凶手？可能是想要帮助她的神秘人士？想必自从戴维出事，对方也觉得自己身陷危险，所以自然会谨慎行事。或者，那等于是邀她前去神庙遗址圣母堂的请柬，因为那里有线索，而卡片上之所以出现弗雷德的名字，只是要让她安心，他也认识弗雷德。仔细想想，这个人如果有意伤害她，攻其不备是何其容易，犯不着多此一举。

桑德拉现在完全没有把握，只有越来越多的问号，她发现自己正站在十字路口，是要搭清晨第一班列车回米兰，就此忘却一切，还是要不计代价追查下去？

她决定留下来，不过，必须先去圣雷孟小礼拜堂一趟，看看里面究竟有什么玄机。

神庙遗址圣母堂兴建于1280年，原址为纪念密涅瓦女神的古神庙，距离万神殿不远。

桑德拉的出租车停在教堂广场门口。中间矗立着由贝尼尼所设计的雕像，造型奇特，一只小象背着埃及方尖碑。据说这位建筑师当初故意让这头象背对着附近的道明会修道院，以此嘲讽这些修士的保守心态。

她穿着牛仔裤和连帽运动衫，万一遇雨，多少可以挡蔽。前晚的暴雨似乎已成了过去，温暖空气带走街道的湿意，出租车司机甚至为了连日大雨向她道歉，他拍胸脯保证罗马一直是个阳光普照的城市，但此时黑云已经仿如坏疽一般飘散开来，遮蔽了朗朗晴空。

桑德拉进入罗马式与文艺复兴式的大门，内部是出人意料的哥特风，还有一些应是巴洛克的痕迹，她仰望那蓝色的拱顶天花板，上面绘有许多使者先知与学者的画像。

教堂才刚开门，准备迎接做礼拜的会众。根据门口张贴的行事历，晨间弥撒的时间是早上10点，所以现在除了主祭台上整花的修女，就只有桑德拉一人，看到这位修女，她的心绪平静多了。

桑德拉拿出那张圣像，想要比对找出确切的位置。这间大教堂里两侧有许多小礼拜堂，大约有二十个。教堂里富丽堂皇，到处都是红色纹理的碧石，气势惊人，此外还矗立着许多光泽闪耀的大理石雕像。

吸引她的是右侧的最后一间，最朴实无华的礼拜堂。

它缩在幽暗角落，面积最多不超过十五平方米，光秃秃的墙面上，几乎都是被煤灰熏黑的大理石，那全是墓碑。

桑德拉拿出手机准备拍照，一如她在所有犯罪现场的标准动作，先整体，然后是细节，从下到上，拍摄教堂内的艺术作品，她更是全神贯注。

在中央祭坛上方的画作里，圣雷孟穿着道明会的服装，与圣保罗在一起，左方是圣露西亚与圣亚加大的油画，但右方的壁画让桑德拉格外震撼。

上帝担任审判者，天使各据两侧。

下方排列了许多祈愿蜡烛，稍有风动，所有的弱焰也会随之一起轻曳，为这个狭窄的空间增添了些许淡红。

桑德拉拍下这些照片，希望能从中找到答案，一如她在研究圣王路易教堂的《圣马太殉难》时挖掘出了秘密，她相信透过镜头，更能清楚地逼近犯罪现场的一切细节。不过，她无法参透这里的谜团，这已经是她今天第二次陷入死胡同，第一次是那少了最后三位的神秘手机号码，与真相如此接近，但就是欠了关键的临门一脚。

难道戴维的照片与这间教堂毫无关联？

她在想最后的那两张照片，一张全黑，另一张是戴维在旅馆房间的裸胸自拍，他一只手持相机，另一只手对着镜头挥动，乍看之下是个开心的姿势，但他的脸色极其严肃，绝非嬉戏笑闹。

桑德拉突然停下动作，看着手里的那个东西，手机与照片，她从来没想过两者之间会有关联，照片与手机——“不，”她喃喃自语，仿佛不知道自己怎么如此愚笨，“怎么可能？”答案就在眼前，但她先前居然完全没想到。她赶紧拿出袋中的那张纸，旅馆打印出的手机号码。

0039 328 39 56 7 ×××

戴维不是在挥手，而是想以手势告诉她一个数字，电话号码的末三位，桑德拉拨了那组号码，最后那三个×，换成了连续的三个5。

她在等。

外面又开始乌云密布，灰暗的光线偷偷钻入教堂窗户，流泻在中殿，盈满了每一个角落，每一个隐蔽之处与裂隙。

电话那一头响了。

一会儿之后，她听到手机铃声在教堂里回荡。

不可能是巧合，他就在这里，而且盯着她的一举一动。

三响之后，电话声消失，对方切线。桑德拉回头看着主祭台，想知道修女还在不在那里，但人已经不见了。她四处张望，突然之间，有东西呼啸一声飞过她的头顶，撞击墙面，她这才发现自己身陷危险，那是子弹，对方的手枪装了消音器。她赶紧趴下来，拿出自己的佩枪。桑德拉全面警戒，心脏却不停狂跳，第二发子弹距离她不过两三米，桑德拉找不到狙击手，她确定现在对方看不到她的确切位置，但想必那个人很快就能找到更好的制高点。

她要赶快离开才行。

紧握手枪，脚步快速旋移，她遵守老师的教诲，眼观四方，发现几米外有另一个出口，她必须以中殿廊柱作为掩护，才能顺利逃出去。

桑德拉完全错估了那张卡片，杀死戴维的凶手依然逍遥法外，她怎么如此粗心大意?

她给自己十秒钟，计时开始，冲了。一秒——没有枪响；两秒——她向前推进了两米；三秒——她落在窗户透入的微光之下；

四秒——她再次遁隐暗处；五秒——再几步就好，出口已在前方；六秒，七秒——有人在抓她的肩膀，要把她拖进其中一间礼拜堂；八秒，九秒，十秒——对方气力惊人，她毫无招架之力；十一秒，十二秒，十三秒——她拼命抵抗；十四秒——她刚好挣脱，只是刚好而已，但枪掉了，她急着想逃走，却不小心滑倒；十五秒——她知道自己的头就要撞到大理石地板，突如其来的第六感，让她在倒地前已经感受到莫大的痛，她以双手护头，但完全没有效果，她只能赶紧侧头，减轻冲击力道，脸颊碰触到冰凉的地面，随即又是一阵热辣，桑德拉全身急颤，宛如触电一般；十六秒——她的眼睛还是张开的，但觉得已经意识不清，这感觉好离奇，仿佛看着自己消失不见；十七秒——她只知道有两只手托住了她的肩膀。

她没有再继续数下去，眼前突然一片漆黑。

09: 00

天皇后监狱，建立于十七世纪中叶的修道院，自1881年改建为监狱，但这个当初为了向圣母玛利亚致敬的原始名称，依然保留至今。

这间监狱可容纳九百名受刑人，依照犯罪类别分成了不同区域，第八区是所谓的“边缘”案件监区，这些罪犯多年来都像正常人一般生活、工作、建立人际关系甚至结婚成家，但突然之间凶性大发，原因不明，令人不禁怀疑他们的精神状态，但这些人没有明显的心理疾病症状，只有在他们的犯罪行为之中，才会看到他们的违常之处，唯一与变态的相关之处，只有犯罪事实本身而已。在等待法院宣判他们是否为精神异常罪犯之前，狱方会将这些人与其他罪犯隔离，给予特殊待遇。

一年多来，第八区已经成了尼可拉·寇斯塔的家，这个人，就是大家所熟知的费加罗。

通过例行检查之后，马库斯进入了监狱大门，他进入漫长的走廊，走过一道又一道的门，逐渐深入监狱的中心地带，宛如沉坠地狱。

为了配合今天的场合，马库斯特别穿戴了神父的黑袍与白领，但他实在不习惯，喉咙被勒得很不舒服，走动时袍身还会飘动，他从来没有做过这种神职打扮，对他而言，这反而比较像是伪装。

两三个小时之前，马库斯发现费加罗安然无恙，已经入狱，所以他和克莱门特想出方法，要进来见他一面。尼可拉·寇斯塔目前正在等候法官的裁决，可能会继续服刑，或是转送精神病院。与此同时，他也开始准备领洗和忏悔，每天早晨，在警卫的陪同下，他会固定到监狱里的小教堂，除了告解，也会一个人望弥撒。但今天一早，主教团紧急召见监狱院牧，原因不明，不过这位院牧恐怕得花好些时间才会发现这是误会一场。克莱门特已经打点好一切，甚至还替马库斯弄来临时院牧的许可证，让他在天皇后监狱畅行无阻。

此举显然颇为冒险，可能会有人发现他们的秘密，但他们在杰里迈亚·史密斯家中阁楼发现了那幅画，这表示费加罗一案可能得继续调查下去，而马库斯的任务就是要找出线索。

走了一段长长的石面通道之后，他进入了一个开阔的八角形空间。这栋囚楼共有四层楼高，阳台设有延伸至天花板的严密铁网，以防犯人跳楼自杀。

警卫把他带入教堂，留他一人独自处理做礼拜的准备工作。神职的职责之一就是感恩圣事，神父每天都应该做弥撒，但马库斯因为另有要务，所以获得特许，无须负担这些义务。不过，自从布拉格事件之后，他在克莱门特的带领下做了许多次的弥撒，纯粹只是想要在仪式中感受平和的气息，所以他准备起来也相当熟练。

对于这个马上就要见面的男子，他还没有时间深入研究，更不知其心理状态，不过，以“边缘”来解释善恶之间如薄纸般的那层隔膜，的确相当到位。有时候，那隔膜可灵活伸缩，偶尔作恶，也有机会回到光明面。但在某些案例中，防线崩溃，开了一个危险通道，他们就此在善恶之间来去自如。这些人看起来一切正常，但只要走出那一小步，他们就会变身成令人猜不透的恐怖恶怪。

根据心理学家的观察，尼可拉·寇斯塔属于后者。

马库斯正在准备祭坛，背对着那空无一人的会众区，就在此时，他听到了手铐的哐啷声响，在警卫的护送下，尼可拉·寇斯塔进入教堂，他穿牛仔裤白衬衫，扣子一路扣到领口，头顶几乎秃了，走路姿势怪异，但最引人侧目的是他的唇腭裂，这让他的嘴看起来总是在笑，而且还散发出一股邪气。

他随意挑了个位子，警卫扶着他的双臂，让他坐下来，随即退到门口站岗，为了避免干扰神圣的弥撒，他们会一直站在那里，等到仪式结束。

马库斯又等了几分钟，才转身过去。

寇斯塔吓了一大跳，而且相当惊慌：“院牧人呢？”

“他不舒服。”

寇斯塔点头，不发一语，他手里握着玫瑰经念珠，开始喃喃自语，口齿含混不清，而且不时得从胸前的衬衫口袋取出手帕，擦去裂缝里流出的口水。

“在我们开始做礼拜之前，要不要先告解？”

“在我的属灵旅程之中，我跟随的是另外一位神父，我把自己的怀疑与不安都告诉了他，也是他对我传扬福音，我想，还是等他回来好了。”

马库斯发现他宛如羔羊一般温顺，或者，他只是演得有模有样。

“抱歉，我以为你喜欢。”马库斯话一说完，立刻又背过身去。

“什么？”寇斯塔困惑不解。

“告解。”

这句话立刻激怒了他：“怎么了？我不懂你在说什么。”

“不重要，没什么好担心的。”

寇斯塔平息了怒气，开始继续祷告，马库斯则拿起圣带，仿佛准备开始主持弥撒。

“我也不觉得你这种人会为受害者哀泣，反正你的嘴巴长得那么畸形，哭起来恐怕也很难看。”

这番话宛如一记重拳打在寇斯塔身上，但他还是努力强忍：“我一直以为神父很善良。”

马库斯走到他面前，两人的脸几乎要碰在一起：“我知道你做了什么事。”马库斯轻声低喃。

寇斯塔的脸宛如尸蜡面具，他的目光凌厉，证明了那永远挂在嘴上的笑容其实是虚情假意。“我已经告解过了，也愿意付出代价，我不奢求有人肯定，我的确做了坏事，但至少应该得到一点起码的尊重。”

“哦，当然，”马库斯语带讥刺，“对于那几起伤害罪，还有乔琪亚·诺尼的杀人案，你的确交代得很详细，不过，说来奇怪，那些还活着的受害人居然对你一无所知。”

“我每次都戴头套，”寇斯塔已经上钩，开始找理由证明自己是涉案人，“而且，乔琪亚·诺尼的哥哥也指认我了。”

“他只认出你的声音。”马库斯立刻反驳。

“他说了，凶手讲话有问题。”

“他吓坏了。”

“没有，因为我真的……”寇斯塔的话讲到一半。

“你什么？你嘴巴有裂缝？”

“对。”寇斯塔强抑情绪，眼前这男人态度挑衅、直捣痛处，显然让他无法招架。

“都没变，对吗？从小到大，一模一样，你的同班同学怎么叫你的？他们给你取了绰号，对不对？”

寇斯塔在座位上不安地扭动，还发出了宛如笑声的声音：“麻风脸，没什么创意，他们脑筋不好。”

“没错，费加罗这名号响亮多了。”

他面色紧张，再次拿出手帕擦嘴：“你到底要对我怎样？”

“寇斯塔，不是你犯的罪，我无从赦免。”

“我要走了。”他转身去叫警卫。

但马库斯伸手拉住他的肩头，死盯着他的双眼：“如果大家一直叫你禽兽，你也会习惯成自然，到了最后，你发现这种名号让你与众不同，你不再是无名小卒，报纸刊登你的照片，当你在法院现身，每一个人都看着你，对，大家不喜欢你，但大家也都怕你。以前你习惯别人对你不屑一顾，冷嘲热讽，但他们现在不得不注意你，他们目不转睛，因为想要了解自己最害怕的东西，别误会，不是说你，而是与你相似的同类。他们越注意你，越觉得你非我族类，这让他们找到自以为优越的借口，毕竟，这就是禽兽之所以存在的理由。”

马库斯把手伸入黑袍口袋，取出那幅在阁楼里找到的画，他小心翼翼地摊开，放在尼可拉·寇斯塔的座位旁，丰美绿地里的男孩与女孩在微笑，女孩的小洋装上都是血渍，而男孩手中紧握着利剪。

“谁画的？”犯人问道。

“真正的费加罗。”

“我就是。”

“不，你是说谎狂，你出来顶罪，只是要为自己的无趣生命找寻一点价值。我说真的，你演得不错，那一番虔诚的说辞不但讲得漂亮，而且让人误以为你很诚恳，我想警察也乐于赶紧结案，以免丢脸：三名女子遇袭受伤，一名死亡，却找不到人定罪。”

“不过，自从我被逮捕之后，就再也没有出现受害者了，这又怎么解释？”

马库斯早已料到这一反应：“才过了一年，他再犯案也只是迟早的事。现在有你入狱，对他倒也方便，我猜他也想收手，但恐怕忍不了太久。”

尼可拉·寇斯塔闷哼一声，目光在教堂里来回飘移：“我不知道你是谁，今天来这里做什么，但反正不会有人信你的鬼话。”

“你就认了吧，你没那个种当禽兽，你只是捡现成的而已。”

寇斯塔几乎按捺不住火气：“谁说的？为什么我不是那幅画里的小男孩？”

马库斯逼近过去：“看看他的笑容，你自然就懂了。”

尼可拉·寇斯塔低头，画中小男孩的嘴唇完美无瑕。“这又证明不了什么。”

他的声音细弱无力。

“我知道，”马库斯回他，“但对我来说，够了。”

10: 04

桑德拉因左颊剧痛而醒来。她慢慢睁开眼睛，几乎不敢看，但她好好地躺在床上，还盖着柔软的红毯。四周是宜家的家具，深色百叶窗的窗户，现在一定还是白天，因为可以看到外面的阳光微透入内。

她以为自己会被绑住，没有，而且身上还穿着原来的牛仔裤与运动衫，但有人脱去了她的运动鞋。

门在房间后面，还留了一道小缝。她知道这个动作的含义：不希望关门的时候吵醒她。

桑德拉伸手触腰，想要找枪，但枪套里什么都没有。

她想站起来，却头晕目眩，于是又倒回床上，两眼看着天花板，因为家具都在旋转，她只能等自己慢慢恢复正常。

我要想办法起床离开。

她先把脚移到床边，一次一只脚，慢慢着地，确定两脚都站稳之后，她努力坐直身体，睁大眼睛，以免失去平衡。然后，她扶着墙壁，利用五斗柜撑起身体，站是站起来了，但软绵无力，她觉得两条腿快不行了，仿佛有一阵看不到的海浪重袭而来，逼得她脚步踉跄。她想努力站稳，却还是体力不支，她闭上眼睛，正要倒下的时候，后头有人接住她，将她扶回床上。

“还不行。”一个男人的声音。

桑德拉只知道自己紧抓着两只强壮的手臂，不知道这人是谁，但他的味道很好闻。她趴在床上，整张脸埋在枕头里。“让我出去。”她喃喃低语。

“还不行，你知道自己多久没吃东西了？”

桑德拉转头，虽然眼睛只能眯成一条细线，但在昏暗不明的光线中，她还是认出那是个男人的身影，金白色头发，发长及肩，轮廓纤细但仍充满阳刚味。她确定对方是绿色眼珠，因为他的眼眸散发着光芒，如猫眼。她正想要开口问对方是不是天使，却顿时惊觉刚才听到的声音有独特的男孩腔，而且有德国口音。

“夏贝尔。”她好失望。

他面露温和微笑：“抱歉，我抓不住你，而且你还摔倒了。”

“妈的！在教堂里的人是你！”

“我要拉你，但你一直在乱踢。”

“我乱踢？”她火冒三丈，忘了自己身体不适。

“要是我没有出手，你早就中弹了，你刚好走过杀手前面，瞄准你太简单了。”

“那个人是谁？”

“我不知道，所幸我一直跟着你。”

现在她是真的动怒了：“什么？什么时候开始的？”

“昨晚我刚过来，今天早上我去了戴维在罗马投宿的旅馆，我知道一定可以在那里找到你，果然看到你从旅馆门口出来，上了出租车。”

“所以在米兰喝咖啡……”

“我骗你的，我知道你在罗马。”

“急着打电话找我，要看戴维的旅行袋……都是你设下的圈套。”

夏贝尔叹了一口气，坐在床边看着她：“我也只能出此下策。”

桑德拉知道自己从头到尾都被他利用了：“到底有什么阴谋？”

“我要先问你几个问题，才能继续向你解释。”

“不，现在是你要告诉我这是怎么一回事。”

“我保证，一定会告诉你，但我得先确定我们现在是否安全。”

桑德拉四处张望，发现椅背上挂着疑似胸罩的东西——当然，不是她的：“等一下，我在哪里？这是什么地方？”

夏贝尔顺着她的目光看过去，赶紧收起那件内衣：“抱歉，乱七八糟，这里是国际刑警组织的地方，我们把它当作客房公寓，一直有人来来去去，但别担心，我们很安全。”

“我们怎么过来的？”

“我开了好几枪，不知道有没有射中狙击手，但我们全身而退，扛你走在外面实在很难不引人注意，幸好当时下着大雨，把你塞进我车里的时候，根本没有人注意，万一路旁有巡逻警车经过，状况就复杂了。”

“哦，所以你只担心这个啊？”但她突然想起刚才夏贝尔讲的话，“等等，为什么我们会有危险？”

“因为想杀你的那个人，绝对不会放过你。”

“有人往旅馆房门底下塞了张卡片，我才找到那间教堂，为什么圣雷孟小礼拜堂那么重要？”

“一点都不重要，只是陷阱。”

“你怎么知道？”

“要是真的事关紧要，在戴维留给你的线索里一定找得到。”

这番话让她不禁语塞：“你知道戴维在调查的案子？”

“我知道得很清楚，但我还需要一点时间。”

他话一说完，就起身去隔壁房间了，桑德拉听到他在翻找盘子，没过多久，他手里端着餐盘回来了，有炒蛋、吐司与果酱，还有一壶咖啡。

“如果你想赶快好起来，还是得吃点东西。”

这倒是真的，她已经超过二十四小时未进食了。眼前的食物唤起她的食欲，夏贝尔扶她坐好，在她背后垫了几个枕头，然后把餐盘放在她的腿上。她在吃东西的时候，夏贝尔坐在她旁边，直接把腿搁在床上，双手交叠。几个小时之前，两人还维持着拘谨关系，现在看起来却很亲密，这男人大剌剌的态度让她很不舒服，但她依然未发一语。

“今天早上真的很危险，幸好你打我的手机，惊动了杀手，不然你早就没命了。”

“所以那是你的……”她的嘴巴里塞满食物。

“你怎么会有那个电话号码？我都是用另外一个号码打给你。”

“那是戴维从旅馆打出的电话号码。”

“你丈夫个性很固执，我真的不喜欢这个人。”

他居然这样讲戴维，让桑德拉很火大：“你根本不知道他是什么样的人。”

“就是个讨厌鬼，”他不肯退让，“他要是肯听我的话，现在一定还活得好好的。”

桑德拉怒不可遏，把餐盘放到一旁，想要站起来。

“你要去哪里？”

“一个陌生人在我面前讲这种话，我听不下去。”她依然摇摇晃晃，在床边找自己的运动鞋。

“好，要走请便，”他指着房门的方向，“不过戴维留下来的线索，给我交出来。”

桑德拉露出不可置信的表情：“想都别想！”

“戴维在追查某人的下落，所以才会惹来杀身之祸。”

“我想我已经见过他了。”

夏贝尔站起来，走过去紧盯着她："什么意思？你见过了？"

还在系鞋带的桑德拉这时停下动作："昨晚。"

"哪里？"

"这算什么问题！哪里最可能遇到神父？教堂啊！"

"那个人不只是神父，"他的这句话让她屏气凝神，"他是圣赦神父。"

夏贝尔走到窗边，打开百叶窗，望着那即将再度袭犯罗马的重重乌云。"全世界最大的犯罪档案数据库在哪里？"他问桑德拉。

她愣住了："我不知道……我猜，国际刑警组织。"

"错。"夏贝尔立即反驳，还露出得意的微笑。

"美国联邦调查局？"

"又错了。在意大利，其实，正确的说法，应该是在梵蒂冈。"

桑德拉依然困惑不解，但她觉得这是因为自己无知："为什么天主教需要犯罪档案数据库？"

夏贝尔示意她坐下："天主教是唯一施行告解圣事的宗教。信徒在神父面前诉说自己所犯下的罪，进而得到宽恕。不过，有时候罪孽重大，光凭神父也无法给予赦免，这就是所谓的弥天大罪。"

"比方说，谋杀案。"

"没错。神父会把这类案件的告解内容抄录下来，送交上级。他们是一群位阶更高的神父，位居罗马，由他们做出宣判。"

桑德拉吓了一大跳："审理人类罪行的法院。"

"灵魂法庭。"

光听这个名称就足以显现其重要性，桑德拉心想，不知道那里蕴藏了什么样的秘密，也难怪戴维查案的干劲十足。

“这个制度建立于十二世纪，”夏贝尔继续解释，“以圣赦法院之名成立，一开始的规模并不大。在那个时代有许多朝圣者涌入罗马，不只是为了参观大教堂，也为了让自己的罪行得到赦免。”

“赎罪券的年代。”

“没错，教皇可行特许与赦免权，但这工作实在太过繁重，所以他开始请几位红衣主教代理其职，他们就此成立了圣赦神父团。”

“那和今天的事又有什么关联……”

“一开始的时候，只要法庭宣布审判结果，告解文件就会立刻烧毁。不过，经过几年之后，圣赦神父团的成员们决定建立秘密档案……自此之后，他们的任务从未中止。”

此等任务的重要性，她懂了。

“近千年来，”夏贝尔滔滔不绝，“那里保存了人类最丑恶的罪行，甚至还包括了从来不曾曝光的案件。你要知道，告解是忏罪者的自愿供词，换言之，一定都是实话实说，所以圣赦法院不只是刑案数据库而已。全世界的警察单位都有数据库，不稀奇。”

“所以呢？”

夏贝尔的绿色眼眸发亮：“这是全世界数据最新、最完整的邪魔档案库。”

桑德拉面露疑色：“你是说与魔鬼有关？这些神父是做什么的？驱魔吗？”

“不，你搞错了，”他赶忙纠正她，“圣赦神父对此不感兴趣，他们采用科学手法办案，比较像罪犯侧写者，拜档案之赐，他们的经验也越来越丰富，后来，除了告解内容，他们也开始收集所有犯罪案件的细节资料，研读、分析、试图解密，与现代犯罪学家的侦查手法毫无二致。”

“甚至破案？”

“有时候，确实如此。”

“而警方居然一无所知……”

“他们的保密功夫炉火纯青，毕竟已经积累了数百年的经验。”

桑德拉拿起餐盘上的咖啡壶，为自己倒了一大杯咖啡：“他们是怎么运作的？”

“只要找出谜底，他们会以匿名方式通知当局，但有时候也会自行出手干预。”

夏贝尔打开墙角的手提箱翻找东西，桑德拉想起戴维日志里的地址，都是截听警用频道所抄下来的信息，想必是为了找寻在犯罪现场出现的神父。

“找到了，”夏贝尔的手里拿着一份档案，“马蒂奥·吉内斯特拉，都灵的小男孩失踪案，他妈妈以为是被前夫带走了，因为这个爸爸对于法官判给他的亲权比重并不满意。警察花了好一阵子才追查到他的下落，但是他否认自己绑架了儿子。”

“所以到底是谁犯的案？”

“警方继续调查，这小男孩却回来了，而且毫发无伤。他被一群出身于良好家庭的学长绑架，他们把他关在空屋里，准备杀人灭口，纯粹是为了满足好奇心或取乐。小男孩说，有人闯入那间屋子，把他救了出来。”

“何以见得一定是神父？”

“在距离事发地点不远的地方，找到了一些文件，上面记载了详细的事发经过。原来其中有名犯案者良心不安，所以去向教区神父告解，而纸上的文字全是告解内容，显然是有人不小心丢失了资料，”夏贝尔把文件拿给她看，“你看边框写了什么。”

“好像是序号，c.g.764-9-44，什么意思？”

“圣赦神父的编码方法，我觉得数字没有什么特殊意义，但是c.g. 代表的是 culpa gravis，拉丁文的‘严重过错’的意思。”

“我不懂，戴维怎么会卷进去？”

“路透社派他去都灵报道这起绑架案，在拍照的时候，他发现了这些文件，一切就此开始。”

“国际刑警组织又是在什么时候介入的？”

“你可能会以为圣赦神父是在行善，但其实这完全不合法，他们的行为毫无规范，也没有任何限制。”

桑德拉又倒了一杯咖啡，慢慢小啜，她看着夏贝尔，这男人似乎等待她多说些话：“是戴维找你的，对吗？”

“我们多年前在维也纳结识，他当时在追查某个案子，我给了他一些线索。戴维调查圣赦神父之后，发现他们的活动范围不只在意大利境内，所以认为国际刑警组织也许会有兴趣。他在罗马时打了两三次电话给我，说明他的进展，随即就传来他意外身亡的消息。不过，既然他做出这样的安排，让你拿到我的电话号码，可见他希望我们两人会面，让我接续他的工作。好，他留下的线索在哪里？”

桑德拉知道夏贝尔趁她昏迷的时候拿走了她的佩枪，所以他也一定搜过了，知道她没有把东西带在身边。桑德拉才不会轻易交出档案：“我们要联合作战。”

“想都别想，你等一下就给我搭火车回米兰，有人要取你的性命，待在罗马太危险了。”

“如果你担心的是我的安危，好，我是警察，当然可以照顾自己，也知道该如何着手调查。”

夏贝尔在房间里焦躁走动：“我喜欢一个人行动。”

“哦，这次你恐怕要改变策略了。”

“你知不知道？你真是顽固！”他走到她面前，举起食指，“有个条件。”

桑德拉抬头：“好，我知道，你是老大，一切你说了算。”

夏贝尔愣住了：“你怎么知——”

“我知道睾酮素会对男人的自尊造成什么影响。现在从哪里开始？”

夏贝尔从抽屉中取出她的佩枪，交还给她：“他们对犯罪现场有兴趣，对吧？昨天晚上我到罗马的时候，第一个去的地方是罗马近郊的某处别墅，警方正在那里进行搜查。我在那里装了窃听器，希望刑事鉴识小组一离开，圣赦神父就会到达现场。天亮之前，我录到其中两个人的对话，我不知道他们是谁，他们在讨论某名凶手，名叫费加罗。”

“没问题，我会给你看戴维留下的线索，还有，我们要找出这个凶手的身份。”

“计划听起来还不错。”

桑德拉的敌意全然消散，她望着夏贝尔。

“有人害死我丈夫，今天早上又想杀我，我不知道是不是同一人所为，或者与圣赦神父有无关联，也许，戴维知道得太多了。”

“只要能找到这些人，就能从他们口中知道答案。”

12: 32

皮耶特罗·齐尼定居在闹中取静的特拉斯提弗列区，身边只有猫咪做伴，这六只猫平常喜欢躲在橘子树下，不然就是在小花园里的花坛与花盆之间来回漫步。

书房落地窗传出老式留声机播放的音乐——德沃夏克的《弦乐小夜曲》，窗帘随之轻舞。不过，齐尼体会不到视觉的美妙灵动，他坐在躺椅上，享受音乐，并沐浴在阳光之下，那仿佛是特别为他穿越云层而落的温暖好意。六十岁的他，体格强健，拥有二十多岁男人才有的结实腹部。用以探索世界的双手搁在大腿上，白色的拐杖则放在脚旁。脸上的墨镜所反射出的真实世界，对他而言已成多余。

失明之后，他便弃绝了人际关系，日常生活只有屋内与小花园，他快乐地浸淫在自己收藏的唱片里。寂静，比黑暗更恼人。

有只猫跳上躺椅，趴在他腿间，齐尼伸手抚摩它的厚毛，猫也发出呼噜呼噜的声音，对主人表达感谢。

“这音乐真棒啊，你说是不是，苏格拉底？我知道你跟我一样，喜欢甜美的音乐，像你弟弟就喜欢矫揉造作的莫扎特。”

那只猫灰棕相间，鼻子上有白点，一定是有什么事情引发它的注意，因为它猛然抬头，随即抛下主人，追苍蝇去了。过了几分钟，它失去玩兴，又回到了主人的怀抱。

“有事就问吧。”

齐尼态度冷静，拿起旁边小桌上的柠檬水，喝了一小口。

“我知道你在这里，你刚到我就发现了，只是不知道你什么时候会讲话。准备好了没？”

有只猫正磨蹭着这位不速之客。其实，马库斯站了至少有二十分钟，他从侧门进来之后，一直看着齐尼，苦思不知该如何开场。了解人心是他的专长，但他不知该如何与人沟通。他原以为和这位失明的退休警官讲话应该会比较容易，齐尼看不到他的脸，不必担心身份曝光，这男人却比一般人厉害，更能看透他。

“你别被骗了，我没有瞎，只是这个世界变黑了而已。”

这番话给了马库斯勇气与信心：“尼可拉·寇斯塔的事。”

齐尼点点头，笑了：“你也是其中一员，对吗？不用编答案骗我了，我知道你是不会说的。”

真令人无法置信，没想到这名老警官居然知道他们的存在。

“圈内流传着一些故事，有些人认为只是故事，听听就好，但我认为是真的。多年前，我办过一个案子，某位已婚妇女被绑架撕票，行凶手法残酷，死状惨不忍睹。某天傍晚，我接到一通电话，对方告诉我凶手并非临时起意，而且还提供了具体侦办方向，这不是一般的匿名电话，内容听来相当可信，我们最后循线抓到凶手，他因求爱不成而怀恨杀人。”

“费加罗依然逍遥法外。”

但他继续绕圈子：“你知道吗？杀人犯认识死者的比例，高达94%，凶手是亲朋好友的概率，远高于陌生人。”

“齐尼，为什么不回答我？难道你不希望和过去做个了断？”

德沃夏克的音乐停了，唱针在最后一道沟纹上频频跳针，齐尼身体前倾，紧握双手，苏格拉底被这个动作给逼开，它跳到地上，找其他同伴去了。“医生很早就告诉我会失明的事，所以我有充分的时间做准备：我告诉自己，只要一影响工作，我就立刻辞职，同时我也开始自我训练，学习盲文，有时候我还会刻意闭上眼睛在家里随意走动，练习以触觉辨认物体或是运用拐杖，我不想依赖别人。有一天，我的视线开始失焦，有些细节消失了，其他部分却异常清晰，几乎是光亮炫目，让人招架不住。自此之后，我拼命祈祷，希望黑暗世界能够迅速到来，一年前，我的愿望终于得以实现。”齐尼摘下太阳眼镜，光照下可以看到他呆滞不动的瞳孔，“我以为自此之后，就走入自己一个人的世界，但你知道吗？我错了，在一片漆黑之中，身旁到处都是那些我无法拯救的人，他们瞪着我，倒卧在血泊或屎尿中，场景可能是在家里、街头、荒无人迹的田野，或是停尸板上，大家都在等着我，现在，他们宛如幽魂，与我住在一起。”

“我想乔琪亚·诺尼也在里面，她对你做了什么、说了什么？或者她只是默默看着你，让你羞愧？”

齐尼把柠檬水杯扔到地上：“你不懂。”

“我知道你草率结案。”

齐尼摇头：“这是我手上的最后一个案子，时间不多，一定得快，她哥哥费德里克需要一个交代。”

“所以你让无辜者去坐牢？”

齐尼望向马库斯，仿佛他可以看见眼前这个人：“你错了，寇斯塔不是清白之人，他先前曾因为跟踪与性骚扰妇女而被定罪，我们在他的公寓里发现了色情杂志，还有从网络下载的违法内容，主题千篇一律——杀女人。”

“仅凭这一点，不足以将人定罪。”

“他已经准备犯案了。你知道他是怎么被逮捕的吗？他是费加罗案的可疑嫌犯之一，我们一直在注意他。有天傍晚，我们看到他在超市外跟踪一名女子，他手里还提着健身袋，我们没有任何证据，但得当机立断，如果我们不阻止他，他可能会伤害那女子。我们还是出手了，而且证明我是对的。”

“袋子里有剪刀？”

“没有，只有一套衣服，”齐尼坦承，“但那和他身上穿的衣物一模一样，你知道为什么吗？”

“要是身上沾血，可以立即更换，计划很周详。”

“而且，他自己也认罪了，这对我来说已经够了。”

“之前的受害人都无法提供足以指认嫌犯的具体描述，她们只是在嫌犯被逮捕之后才确定嫌犯身份。女性受害者通常在指证的时候情绪低落，很快就会点头：‘对，就是他。’她们不是在说谎，事实上，她们自己也深信不疑，如果知道伤害自己的禽兽依然逍遥法外，她们又该如何生活下去？她们害怕的是惨剧再度重演，这比伸张正义更重要。”

“费德里克·诺尼认出了寇斯塔的声音。”

“是吗？”马库斯怒道，“他指认的时候神智正常？你知道他一生中有多少创伤？”

皮耶特罗·齐尼没有回答，这个老警察仍看得出英气，但内心有了伤口。他曾经是打击犯罪的勇将，但现在的他看起来似乎格外脆弱，这不只是因为他失明了。其实，失去视力反而让他增添了不少智慧，马库斯有把握，齐尼一定知道内情，但要想办法让他继续说下去才行。

“自从医生告诉我失明的事情，我下定决心，绝对不要错过每天的夕阳。有时候我会到贾尼科洛山顶，一直等到天色全黑之后才下山。我们常把某些事情视作理所当然，也忘了要好好欣赏，比方说星辰。我记得我小时候总喜欢躺在草地里，想象那遥远的世界。在我失明之前，我又开始仰望星空，但一切都变了，我的双眼已经看过太多可怕的事物，乔琪亚·诺尼的尸体正是最后的画面之一。”他伸手作势呼唤猫咪，“如果说，某人安排我们降临人世，只是要看我们受苦受难，想必大家一定很难接受。上帝如果温善，那么祂一定力有未逮，反之，如果上帝是全能的，那么祂一定性非本善。善良的上帝绝对不会让祂的子民饱受折磨，换言之，祂一定是无力挽救。从另外一个角度来看，如果祂早已预见一切人间悲苦却忍心坐视不管，那么，显然祂并不如我们所想的那么善美。”

“我很想告诉你，这是一种我们无法参透的安排，没有人能够理解。老实说，我自己也没有答案。”

“至少你很诚实，我欣赏你。”齐尼站起来，“来，我要给你看个东西。”

他拿起拐杖，走入书房，马库斯跟了过去。里面相当整齐清洁，显见这位退休警官自己打理一切是绰绰有余的。他走到留声机旁，再次播放德沃夏克的音乐，马库斯却发现书房角落有条绳索，长约两米，不知道齐尼有多少次想拿起它，就此一了百了。

“我犯了一个错误，放弃枪支执照。”齐尼仿佛有读心术。

他走到计算机桌前坐下来，这不是一台普通的电脑，而是盲人专用的。“接下来播放的这段话，想必你听了会不舒服。”

马库斯在想，不知道会听到什么内容。

“首先，我想先让你知道，费德里克·诺尼所受的苦，实在太沉重了，”这似乎是齐尼的肺腑之言，“数年前，他的腿失去了功能。对我这个年纪的人来说，失去视力虽然是一大打击，但还可以学习接受，可如果你是个年轻运动员却废了腿，情何以堪？然后，妹妹被人杀害，而且死状凄惨，更可怕的是，一切就发生在他的面前，你能想象吗？这男孩觉得自己无能为力，他虽然没有做任何坏事，至今却依然无法消除罪恶感。”

“这和你接下来要说的事有何关联？”

“他有权要求正义，无论那是什么样的正义。”

齐尼安静下来，等待马库斯的反应，想知道他是否听懂了。“身体残障，可以活得下去，”马库斯开口，“但心有疑虑，活不下去。”

这两句话对齐尼来说，已经足够，他开始敲键盘，科技是视障者的一大恩赐，可以让齐尼上网找数据、聊天，还可以收发电子邮件。

“几天前，我收到一封电子邮件，”齐尼说道，“让我放给你听……”

齐尼的计算机有朗读电子邮件的软件，他打开之后，整个人靠在椅背上，等待播放。计算机的人工语音系统先念出了一个匿名的雅虎账号，这封邮件无主旨，接下来是内文。

“他——和——你——不一样……查看——格洛里——别墅——公园。”

齐尼按下停止键，马库斯目瞪口呆：那位在暗地里诱导他查案的神秘人士，想必正是这封神秘电邮的寄件人，但对方为什么要写信给这位失明的退役警官？

“‘他和你不一样’这句话是什么意思？”

“其实，我觉得比较有意思的是第二句话：‘查看格洛里别墅公园’。”

齐尼站起来，走到马库斯的面前，紧抓着他的双手，简直像是一种乞求的姿态：“当然，我没办法过去，但你知道自己现在该做什么，快去公园里查看究竟。”

14: 12

戴维离世之后，孤单已经成为她的壳。那不是状态，而是一个地方，让桑德拉可以继续和他说话而不觉得自己是疯子的地方。她一个人躲在隐形的悲伤泡泡里，不理会外在的世界，只要她待在里面，就没有任何人、任何事物能碰触到她，悲伤成了她的保护膜，何其诡谲。

圣雷孟小礼拜堂的清晨枪响，却改变了一切。

桑德拉一直很怕死，枪声刺破泡泡的那一刻，她真的好想活下去，所以她对戴维充满愧疚感。这五个月以来，生活停滞不前，时间分秒推移，她却不为所动。但她现在真的不知道，夫妻死生相许，到什么样的程度才算仁至义尽？丈夫已不在人世，她却想要活下去，这样对吗？是否算是一种背叛？她知道，这个想法很蠢，不过，这等于是她第一次弃离了戴维。

“有意思。”

夏贝尔的声音，让她顿时从沉思中惊醒。他们早已回到桑德拉的旅馆房间，他坐在床上，手里拿着戴维的徕卡照片，反复玩味。

“确定只有四张？没别的？”

桑德拉有些心虚，她是搞了一点小花样，不知道夏贝尔是不是猜到了：她没有交出那张神父的照片。但夏贝尔也是警察，她知道警察的想法，永远要对一切存疑。

“你可能会以为圣赦神父是在行善，但其实这完全不合法，他们的行为毫无规范，也没有任何限制。”夏贝尔在一开始就这么告诉她，换言之，他把那个神父当成了罪犯，这个想法不会有任何动摇。

老师在学校里告诉她，在被证明为清白之身之前，人人都可能是有罪的，绝对没有反之亦然的道理，而且不能相信任何人。比方说，一个优秀的警官在问案的时候，每一个字都不能放过。她记得自己曾经强烈诘问某一发现壕沟女尸的登山客，这名男子显然与命案毫无关系，他只是好心报案罢了，但桑德拉以小问题连番炮轰，佯装她听不懂，逼他一再重复回答，希望他自露马脚。这可怜的家伙天真地承受着桑德拉的凌厉攻势，误以为自己是在帮助破案，殊不知只要稍有迟疑不定，就会把自己送入监牢。

我知道你的盘算，夏贝尔，你别想得逞，至少，要等到我完全信任你再说。

“只有四张。”桑德拉很笃定。

夏贝尔瞪着她好一会儿，他如果不是在评估这句话的真实性，就是在等她不打自招。她神态自若，夏贝尔别过头去，继续看照片，桑德拉以为自己顺利过关，她错了。

“你说昨晚遇到其中一个神父，但如果你先前从来没有看过他，又如何认得出来？”

桑德拉发现自己铸下大错，先前在客房公寓时说了太多话，不过她急中生智。

“我根据戴维的照片，特地到圣王路易教堂去看了卡拉瓦乔的画。”

“你讲过了。”

“有个男人出现在我面前，我不知道他是谁，但他认得我，一看到我之后立刻转身离开，我随即跟过去，拔枪对准他，他说自己是神父。”

“你是说，他知道你是谁？”

“不知道他为什么认得我，但我的感觉就是如此，应该是知道吧。”

夏贝尔点点头：“了解。”

桑德拉看得出来，他不相信这番说辞，但他一时也没说什么。这样也好，他如果要继续调查下去，一定需要她的帮忙。桑德拉赶紧转换话题：“那张全黑的照片呢？你怎么看？”

他没注意听她说话，但立刻回过神来：“不知道，就目前来看，不具有任何意义。”

桑德拉站起来：“好，现在我们怎么办？”

夏贝尔将照片还给她。“费加罗，”他回道，“警察已经抓到了人，但圣赦神父如果依然在关注这个案子，必定有他们的理由。”

“怎么着手？”

“凶手原本只是伤人，最后一起却是杀人案。”

“从这个被害人开始？”

“她哥哥，他也在事发现场。”

“医生说，我应该很快就可以走路了。”

费德里克·诺尼的双手平放在大腿上，眼睫低垂，他好一阵子没刮胡子了，头发也很长，他穿着绿色T恤，仍可看出昔日运动员的肌肉体格，但运动裤里的那两条腿细瘦僵硬。他把双脚搁在轮椅的脚踏板上，耐克球鞋的鞋底相当干净。

这一切的细节，桑德拉都看在眼里，那双球鞋，道尽了他所有的悲剧，看起来像是新鞋，但可能已经穿了好几年。

几分钟之前，她和夏贝尔到达新萨拉里欧区，找到了这间小房子，他们按了好几次门铃，最后终于有人开门。费德里克·诺尼过着隐居避世的生活，不想见任何人，为了说服他，他们还得在影像对讲机前亮出警徽，夏贝尔也佯装成意大利警察。她虽然百般不愿，但还是陪他一起撒谎。她讨厌这个人的做事方法，傲慢无礼，而且他为了遂行目标，一直在利用别人。

房内凌乱不堪，散发着一股霉味，百叶窗已经许久未曾打开。家具的摆放位置特殊，应是为了配合轮椅的行进路线，地板上还可以看到轮椅的辙印。

桑德拉与夏贝尔坐在沙发上，正对着费德里克。他的后方是通往二楼的阶梯，楼上正是当年的命案现场，但显然死者的哥哥从来没有到过楼上，客厅里摆放着他的行军床。

“手术很成功，只要再做一些复健，我就可以慢慢恢复，想必是条艰辛的路，我是不怕，毕竟以前我常做体能训练，吓唬不了我的，但……”

夏贝尔开门见山，直接问他下肢瘫痪的事。这位国际刑警组织的干员刻意以这个最沉痛的话题开场，桑德拉了解这种技巧，有些同事在询问被害人的时候，也会采取相同策略，同情心通常只会让他们三缄其口，但如果你想找出有利于案情的线索，就该摆出冷酷无情的姿态。

“发生车祸的时候，你是不是超速？”

“没有，只是摔了一跤，我记得很清楚，虽然骨折了，但腿还可以动，不过几个小时之后，我已经完全没有知觉。”

柜子上有张照片，费德里克·诺尼站在鲜红色杜卡迪摩托车旁，手里拿着全罩式头盔，对着镜头微笑，好一个俊朗开心的年轻人，桑德拉猜想，一定是个少女杀手。

“你以前是运动员，专长项目是什么？”

“跳远。”

“厉害吗？”

费德里克伸手一比，指着堆满奖牌的展示柜：“你说呢？”

其实他们刚进屋的时候就看到了，夏贝尔只是以闲聊争取时间而已，他想要刺一刺这男孩，桑德拉看得出他早有盘算，但不知道他究竟想套出什么。

“乔琪亚一定很以你为傲。”

光是听到妹妹的名字，他就愣住了："我只有她。"

"你的父母呢？"

他不想多提，草草回答："我妈在我们小时候就离家出走，爸爸一手把我们带大，但是他太爱我妈了，一直走不出来，我十五岁的时候，他也过世了。"

"你妹妹是怎样的人？"

"无可救药的乐观派，绝对不会低落感伤，而且她的快乐还会传染给别人。意外发生之后，一直是她照顾我，我知道自己会拖累她，这不是她的责任，但她一直很坚持，为了我，她放弃了一切。"

"她是兽医？"

"对。她先前还交过一个男朋友。他发现我妹妹想要一肩扛起重任，就把她甩了。我知道你一定听过很多次了，但乔琪亚真的死得好冤。"

桑德拉心想，这一连串的悲剧摧毁了两个善良的年轻人，这背后究竟蕴含了什么天意？母亲抛家弃子，父亲独力抚养小兄妹，哥哥坐轮椅，妹妹被杀，死状凄惨。不知道为什么，她突然想到戴维在海滩邂逅的那个女孩。先是一连串的灾祸——行李遗失、超额订位、租车长途跋涉，车子却在快要到目的地的时候抛锚，然后，他们相遇了——其实，要是那女孩稍微注意到戴维的迷人可爱之处，故事结局很可能不一样，他可能就不会认识桑德拉，现在承受丧夫之痛的可能是另外一个女子。有时候，命运似乎的确是在冥冥之中自有安排，有其特殊意义，但是在这对兄妹的故事之中，意义模糊难辨。

费德里克不想再继续讲伤心事："敢问两位过来的用意是？"

"杀死你妹妹的凶手，尼可拉·寇斯塔，很可能会被大幅缩减刑期。"

这个消息显然让他很生气："他不是早就认罪了？！"

"对，但他现在宣称自己犯案时精神异常，"夏贝尔撒谎，"所以我们必须证明他犯案时神智完全正常。"

费德里克猛摇头，紧握双拳，桑德拉觉得很抱歉，而且对于这种欺瞒的方式也很气恼，她没有说话，但眼睁睁地看着夏贝尔撒谎，她觉得自己也是共犯。

费德里克的眼里充满怒火："我要怎么帮你们？"

"告诉我们事发经过。"

"再讲一次？好久以前的事了，我的记忆可能会有出入。"

"诺尼先生，我们知道，但也别无选择。寇斯塔那个王八蛋想要扭曲事实，我们绝对不能坐视不管。当初，指认他的是你。"

"他戴了头套，我只认得声音。"

"你知道吗？你是唯一的证人。"夏贝尔拿出纸笔，假装自己在认真抄写。

费德里克抚摩着自己的短须，又做了几次深呼吸，胸口激烈起伏，仿佛出现了过度换气症，他开始回忆当时的场景："傍晚7点钟，乔琪亚都是在这个时候回家，她还带了做蛋糕的材料，因为我喜欢吃甜点，"他的声音里似乎有愧意，仿佛是这个原因害死了妹妹，"我戴着耳机听音乐，没搭理她，她总说我像懒鬼，她会给我一点时间，但迟早会想尽办法逼我振作……因为我一直拒绝做复健，这样下去，此生一定是无望再站起来了。"

"然后呢？"

"我只记得自己倒在地上晕过去了，那个浑蛋从背后偷袭我，把我从轮椅上推了下去。"

"你没有发现陌生人闯进来？"

“没有。”

现在进入关键阶段，接下来的情节会越来越沉重。

“请继续说下去。”

“我恢复意识后，头晕目眩，眼睛根本睁不开，而且背好痛，当时我还不知道出了什么事，但随即听到楼上传来的尖叫声……”泪滴涌出，从脸颊滑落唇须，“我倒在地上，轮椅距离我约两米远，不过已经坏了，我想找人求救，但室内电话放在柜子上面，我够不到，”他低头看着自己的腿，“像我这样的一个人，就连最简单的事也做不好。”

夏贝尔不为所动：“你的手机呢？”

“我不知道放在哪里，而且我整个人都慌了，”费德里克转头看楼梯，“乔琪亚一直尖叫，叫个不停……她不断求救，求那畜生放过她。”

“你有想其他方法吗？”

“我使劲拖着身子，终于到了楼梯口，想利用手臂的力量撑上去，但力气不够。”

“真的吗？”夏贝尔咄咄逼人，“你以前是专业运动员，居然爬不上去，我是不太相信。”

桑德拉转过去瞪他，但夏贝尔不为所动。

“你不知道我头撞地之后有多痛！”费德里克·诺尼厉声反驳，他的态度转趋强硬。

“也对，真抱歉。”夏贝尔的语气一点也不诚恳，分明就是把自己的怀疑写在脸上。他低头做笔记，其实是在等着费德里克上钩。

“你说那话是什么意思？”

“没有，你继续说吧。”他摆出不耐烦的手势。

“凶手一听到警察赶过来，就从后门跑了。”

“你是从声音认出凶手的，对吗？”

“是。”

“你说凶手口齿不清，刚好符合他嘴巴有缺陷的特征。”

“对，怎么了？”

“不过，你一开始的时候把他的唇腭裂当成了东欧口音。”

“那是你们警察搞错了，和我有什么关系？”费德里克摆出防备姿态。

“那好，再见。”夏贝尔伸手，作状和这男孩道别，不只是费德里克，就连桑德拉也吓了一大跳。

“等一下。”

“诺尼先生，我不想浪费时间，如果你坚持不吐露真相，我们待在这里也没有意义。”

“什么真相？”

桑德拉发现那男孩全身发抖，她不知道夏贝尔在玩什么把戏，但还是冒险出手：“我看我们还是走吧。”

夏贝尔没理她，他直接站起来，走到费德里克面前：“真相就是你只听到乔琪亚在尖叫，根本没有凶手的声音，哪儿来的东欧口音，还说什么口齿不清！”

“不是！”

“真相就是你醒过来之后，大可以爬上去救她，你是运动员，这对你来说不成问题。”

“不是！”

“真相就是当那禽兽为所欲为的时候，你却躲在楼下。”

“不是！”男孩大哭，泪已溃堤。

桑德拉站起来，抓住夏贝尔的手臂，想赶快把他拉走："够了，走吧！"

但夏贝尔依然不肯松口："为什么不告诉我们实情？为什么不愿意救你妹妹？"

"我，我……"

"什么？拜托，这次能不能像个男子汉？"

"我……"费德里克不断抽泣，语气结巴，"我不是故……我也想……"

夏贝尔继续相逼："你是不是还要像那天晚上一样做个孬种？"

"拜托，夏贝尔。"桑德拉想制止他。

"我……我那时候……吓坏了。"

整间屋子顿时安静下来，偶尔出现费德里克的啜泣声。夏贝尔终于不再折磨那孩子，转身向大门走去。桑德拉没有立刻跟过去，而是继续望着费德里克，他哭声未歇，全身颤抖，目光落在那无用的大腿上。她很想过去安慰他，却不知该说些什么好。

"诺尼先生，对于你的这些遭遇，我只能说遗憾。"夏贝尔临走前丢下最后一句，"祝你顺心。"

夏贝尔赶着要去开车，桑德拉在后头追，硬是把他拦了下来。

"你究竟在想什么？怎么可以那样对待他？"

"如果你不认同我的做法，那让我自己来就好。"

他也瞧不起她，桑德拉对此万万不能接受："你怎么可以这样对我！"

"我之前就告诉过你，我的专长是对付骗子，我受不了他们，看了就讨厌。"

"我们又哪里诚实了？"她指着后面的屋子，"你刚才撒了几次谎？还是你来不及算有多少次？”

“你有没有看到最后的结果？这证明了我的手段有其必要！”夏贝尔的手伸入口袋，拿出口香糖，丢了一片到自己的口中。

“证明羞辱残障人士的正当性？”

他无所谓地耸肩：“你给我听好，费德里克一生命运坎坷，我也觉得遗憾，但每一个人都会遇到不幸，而且这也不能成为自己逃离责任的借口，我相信你比任何人都清楚这一点。”

“你指的是戴维的事？”

“对，你没有拿他的死当借口。”

他大口嚼着口香糖，看在桑德拉眼里实在刺眼：“你又知道什么？”

“我知道你大可以整日以泪洗面，也没有人会责怪你，但你选择的是对抗，他们杀死你的丈夫，还对你开枪，你依然不放弃。”他转身，径自往车子那里走过去，天空又开始落雨。

桑德拉站着不动，就算被淋湿也不管了：“你真的很可恶。”

夏贝尔停下脚步，又走回她的面前：“那个小王八蛋作伪证，不敢承认自己是懦夫，反而害一个无辜的男人去坐牢，那样可不可恶？”

“我懂了，无罪有罪都由你决定，夏贝尔，你是什么时候开始当判官的？”

他冷哼一声，猛挥双手：“喂，我没兴趣在大马路上吵架，如果你觉得我态度严厉，抱歉，我天生这样。难道我对戴维之死不难过、不内疚？”

桑德拉沉默了，她从来没有想到这一点，也许她不该草草下结论。

“我和戴维算不上朋友，”他继续解释，“但他信任我，光是这一点，已经让我充满罪恶感。”

桑德拉冷静下来，随即也恢复理性声调：“诺尼的事怎么办？是不是应该要通知什么人？”

“不是现在，我们还有的忙，我想圣赦神父也在找真正的费加罗，我们动作要快，一定得抢先一步。”

15: 53

罗马的交通因绵绵细雨而受阻。他终于到达公园，却在门口站了好一会儿，马库斯不禁又想到齐尼收到的那封信。

“他——和——你——不一样……查看——格洛里——别墅——公园。”

谁是真正的费加罗？这次又轮到谁扮演复仇者？也许，可以在这里找出答案。

这里虽然不是罗马最大的公园，但占地也有二十五公顷，幅员如此辽阔，想要在日落之前走遍各处，自然是不可能的事，何况，他也不知道自己究竟该找些什么。

他心想，那封电子邮件既然是寄给盲人的，必定有个明显的提示，也许是声音，但他转念一想：错了，这封信是寄给圣赦神父的，通过齐尼还是其他人转交，其实并不重要。

显然是针对我们而来。

马库斯穿越黑色大门，开始往上走，这座公园覆盖了一整个山坡。他面前有个穿短裤与防水外套的慢跑者，后头还紧跟着一条拳师犬。显然这家伙不知天高地厚。天气已逐渐变冷，马库斯竖起风衣领口，他四下张望，希望能找到令人眼睛一亮的目标。

违常之处。

这里的植物比罗马的其他公园都来得茂盛，树木参天，光影诡异交叠，树底有许多小型的灌木树丛，地面铺满枯枝落叶。

有位金发女子坐在凉椅上，一只手撑伞，另一只手拿着打开的书本，拉布拉多犬在她身旁不停兜圈子，显然是想玩耍，但女主人不理它，继续沉浸在阅读的世界里。马库斯走过去的时候，特意回避她的目光，但那女子依然抬头看着他，可能担心这陌生人是否别有企图。他没有减缓脚步，而狗居然跟了上来，不断摇着尾巴，它想要交朋友。马库斯停下来，轻摸狗头。

“乖，赶快回去。”

拉布拉多犬似乎听懂了，转身离开。

他必须赶紧找出搜寻方向，在这个充满大自然气息的地方，一定藏有什么秘密。

这里的树林比罗马的其他公园苍翠浓密，不太适合野餐，想要慢跑或是骑单车却很合适，更是让狗自由奔驰的绝佳地点。

狗找到答案了。马库斯心想，如果这里真的藏有什么东西，它们一定闻得出来。

他向山顶方向前进，仔细查看路旁的泥土，走了约一百米后，果然在泥地上看到脚印。

许多狗掌印，踩出了一条小径。

不止一只，而是好几只，不约而同地都跑向了树林深处。

马库斯钻入灌木丛，耳边只听到细雨滴落，还有踩踏松软落叶的踏步声。他走了一百多米，很担心狗的脚印会消失，不过，虽然近日大雨不断，足迹依然相当清晰，换言之，这些日子狗频频造访此地，脚印互相交叠，但他还是看不出有何蹊跷。

这条小径突然断了。脚印开始散落四处，仿佛狗到了此处已闻不到气味，或者，味道太过浓烈，它们也无法追踪来源。

天色阴暗，市区的喧嚣与光线被层层浓叶阻绝于外，好个幽暗又原始的地方，马库斯觉得自己距离文明世界好遥远。他拿出口袋里的手电筒，打开电源四处探照，但一无所获，他只能循原路回去，明天早上再过来一趟，不过，那时候在公园里活动的人比较多，恐怕难以完成任务。他正准备放弃时，手电筒却在两米外的地方照到异物，他本来以为是掉落的树枝，但那形状太过笔直，他仔细一照，心中已经有了答案。

是根铁铲，放在树林间。

他把手电筒放在地上，照亮整个区域，然后戴上随身携带的橡胶手套，开始挖土。

幽暗之中，森林里的噪声更显得刺耳，每一次的声响都阴森逼人，宛如鬼魅一般飘过身边，又随着枝头风动而消逝。他挖掘速度飞快，迫不及待想要知道土里藏了什么东西，虽然他的心里已经多少有底。挥铲深掘的耗力程度远超过他的想象，马库斯汗流浃背，上气不接下气，但他不肯停手，他希望证明自己猜错了。

天哪，千万不要。

但他闻到了，每当他一吸气，那股刺鼻恶心的气味立刻盈满鼻腔与肺部，它仿佛某种液体，逼迫他一定得喝下去。那气味一接触到胃液，就害他想吐，马库斯必须暂停下来，以风衣袖口掩鼻，好吸入一点新鲜空气。他继续闷头工作，脚下已经出现了小洞，宽约五十厘米，深一米，他继续挥铲，又挖了五十厘米左右，时间已悄悄过了二十分钟。

马库斯终于看到黑色的液状物，犹如石油一般黏稠。腐烂的残体。他跪下来，开始徒手挖掘，黑油喷脏了衣服，但他也不管了，手指触摸到坚硬的对象，光滑，还摸得出纤维组织、骨头。他拨开黏附的泥土，果然发现骨上有白肉。

毋庸置疑，人尸。

他再次拿起铲子，想要尽可能挖出全尸，先是一条腿，然后是骨盆，是女尸，全身赤裸，尸身虽然开始腐烂，但仍然相当完整。马库斯无法精确判断死者的年龄，但看得出来相当年轻。她的胸口与下体满布刺伤，显然是被尖锐的刀器所害。

剪刀。

马库斯终于停下手中的动作，他大口喘气，趴在地上，凝望着这幅结合暴力与死亡的不堪画面。

他画了一个十字，合起双掌，为这名无名女尸祈祷。他可以想象这女孩一定怀抱年轻的梦想、对生命的热情，对她这个年纪的人来说，死亡，遥远又模糊，应该是别人才该伤感的事。马库斯祈求上帝接纳死者的魂魄，但他不知道是否真有人听到他的呼喊，或者他只是在自言自语。失忆症带走的不只是马库斯的记忆，还有他的信仰，这更可怕。他不知道身为神职人员在这种状况下应该如何自处，不过，能为这可怜亡魂念一段祷词，安抚了他自己的心，因为，在这种时候，面对来犯的各种邪恶势力，上帝的存在是唯一的慰藉。

马库斯很难判断这起命案的发生时间，但根据弃尸现场的情形以及尸体尚可称完整的状况分析，应该是不久之前的事。而眼前这具尸体证明了尼可拉・寇斯塔并非真正的费加罗，因为这女孩被杀的时候，那个唇腭裂的男人已经进了监牢。

费加罗另有其人。

有些人意外尝到了杀戮的滋味，掠食的古老天性也因而苏醒，那是为生存而战的基因，在人类进化过程中已经逐渐丧失的残暴原欲正发出声声召唤。那个连续杀人犯在杀死乔琪亚·诺尼之后，体会到前所未有的快感，一种潜伏在他体内、他先前浑然不觉的愉悦。

马库斯知道，他一定会再度犯案。

电话另外一头还在响，迟迟没有人接，他待在某间距离公园不远的庇护所，心情焦急。

终于，马库斯听到了齐尼的声音："喂？"

"和我猜的一样。"他直入主题。

齐尼喃喃自语了一会儿，随即问道："多久以前的事？"

"至少有一个月了。我不是法医，没办法告诉你确切时间。"

齐尼沉吟："他如果开始杀人，可能马上就会再次犯案，我应该要赶紧通报才是。"

"我们先厘清状况。"马库斯希望齐尼能够吐露更多内幕，说出心事。他自己现在所找到的线索，还不足以实现正义。寄电子邮件给齐尼，还把铲子放在公园埋尸处的神秘人，一定会为费德里克·诺尼制造复仇机会，就算不是他，也可能是乔琪亚之前的其他三名受伤女子。马库斯知道自己时间无多，他们是否应该报警，让他们赶紧通知其他受害人，避免发生惨剧？他知道有人已经盯上真正的费加罗。"齐尼，我想知道一件事，你收到的那封电邮里的第一句话，'他和你不一样'是什么意思？"

"我不知道。"

"别耍我。"

齐尼沉默了一会儿："好，晚上的时候，你来一趟。"

“不行，我现在就过去。”

“现在不方便。”齐尼突然转而对屋内另外一个人说话：“你先喝个茶，我马上来。”

“你家里有人？”

齐尼压低声音：“一个女警，她说要问我尼可拉·寇斯塔的案子，不过我想是另有目的。”

情势演变得相当复杂，这女人是谁？为什么警方会突然想要研究已经结案的案件？她究竟在找什么？

“请她离开。”

“我觉得她知道不少内情。”

“那就想办法把她留住，探探她究竟为什么要来拜访。”

“我有个不情之请，可否听我一点建议？”

“好，我洗耳恭听。”

17: 07

她为自己倒了一杯茶，握在手心，享受杯身的温热。她坐在厨房里，可以看到皮耶特罗·齐尼的背影，他正在走廊上讲电话，但无法听到他的对话内容。

桑德拉好不容易才说服夏贝尔，请他留在客房公寓里等她，由她独自与齐尼会面比较妥当。对方毕竟也当过警察，不可能像费德里克一样那么好骗。她会谨慎提问，不会让对方感受到官方调查式的压力，而且，警察一向不喜欢国际刑警组织的人。桑德拉一到齐尼家的门口，立刻表明来意，她是米兰的警察，正在处理一件与费加罗类似的案例，齐尼也相信了她的说辞。

趁齐尼讲电话的时候，她快速浏览了他先前交给她的档案，尼可拉·寇斯塔官方资料的副本。他怎么会有这种资料？桑德拉没有多问，但齐尼还是努力向她解释，他在警界服务的时候，已经养成了习惯，只要与自己案件相关的资料，一定会复印存盘。

“谁知道哪天会派上用场，帮助你破案？”他在为自己找理由，“所以资料一定要随时找得到。”

桑德拉翻阅文件，发现齐尼是个一丝不苟的人，许多地方都还特地加注了，不过，最后看起来有些仓促，他仿佛知道自己快要失明，只好被迫加快速度，尤其是寇斯塔的自白，看得出他相当草率，欠缺相关证据，要不是因为有自白，侦办结果的可信度恐怕是不堪一击。

她开始研究各个犯罪现场所拍摄到的鉴识照片，凶杀案之前有三起攻击案，被害者都是独自在家，时间都是在傍晚。变态凶手以利剪刺伤被害女子，攻击部位多出现在胸部、大腿和私处，但伤口的深度倒是不至于致命。

根据精神分析报告，这些攻击案的源头，起于性的不满足。但费加罗的目的并不是要达到高潮，他和那些通过施暴而得到快感的虐待狂不一样，他另有意图：要让这些女子丧失性魅力，从此再也无法吸引男人。

如果我得不到你，别人也休想拥有。

那正是伤口所传达的意思，而这种行为与尼可拉·寇斯塔的性格也极为吻合。他有唇腭裂的问题，异性总是拒他于千里之外，所以，他不会性侵受害者，就算他霸王硬上弓，也一定会感受到她们的嫌恶，只会让他再度回想起被女性拒绝的经验。但是剪刀成为理想的折中品，不但能让他享受愉悦，也让他得以和那些对他敬而远之的女性保持安全距离，眼见受害女子痛苦煎熬所产生的满足感，已然取代了男性的性高潮。

不过，夏贝尔坚持尼可拉·寇斯塔并非真正的费加罗，那么，凶手的心理状态侧写也应该被彻底推翻才是。

她翻到乔琪亚·诺尼的照片，尸体的创伤特征与其他受害女性雷同，但这次嫌疑人出手是致命伤。

在先前的案例中，他闯入独自在家的受害者的家中，最后一次却多了第三个人在场：乔琪亚的哥哥费德里克。根据费德里克的证词，凶手一听到警车鸣笛的声响，就迅速从后门逃逸了。

在花园的泥巴地里，留下了费加罗的脚印。

刑事鉴识小组拍了好几张鞋印的特写。不知道为什么，桑德拉想到戴维与海滩慢跑女子的那一场邂逅。

巧合。

她丈夫出于本能，开始追踪沙滩上的足迹，想要找寻鞋印的主人。她灵光闪现，虽然还不是很清楚，但这些动作似乎产生了某种启示，正当她想要好好厘清的时候，齐尼却结束电话，回到厨房。

“如果想要的话，就带走吧，”他意指那份档案，“我也不需要了。”

“谢谢，我该告辞了。”

齐尼坐在她对面，双手搁在桌面上：“再待一会儿吧，平常这里没什么客人，我还挺想和人聊一聊。”

齐尼还没接电话的时候，似乎很想赶快把她打发走，但现在他诚心请她留下，似乎并非出于客套，所以桑德拉也就干脆顺他的意，以摸清对方究竟在搞什么名堂。

至于那个浑蛋夏贝尔，就让他等吧。“那我就再坐一会儿好了。”看到齐尼，她忍不住想到自己的督察迪·米凯利斯，她相信面前这个人，他有一双大手，身材魁梧如巨树。

“茶怎么样？”

“好喝。”

虽然壶里的茶水已经变凉，但齐尼还是为自己倒了一杯：“我和内人经常一起喝茶。星期天，我们做弥撒之后回家，她会泡一壶茶，我们就坐着闲聊，像是约会一样，”他笑了，“我们结婚二十年，从来没有错过任何一次午茶约会。”

“你们都聊些什么？”

“天南地北，无所不谈，没有什么特定话题。这样很好，可以分享一切，有时候难免会起争执，但我们总是开怀大笑，回忆过往。我们没有生儿育女的福分，知道自己必须对抗生活里的可怕仇敌：沉默。如果你不知道该如何排解，它就会躲在两人关系的隙缝里，而且会让裂痕越来越严重，随着时间的累积，夫妻之间会渐行渐远，你却浑然不觉。”

“我丈夫不久之前才过世，”她不假思索，立刻说出自己的故事，“我们才结婚三年。”

“很遗憾，我知道那一定非常痛苦。虽然苏西走了，但我觉得自己很幸运，苏西告别人间的方法正如她所愿：骤然离世。”

“他们告诉我戴维死掉的那一刹那，我依然记得很清楚，”桑德拉不想多谈自己的事，“你怎么发现她过世的？”

“那天早上，我想叫她起床。”齐尼没有继续说下去，但言尽于此，也够了，“这样说也许有点自私，但如果是罹病，生者可以做好心理准备，但这种方式……”

桑德拉知道，突然而来的空虚、无力回天的挫败、至少能在临终前好好说说话的渴求，还有，佯装一切都不曾发生的想望。“齐尼，你相信上帝吗？”

“为什么要问这个？”

“你刚提到自己会去做弥撒，所以我猜你一定是天主教徒，对于这些遭遇，难道你不会对上帝生气吗？”

“信仰上帝，并不表示一定要爱祂。”

“我不懂。”桑德拉回道。

“我们之所以与祂产生关系，只是因为希望死后重生，但如果这是不可能的事呢？你还会敬爱那个创造人类的上帝吗？如果你得不到应许的报偿，你还会跪地赞美天主吗？”

“所以你究竟怎么想？”

“我相信有造物者，但我不相信有来世，所以我恨祂也没什么大不了吧，”齐尼突然笑了，爽朗又尖酸，“这座城市到处都是教堂，它们代表了人类努力避死的渴望，但同时也象征了他们的失败。不过，每一座教堂都有自己的秘密和传奇，我最喜欢的是选举圣心堂，没什么人知道，其实那里还有灵魂炼狱博物馆。”齐尼的声音转为阴沉，他靠向桑德拉，仿佛要吐露什么大事，“1897年，教堂才刚盖好没几年，发生了一场火灾。等火熄灭之后，许多虔诚信徒在祭坛后方的熏黑墙面上发现了人脸的痕迹，谣言很快就传开了，大家说那是灵魂炼狱的图案。有位名叫维多列·朱耶的神父深受震撼，所以开始四处寻找其他死者痛苦徘徊、渴求升天的证据，那些东西全保存在博物馆里，你是刑事鉴识拍照人员，应该去那里好好研究一下。你知道他有什么重大发现？”

“是什么？”

“亡灵如果想要与我们对话，不是通过声音，而是光。”

桑德拉突然想起戴维留给她的照片，她全身战栗。

齐尼没有听到她的回应，赶紧道歉："没有要吓你的意思，对不起。"

"别担心。你说得对，我该过去一趟。"

齐尼的脸色突然变得严肃："那你动作要快，博物馆一天只开放一小时，就在晚祷结束之后。"

桑德拉听得出来，这句话绝非只是他的随口建议而已。

排水沟里的水不断冒着泡泡，仿佛这座城市的胃容量已经饱胀到了极限，连续三日的豪雨已让排水系统无法负担，但雨终究停了。

现在轮到狂风。

大风起，毫无预警，它横扫罗马的大街小巷，呼声啸啸，变幻莫测。

桑德拉走得辛苦，仿佛钻进了隐形的人群里，与鬼军交战。强烈风势逼得她频频转向，但她依然无畏前行。她感觉到包里的手机一直在振动，让她焦躁不安。她赶紧找手机，同时在想该编什么理由告诉夏贝尔。一定是他没错，他才不会甘心待在客房公寓里，他要是听到她不马上回去报告结果，一定是大力反对，不过，她已经想出借口了。

她终于在一堆杂物中挖出手机，但一看到屏幕就发现自己猜错了，是督察迪·米凯利斯。

"维加警官，怎么那么吵？"

"请稍候，"桑德拉躲进门廊挡风，"现在听得清楚吗？"

"好多了，谢谢。一切都还好吗？"

“有些不错的进展，”桑德拉回道，但她不打算透露自己早上遇袭的事，“这个时候还没办法说太多，我正在想办法拼凑案情原貌，戴维在罗马有重大发现。”

“不要吊我胃口，你什么时候回米兰？”

“再过两三天吧，搞不好还得待更久。”

“我想办法帮你延假。”

“谢谢督察，你真是够朋友。你呢？有没有什么新消息要告诉我？”

“托马斯·夏贝尔。”

“你找到他的资料了？”

“当然。我找到在国际刑警组织退休的一位老友。你也知道他们的风格，一开始打听他们的同事，这些人就会开始起疑，我不能太直接，一定要迂回行事，所以我请他吃午餐，闲聊了好久，然后……”

迪·米凯利斯说话喜欢兜圈子。“所以结果是？”桑德拉赶忙提醒他。

“我朋友不认识他本人，但他还在职的时候听说过这家伙，很难搞。夏贝尔没什么朋友，喜欢独自行动，他的长官对此也颇不以为然，但他办案绩效真的不错。这个人固执好辩，不过大家都说他很清廉。两年前，他负责调查一起内部贪渎案，显然把大家搞得不是很开心，最后他真的抓到一群收受毒贩贿赂的干员，他的正直无人能敌。”

迪·米凯利斯的描述虽然讥讽夸张，却让她陷入沉思：像夏贝尔这样的一个干员，为什么想介入圣赦神父这种案子？他似乎对于揭发不义比较感兴趣，但为什么一心要追捕那些行善又不伤人的圣赦神父？

“好，督察，所以你怎么看这个人？”

“据我所知，这家伙真的很难搞，但我想是可以信赖的人。”

桑德拉终于放心：“谢谢，知道了。”

“如果还需要我帮忙，随时打电话给我。”

她收起手机，心情舒畅，再次冲入那看不见的风河之中。

齐尼在她离开之前，透露了一个重要信息，炼狱博物馆之行绝对不能延误，其实桑德拉不知道自己会看到什么，但她明白那位退休警官的弦外之音，那里一定有些什么，她必须亲眼看到，而且，越快越好。

过了一会儿，桑德拉已经到达选举圣心堂的大门口，新哥特风格的立面式样，立刻让她联想到米兰大教堂，不过，眼前这座教堂兴建于十九世纪末，并非什么历史悠久的建筑。教堂的晚祷即将结束，会众人数并不多，强风灌入大门隙缝，在中殿里飒飒作响。

她看到炼狱博物馆的指示牌，立刻走过去。

其实，那只是通往圣器室走道的一个展示柜，里面挂满了多件诡异的圣物，应该有十件以上，全部都有火吻痕迹。其中有本打开的老旧经文本，页面上有掌印，据说是某名死者的手，还有，1864年的枕头套，上面有老修女不安亡魂的记号，以及1731年神父幽灵拜访女修道院时在院长修女服上留下的痕迹。

就在这个时候，她感觉自己的肩头多了一只手，但她不怕。现在，她知道齐尼为什么叮咛她过来了。一转身，桑德拉看到了人。

“为什么找我？”那个太阳穴带疤的男子先开口。

“我是警察。”她立刻回道。

“这不是真正的原因，官方并没有出面调查，这是你的个人行为。那天晚上，我们在圣王路易教堂见面，你的目的不是逮捕我，而是杀我。”

桑德拉没有回答，他说得千真万确。“你真的是神父？”她开口问道。

“对，我是。”

“我丈夫是戴维·利奥尼，你听到这个名字，有没有什么特别的感觉？”

他似乎陷入沉思：“没有。”

“他是摄影记者，几个月前死了，被人从高楼推了下去。”

“这件事和我有何关联？”

“他在调查圣赦神父，他拍到你在犯罪现场的照片。”

一听到圣赦神父，他面色惊慑：“只因为这样就被杀了？”

“我不知道，”桑德拉沉默了一会儿，“刚才和齐尼讲电话的人是你，对吗？你为什么还想和我见面？”

“希望你不要再追查下去了。”

“不行，我要知道戴维的死因，还要找出凶手，你可不可以帮我？”

那男子望着她的蓝色眼眸极其忧伤，他默默移开视线，望向那个展示柜里的小木桌，上面印有十字架。“好，可是你要销毁我的照片，以及所有圣赦神父团的资料。”

“只要我找到我要的答案，没问题。”

“有别人知道吗？”

“没有。”桑德拉说谎，她不敢告诉他夏贝尔与国际刑警组织也已经牵涉其中，万一让神父知道自己有曝光之虞，他很可能会永远消失不见。

“你怎么发现我在查费加罗的案子？”

“警方知道，因为他们截听到你们的对话，”她希望这答案能让他满意，“别担心，他们不知道你们是谁。”

“但你知道。”

“我知道怎么找到你，因为戴维教过我。”

他点点头：“就这样吧。”

“如果我想要联系你呢？”

“我会主动找你。”

他正要转身离去，桑德拉却拦下他：“我怎么知道你是不是在骗我？我不知道你是谁，也不清楚你在做什么，这让我怎么相信你？”

“你只是好奇罢了，而好奇是人类的傲慢之罪。”

“我愿闻其详。”

神父把脸凑近展示柜，里面圣物的可信度令人存疑：“这些东西，刚好是迷信的证据。我们想要探究不属于人类的领域，每个人都想知道死后会发生什么事，却不知道每个答案之中又蕴含了新的问题。所以，就算我向你解释我的所作所为，你也永远不会满意。”

“那，至少让我知道你为什么会从事这工作吧……”

圣赦神父沉默许久：“在光明与黑暗的交界之处，一切都可能发生——那片幽暗之地，万物扑朔迷离，一片混乱，我们被指派成为边界的守护者，不过，偶尔会有越界之事，”他又望着桑德拉，“我必须将其驱回黑暗世界。”

“关于费加罗的事，也许我可以助你一臂之力。”她立刻脱口而出，而且看到神父眼中充满期待。桑德拉从袋中取出齐尼给她的档案。“不知道这条线索有没有用，乔琪亚·诺尼的案子有个疑点，但大家都忽略了。”

“请继续。”他的眼神温善，倒是令她颇感意外。

“费德里克·诺尼是事发当时唯一的目击者，根据他的证词，凶手不断攻击他妹妹，听到警车声才仓皇逃逸，”桑德拉打开档案，给他看照片，“这是费加罗从后门逃走时在花园留下的脚印。”

神父倾身细看：“问题出在哪里？”

“这对兄妹受了许多苦，妈妈离家出走，爸爸早逝，哥哥出车祸，能不能继续走路还很难说，最后，妹妹被杀，太悲惨了。”

“和脚印有什么关系？”

“戴维很爱讲一个故事。他对巧合深信不疑，或者说是荣格说的共时性也好。某天，在历经了一连串不可思议的倒霉事件之后，他走入海滩，跟踪一个慢跑女孩的足迹。他深信这一连串的霉运只是为了成就最后的邂逅，其实，他觉得自己会遇到今生的挚爱。”

“好浪漫的故事。”

他不是在挖苦，桑德拉看得出来，因为他的眼神极其严肃，所以，她继续把故事讲下去：“戴维搞错了最后一个环节，其他部分倒是没有问题。”

“所以你想告诉我的是？”

“如果最近没有想起这个故事，我可能也没办法想到这个破案线索……我和所有的警察一样，对于巧合之说总是充满怀疑，所以只要戴维又开始讲起这个故事，我总是想要抽丝剥茧，频频逼问他‘为什么确定那是女孩的脚印？’或是‘怎么知道她在慢跑？’，他告诉我，足印太小了，不可能是男人的脚，或者，至少他心中期待对方是女性，还有，脚印前端比较深，显然是在跑步。”

桑德拉知道最后这句话产生了决定性的效果，神父又再次研究起那张在花园拍摄的照片。

脚后跟似乎比较深。

“他不是在跑……而是在走路。”

他也懂了，桑德拉知道自己的推测没有错：“只有两个可能，第一，费德里克提到凶手听到警察来就跑了，他在说谎……”

“……或者，某人在行凶之后，从容不迫地布置犯罪现场，等警察到来。”

“那些足印是刻意被制造的假证据，换言之，只有一种可能。”

“费加罗根本没有离开那间房子。”

20: 38

他得尽快赶过去，搭乘大众交通工具太浪费时间，所以他叫了出租车，最后请司机将车停在那间新萨拉里欧小屋的附近，他再走一小段路过去。

他脚步急快，心中再次想起那女警的话，直觉，让她想到了破解谜团的方法。他多么希望是自己搞错了，但案情显然被她句句命中。

街上依然刮着强风，塑料袋和纸屑在马库斯身旁漫天乱飞，一路随他到了那间房子的门口。

费德里克的家里没人，也没看到亮灯，他等了好一会儿之后，以风衣裹住身体，摸进屋内。

好安静，简直太安静了。

不要打开手电筒比较好。

无声无息。

马库斯进入客厅，百叶窗紧闭，他点亮沙发旁的小灯，第一个映入眼帘的是轮椅，被人丢弃在正中央。

现在，事态一目了然，他的专长是看透各种对象，感受它们的沉默之魂，通过它们看不见的眼眸凝视过往，齐尼那封匿名电子邮件的谜底，终于在这个场景中揭晓。

他和你不一样。

信中的他，指的是费德里克，你有视障，但他的脚没有问题，那男孩是装的。

但费加罗去哪里了？

费加罗如果过着隐遁的生活，一定不可能从前门离开，因为很可能会被邻居发现，他是如何掩人耳目出门行凶的？

马库斯继续找寻线索。他正准备上二楼的时候，发现楼梯下方有道小门，而且还微开着。他开门进去，头却撞到低层天花板悬垂而下的东西，附着短拉绳的灯，他拉了一下控绳，室内顿时大亮。

狭小的置物柜，充满樟脑丸的臭味，里面摆放的是旧衣服，分成两排，男装置左，女装置右，马库斯猜想，应该是他们父母的衣物，此外，还有鞋架，墙边还堆满了箱子。

他看到地上有两件洋装，一件蓝色，另一件是红花图案，很可能是从衣架上滑落下来，或者有人把它们扔到地上，马库斯伸手翻动衣架，将衣服拨至两侧，发现柜里藏有暗门。

这个置物柜原本是暗道。

他打开暗门，拿出手电筒探照前方，看到一道短廊，墙面剥落，而且水渍斑斑。马库斯走到底部，到处塞满了大箱子与废弃家具，光源最后停留在某张桌子上。

绘画练习簿。

他仔细翻阅，练习簿前面的画作显然是出于小朋友之手，同样的元素一再出现。

女性的身体、伤口、鲜血，还有剪刀。

有一页不见了，被撕开的痕迹相当明显，应该是他们先前在杰里迈亚·史密斯家中阁楼找到的裱框画，一切又回到原点。

而接下来的草图，证明了这孩子在步入青春期之后继续不断在纸上演练杀人游戏，但随着时间推移，笔触益发精确成熟，画中女子的身体曲线也更加明显，甚至连伤口也越来越逼真，恶魔长大成人，他的变态狂想也随之茁壮发芽。

费德里克·诺尼虽然心里一直存有暴力邪念，但从来没有付诸行动，也许是因为心生恐惧而却步，他担心坐牢，怕千夫所指。他伪装成一个优秀的运动员、邻家的善良男孩、好哥哥，他演得入戏，连自己都深信不疑。

接下来是骑摩托车出了意外。

这起事件，让他的恶欲倾泻而出。马库斯想起那女警曾经告诉他，医生认为费德里克康复有望，但是他不肯接受复健治疗。

瘫痪是最完美的伪装，最后，他还是原形毕露。

马库斯翻到绘画练习簿的最后一页，里面附了一张剪报，时间在一年多前，费加罗第三起攻击案的新闻报道。不过，那篇剪报被人用黑色签字笔大剌剌写了好几个字："我全都知道。"

乔琪亚。他心里立刻有了答案，所以费德里克才起了杀死妹妹的念头，自此之后，他也发现杀人的滋味更胜一筹。

自从出了意外，攻击就展开了，前三起案件等于是热身，宛如练习，不过，费德里克当时并不知道接下来还有另外一个层次的愉悦，更令人血脉偾张：杀人。

杀死亲妹妹，不在他的计划之列，却有其必要。乔琪亚知道一切不但会成为他的阻碍，还会徒增风险，费德里克不能让她毁了自己的清白形象，好不容易建立起来的伪装也容不得他人怀疑，所以他得动手，但也因此有了全新的体验。

杀人，比伤人更有快感。

他再也无法克制冲动，格洛里别墅公园的女尸即为明证，但他更加小心翼翼，有了先前的经验，他这次还特地动手埋尸。

费德里克·诺尼欺骗了大家。一开始是那位即将失明的老警察受骗，说谎犯提供的假自白他也予以采信，最后，根据这个薄弱的假设，他匆忙完成了漏洞百出的侦查报告。

马库斯放下绘画练习簿，因为他瞄到边柜旁露出半边铁门，他立刻过去开门，一探究竟。

强风突然灌进来，他往外望去，外面是偏僻小巷，从这里出入，绝对不会被人发现，看起来这扇门已经多年不用，却成为费德里克·诺尼的犯案秘道。

他人呢？去了哪里？马库斯心头的疑问萦绕不去。

关上铁门之后，他赶紧回到客厅，开始东翻西找，就算是留下指纹他也不在乎，他现在只担心自己来不及。

马库斯注意到轮椅侧边有个置物袋，他伸手进去，果然发现了手机。

这家伙很聪明，他知道就算是关机，警察还是有机会通过手机找到他的所在位置。

换言之，费德里克·诺尼又出去犯案了。

马库斯检查通话记录，只有一通拨入的记录，大约是一个半小时之前。他认得这组号码，因为今天下午他才打过这个电话。

齐尼。

他立刻按下回拨键，等待老警察接电话。虽然铃声一直在响，却没有人响应，马库斯挂了电话，不祥的预感涌现，他立刻冲出屋外。

21: 34

她回到国际刑警组织的客房公寓，待在卫生间里，望着镜中的自己，再度想起下午与圣赦神父见面的细节。

桑德拉方才徘徊在罗马街头。将近一个小时，她完全不管早上遇袭的威胁，任由狂风与思绪带着她随意乱走。只要待在人群里，桑德拉就觉得心安。等到心情稳定下来之后，她才回到这里。但敲门之前，她还是在梯台上犹豫了一会儿，她知道马上就会听到夏贝尔的责骂，怪她出去太久，能拖延一点时间总是好的。不过，当他开门的时候，桑德拉发现他露出释然的表情，她吓了一跳，不知道夏贝尔居然会担心她。

“真是谢天谢地，你没事。”他只说了这句话。

她愣住了，本以为会听到连番质问，而且她简述了自己与齐尼的会面内容，夏贝尔很满意，桑德拉随即把费加罗的档案交过去，他赶紧翻阅，找寻是否有圣赦神父的线索。

但他一直没问她怎么拖这么久才回来。

夏贝尔请她去洗手，因为晚餐快要准备好了，他随即转身回厨房取红酒。

桑德拉打开水龙头，怔忪地看着镜里映影，眼袋浮肿，双唇龟裂，因为她习惯在紧张的时候咬嘴唇。她用手指理了理凌乱的头发，决定还是在柜子里找梳子，果然找到一把发刷，上面还缠着褐色的长发。桑德拉心想，这是女人的发丝。她想起今早客房卧室椅背上的胸罩，夏贝尔已经向她解释过，这间公寓的住客来来去去，但他脸上依旧出现了一抹尴尬。桑德拉猜他一定知道内衣的主人是谁，其实，那张床上先前睡了别的女人，甚至在她醒来的前几个小时才离开，这都不关她的事，令她生气的是夏贝尔居然想要为自己辩解，仿佛这件事跟她有什么关系。

那一刻，她觉得自己像白痴。

她在嫉妒，这是唯一的理由。她没办法忍受有人发生性关系。“性”这个字实在太放肆了，就算只是在自己的脑袋里出现也一样。性，她又在玩味这个字，也许是因为她已经没机会了。其实，并没有什么人阻止她，但她心里有底，死了丈夫之后就是这样了。桑德拉仿佛又听到母亲在耳畔低语：“亲爱的，有谁会想和寡妇上床？”那听起来简直像是某种变态性行为。

不不，她又开始觉得自己是白痴，居然浪费时间在想这些事。要有点现实感，已经在卫生间待太久了，夏贝尔可能会起疑，她动作要快。

既然已经答应了神父，那么她一定要好好保存照片，如果他能协助她找到杀死戴维的凶手，她一定会销毁所有的证据。

无论如何，该把照片放在安全的地方才是。

桑德拉在进厕所之前，已经把包带进来，放在马桶水箱上。她拿出手机，检查储存的照片，她本想删去圣雷孟小礼拜堂的照片，但还是改变了心意。

有人躲在那里开枪，要取她性命，也许照片里可以找到什么蛛丝马迹。

她随即拿出徕卡相机所拍摄的照片，其中也包括那张夏贝尔没看过的神父照。以防万一，桑德拉把照片逐一摆在架上，以手机拍照作为副本存证。她把那五张照片放入塑料密封袋中，然后打开马桶水箱盖，把袋子丢了进去。

桑德拉在小厨房里坐了十分钟，呆望着餐桌，夏贝尔则在瓦斯炉前忙得团团转，衬衫袖子卷至手肘，腰间系着围裙，肩膀上还挂着洗碗布。他开心地吹着口哨，转身一看，发现桑德拉一脸失神："黑葡萄醋烩饭、烤鲻鱼、紫菊苣加青苹果沙拉，"他宣布晚餐的菜单，"希望你会喜欢。"

"哦，当然。"她好惊讶，今天早上她也吃了他准备的早餐，但炒蛋还看不出厨艺高下，不过这几道菜证明了他确实热爱美食，令人赞叹。

"今天晚上你睡这里，"他的语气是在陈述事实，而非提供建议，"回旅馆太危险了。"

"我不会有事，而且我的行李都放在那里。"

"我们可以明天早上过去拿，另外一个房间也有舒服的沙发，"他笑了，态度毫不拒让，"当然，我自愿牺牲。"

夏贝尔随即将烩饭盛盘，两人闷头用餐，几乎没什么交谈，烤鱼鲜美，小酌也让她心情放松不少。戴维死后的每个夜晚，她只能靠一杯接着一杯的红酒让自己醉得不省人事，但今晚很不一样，原来，她还是可以与人开心地共进晚餐。

"谁教你煮菜的？"

夏贝尔咽下满嘴的食物，喝了一口酒："一个人过日子，很快就会学会十八般武艺。"

"没想过要结婚？我们第一次通电话的时候，你说过自己好几次差点就步入结婚礼堂……”

他猛摇头：“我不适合婚姻，个人观点问题。”

“什么意思？”

“每个人看待生活都有不同的视角，这就好像画画，有些重点会出现在前景，但有的会落在后景。后景元素的重要性，绝对不亚于前景，要是忽略了这一点，也就无法凸显透视法的真义，一切都会变得扁平无味，毫无真实感。好，女人对我来说就是背景元素，虽然不可或缺，但不需要放在我的人生前景里。”

“所以你的前景里有什么？当然，除了你自己。”

“我女儿。”

这个答案出乎她的意料，夏贝尔看到她的反应，甚是开心。

“要不要看照片？”他兴冲冲地掏出皮夹。

“拜托，你不是那种爸爸吧，四处奔波，还随身携带小女儿的照片？”桑德拉虽然语带讽刺，但其实深受感动。

他手中拿着一张皱巴巴的照片，里面的小女孩有金白色的头发，和夏贝尔一模一样，就连那绿色眼眸也是。

“几岁了？”

“八岁，好漂亮，你说是不是？她叫玛丽亚，喜欢跳舞，还去学芭蕾舞，每逢圣诞节或生日，她总是吵着要养宠物，搞不好今年我就会答应她了。”

“你常去看她？”

夏贝尔脸色一沉：“玛丽亚住在维也纳。我和她妈妈关系不好，她因为我不肯娶她而怀恨在心。”他语气恢复高亢，“只要抽得出时间，我一定会去看她，教她骑自行车，我爸爸当年也是在这个时候教我骑车。”

“你真是个好爸爸。”

“每次我去看她的时候，都很担心我们父女变得生疏，也许她现在还小，但以后可能会想和朋友一起出去玩吧。我不想让她觉得有负担。”

“我觉得你多虑了，”桑德拉安慰他，“女儿对妈妈才会有那样的反应。我爸爸虽然经常出差，但我和妹妹好爱他。可能是因为他不常在家，我们才这么黏他，只要知道他快回来了，家里的气氛会变得好开心。”

夏贝尔点点头，对她的话表示感谢。桑德拉起身收盘子，准备放入洗碗机，但他出声制止：“你回卧室休息吧，我来整理就好。”

“两个人一起动手比较快。”

“拜托，让我来。”

桑德拉乖乖放下碗盘。这样的体贴让她很不自在，这段日子以来，她已经忘记什么是被人照顾的滋味。“你第一次打电话给我的时候，我觉得你这个人真讨厌，想不到两天之后我们居然一起吃晚餐，而且还是你为我下厨。”

“所以你不讨厌我了？”

桑德拉不好意思地脸红了，惹得他哈哈大笑。

“你不要惹我。”

他举起双手投降：“抱歉，不是故意的。”

此刻的他看起来真诚恳切，实在不像她印象中的那个讨厌鬼：“为什么你会这么大力反对圣赦神父？”

夏贝尔脸色转趋严肃：“你不要也犯下相同的错误！”

“什么意思？‘也’？”

他似乎对自己的一时失言很懊悔，想要赶紧弥补回来：“我之前解释过了，他们的所作所为是违法的。”

“抱歉，我不信，一定还有别的原因，对不对？”

他的脸色犹豫不决，显然他早上的说法有所保留。

“好……我不能说太多，但接下来我要讲的事情，也许可以让你了解戴维的死因。”

桑德拉整个人僵住了：“说吧。”

“其实，圣赦神父根本不应该存在。自第二次梵蒂冈大公会议之后，教廷就将他们解散了，而在二十世纪六十年代，在全新的规章与人事安排下，教廷重新组织成立了圣赦法院，但犯罪档案就此被列为机密资料，而从事犯罪调查的神父也不得继续活动，有些继续从事神职，部分反对者遭停职处罚，至于那些公然违抗者，则被逐出了教会。”

“那怎么还会——”

“等等，让我说完。”夏贝尔打断她，“正当历史似乎正要遗忘他们的时候，圣赦神父再度出现。这不过是几年前的事情，部分教廷人士认为这是因为当初有些人阳奉阴违，依然在背地里活动。的确，这个秘密团体的首脑正是一名克罗地亚籍的神父：卢卡·德沃克，他祝圣新的圣赦神父，并亲身教导，也有人认为，其实是教廷的某高层人士想要恢复圣赦神父制度，德沃克只是听命行事。无论如何，诸多秘密都系于他一人之身，比方说，以往他是唯一知道所有圣赦神父身份的人，每一个人都直接对德沃克负责，所以他们也不认识彼此。”

“为什么要说以往？”

“因为他已经死了。大约一年前，他在布拉格的某家旅馆房间遭人枪杀身亡，消息就是从那个时候开始走漏，教廷立刻出面收拾善后，以免颜面扫地。”

“不意外。这是教廷的惯用手法，家丑不可外扬。”

“其实并非只有这个原因。光想到有教廷高层一直在掩护德沃克，已经让许多人胆战心惊。违反教皇的命令，等于制造出无可挽救的分裂教会问题，你懂吗？”

“所以他们如何控制局面？”

“问得好，”夏贝尔说道，“我看你已经慢慢了解状况了。他们立即找到信赖的人选替代德沃克，一位葡萄牙籍神父，奥古斯都·克莱门特，他很年轻，但非常优秀。圣赦神父全都是道明会成员，但克莱门特属于耶稣会。耶稣会比较务实，比较不会那么容易受到感情牵绊。”

“所以克莱门特神父是圣赦神父的新领导人？”

“其实他真正的任务是找回被德沃克神父所祝圣的每一个圣赦神父，并且引领他们回归教廷。目前他只找到一个。就是你在圣王路易教堂遇到的那个男人。”

“所以，梵蒂冈的最终目的，就是装作没有发生违规事件？”

“的确，他们一直在修补裂痕，你看勒费弗尔总主教的信徒近年来不是一直想回归教廷吗？圣赦神父的状况亦是如此。”

“要是有羊儿走失了，善良的牧羊人会把它带回羊圈，绝对不会置之不理，”桑德拉语气酸溜溜的，“不过，你怎么知道这些事？”

“戴维和我知道的一样多，但我们有不同看法，这就是我们争执不休的地方。所以我才叫你不要犯相同的错误，别把圣赦神父当好人，别和戴维一样搞不清楚状况。”

“何以证明你是对的，戴维是错的？”

夏贝尔搔搔头，吐了一大口气，缓缓说道："他因为自己的调查结果而被杀害，但我还活得好好的。"

夏贝尔对她的亡夫出言不敬也不是第一次了，但桑德拉必须承认他是对的，他的观点更具有说服力。现在她不禁觉得愧疚，这个愉快的夜晚让她终于放松下来，这一切都要归功于夏贝尔，他不仅大方分享自己的私人生活，而且也让她一直提问，没有回问她任何问题，而桑德拉骗了他，她刻意隐瞒了自己再次遇到神父的事。

"为什么没问我晚归的事？"

"我告诉过你，我不喜欢听到谎话。"

"你担心我不说实话？"

"问问题，只会成为撒谎的借口，如果你有事情要告诉我，希望是你自己说出口，我不喜欢强迫别人，我希望你信任我。"

桑德拉别过头去，随即走到洗碗机旁，开水龙头，整间厨房只有哗啦啦的流水声，她很想把事情全都说出来。夏贝尔原本在她背后，距离还有几步之远，但她开始清洗脏盘子的时候，发现他已经越靠越近，关切的身影笼罩而来，他将双手放在她的身体两侧，胸膛已经贴住她的背脊。桑德拉没有拒绝，她心跳好快，好想闭上眼睛，但她告诉自己，如果闭眼，一切就完了，她好怕，却不想使力推开他。他低头，轻轻拨开她脖子上的发丝，她的皮肤立刻感受到他的温暖气息，她出于本能，仰头，仿佛在迎接他的拥抱。她的双手动也不动，任由水继续冲流，她不知不觉，微踮脚尖，眼睫缓缓低垂，当她闭上双眼的那一刹那，身体激烈发颤，她倾身靠过去，寻索他的唇。

过去的五个月，她只能靠记忆而活。

此时此刻，她第一次忘了自己是个寡妇。

23: 24

大门敞开，被风吹得砰砰作响，不祥之兆。

他戴上橡胶手套，推开大门，齐尼的猫咪们立刻出来迎接新访客，马库斯现在知道这个老警察为什么要养猫为伴了。

它们是唯一能与他在黑暗中共同生活的动物。

马库斯关上大门。阻绝风声之后，他原本以为会立刻恢复宁静，错了，他听到电子式鸣响，刺耳，断断续续，而且就在附近。

他循音源前进，走了几步之后，看到安放在基座上的无线电话，旁边是冰箱，声音是从这里发出来的，看来是电池没电了。

他在费德里克·诺尼家中打电话找齐尼的时候，一直响铃却没有人接，但也不至于会让电池耗光电量，一定是有人切断了电流。

为什么费加罗闯入一个盲人的家，还要关掉所有的灯?

“齐尼！”马库斯大叫，但没有人响应。

他冲到走廊，这里可以连通到其他房间，现在他一定得使用手电筒才行，当灯光亮起，他发现许多家具乱摆在通道上，仿佛有人为逃跑而设下的路障。

这里发生了追逐战?

马库斯想要还原现场。失去视力，反而打开了齐尼的眼睛，这位老警官心里有数，而那封匿名电子邮件让他找到了正确方向，也许让他想起了当年的怀疑。

他和你不一样。

格洛里别墅公园的那具女尸证明了齐尼的推测，他打电话给费德里克·诺尼，双方也许起了争执，然后齐尼出言威胁，要把真相公之于世。

他为什么没有这么做，反而让对方到家里来杀死自己?

齐尼想逃，但显然费德里克——曾经是专业运动员的年轻人，不只身强力壮，而且，最重要的是，他还是个明眼人——不想让齐尼有活命的机会。

马库斯知道有人死在这里。

猫咪引路，他准备要进入书房，但正要踏进去的时候，发现猫们在门口特别飞跳了一下，他拿起手电筒对准地面，发现距离地面几厘米高的地方有亮晶晶的东西。

书房门口缠着尼龙线，一片漆黑之中，只有猫咪看得见。

马库斯不知道为什么会有这个机关，他跨过去，进入书房。

外面的强风凌厉，拼命在找隙缝钻入屋内。马库斯的手电筒四处探照，所有的黑影也随之消散，不过，有一团东西巍然不动。

那不是影子，而是一个卧地不起的男人，他手里还握着剪刀，但脖子上也插了一把，侧脸贴地浸在暗红色的血泊中。马库斯俯身细看费德里克・诺尼，那一双眼睛睁得大大的，瞪着人，嘴巴扭曲，状似一抹诡笑。这间屋子里出了什么事？马库斯突然全懂了。

齐尼——执法之人——选择了复仇。

是这个老警察坚持要他与女警见面，当他们在炼狱博物馆相会的时候，他刚好可以趁机执行计划。先打电话给费德里克，告诉对方自己已知道真相，但这招其实是请君入瓮，而费德里克也上钩了。

在等费德里克进屋之前，齐尼已经准备好各个机关，其中也包括了尼龙线，把电力切断之后，两人等于势均力敌，彼此都看不见对方。

齐尼灵动如猫，而费德里克则是老鼠。

在全黑的环境之中，齐尼反而更强悍敏捷，他熟知每一个地方，知道要如何穿梭自如。最后，优势站到了他这一方，费德里克被尼龙线绊倒，齐尼将剪刀插入他的喉咙，这是真正的报复。

行刑。

马库斯起身，依然望着尸体的呆直双眼。他又犯了同样的错，补齐了复仇计划所缺落的那一角。

他转身，看到猫聚集在通往小花园的落地窗前面。

外面还有东西。

他打开落地窗，强风进袭，猫咪全跑了出去，围在齐尼的躺椅边，宛如他们初见面时的那一幕。

马库斯拿手电筒照齐尼的脸，他这次没有戴太阳眼镜，一只手搁在腿上，手里还紧握着枪，已经饮弹自尽了。

他应该要生气才是，齐尼利用他，最可恶的是，还误导了他的方向。

费德里克·诺尼所受的苦，实在太沉重了，数年前，他的腿失去了功能。对我这个年纪的人来说，失去视力虽然是一大打击，但还可以学习接受，可如果你是个年轻运动员却废了腿，情何以堪？然后，妹妹被人杀害，而且死状凄惨，更可怕的是，一切就发生在他的面前，你能想象吗？这男孩觉得自己无能为力，他虽然没有做任何坏事，至今却依然无法消除罪恶感。

齐尼其实可以把费德里克·诺尼送交警方，厘清真相之后，让那个被关在天皇后监狱的无辜男子重获自由。但齐尼坚信尼可拉·寇斯塔在被逮捕的时候，他正准备要行凶，这个人不只是说谎狂，而且还是危险的精神病患，他被逮捕之后，吸引了大众的目光，本性也收敛了不少，但这毕竟只是暂时的缓解剂，这个人有诸多病态倾向，现在所展现的只是暂时的自恋，不久之后，他的嗜血性格必定原形毕露。

对齐尼来说，这也攸关他的个人荣辱，费德里克·诺尼耍了他，攻击他的痛处。因为他即将失明，齐尼对这个年轻人充满同情，也正是这样的怜悯让他误判情势，他忘了警察最重要的守则：绝对不能相信任何人。

而且，费德里克也犯下了令人发指的罪行，谋杀自己的亲妹妹。什么样的禽兽会攻击自己最亲爱的家人？他的行为如此无法无天，根据齐尼自己的律法，这个年轻人，罪该万死。

马库斯关上落地窗，仿佛在为这一幕惨剧拉起布帘。虽然屋内已被切断电源，但他注意到齐尼的那台盲人计算机显示器依然亮着，想必是不断电系统在维持供电。

线索。

今天下午，靠着语音软件的协助，他听到了那封匿名邮件的内容，不过马库斯知道齐尼有所隐瞒，后面一定还有其他段落，但被他提早切掉了。

所以马库斯想要再听一次。他找到播放键，那冰冷的电子人工语音系统又开始播放那诡秘的话语，现在，他必须一一解码。

“他——和——你——不一样……查看——格洛里——别墅——公园。”

他已经知道了这一段，但果然不出他所料，这封信不止这两句话。

“那男孩——骗了——你……马上——有——客人——过来。”

第二句话，表面上似乎在说费德里克·诺尼，但其实暗指的是马库斯，齐尼早就知道他会来。

而这段人工挽歌的最后一句话，让他震惊得久久不能自已。

“已行的——事……后——必再——行……c.g.925-31-073。”

它所预示的内容令人震惊——已行的事，后必再行，还有悬案的编号——但最可怕的是前面那两个字母：c.g.。

culpa gravis，拉丁文的“严重过错”。

马库斯终于懂了。

在光明与黑暗的交界之处，一切都可能发生——那片幽暗之地，万物扑朔迷离，一片混乱，我们被指派成为边界的守护者，不过，偶尔会有越界之事……我必须将其驱回黑暗世界。

让受害者与凶手紧紧牵连在一起的那个人，和他一样，都是圣赦神父。

一年前　基辅

“当我们放弃原有的团结，换来薄弱共识，伟大的梦想也宣告结束了，我们满怀希望入眠，醒来的时候却发现身边睡了一个妓女，连她叫什么名字都不知道。”诺申科博士感叹。

“你看看……”他的食指猛戳当地报纸的头版新闻版面，“一切都化为乌有了，他们有什么表示吗？没有！”

尼可拉·诺申科博士冷眼斜瞄这位访客，虽然看起来不是十分认同他的讲话风格，但还是频频点头。然后，他发现这男人手上缠着绷带：“福斯特博士，你刚才提到你是美国人？”

“其实我是英国人。”追猎者赶紧接话，希望能转移诺申科的好奇心。绷带底下是他拜访墨西哥市精神病院的时候，被年轻女病患安洁莉娜咬伤的伤口。

这里是位于基辅西区的乌克兰儿童协育中心，他们两人正坐在行政大楼的二楼办公室，透过大面窗户向下望，初秋桦树的灿烂风景映入眼帘。这个房间里到处都是塑料贴板，从书桌到墙壁，无一幸免。有面墙上可以看到三个明显的挂痕，位置相当接近，想必以前挂的是领导人的照片。诺申科面前的烟灰缸堆满烟屁股，这位心理学家的年纪可能只有五十岁出头，但是邋遢的外表加上讲话时病咳不断，让他看起来比实际年龄苍老，痰液里似乎还混杂了他的恨意与耻感。边桌上看不到家人的相框，皮沙发上放着叠好的毛毯，显然他的婚姻是以悲剧收场。想必他在苏联时代是受人敬重之士，不过现在只是一个沦为悲惨笑柄的国家公务员，而且，领的还是环卫工人级的薪水。

追猎者在登门拜访时，曾经交给诺申科一份伪造的个人背景资料，他现在又再次拿起来仔细端详。

“福斯特博士，你是剑桥大学鉴识心理学期刊的编辑，这个年纪能有此等优异表现，真是令人刮目相看，了不起。”

追猎者知道，这种细节会特别引起诺申科的注意，他想要针对这位心理学家受伤的自尊心下功夫，显然他的策略已经成功。诺申科放下资料，露出满意的表情：“你知道吗，说也奇怪，从来没有人问过我迪马的事，你是有史以来第一个。”

追猎者之所以能一路追查到这里，全靠墨西哥市精神病院那位女医生的协助，她拿出了诺申科1989年在小型心理学期刊所发表的论文，某一男童的个案研究：迪米特利·克洛维辛——也就是他口中的“迪马”。当时诺申科所处的大环境正风云色变，也许他期待在公开这篇文章之后，能开启另一扇门，找到新工作。但事与愿违，他的期待与雄心壮志随着那篇论文一起被淹没了，现在却露出一线曙光。

该是重新浮出水面的时候了。

“诺申科博士，我想请问你是否见过迪马？”

“当然，”诺申科的双手拱成了三角锥状，目光上扬，仿佛在搜寻往日记忆，“一开始的时候，他看起来和普通小男孩没两样，应该说更聪慧吧，但沉默寡言。”

“他是哪一年过来的？”

“1986年春天。那时候，这里是全乌克兰，也可能算是全苏联最先进的儿童照护中心，”诺申科的语气很是得意，“这和西方国家的孤儿院不一样，我们不只是照顾那些失怙的孩子，我们还为他们设想未来。”

“你们的方法世界闻名，足为典范。”

诺申科对此番奉承之词也欣然接受：“在切尔诺贝利核事故后，许多人因辐射线污染而死亡，基辅当局要求我们接收他们所留下来的孤儿，这些孩子可能会产生后遗症，在找到愿意收容他们的亲戚之前，就由我们负责照顾。”

“迪马也是其中之一？”

“如果我没记错的话，灾后六个月，他被送到这里来。迪马的家乡在普里皮亚季，这个小镇坐落于反应炉附近，全部的人都被疏散了。那年，他八岁。”

“你和这孩子相处了多久？”

“二十一个月。”诺申科突然停顿下来，皱着眉头，起身走到档案柜旁找资料，不久之后，他又回到书桌前，手里多了一份淡褐色封面的档案夹，开始翻阅里面的内容：“迪米特利·克洛维辛，和其他来自普里皮亚季的小孩一样，都有尿床和情绪波动的问题，多半是惊吓与强迫分离所造成的结果。心理学家小组持续追踪此个案，他在访谈时也吐露了自己的家庭状况——母亲安雅是家庭主妇，父亲康斯坦丁则是在切尔诺贝利核电厂工作的技工，他还描述了一家人生活的细节……全部正确无误。”诺申科特别强调了最后那几个字。

“出了什么状况？”

诺申科没有立刻回答他，反而从衬衫胸前口袋拿出烟盒，取烟点火。

“迪马只有一个亲戚还在世，他的大伯，欧勒格·克洛维辛。我们花了好长一段时间才追查到他的下落。欧勒格住在加拿大，能有机会抚养侄子长大，他乐意之至，他没有亲眼看过迪马，但康斯坦丁寄过照片给他。所以，当我们把迪马的近照寄给他做最后确认的时候，万万没想到会出这种事，对我们而言，这只不过是一般程序罢了。”

“欧勒格说那不是他侄子。”

“没错……不过，迪马虽然从来没有见过他，却能对大伯的事如数家珍，甚至还包括了他爸爸告诉他的大伯童年趣事，而且，他还记得大伯每年送的生日礼物。”

“你有什么看法？”

“一开始的时候，我们以为是欧勒格改变了心意，再也不想收养迪马。但当他把这小孩的旧照片寄给我们的时候，我们都吓得目瞪口呆……我们照顾的根本是另外一个孩子。”

办公室里出现了一阵诡异的沉默，诺申科盯着追猎者的脸，仿佛想知道这位访客是否觉得他疯了。

“之前都没有发现异状？”

“我们没有迪马的旧照，普里皮亚季的居民被迫疏散，事态紧急，只能随身携带最重要的物品。这小男孩到这里来的时候，除了身上穿的衣服，什么都没有。”

“后来呢？”

诺申科深吸一口烟：“有一种解释——这个不知道从哪里来的小孩，取代了真正的迪马，但不仅如此……不是假冒身份那么简单。”

追猎者目光发亮，此时诺申科的眼神也隐隐闪动，十足的恐惧。

“这两个孩子的‘相似’程度超乎你的想象，”诺申科继续说道，“真正的迪马有近视，这孩子也是，而且他们都有乳糖不耐症。欧勒格说，他侄子小时候因右耳发炎没治好，因而丧失了听力。我们把自己的迪马送去做听力测试，当然，我们没有告诉他为什么要这么做，他居然也有相同的听障问题。”

“他可能是装的，受试者所提供的答案，可以左右听力测试的结果，也许你的迪马事先知情。”

“也许……”诺申科的话在唇间消失了，他面色赧然，“一个月之后，那小男孩不见了。”

“逃跑？”

“不能算是逃跑……应该是消失，”诺申科的表情转趋严肃，“我们找他找了好几个礼拜，而且还请警方帮忙协寻，但就是找不到人。”

“真正的迪马呢？”

“我们没有他的下落，也不清楚他父母的状况，我们只知道他们都死了，但这也是从我们的迪马口中听来的消息。当时状况一片混乱，无法查出真相，与切尔诺贝利事件有关的一切都被封锁，就连最一般性的资料也不例外。”

“不久之后，你就写出那篇论文。”

“但根本没有人关心，”诺申科沉痛地摇头，目光转向他处，仿佛觉得自己很丢脸，不过他随即恢复镇定，再次定睛望着追猎者，“相信我，那个小男孩不是在冒充，八九岁的大脑无法建构出如此复杂的谎言，不，他打从心底就认定自己是迪马。”

“他消失的时候，有没有带走什么？”

“没有，但他留下了一些东西……”

诺申科弯腰，打开书桌抽屉找东西，他拿出一个填充玩具放在追猎者的面前。

兔宝宝。

又破又脏的蓝色小兔。尾巴有缝补过的痕迹，只剩下一只眼睛，脸上的笑意既欢乐又淫邪。

追猎者盯着它："我看不出有什么名堂。"

"福斯特博士，我也这么觉得，"诺申科眼睛发亮，仿佛另有玄机，"不过，你一定不知道我们是在哪里找到的。"

天色渐暗，诺申科带他穿越庭园，进入中心的另外一栋建筑。

"这里以前是大宿舍。"

他们没有上楼，反而走入地下室。诺申科打开日光灯的开关，照亮了这一大片空旷区域，墙壁潮湿生霉，天花板上铺设了大大小小的水管，许多已年久失修。

"在那男孩失踪之后，有个清洁工发现了这个隐蔽的地方，"诺申科继续往前走，似乎很期待这位访客之后的反应，想必他会大吃一惊，"我一直努力保持原貌，不要问我为什么，我只是觉得有一天会派上用场，帮助我们厘清真相，反正，平常也没有人会来地下室。"

他们走过挑高的狭窄走道，旁边是一整排的钢门，隐约听得到锅炉的声响。随即又进入仓库，里面堆放着旧床和烂床垫，诺申科找路前进，而且还示意他继续跟进。

"快到了。"

转弯之后，是阶梯下方的储藏间，狭小又通风不良。这里昏暗无光，诺申科立刻拿出打火机，让他的访客能好好看个清楚。

在弱焰微光中，他趋前一步，眼前的景象令人不敢相信。

那简直是个巨大的虫穴。

恶心感袭来，但追猎者还是仔细近看，里面有许多碎木拼集成的木块，上面可以看到五颜六色的布条、绳子、衣夹、图钉，还有湿报纸，一切堆放得井然有序。

这是小孩的临时避难所。

他小时候也玩过类似的游戏，但这个实在太特殊了。

“小兔子就是在这里发现的。”诺申科才刚开口，却发现这位访客已经钻进去，抚摩着地面，盯着一小块深暗色的污渍。

对追猎者而言，那是重大发现。

干涸的血迹。他之前也发现过相同的迹证，巴黎，尚·杜耶的家里。

假迪马就是变形人。

不过，他必须压抑自己的兴奋之情：“怎么会有这些血污？”

“不知道。”

“可以采样吗？”

“请便。”

“我还想带走那只兔子，也许可以发现假迪马的身世。”

诺申科有些犹豫，不知道这位访客是否真心有兴趣，这可能是他最后一个挽救自己未来的机会。

“依我看，此个案依然具有学术价值，”追猎者希望能够说服诺申科，“值得进一步研究。”

一听到这些话，这位心理学家的双眼闪烁着天真的希望，但他也嗫嚅着提出了自己的请求：“那么，我们一起重写另外一篇论文？挂双作者？”

要在这个机构度过自己的余生？诺申科不敢再想下去。

追猎者对他微笑：“诺申科博士，当然没问题，我今晚要飞回英国，我会尽快与你联络。”

其实他要赶去别的地方，一切起始的原点，普里皮亚季，找寻迪马的线索。

两天前

06: 33

尸体大喝："不要！"

叫喊在梦境与清醒之间徘徊，在连接这两个世界的大门关闭之前，它从记忆底层俯冲而出，进入现实，马库斯又陷入了警戒状态。

他的"不要"虽然喊得大声，却充满惊惧，因为无情的枪管正指着他的脸，他知道这句话救不了自己，这是死前的最后遗言，是对宿命的无力违抗、无路可退者的祈愿。

马库斯总在行军床旁边放一支签字笔，以便立刻在墙上写下梦境的细节，但此时此刻，他不急着找笔，只是继续躺着不动。他心跳得好快，气喘吁吁，这一次，他不会忘记了。

那个射杀他和德沃克的无脸人，他看得很清楚。在先前的梦境中，那个杀手只是模糊的黑影，只要他想聚神细看，对方就立刻消失不见。不过，这次他掌握了具体线索，看到了凶手持枪的那一只手。

那个人是左撇子。

不算什么大发现，但对马库斯来说，等于是一线希望，也许有一天他能看到的不只是那只举枪的手臂，而是凶手的双眼。他想知道究竟是谁逼他不断在寻索自己的身份，因为，他除了知道自己还活着，其他一无所知。

他想到了费德里克·诺尼，还有那男孩的绘画练习簿，它忠实地记录了杀人魔的起源过程。最令人不安的是，他居然自小就开始酝酿这些暴力幻想。他想要抽丝剥茧，找出问题的核心，如果世间有好人与坏人，有人作恶多端，有人慈悲为怀，这究竟是天性如此，还是后天造就的结果？为什么在小孩的心中会有这么明确的邪念萌芽，而且还被放任茁壮发展？

有些人可能会认为，费德里克遇到一连串的打击，留下了心理创伤，像是妈妈离家出走、爸爸早逝等。不过，这种解释未免太简单了。许多小孩的人生遭遇更为悲惨，但他们长大成人之后也没有变成杀人凶手。

马库斯很清楚，这个问题对他个人而言意义重大。他的过往因失忆症而消失无踪，但其实一定还隐藏在某个角落，他以前是什么样的人？这个问题的答案，或许在费德里克的练习簿中可以窥见一斑。每个人心中都有某种与生俱来的特质，凌驾于成长过程中所累积的自我意识之上，那是一种独特的火光，超越了姓名与外表。

当初受训的时候，克莱门特曾经再三叮咛，千万不要受到外表的愚弄，他还请马库斯好好研究泰德·邦迪，这个年轻又外表迷人的连续杀人犯。他一共犯下二十八起谋杀案，但泰德有交往稳定的女友，朋友们也说他友善温和，在被人撕开恶魔面具之前，他还曾经因为救起在湖中溺水的小女孩而受到表彰。

马库斯心想，或许我们一直在天人交战，不知道该选哪一边才好。到了最后，自己才是唯一的仲裁者，必须做出定夺：无论那属于自己的独特火光是好是坏，你可以顺从天性，或者，你也可以选择不予理会。

这是犯罪者所必须面对的处境，但对受害者来说，何尝不是如此。

过去这三天的确充满了启发。莫妮卡、拉法艾拉·阿提耶利、皮耶特罗·齐尼，他们都站在十字路口，某人为他们揭发了事实，也为他们制造机会，让他们在宽恕与复仇之间做出关键抉择。莫妮卡选择了宽恕，另外两个人却走上了复仇之路。

还有，那个正在调查丈夫死因的女警，不知道她在找的是什么，是能让她解脱的真相，抑或是动用私刑复仇的机会？马库斯从来没有听过戴维·利奥尼这个人，但根据他太太的说法，他因为调查圣赦神父而惨遭谋杀。马库斯答应她要解决谜团，为什么？虽然目前看不出来，但他担心迟早也会有人给她复仇的机会，马库斯有预感，她和其他人之间一定有什么关联。

这些人都遭逢了人生巨变，恶行不仅对他们造成伤害，还播下了恶种，甚至在某些人的身上生根，进而侵染了他们的生活。它们像是静伏的寄生虫，化成仇恨与愤慨的脓疮，完全改变了宿体的样貌。那些悲痛至极的人，从来不曾想过要夺人性命，但随着时间的流逝，自己也变成了死亡的散布者。

但对于那些放不下而选择报复的人，马库斯倒是没有谴责之意，因为他与这些人有许多共通之处。

他面向行军床旁边的墙，再次细看他最近写下的两句话。

碎玻璃。三声枪响。现在，他多加了一个：左撇子。

如果与这个杀死德沃克、夺去自己记忆的男人正面交锋，他又会做出什么决定？他相信自己不会选择正道，你要如何原谅那些不曾付出任何代价的罪犯？所以对于那些想要以牙还牙的受害者，他真的无法痛加谴责。

这些人的手上都有生杀大权。赋权者，是某个圣赦神父。

发现这个秘密之后，马库斯百感交集。这种行为当然是背叛，但他发现自己不是唯一具有这种阴郁资质的人，他也不禁如释重负。他不知道这位神秘圣赦神父的真正动机是什么，但每起事件的幕后都看得到神父运作的点滴痕迹，他不禁怀抱希望，也许还有机会救出拉若。

不能让她死。

马库斯手中的调查线索千丝万缕，优先级当然是拉若，但他几乎已经快忘了。他一直相信，先前的多起事件与失踪女孩案息息相关，不过，他现在脑中回荡不去的是那一句话，神秘圣赦神父寄给齐尼的电邮结语。

已行的事，后必再行。

这个布局者的目的是什么？这所有的铺陈，是不是要故意设计他——眼看就要营救成功，却在最后一刻功败垂成？如果真是如此，他的余生将会充满痛悔自责，新的人生记忆又该如何承担此重担？

我一定要追查下去，别无选择，但必须在一切结束之前，否则，女孩的一线生机马上会葬送在我的手里。

马库斯暂且放下这些不祥的预感，眼前有更急迫的危机。

c.g.925-31-073。

电子邮件末尾的编号，是另外一起正义尚未伸张的重案，鲜血四溅，却无人付出代价，某人，正在某个地方面临二择一的选择，要继续当受害者，还是变成刽子手。

在接受训练两个月后，马库斯忍不住向克莱门特问起档案的事，他先前曾多有听闻，很好奇自己是否有机会能亲身目睹。某个深夜，他的这位年轻朋友到了他的住处，只讲了一句话："时候到了。”

马库斯没有多问，只是默默跟随克莱门特进入罗马市区。他们先开车，随后开始步行，走了好一会儿之后，克莱门特示意他一起进入地下室，随即出现一条壁画走廊，他们终于到了某扇小木门前面，停了下来。马库斯看着克莱门特拿出钥匙开门，心情忐忑不安。现在他即将突破最后一道防线，但还没有做好足够的心理准备，他不知道居然这么容易。自从听说有这个档案室，他内心一直诚惶诚恐，经过数百年，这个地方已经多了许多称号，有些令人听了很不舒服，罪恶图书馆、恶魔记忆等。马库斯以为这里应该是阴暗的重重回廊，两侧整齐摆放着书册，宛若一座令人迷路的迷宫，甚至会因为里面所收藏的资料而令人迷离狂乱。不过，当克莱门特打开门时，马库斯却瞠目结舌。

一个小房间，光秃秃的无窗墙壁，正中央放了一套桌椅，某一档案已经搁在桌上。

克莱门特示意他坐下，好好阅读资料。这是某人的告解内容，他一共杀害了十一条人命，受害者全是小女孩。此人是在二十岁时第一次犯案，之后再也无法停手，指引他双手犯下血案的邪恶力量究竟是什么，其实他也说不出来，他的内心深处有股莫名的冲动，迫使他不断犯案。

马库斯马上想到这是连续杀人犯的行径，他赶紧问克莱门特，是否已经成功阻止对方继续犯案。

“是的。”这句话让他终于放心，不过，这些惨案其实是近千年之前的故事了。

马库斯一直以为连续杀人犯是现代的产物。在过去这一百年间，人类的道德伦理出现许多巨大的变化。在他看来，连续杀人犯也等于是必然的代价。不过，在看过这篇告解之后，他必须重新审思才行。

接下来，克莱门特每天晚上都把他带入小房间，交给他新的档案。不久之后，他不禁开始怀疑，这未免多此一举，克莱门特大可以把档案交给他，让他带回自己的阁楼好好研究。不过，答案很简单，这样的隔离方式，是为了让马库斯学到重要的一课。

有一天，他正色告诉克莱门特："我就是档案。"

克莱门特点点头，的确，除了保存资料的秘地，圣赦神父自己也等于是档案的一部分，每一个人会有不同的专精领域，他们各自累积了相关经验，在世间发挥所长。

不过，马库斯一直到昨晚打开齐尼的电子邮件，才发现自己不是唯一还在执行任务的圣赦神父。

他穿梭在犹太区的狭小街道里，一想到这个就心神不安。他正准备前往坐落于犹太教堂后的屋大维门廊，在古罗马时代，那里曾经是朱诺与丘比特的神殿。废墟附近有座以钢和木材搭建的现代小桥台，能让人眺望佛朗米尼欧竞技场。

克莱门特站在那里，双手扶着栏杆，他全都知道了。

"他叫什么名字？"马库斯问道。

"不知道。"克莱门特虽然出声，但根本没转头。

这一次，马库斯不会那么容易被摆布："你怎么可能不认识圣赦神父？"

"我早就告诉过你，只有德沃克神父知道所有圣赦神父的名字与面孔，这个部分我没说谎。"

"所以真正的谎言是什么？"马库斯继续施压，克莱门特看起来很心虚，"早在杰里迈亚·史密斯绑架拉若之前，就已经出问题了，对吧？”

“有人在窃用档案，你早就知情了，是不是？”马库斯必须自己问个清楚。

“‘已行的事，后必再行。’你想知道这句话是什么意思吗？它出于《传道书》，第一章第九节。”

“多久以前发现的？”

“好几个月了，太多死亡事件了，马库斯，这对教廷不好。”

克莱门特的话让他很不舒服，他一直以为他们两人的努力是为了拉若，其实另有隐情。“所以这才是你关心的重点，”马库斯大怒，“防止档案继续失窃，阻止受害者私下寻仇报复，所以拉若算什么？只算是意外事件？万一她死了，只能算作间接受害？”

“所以才要找你救她。”

“我不相信。”

“圣赦神父的所作所为违背了教廷高层的旨意，他们早已被解散，有人却想要继续维持下去。”

“德沃克。”

“他认为圣赦神父扮演了极其重要的角色，废止是错误之举，这个资料库是研究罪行的宝库，这个世界可以继续好好运用，他认为这是他的使命，而你与其他神父也决定继续追随他，投入疯狂的志业。”

“他为什么要去布拉格找我？我在那里做什么？”

“我真的不知道，我发誓。”

马库斯的目光在罗马帝国的遗迹之间漫移，他想要知道自己究竟扮演什么角色。

“这个圣赦神父每次揭发罪行秘密之后，就会留下线索给其他同人，他希望可以有人阻止他，所以你才再度训练我，希望我可以找到这个人。你在利用我，拉若失踪，成了逼我出任务的好借口，我不会起疑心。其实，你根本不在乎她……又怎么可能在乎我？”

“什么？你怎么能说这种话？”

马库斯节节逼近，克莱门特不得不看着他的双眼：“要不是资料库外泄的危机，你也不会理我，我只能当个失忆的人，继续躺在病床上。”

“不是这样，无论如何，我们一定会帮助你恢复记忆，好好生活下去。当初我是因为德沃克死了才赶去布拉格。我发现他中枪时旁边还有一个人，但我不清楚是谁，只知道那个人负伤被送入医院，完全丧失了记忆。”

一开始的时候，马库斯为了要确定自己的身份，已经央求克莱门特多次讲述事情经过。这位年轻神父在旅馆房间仔细搜索，找到伪造的梵蒂冈外交护照，还有一份马库斯陈述自己基本信息的日志，看起来似乎是担心死后自己成了无名尸。克莱门特就是靠这份日志推论出了马库斯的身份。不过，最后的确认是在出院之后。克莱门特把马库斯带去某一犯罪现场，观察他的述案能力，准确度相当惊人，这证明他确实是圣赦神父。

“出现异常状况之后，我向上级禀报了，”克莱门特继续解释，“他们不想处理，但我态度坚持，而且认为你是唯一的合适人选，所以我好不容易才努力说服他们。我们不是在利用你，但我们的确有机会能靠你找出真相。”

“等我找到了这个背叛者之后，我会怎么样？”

“你就自由了，难道你不懂吗？这并非由别人所裁夺，而是你自己，如果你想现在离开，也没关系，你可以自己决定，反正这也不是你的义务。不过我知道你在内心深处，一直渴望知道自己是谁。虽然你不想承认，但其实你现在努力查案，也有助于你更了解自己，不是吗？”

“而且，一切结束之后，圣赦神父将再度成为历史，永远也不会出现了。”

“当初废除必然有其原因。”

“为什么？”马库斯语气挑衅，“拜托你明讲吧。”

“有些事务不是你我可以明了，决策来自高层，我们当神父的人，职责就是好好遵从，不要多问，只要谨念着上位都是为了我们好。”

鸟儿在古柱间盘旋，传来冷冽清晨的啁啾啭唱，一日之初阳光乍现，马库斯的心却无法感染这灿烂气息。听到有机会能过不一样的生活，他的确心动了，自从发现了自己的特殊天赋，他一直觉得有重担在身，仿佛解开恶行之谜的责任全落在他身上。现在，克莱门特却为他开启了一道出口，他说得没错，这个任务也等于是为了他自己，只有找到拉若，阻止那个神秘的圣赦神父，他才能坦然离开，过自己的生活。

“我现在要做什么？”

“找到女孩的下落，把她救出来。”

马库斯很清楚，唯一的方法就是继续追查那神父留下的线索：“他破了许多档案里的悬案。精明干练。”

“你们不相上下，否则你也不会发现相同的线索，你和他一样。”

马库斯听到这种比较，不知该开心还是该生气才好，但他告诉自己，一定得撑到最后：“这次的编号是 c.g.925-31-073。”

“这个案子一定会让你觉得很棘手，”克莱门特事先提出警告，随即从风衣口袋取出信封，“某人死了，但我们不知道是谁，谋杀他的凶手已经认罪，但我们也不知道他的姓名。”

马库斯接过档案，异常轻薄，里面只有一张手写纸条。

“这是什么？”

“某人畏罪自杀的告解书。”

07: 40

有人轻抚脸颊，她醒来了，睁开双眼，满心以为会看到夏贝尔，不过，床上只有她一个人，但刚才的轻触深刻如真。

她的同伴起床了，浴室已经传出流水声响，也好，现在看到他可能不是时候，她需要一点时间，让自己静一静。现在映入眼帘的是无情而直接的白昼日光，与夜半床笫之欢所带来的感受截然不同，阳光从百叶窗里透进来，无视她的羞惭不安，大剌剌照着地板上散落的内衣裤等衣服、床尾皱巴巴的毛毯，还有她光溜溜的身体。

“我没穿衣服。”她喃喃自语，仿佛在逼自己相信眼前的事实。

起初，她觉得是酒精作祟，但她发现这理由也未免太过牵强。她想骗谁？她告诉自己，女人上床做爱，从来不是出于机运或偶然。男人是这样没错：他们只要一逮到机会就紧抓不放，但女人需要好好准备，她们希望自己的肌肤光滑好摸，气味芳香怡人，就算看起来只是一夜情，其实也是早有计划。她当初虽然不知道会有这一场邂逅，但这几个月以来，她不曾松懈，依然仔细呵护自己的体貌。她不想屈服于悲伤，还有，她妈妈下的那一步指导棋。在戴维的葬礼开始之前，她妈妈把她拉进卧室，帮她梳头发：“女人哪，一定找得到两分钟的时间整理头发。”虽然她悲伤难抑，几乎快喘不过气来，但她对这句话也有另一番自我补充，这与爱美无关，而是自我认同，这是一种令男人嗤之以鼻的姿态，他们可能会认为在这种时刻还注重仪表，未免显得太琐碎又矫揉造作。

不过，桑德拉现在觉得难堪，夏贝尔是否觉得她浪荡？不知道他会怎么想，她担心的原因不是自己，而是戴维，他会不会觉得这男人很可怜，新寡的太太早就准备和别的男人上床？

她突然发现自己拼命在找讨厌他的理由，但夏贝尔昨晚温柔多情，他展现的不是瞬时爆发的狂野激情，而是令人几近发狂的温柔，她记得他不发一语，只是紧紧拥着她，她感受到他的温暖气息，知道他的吻不时落在她的发丝上。

第一眼看到他的时候，她就觉得这男人魅力非凡，也许正是这个原因让她恼火，真老套，一开始的时候彼此讨厌，却无可避免坠入情网，简直是十五岁少女的故事，现在只差一份新男友与戴维的评比表了，她赶忙摇头，觉得不该再想下去，随即立刻起床。她捡起地上的内裤，迅速穿上，桑德拉不希望夏贝尔从浴室出来的时候看到她赤裸无助的模样。

她坐在床边，等里面的人出来之后，就可以换她进去洗澡。当然，穿着内裤走过他身边的确奇怪，他可能误以为她后悔了。其实桑德拉压根没有这种想法，她似乎应该要痛哭才是，但她没有，反而流露出一股隐然的喜悦。

她依然爱着戴维。

有了“依然”，情境已大不相同，这个字眼隐藏了陷阱，时间的陷阱，它不知道在什么时候插入了这句话的中央，桑德拉根本没有发现，但它发挥了“实质”的切割功能，正等着静观其变。万物无常，那样的深情迟早会变调，二十年或是三十年之后，如果她能活那么久的话，她还会对戴维怀抱同样的感情吗？现在的她二十九岁，虽然丈夫早逝，但她还是得继续生活，每当她回头顾盼，丈夫的身影变得越来越渺小，总有一天，他会完全消失在地平线之外。他们的确相守了好几年，但根本无法与她的漫漫未来相提并论。

她好怕自己会忘了他，所以才紧紧抓住记忆，不肯放手。

她望着衣橱旁的镜子映影，里面的人不是寡妇，而是一个依然能在某个男人身上投注能量与热情的年轻女子。她想起自己与戴维无数次的男女欢爱，其中有两次，格外深刻难忘。

当然，一定有他们的第一次，也是最不浪漫的一次。第三次约会之后，他们开车回家，那里有舒适的床和温存时刻所需要的隐私，但他们等不及，干脆把车停在路边，两个人钻进后座，嘴唇黏在一起片刻不离，急急忙忙脱去对方的衣服，仿佛他们已经预知了未来：不久之后将失去彼此。

不过，难忘的第二次，倒是没有那么强烈的纪念性，总之，并非他们的最后一次。桑德拉对于最后一次的记忆反而很模糊，她通常眷恋的是让人开心微笑的事，而非悲伤的过往：对生者来说，在挚爱过世之前与他们的最后互动，总是成为折磨人的利器，早知道我该说什么、该做什么才是。她和戴维没有这种怨结，他们两人都知道对方深爱自己。桑德拉没有遗憾，但歉疚，就在那一次做爱之后，萦绕不去。时间大约是在戴维惨遭谋杀的几个月前，那一夜其实和其他的夜晚没什么不同，他们依然在进行自己的求爱仪式，他得讲一整个晚上的甜言蜜语，她才会让他慢慢靠近，她百般抗拒他的示好，等到最后一刻才让他得逞。他们每次做爱前都会搞这个把戏，但依然乐此不疲，这不只是增添他们闺房之乐的游戏而已，而是一种温习承诺的方法：千万不要把对方的爱当成理所当然。

那天，在他们做爱之前，出了一点状况。戴维出差了两三个月，他当然不知道在这段自己不在的时间内发生了什么事，她也没有让他知道。她不会说谎，但她会假装不曾发生，简单的折中之道。你只需要照老规矩走就是了，仿佛一切如常，就连做爱的习惯也一样。

她从来没有告诉任何人，其实，她觉得连自己都不该胡思乱想。戴维毫不知情，万一有一天她自己招供，她知道戴维铁定会离她远去，有一个字，可以具体诠释她的歉疚感，但她始终没有说出口。

“我犯了罪。”她对着镜中的女子轻语。

不知道那位圣赦神父会不会原谅她？这句话明明是在对自己开玩笑，但依然无法减轻她心中的沉重。

她望着那紧闭的浴室门，不禁暗暗思忖接下来的发展。她和夏贝尔是做爱还是纯粹上床？接下来该怎么互动？她先前压根没想到这些，但现在似乎有点太迟了。她不希望是由他主动提起这件事，其实，她想要继续交往下去。她突然一阵忸怩，万一夏贝尔态度冷淡，希望他不要发现自己的失望之情才好。她想转移注意力，于是低头看手表。她已经醒来二十分钟了，但夏贝尔没有从浴室出来，她依然听到水流声，但现在才注意到水声毫无变化，不像是有人在洗澡，这个水声太规律了，似乎根本没有击打在身体上面的响声。

她跳起来冲过去，浴室门一推就开了，满室水蒸气立刻扑面而来。她大力猛挥，望着淋浴间，毛玻璃里看不到任何人影，她赶紧推开淋浴间隔门。

水哗啦啦流个不停，但没有人在里面。

夏贝尔会搞这种把戏，只有一个理由。桑德拉立刻打开马桶水箱盖，那个防水袋还在，但里面的照片全都不见了，只剩下一张到米兰的火车票。

她坐在湿漉漉的地板上，双手掩面，现在她真的好想哭，甚至尖声大叫，这样至少会舒坦一点，但她没有。她不去回想昨晚的温存，或者去猜测他的温柔体贴是否是欺瞒战术的一部分，那次她心里藏着秘密与戴维做爱的记忆在此时涌上心头，她一直想要忘却这一段过往，但如今再也压抑不住，她无法再继续沉默下去了。

对，我犯了罪，她承认，而戴维之死是我的惩罚。

她打了好几次夏贝尔的手机，但全转到语音信箱，告诉她无法接通，看来他是决意躲她了。好，现在没有时间把责任怪到别人头上，或是检讨自己是否犯错，她要继续调查下去。

她和那位太阳穴带疤的神父早已有了约定，但现在夏贝尔拿走照片，他要追查神父的下落也就更加容易。万一他被逮捕，她也就完了，追查戴维死因的线索只剩下那张黑漆漆的照片，神父，是她最后的一线希望。

事不宜迟，她得赶快提醒他。

桑德拉不知该从何找起，她也没有时间等神父自己再度现身，现在只能靠自己想办法。

她在屋里来回踱步，想要厘清这几天发生的事件。她虽然十分气恼，但也知道愤怒无济于事。对于这个国际刑警组织的刑警，她爱恨交杂，但她绝对不会让怒气冲昏头脑。

得重新回到费加罗的案子。

昨天傍晚在炼狱博物馆的时候，她曾经向神父献策。他听从建议，而且匆忙离去，临行前只说他要加快行动，不然一切就太迟了。她也没时间多留他。

经过一夜，不知事况是否有新的变化，在电视里可能找得到答案。她走进厨房，打开柜子上的小电视机，她胡乱转着频道，终于发现某台正在播新闻，主播播报的是社会新闻。格洛里别墅公园发现一具女尸，下一条则是在特拉斯提弗列区所发生的凶杀与自杀案，主播提到了两个人的名字：费德里克・诺尼和皮耶特罗・齐尼。

桑德拉难以置信。结果以悲剧收场，她在里面扮演了什么角色？会不会多少是因为她而发生了命案？不过，在比对时间顺序之后，她发现没有任何关联，血溅之际，她正在与神父说话，换言之，他还没来得及赶过去，惨案已经发生。

费加罗的案子似乎已告一段落，就算从这里下手，也无法找到圣赦神父的下落。

真令人挫败，她不知从何开始。

等等，她有了新发现。夏贝尔怎么知道圣赦神父在查费加罗？

她开始回忆细节，终于找到了答案：夏贝尔靠着窃听器知悉了圣赦神父所关注的案件，他把窃听器安装在罗马近郊的某处别墅，警方已经在那里拉起封锁线，进行搜查。

哪间别墅？还有，神父为什么会出现在那里？

她从包里取出手机，回拨昨天的最后一通来电，响到第六声的时候，迪・米凯利斯接起了电话。

“维加警官，需要我效劳吗？”

“督察，又得找你帮忙了。”

“我洗耳恭听。”他心情似乎不错。

“你知道罗马警方这几天在搜一间别墅吗？应该与某个重大刑案有关。”既然夏贝尔会去那里安装窃听器，想必此事一定非同小可。

“你最近没看报啊？”

她突然愣住：“我漏了什么吗？”

“前几天有个连续杀人犯被抓获，你也知道大家最迷这种案子了。”

电视上一定有播，但她没看到：“所以现在的状况是？”

“我时间不多，”她听到迪·米凯利斯周边有许多人在讲话，现在他走到比较安静的地方，“好，杰里迈亚·史密斯，六年来杀了四个人。三天前他心脏病发，救护车赶到他家，发现了这家伙过去的犯案迹证，现在他人待在医院里，几乎是垂死状态，全案已进入终结阶段。”

桑德拉又想了一会儿才开口：“帮我一个忙好吗？”

“又要帮你忙？”

“这一次真的需要你帮大忙。”

迪·米凯利斯不知道嘴里喃喃念了句什么话：“说吧。”

“调查这个案子的派令。”

“你在开什么玩笑。”

“不然你是想看到我单枪匹马去查案？你也知道这种事我一定干得出来。”

督察几乎是不假思索就答应了：“过几天你好好给我解释清楚，听到没有，不然我觉得自己真像个白痴，你说什么我就信什么。”

“一言为定。”

“好，一个小时之内，我就会把派令传真到罗马的警区总部。我得想一个合情合理的理由，但我想象力非常丰富。”

“我是不是要开口好好谢你？”

督察哈哈大笑：“当然不用。”

桑德拉挂了电话。她觉得自己仿佛又回到了战场。真希望能忘记夏贝尔对她做的事，不过她现在依然有怒气，只能全发泄在那张火车票上，她把它撕得烂碎之后，任其飘散四处。夏贝尔八成是不会回来看到这幅景象，其实，两个人应该自此之后再也不会相见。一想到这件事，她不禁有些神伤。还是别想了，桑德拉下定决心，一定要先放下，她还有其他要事在身。先去警区总部拿派令传真，然后索取一份杰里迈亚·史密斯的档案，追溯案情。她有预感，只要这个案子与圣赦神父有关联，这个案子就绝对还没有结束。

08: 01

马库斯坐在食堂的长桌一角，这里是由明爱会所经营的慈善食堂，墙上处处可见十字架和圣经金句的海报。空气中弥漫着肉汤与油炸物的气味。在早晨的这个时间，街友常客已经吃完早餐离开，厨房的工作人员已经开始准备午餐。为了能吃到早餐，大家通常在凌晨5点就开始排队，到了7点钟的时候，他们又会陆续回到街上，不过，要是遇到天冷或下雨，有些人会在室内多待一会儿。马库斯知道有许多街友——虽然不是大多数——已经完全无法久待室内，所以他们拒绝安定下来，就连在宿舍住一晚也不可能。某些长期坐牢或待在精神病院的街友特别容易发生这种状况。曾经失去过自由，让他们变得困惑迷惘，不知自己是从哪里来的，也不清楚家在何方。

唐·米凯莱·富恩特总是面露微笑，欢迎这些街友，他散播出去的不只是热食，还有人性的温暖。他正在指导同人为几个小时之后安静涌入的人潮做准备，马库斯看着这位神父及其所流露的使命感，不禁自叹弗如，他觉得自己是个不及格的神父，许多东西都消失不见了，不只是他的记忆，还有他的内心。

唐·米凯莱结束准备工作，走了过来，坐在他的对面："克莱门特神父告诉我你今天会过来，他只说你是神父，还叫我不要问你姓名。"

"希望您别介意。"

"没关系。"

唐·米凯莱年约五十岁，胖嘟嘟的身材，双颊丰满红光满面，一双小手，头发乱七八糟的，身上的黑袍沾满了面包屑和油渍。他戴着黑色圆框眼镜，塑料手表看起来从来没换过，脚上的耐克球鞋已经走样变形。

"三年前，有人来找你告解。"马库斯的这句话是在陈述事实，绝非疑问。

"我听了很多。"

"但这个你一定记得很清楚，应该不会天天有人因为想自杀而找你告解吧。"

唐·米凯莱似乎未觉诧异，但脸上的恳切之情立刻消失："一如往常，我将忏罪者的告解内容写下来之后呈交出去，我没有办法赦免他，这个罪太严重了。"

"我已经看过内容，但我想当面听你的说法。"

"为什么？"唐·米凯莱显然不想重提往事。

"你的第一印象对我来说很重要，我需要掌握对话内容里的一切细节。"

唐·米凯莱终于被说服了："那天晚上11点，我们正准备关门休息。我注意到街对面的那个男人，他整晚都站在那里，我想他应该是在酝酿勇气吧。最后一位客人离开之后，他终于下定决心走进来，直接找我，请我听他告解。我以前从来没有见过这个人，他穿着厚重的外套，戴着帽子，始终没有脱下来，仿佛他急着要离开。其实我们没有讲多久的话，他不是在寻求安慰或谅解，只是希望能够减轻心理负担。"

"他到底跟你说了什么？"

"我发现他想要做出激烈举动，可以感觉到他的手势和声音中有股煎熬，显然他不是在开玩笑。他知道自己接下来的告解无法获得宽恕，但他此行并非为了这个，"唐·米凯莱搔着凌乱的灰白胡须停顿了一会儿，"他祈求原谅的不是他的自杀行为，而是先前所犯下的某起杀人罪行。"

这位神父长期接触生活阴暗面，经验老到，他语多保留，马库斯也不能怪他：毕竟他当晚听到的是弥天大罪的告解内容。"他杀了谁？为何杀人？"

唐·米凯莱摘下眼镜，直接以黑袍当拭镜布，拼命擦眼镜："他没有说。我问过，但是他态度闪避，他说，我最好还是不要知道比较好，以免自己遭逢不测，他不过想求得一个赦免而已。我告诉他，此罪情节重大，像我这样的神父无法赦免他，他立刻蹙眉，但还是谢过我，随即不发一语，转身离开。"

那张告解不过薄纸一张，里面也没有任何证据，但这是马库斯掌握的唯一资料。在他们的档案室中，有一个区域专门放置杀人案件的告解内容，马库斯第一次驻足近览的时候，克莱门特曾经给他忠告："不要忘了，你在看的资料，不是警方资料库里的笔录，他们执笔时的客观性等于设下了某种保护的栅栏。而在这些告解内容中，对于杀人事件的描述全采用主观观点，因为陈述者永远是凶手本人，有时候你可能觉得自己站在他的立场，不要让邪恶欺骗你，要记得，那是幻象，可能充满了危险。”这些记录经常会出现一些突兀的细节，让马库斯印象深刻。比方说，有个杀人犯记得自己杀害的对象喜欢穿红鞋，神父也忠实抄写了下来。这种事情无关紧要，不会影响最后的判断，不过，这仿佛是他们在记录一连串恐怖犯罪事件的时候，为自己所留下的一道紧急逃生口。红鞋：乍然出现的一抹颜色，打断了叙事内容，也让阅读者得以暂时喘口气。但是在唐·米凯莱的笔下看不到这种细节，马库斯怀疑他留了一手。

“你认识这个忏罪者，对吧？”

唐·米凯莱没说话，这个沉默也未免太久了，马库斯知道自己猜得没错。“几天之后，我发现报纸上出现了这个人的新闻。”

“但你把告解呈交出去的时候，故意漏了真名。”

“我请教过主教，他建议我不要揭露这个人的姓名。”

“为什么？”

“因为大家都认为他是好人，”他的回答直截了当，“他在安哥拉盖了一间大医院，主教认为不需破坏众人对这位大慈善家的印象，应该继续让他当大家的完美典范，我也同意，要对他做出什么评价，并不是我们的事。”

“他叫什么名字？”马库斯紧追不舍。

唐·米凯莱叹了一口气：“阿尔伯特·卡内斯塔利。”

马库斯知道其中另有隐情，但他不想强迫别人，所以他只是静静看着这位神父，等他自己再度开口。

“还有一件事，”唐·米凯莱惊惶不安，“报上写他是自然死亡。”

阿尔伯特·卡内斯塔利不只是全球知名的外科医生、在专业上不断努力创新的医学界的奇葩，最重要的是，他是位大慈善家。

医生位于露多维西路的书房墙面可为明证，上面挂满了奖牌和各种剪报裱框，所涉内容包括了他在外科领域的创新变革，还有他将自身所学慷慨贡献发展中国家的善举。

他最伟大的事迹，莫过于在安哥拉创建了一所大型医院，他经常前往探访，而且还亲自操刀动手术。

这些对他歌功颂德的报纸，后来也刊登了他因自然因素而猝死的消息。

马库斯又偷偷摸进医生以前的诊所，威内托路附近某栋知名建筑的四楼。他的目光仔细浏览着屋内的遗物，里面有五十多张照片，医生满脸微笑，与各方名流合影留念，但也有与一般病患的合照——许多人看起来都是贫户——医师妙手回春，不仅挽救了他们的健康，甚至是救了他们的性命。他们是他的家人，卡内斯塔利全心投入志业，终身未娶。

如果单以那墙上所挂的丰功伟绩来做判断，马库斯可能会毫不犹豫地称赞他是个优秀教徒，但过往的经验提醒他要小心为上，这一切可能只是假象，何况阿尔伯特在死前几天还向神父说过那些话。

就这个世界的认知来看，阿尔伯特绝非自杀身亡。

但他在表达自杀意图之后没多久就自然死亡，马库斯实在难以相信，其间一定还有更多的秘密。

这间诊所附有宽敞的等候区、秘书办公室，还有医生自己的私人办公室，里面放有桃花心木的大型书桌，四周全是医学书籍，许多都是精装书。屋里还有一道滑门，里面是小间诊疗室，沙发、各式各样的设备，还有迷你药柜。不过，马库斯的焦点全放在阿尔伯特的办公室，里面摆放了几张皮沙发充作接待区域，此外，还有一张他专用的旋转椅，也是皮制品。根据媒体的报道，就是在这张皮椅上发现了医生的尸体。

我为什么会到这里来？

就算这男子真的是自杀好了，现在也已经结案，马库斯毫无用武之地。凶手已死，神秘圣赦神父也没有机会让任何人报复寻仇。不过，他把马库斯引到这里来，显然案情没那么简单。

他告诉自己，按部就班慢慢来，首先要确认真相，第一个要处理的异常事件，就是这起自杀案。

卡内斯塔利没有结婚，也没有儿女，侄甥晚辈在他死后开始争夺遗产，所以这间诊所在过去三年来依然维持原貌，窗户紧闭，屋内的所有东西都积了一层厚厚的灰尘，阳光透过百叶窗缝隙而入，飞尘宛如发光雾气一般飘舞。时光漠然，保留了这个房间的原貌，但这里一点也不像犯罪现场，马库斯甚至暗暗惋惜，要是当初这里发生的是凶杀案就好了，这种状况反而能留下线索，让他得以推导出真相。在邪魔所制造的一片乱局之中，更容易发现异常事件，而在这间状似宁和的办公室里，可就没那么容易了。面对这一次的挑战，他的方法必须大幅调整，他必须站在阿尔伯特·卡内斯塔利的角度来思考。

他开始问自己，对我来说，最重要的价值是什么？出名，我有兴趣，但也不是那么重要，可惜，救人性命或行善也无法让大家都认识我。好，再来是我的专业，但我的天赋对别人来说比较重要，所以我也不是那么在乎。

马库斯再次浏览这位医生挂在墙上的丰功伟绩，答案立刻浮现：我的名声，这才是最重要的事，声望，才是我最重要的资产。

因为我相信自己是个好人。

马库斯走到卡内斯塔利的皮椅旁坐了下来，他双手托腮，要问自己一个关键问题。

要如何隐藏自杀的真相，让大家误以为我是自然死亡？

卡内斯塔利最担心的就是丑闻，他绝对无法忍受后人想起他的时候出现负面评价，所以他一定得想个好方法，马库斯知道答案近在咫尺。

“就在这里。”他喃喃自语，把椅子转过去，面对着书架。

对一个精通生死奥秘的人来说，想要伪装自然死亡的场景绝对不成问题，一定有不会让人起疑的简单方法，不会有人想要调查、挖掘真相，毕竟死者为人正直良善。

马库斯站起来，开始逐一检视书架上的书名，过了好一会儿，终于找到他要找的书——《自然与人工毒素的摘要集录》。

他开始快速翻阅书中所罗列的各种物质及其毒素、矿物酸与植物酸、强碱，无所不包，从砷到锑，从颠茄到硝基苯、非那西丁、三氯甲烷，书里还标示出了致命剂量、有效成分、使用方法与副作用，最后他终于找到答案。

琥珀酰胆碱。

它是一种用于麻醉的肌肉松弛剂，卡内斯塔利身为外科医生，想必相当了解。在这本书中，作者还将其比喻为人工的马钱子，因为它具有手术麻醉的功能，可以避免病人发生痉挛或肌肉不自主抽动。

马库斯详读了这种药物的特性之后，发现卡内斯塔利只需要为自己注射一毫克的剂量，即可让呼吸肌停止运作，几分钟之后就会发生窒息，时间漫漫，仿佛无止无尽，但随即就会暴毙。很少人采用这种方式自杀，但这招必死无疑，因为注射完成之后，全身立刻麻痹，就算想要反悔也不可能了。

不过，卡内斯塔利选择这个方式，还有另外一个原因。

马库斯意外发现，毒物反应检验无法测出琥珀酰胆碱，因为它的主要成分是丁二酸与胆碱，人体内出现这两种物质实属正常，所以最后看起来会像是自然死亡，当然法医也不会费神去死者身上某些极隐蔽处，比方说脚趾之间，找极小的注射孔。

他可以留住自己的好名声。

“但……针筒呢？”如果有人在尸体旁边发现这个东西，那么伪装自然死亡的计划便会因此破局，这与后来的发展并不相符。

马库斯反复思索。他在来此之前曾看过网络资料，护士一早开门时发现了卡内斯塔利陈尸屋内，也许是她偷偷拿走了这碍事的证据。

太危险了，马库斯心想，万一护士没有拿走呢？卡内斯塔利一定有绝对把握才会下手，他为什么这么笃定？

马库斯环顾四周，这里正是名医决定自我了断的地方，诊所，等于是他的宇宙之中心，但这并非真正的原因，他一定很清楚有人会目睹整个过程，而且对方也有拿走针筒的强烈动机。

他在这里自杀，是因为知道有人在监视他的一举一动。

马库斯立刻跳起来，这个房间里一定有监视器，装在哪里？电灯开关，正是答案。

他端详墙上的电灯开关，走过去，果然发现上面有个小洞，他拿起桌上的拆信刀，先松开螺丝，然后慢慢撬开墙上的开关盖。

发射器的线，夹缠在一堆电线里。

安装隐藏式摄影机的人，手法相当高明。

但如果卡内斯塔利自杀时有人在监视，为什么器材还在这里？马库斯惊觉自己深陷危险之中，一定有人知道他出现在诊所里。

他们先观察我的身份，现在一定正准备赶过来。

要赶快离开这里。马库斯正准备开门的时候，听到走廊上传来声响，他小心探头出去，看到一个穿着西装、打着领带、面容凶狠的壮汉，正小心翼翼把自己的巨大身躯挤过狭窄的走廊，避免发出噪声。马库斯退身屋内，唯一的出口被那座人肉大山挡住了。

他看着滑门后的诊疗间，倒是可以躲在那里，如果那男人闯入办公室，他还有机会逃跑，毕竟他的身手比对方灵活，应该有机会可以从容逃离。

那名男子停在门口，肥颈上的头开始东张西望，细眯眯的贼眼窥探着昏暗的房间，一无所获。然后，他发现了那道诊疗室的滑门，立刻用粗肥的手指扣住门隙，迅速拉开，随即闯了进去，他万万没想到里面根本没有人，还来不及做任何反应，滑门已突然砰一声关上。

马库斯庆幸自己在最后一秒钟改变了计划。他躲在卡内斯塔利的书桌下方，壮汉误入陷阱后，他立刻冲出来，把对方关在里面。当他为自己的足智多谋而得意扬扬时，却发现手中的钥匙无法转动门锁。那名男子开始拼命捶门，整道门也随之激烈震动，马库斯丢下钥匙，立刻往外跑，他刚到走廊，已经听到壮汉出现在后头的声响，他把医生办公室的门重重一甩，希望多少拖延一点时间。在他冲到梯台准备逃向一楼大门的时候，却发现不但后有追兵，前面也有其党羽埋伏在出口。马库斯发现有紧急逃生口，于是临时决定改道。逃生通道狭窄，阶梯短小，他必须三步并作两步跳下去，以免被背后的恶汉追上，那家伙比他想象的还要轻巧，几乎已经快要抓到他了，距离街道不过只有短短四层楼的距离，感觉却像是天涯海角。到最后一道门，他马上就要解脱了，但他把门一推开，发现眼前不是大街，而是地下停车场，一片空旷。他看得到远方的电梯门正缓缓开启，但那不是救命的出口，因为另一个穿西装打领带的男人出现在电梯门口，那人认出马库斯，正朝他直奔而来，现在有两个人在追他，插翅也难飞，他几乎快喘不过气来了，担心自己随时会昏厥。他开始爬坡奔向停车场坡道的出口，好些车迎面扑来，有几辆车几乎要擦撞上来，驾驶员狂按喇叭抗议。他逃到街上的时候，那两名恶徒依然紧追不舍，却突然停下脚步。

这两个人前方有一群中国观光客，刚好形成一堵人墙。

马库斯趁乱溜走，不久之后，他已经躲在安全的街角，看着那两名壮汉惊慌失措。他已累得直不起腰，拼命喘气。

他们是谁？背后主使者又是谁？阿尔伯特·卡内斯塔利之所以自杀，是否与某人有关？

11:00

她把警徽挂在脖子上，向在豪宅外面看守的警官出示督察派令。那两位男同事在核对她的身份信息时还特别交换了眼神，意味深长。桑德拉知道雄性动物们突然又开始注意她了，她知道为什么，与夏贝尔共处一夜之后，她的哀郁气息已经一扫而空。那两个人刻意拖拖拉拉，桑德拉也只能耐心等待。他们终于放行，还为自己所造成的不便道歉。

她沿着车道前行，走向杰里迈亚·史密斯的豪宅。花园荒弃多时，野草蔓生，石面大花盆全遭淹没。到处都是精灵与维纳斯的雕像，有些已成断臂，迎临的姿态虽然残缺，但依然优雅动人。喷泉池里长满常春藤，边缘全是绿沉沉的死水。这间房子宛若矗然陡立的巨石，因时间流逝而变得苍灰。进入大门前有一段阶梯，越往上走梯面越窄，这种设计，本来是为了让建筑立面显得更加纤长，但现在看起来反而像是支撑豪宅的小台座。

桑德拉拾级而上，有些台阶已经垮烂得不像话，而当她进入屋内，白昼光线立刻消失不见，完全被长廊的暗墙所侵吞，感觉好诡异，仿佛这里是个吞噬一切的黑洞。

刑事鉴识人员依然在忙，不过他们的工作已经快要进入尾声。现在他们正在清查家具，拉出所有的抽屉，将东西全部倒在地板上逐一筛检，连沙发与靠垫的衬里也不放过。还有人拿听诊器对着墙找空洞，因为凶手可能会在里面暗藏物品。

有个瘦高男子正对着警犬小组下达指令，请他们到花园去搜索。他看到了桑德拉，并示意请她稍等。她点点头，站在门厅，看着警犬拉着警察离开房子，直冲花园而去。现在，那男子向她走过来。

“我是卡穆索警长。”他伸手向桑德拉打招呼，这个人穿的是紫色西装，还搭配了同色条纹衬衫，又加上一条具有画龙点睛之效的黄色领带，好一个花花公子。

在这样的迷暗空间里，看到这样的怪异打扮，也算是赏心悦目，不过，桑德拉实在不想因为这位同事而分心：“我是维加。”

“他们已经告诉我了，欢迎。”

“希望不会给你添麻烦。”

“千万别这么说，我们这里的工作已经快要告一段落，今天下午大家就要拆营收工了，我反倒是担心你来得太晚了。”

“既然已经找到了杰里迈亚・史密斯和四起谋杀案的相关证据，你们为什么还要继续搜查？”

“我们还没找到他的‘游戏室’，这些女子遇害的地方不在这里。他先囚禁她们一个月，没有性侵，虽然有捆绑，但也没有虐待，三十天一到，立刻割喉。不过，他一定得找一个隐秘的地点偷偷下手，我们希望可以找到相关线索，但现在依然毫无头绪。对了，你来此是为了？”

“我的督察长官迪・米凯利斯希望我撰写一份凶手的研究报告，这种案例并不多见，对于像我这样的刑事鉴识工作人员来说，这是获取宝贵经验的绝佳机会。”

“了解。”卡穆索随便应了一声，显然对她是否实话实说并不在意。

“为什么警犬小组还在这里？”

“他们准备再走一次花园，搞不好会多发现一具尸体，这种事以前也不是没发生过。最近这几天一直下雨，我们一直找不到机会。但我也怀疑这些警犬是否能闻到尸味，地面潮湿，味道太多了，它们会搞不清楚。”警长向某位下属招手，对方立刻带了档案夹过来，“好，你需要的资料都在里面，案情报告，凶手和四名受害人的背景，当然，还有全部的照片。你如果需要副本，必须向负责侦办的检察官提出申请。这份资料看完之后，你一定要归还给我们。”

“没问题，我不会占用太多时间。”桑德拉接过档案。

“就这样吧，你自己四处看看吧，我想你应该不需要有人带了。”

“我自己来，谢谢。”

卡穆索给了她鞋套与乳胶手套："好，祝你玩得开心。"

"看起来每个人心情都不错。"

"没错，我们就像小孩子一样，在墓园里玩捉迷藏。"

桑德拉等卡穆索走开之后立即拿出手机，拍了些屋内的照片，随后又打开她刚才拿到的档案夹阅读案情资料。她一口气看完凶手被找到的过程，觉得简直难以置信。

她走到事发现场，当初救护人员就是在这间客厅里发现杰里迈亚·史密斯的。

鉴识小组已经完成任务，里面只有桑德拉一个人，她四处张望，努力还原当时的状况。救护人员抵达，发现这名男子倒在地上，立刻打算为他做心肺复苏，但发现他状况危急，他们想让他先稳定下来，再送到医院去，就在这个时候，救护人员发现屋内有东西。

一只金色环扣的红色溜冰鞋。

医生名叫莫妮卡，是其中一名受害者的双胞胎姐姐，那只溜冰鞋是她妹妹的遗物，另外一只则留在尸体的脚上。莫妮卡发现面前奄奄一息的这个人正是凶手。

医院里的所有同人都知道她的悲惨遭遇，同行的医务员也不例外。这种情谊，桑德拉自能体会：警察也一样，工作伙伴俨然成为你另外的家人，因为只有同人能帮助你面对每日所遇到的苦痛与不公不义。在这种紧密关系之下，也衍生出新的互动原则与某种神圣的盟约。

好，在这种关键时刻，莫妮卡与医务员大可以让杰里迈亚·史密斯死去，他罪有应得，而且他性命垂危，绝对不会有人责怪他们失职。不过，他们决定救他，或者应该这么说，是莫妮卡决定要救人一命。

太不可思议了，但桑德拉深信确是如此，否则这间豪宅里也不会有警察出现。

命运之神在这里布下诡异阵局，巧合发生得天衣无缝，桑德拉心想，这种事也没办法以人为对象操弄，却有个让她难以参透的症结点。

杰里迈亚·史密斯胸前的字：杀了我。

笔迹学专家的鉴定结果，证实这些字是他自己刻上去的。当然，这可以解释为嫌疑人具有自虐倾向，但与莫妮卡在当时所面临的情境如此吻合，也未免太离奇了。

桑德拉继续拍起居室的照片，包括杰里迈亚·史密斯的摇椅、地上的碎碗、老旧电视机。等到告一段落后，她觉得自己已经待不下去了，对她来说，犯罪场景已经司空见惯，但是在这些家常对象之中，死亡仿佛变得更清晰可触、更加不堪。

她受不了，得赶紧离开这间屋子。

有些东西，能让幽魂与生灵世界紧密相连，你要找到它们，并且解放它们。

发带、珊瑚手环、围巾……还有一只溜冰鞋。

这些东西，全是警方在嫌疑人房子里找到的纪念品，分属四名受害者，从某方面来说，这些东西也成了那几个女孩的代名词。

她在众目睽睽之下走到屋外，在花园的隐蔽角落找了张石椅，坐下来之后，慢慢调整呼吸。能待在这里真的很舒服，有晨光轻抚，枝头随风摇曳，树叶也沙沙作响，宛如发出轻笑。

六年，四名受害者，都被割喉，宛如有人拿刀在她们的脖子上刻下一个微笑的记号。

莫妮卡的妹妹名叫特蕾莎，时年二十一岁，热爱溜冰。某个周日下午，她失踪了。其实，溜冰只是个幌子：溜冰场里有个她暗恋的男生。那天下午她一直在等他，但那男孩始终没有出现。也许就是在一个人坐在饮料亭座位上的时候，她被杰里迈亚盯上了，他点了一杯橘子汁请她喝，验尸结果显示她体内有GHB——俗称G水的迷奸药。一个月之后，杰里迈亚将她弃尸于河岸边，身上正是失踪那天的打扮。

在那间快餐店的每一个员工，都记得二十三岁的梅拉妮亚那头金发上的蓝缎带。女服务生的制服实在没有什么可观之处，所以她决定要打扮得亮眼一点，走五十年代的复古风。某天下午，她在上班途中被绑架了，最后被人目击是在等公交车。一个月之后，在停车场找到了尸体，全身衣装完整，但是头上的发带不见了。

凡妮莎芳龄十七，热爱健身运动，每天都要去练动感单车，就算身体不舒服也从不缺课。失踪那天她感冒了，妈妈力劝她别去了，但是她态度坚决，最后妈妈只好塞一条粉红色的羊毛围巾给她，让她至少穿得厚实一点。凡妮莎为了顺妈妈的意，乖乖围上去了。但她妈妈万万没想到，这条围巾无法保护女儿脱险，这一次嫌疑人是在运动饮料里下的药。

克里丝蒂娜讨厌那只珊瑚手环，但这个秘密只有妹妹知道，也是她在殡仪馆认尸时发现手环不见了。克里丝蒂娜之所以会一直戴着那手环，只是因为那是男友送的礼物。这对情侣都是二十八岁，已经论及婚嫁，也许正是因为这样，她变得有些紧张兮兮，太多事情要准备，时间却何其仓促。所以她找到简单、快速的方法让自己放松，酒精的确有效。她一大早就开始喝，一整天都不间断，但每次都是浅尝，不算真的喝醉。没有人发现她已经开始酗酒，但杰里迈亚·史密斯显然是发现了她的问题，只需要尾随她进入酒吧即可，这一次更容易下手。

克里丝蒂娜是最后一名受害者。

这些背景资料全是从她们的亲友的口中辑录而来，每一个人都添加了自己所熟知的若干细节，这一连串的残忍事件经过重述之后，也变得更加丰富生动，呈现出这些女孩的真实样貌。

桑德拉心里低喃，他们想念的是人，不是物品。但在她们意外身亡之后，发带、珊瑚手环、围巾，还有溜冰鞋，都成了大家睹物思人的纪念品。

不过，她注意到一个有违常理的疑点：受害者都不是涉世未深的女孩，她们有家人，有朋友，行事规矩有节，周边也有堪为典范的女性长辈，为什么愿意让杰里迈亚·史密斯这么一个猥琐之人靠近她们？这家伙五十岁出头，一点也不帅，请喝饮料示好的时候，为什么每个人都接受了？而且，他是在光天化日之下行事，还顺利地博取了受害人的信任，他是怎么办到的？

桑德拉知道在这些对象之中无法找到答案。她收起档案，仰头面对天空，让微风轻拂脸庞，她突然想起了一件也等同于戴维的东西。

恐怖的绿色领带。

她一想到就笑了，那比警长的黄色领带还吓人，戴维总是穿得乱七八糟，他不是个爱打扮的男人。“弗雷德，你该买燕尾服才对，”她老是取笑他，“每个跳踢踏舞的男人都有一套哟。”

反正，他也只有那么一条领带。当殡葬人员请桑德拉挑选入棺衣物的时候，她惊呆了，从来没想到自己要在二十九岁的时候决定这种事情。她必须找出代表戴维的衣服。她翻箱倒柜，最后选了猎装夹克、蓝色衬衫、卡其裤，还有球鞋，这就是大家心目中的戴维。不过，就在那一刹那，她发现绿色领带不见了，怎么找就是找不到，但她不肯放弃，几乎把整个家都翻过来了，这是一种偏执，其实可能是愤怒，她已经失去了戴维，怎么还能让其他的东西消失不见？就算是恐怖的绿色领带也一样。

某天，她突然想起来了，当时怎么会忘记呢？

那条领带是她欺瞒丈夫的唯一证据。

桑德拉坐在豪宅外的花园里，温煦的阳光与微风实在是太奢侈了，让她受宠若惊。她突然定神，睁大眼睛，发现一座石雕天使像正默默俯视着她。她不禁想起自己曾经犯错，等待宽恕，但时间未必能给我们机会弥补过失。

如果当初没逃过圣雷孟小礼拜堂狙击手的追杀，那么，她将会心怀歉疚而死去，她的家人和朋友又会选择什么物品寄托思念？无论答案是什么，他们都不会发现真相，她不值得戴维这么爱她，因为她对他不忠。

她心想，那些被杰里迈亚·史密斯绑架的女孩，跟她在进教堂之前一样，都误以为自己很安全，所以，她们才会意外身亡，眼中只看到灿烂生机，反而让她们觉察不到危险近在眼前，也让他得以逞凶。

警犬小组的人马正在石像后方进行搜索，警犬们的确被泥土所散发的各种气味搞得无所适从，警长说过，这次行动只是要确保没有遗漏之处，“搞不好会多发现一具尸体，这种事以前也不是没发生过。”不过，她也绝非菜鸟，隐约感觉这位同人的态度有些奇怪，警方在担心重蹈覆辙时，就会摆出这种小心翼翼的态度。

就在这个时候，卡穆索出现在她的背后。“都还好吧？”他开口问道，“我看到你跑到屋外，所以——”

“只是想呼吸一点新鲜空气。”桑德拉打断他的话。

“有没有什么重大发现？我不会让你空手而返，难以对长官交代。”

警长显然在释放善意，桑德拉决定趁机把握机会：“的确是有点，有点蹊跷，也许得麻烦你帮忙解惑……”

警长看着她，神情意外：“请说。”

桑德拉发现他的眼底闪过一抹阴影，她随即打开档案，让他看这四名受害人的背景资料：“我发现嫌疑人平均每十八个月就会犯案一次，最近一次犯案也已经是十八个月之前的事了，而且他会把这些女孩带到他处行凶，所以我在想，不知道他是否正准备再次犯案。”她的表情转趋严肃，“想必你也知道连续杀人犯的时间周期相当重要，犯案可以区分为三个阶段：酝酿、计划、行动。只要杰里迈亚·史密斯仍有犯意，想必他现在正处于第三个阶段。”

警长不发一语。

“好，所以我在想，”桑德拉继续进逼，“是不是有个女孩，被拘禁在某个地方，正等待我们救她出来？”

她希望这最后一句话能给他台阶，让警长说出实话，他的确在皱着眉头。

“是有这个可能。”卡穆索回道，他好不容易才挤出这几个字。

桑德拉心想，应该也有别人作如是想：“还有另外一个女孩也失踪了？”

卡穆索脸色僵硬：“维加警官，你自己也很清楚机密信息外泄的风险，很可能会影响到调查结果。”

“你在怕什么？媒体压力、舆论，还是上级？”

这位警长知道她不会善罢甘休，终于松口：“大约在一个月前，有个建筑系女学生失踪，起初大家都以为她是自己出走了。”

“我的天哪。”桑德拉惊呼，她没想到真的被自己料中了。

“和你推测的一样，时间很吻合，但目前没有证据，只有假设。不过，你也知道，我们要是错估形势，最后反而是由杰里迈亚·史密斯自己供出来的话，会引起多大的风波。”

桑德拉很难责怪这些同事，警察在庞大的压力下办案，也会偶有失误，但不会有人原谅他们，这是人之常情：大家都希望知道答案，渴望安全与正义。

“我们正在寻找她的下落。”卡穆索回道。

她心想，不是只有你们在找她而已，现在她终于了解圣赦神父在此事件中所扮演的角色。

石雕天使的阴影，幽幽笼罩在警长的身上。

“那女学生叫什么名字？”

“拉若。”

11: 26

内米湖，位于罗马南部的阿尔巴诺丘，湖表面积还不到一点五平方千米。

它原本是火山口，因多年前在湖底发现两艘巨大的古船遗骸而名噪一时，这两艘船是在卡利古拉皇帝的谕令下建造完成的，富丽堂皇，等于是水上皇宫。当地的渔夫打捞了许多古物上岸，但直到二十世纪初，抽水降低水位之后，古船才得以重见天日，并且设置了博物馆，不过，第二次世界大战时惨遭火灾，据说是德国军队放的火，但迄今依然没有明确证据。

克莱门特在交换信息的信箱里，留下这么一份旅游资料给马库斯。这份手册除了说明内米湖的历史，还暗夹了阿尔伯特·卡内斯塔利医生的小档案，其实里面的内容没有什么特殊之处，却让马库斯必须走这么一趟，亲访内米湖。他坐在巴士里，鸟瞰湖面，思索这个地方与火灾之间的微妙关系。

卡内斯塔利位于内米湖区的诊所，仿佛呼应着那些古船的悲剧，它们的下场也是遭人纵火，而且罪魁祸首到现在还没有找到。

巴士从狭窄而风景秀丽的山路蜿蜒而上，留下车尾一股黑烟。他从窗户看出去，已经认出那栋被熏黑的房子，它盘踞绝佳地点，坐拥大片美景。等到巴士停妥之后，他走到门口，还可以看到诊所招牌，但几乎全被常春藤盖住了字。他进入大门，顺着树丛里的小道往前走，只见草木杂生，空旷之地无一幸免。诊所共有两层楼高，想必这房子最早是私人度假豪宅，后来才改作医诊之用。

马库斯心想，这里曾是卡内斯塔利医生的小小王国，如今却被黑烟熏得残破难辨，想当年这位自诩为大善人的医生，也曾在这里悬壶济世。

他跨过被烧焦的铁门残骸，进入走道，屋内与屋外一样阴森可怖，门厅四周的柱子已被大火摧残，变得弱细不堪，让人不禁怀疑它们是否还能支撑天花板的重量。地板也出现多处隆起，裂缝之间已长出杂草。天花板破了一个大洞，甚至可以看到楼上的房间地板。现在，面前矗立的是一道对称双梯。

马库斯从二楼开始查看，这里的房间格局让他想到了旅馆，单人房，装潢一应俱全，从家具残骸来看，屋内装潢豪奢，想必诊所的利润相当惊人。三间手术室的火势最为惨烈：氧气设备发挥了助燃效果，烈焰烧毁了一切，地上全是散落的手术器材和抵抗未果的金属制品。一楼的状况与二楼相仿，墙上依然可以看到火烧后的黑色残迹。

自大火发生之后，这间诊所已成废墟，而早在卡内斯塔利死后，病人也全跑光了，毕竟他们都是为了他的精湛医术而前来求诊的。

马库斯的心中开始有了想法，有人特地在医生自杀之后烧毁诊所，显然是因为这里藏有不可告人的秘密，也难怪他在市区的诊所有隐藏式摄影机，还有那两名恶汉一路逼追，他们绝非一般盗匪：身着剪裁合宜的深色西装，看起来像是商界人士，应该是受雇于人。

这里虽然曾遭大火肆虐，但至少会留下些许蛛丝马迹，马库斯的直觉是一定有证据，否则那个神秘圣赦神父也无法继续调查下去。

如果他能够挖掘真相，我一定也可以。

马库斯在地下室找到一个房间，根据门上的标示，这里是诊所暂放废弃物的地方，他猜这些垃圾本来该送去专门处理厂。放眼望去，到处都是铁桶，部分已遭高温熔毁。地面铺满了淡蓝色的小型马约利卡瓷砖，许多已经松脱，当然，也是因为大火的关系，而且这些瓷砖的表面全被熏黑了。

只有一块不一样。

马库斯蹲下去看个究竟，他觉得有人动过它，擦干净之后又塞回原来的房间角落。他知道那块瓷砖与地板并未接合在一起，果然，移开它不费吹灰之力。

底下是个延伸至墙底的浅洞，他伸手进去，摸索了好一会儿之后，找出一个铁盒，约有三十厘米长。

盒子没锁，他打开铁盖，定睛细看，才发现里面的白色长状物是块骨头。

马库斯取出骨头，双手捧着它，仔细端详，从形状与大小来看，应该是人的肱骨。不知道为什么，他觉得自己对这种东西非常熟悉，也不知道过去是怎么学到这么多相关知识的，但当下他无法细想这个问题，因为他发现这块人骨还另有玄机。

从钙化程度分析，受害者只不过是个儿童。

阿尔伯特·卡内斯塔利是否因为这个孩子才畏罪自杀？马库斯全身战栗，几乎无法呼吸，而且双手抖个不停，他不知道自己是否有能力面对真相，上帝给他这种试炼，他没有把握。正当马库斯准备要画十字的时候，他又发现骨面上还有别的东西。

以锐器刻的小字，某人的名字：阿斯特·哥雅诗。

“抱歉，这个请交给我。”

马库斯回头，看到一名带枪男子：他认出来了，几个小时之前他们才交手过，这家伙是卡内斯塔利市区诊所的二人组之一。

他万万没想到自己又会与敌手狭路相逢，但现在这里是一片废墟，周遭又是树林，距离市区有数十千米，马库斯的状况相当不妙，他知道自己死定了。

但他不想再死一次。

眼前这个场景似曾相识，德沃克被杀的那一天，布拉格旅馆的枪管下，他有过相同的恐惧，突然之间，某些回忆与恐惧同时涌上心头。

他与他的恩师不是坐以待毙的观众，他与那个人，也就是左撇子杀手，曾经扭打成一团。

马库斯顺手以那块肱骨发动攻击，随后立刻站起来扑过去，那名男子没想到他的动作这么猛烈，基于本能往后一退，撞到铁桶，一屁股跌坐在地上，手中的枪也掉了。

马库斯立刻捡起手枪，他的体内出现一股前所未有的感受，难以压抑的悸动，那是恨意。他把枪口瞄准对方的脑袋，他快不认得自己了，因为他只想要扣下扳机，此时却传出另外一个男人的喝令声。

“不准动！”

声音从上面传来，一定是早上的另外一名恶汉。马库斯看着通往一楼的阶梯，知道自己最多只有几秒钟的时间，那块人骨的位置比较靠近倒地的男子，如果他想捡回来，风险未免太高了，那男人搞不好想反过来制服他，而且马库斯刚才那股开枪的冲动已经消失无踪，他决定先逃再说。

他朝楼梯冲去，顺利往屋后方向逃逸，他看了看自己手中的枪，决定扔了。

翻越山脊，是唯一的路线，他开始往上爬，希望树林能够发挥掩蔽的功能，他只听到自己的吁吁喘气声，幸好，没有人继续跟过来，他也没有时间多想原因，不过子弹划擦树梢，只差个几厘米就要打中他的头。

他已经成了标靶。

他开始继续狂奔，希望能够在灌木丛里找掩护，泥地难行，他差点摔倒。

再逃个几米，就是马路了，他几乎是以四肢在爬行，越来越多的子弹，快到了，他抓住树根引体向上，终于趴倒在柏油路面上，他心想只要维持这个姿势，应该就不会被发现。他知道自己右侧腹在流血，但没有中枪，没有烧灼痕迹。要不是动作敏捷，他早就已经被他们打中了。

一道强光逼得他立刻闭眼闪避，汽车挡风玻璃的反射光直接照过来，驾驶座上的面孔异常熟悉。

是克莱门特开着他那台老熊猫来救人了，他停下车子："快上来！"

马库斯赶紧上车："你怎么会到这里来？"

"你告诉我早上的那起攻击事件之后，"克莱门特忙着加速，但不忘继续回道，"我决定亲自过来一趟，想确定你安全无虞，结果我在诊所外面发现有辆可疑的车，差点就要打电话报警了。"就在这个时候，他发现马库斯身上有伤。

"别担心，"马库斯安慰他，"我没问题。"

"确定吗？"

"真的没事。"他说谎，其实，他现在心乱如麻，但与自己的伤势无关，刚才他又躲过了第二次的死劫，但这次为什么不能像上次一样丧失记忆呢？他发现了某部分的自我，但他不喜欢：原来，他也可以杀人。马库斯立刻转移话题："我在这间诊所里发现一块人骨，应该是小孩的肱骨。"

克莱门特似乎吓了一跳，但没有接腔。

"我急着逃跑，骨头没来得及带出来。"

"没关系，救你比较要紧。"

"骨面上刻有名字，"马库斯回道，"阿斯特·哥雅诗，我们要找出这孩子的身份。"

克莱门特望着他："你要问的是这个人是谁对吧？他还活着，而且早就不是小孩了。"

13: 39

桑德拉·维加学到的第一堂课：房子绝对不会说谎。

所以，她打算亲自走访一趟拉若的公寓。桑德拉希望能够与那个太阳穴带疤的圣赦神父再见一面，她想要确定拉若是否为杰里迈亚·史密斯案的第五名受害者。

桑德拉心想，那女孩可能还活着，但她实在无法鼓起勇气去猜测拉若的状况，现在还是不要胡思乱想比较好。

她没有带专业相机来罗马，这实在太失策了，所以她只好再次拿出手机，拍照不只是一种需要，而是习惯。

我的相机，是我的眼睛。

她本来想要删除先前在圣雷孟小礼拜堂拍的照片，增加内存的空间，心想留着也没意思，那个地方与案情无关，但她随即又改变想法，觉得这些照片可以作为死里逃生的纪念品，应该是要谨记在心的宝贵教训，以提醒自己不要再重蹈覆辙。

她走进念珠商街的那间公寓，一股潮霉味扑鼻而来，这地方真的需要通风。她没拿钥匙就进去了，女孩家人报警之后，警方破门而入，门链早已断裂。这里算是拉若人间蒸发之前所待的最后一个地方，至少，与她最后见面的朋友们是这么说的，而她的手机通话记录也印证无误，晚上11点之前，她在公寓里打了两通电话出去，不过，警方在这里没有发现任何异状。

桑德拉回溯细节，如果拉若真的是遭人绑架，那么应该是发生在这两通电话之后，换言之，当时一片漆黑，这违反了杰里迈亚·史密斯在光天化日之下犯案的惯例，她心想，他因为拉若而改变了犯罪模式，一定有其原因。

桑德拉把包放在地上，取出手机，开始触控屏幕准备拍照。她遵守标准工作流程，先报出姓名、职级，加上时间、地点，宛如她旁边刚好有麦克风与录音机一样，她准备在拍下照片的同时，口述相关细节。

“这是复式公寓，一楼是客厅与厨房，家具简单而典雅，典型的大学生宿舍，不过，这里整理得非常干净。”她心想，其实未免太干净了。

桑德拉开始拍照，在拍大门的时候，她不禁心中一惊。

“公寓大门有两道锁，其中一道是只能从屋内控制的门链锁，但断了。”

她的同事怎么会没注意到这件事？拉若是在这间公寓里失踪的，太不合理了。

桑德拉想要立刻解开谜团，但现在栽进去反而会让她误了正事，于是她先搁在心里，想着检查完楼上再说。

桑德拉学到的第二堂课：房子与人一样，终有大限之日。

但她要努力保持乐观，相信拉若还没死。

她立刻发现事有蹊跷，如果杰里迈亚是趁拉若熟睡时下手绑架的，那他还得把床铺整理好，把她的衣服和手机塞进帆布背包里，伪装成自愿离家的假象。不过，屋里的门链条推翻了这个假设，就算他有充分的时间可以布置现场，但在链条由内反锁的状况下要如何自由进出？这个问题让她伤透脑筋。

桑德拉快速拍摄了枕头上的泰迪熊、拉若父母的照片、书桌上未完成的桥梁草图，以及书架上的建筑用书。

她的卧室里实在太整齐了，她心想，这一定是典型的建筑师风格吧。我知道你一定藏了什么东西，那个禽兽会挑上你，一定是因为知道你有秘密，告诉我线索在哪里，让我可以找到它，证明我是对的，好吗？我发誓，一定会翻遍世界的每一个角落，把你救出来。

她在内心祈求能找到拉若留下的线索，但也不忘继续大声描述自己看到的所有细节，除了无可救药的洁癖，桑德拉实在找不出有何异常之处。她决定先仔细观察刚才拍下的照片，也许可以有惊人发现。

书桌下有个垃圾桶，堆满了用过的废纸。

拉若花这么多心力打理公寓，桑德拉猜她应该是相当吹毛求疵的人，其实，她想到的是强迫症，她妹妹也是这样，琐碎小事就能让她气得半死。比方说，妹妹车里的点烟器的香烟标志一定要刚好垂直，她家中装饰品的排列顺序一定是由高至低，任何人看到她这种无比偏执的态度，都会怀疑人类的未来是不是出现了什么危机。拉若也一样，这间公寓异常整洁，绝非偶然，但她居然没有清理溢出来的垃圾桶，这对桑德拉来说实在太奇怪了。她放下手机，弯身翻垃圾，在一大堆用过的面纸与废纸里，她发现一个被揉得皱巴巴的纸团，是张药局收据。

“15欧元90欧分。”收据上未显示购买项目，但可以看到购买日期，拉若消失前的两三个礼拜。

桑德拉暂时不管照片了，她翻遍所有的抽屉，希望能够找到与收据相符的药品，但一无所获。她手里紧抓着那张纸，下楼，走进卫生间。

这间卫生间小归小，但是有个迷你杂物柜。桑德拉打开洗手台上的镜柜，里面都是药品与化妆品，她逐一查看标价，检查过的东西就先搁在洗手池里，不过，还是没看到15.9欧的用品。

但桑德拉知道这条线索何其宝贵，她加快速度，还多了紧张不安的情绪。镜柜里的东西全拿出来了，她双手支在洗手台上，提醒自己要冷静。她深呼吸，但这里的潮味比屋内的其他地方更可怕，逼得她只好立刻吐气，马桶看起来很干净，但她还是冲了一下，去除死水味，然后转身准备回到楼上。而就在这个时候，她发现门后挂着月历。

为什么要在卫生间里挂月历，这是女人才懂的心事。

她把挂钩上的月历取下来，从第一页开始翻起，每一页都有连续好几天以红圈特别标示出来。

最后一页却没有任何的红圈。

“妈的。”她忍不住惊叫出来。

桑德拉终于明白了一切。现在她已经不需要那份证据了。拉若把药房收据丢进垃圾桶，再也没有力气清理，是因为在那团收据与面纸里，还夹杂了某个物品，对拉若来说，它具有特殊意义，无法任意丢弃。

验孕试剂。

桑德拉心想，杰里迈亚在绑架拉若的时候，一定也把它一起带走了。继蓝色发带、珊瑚手环、粉红色围巾、溜冰鞋之后，这个禽兽是不是又收集到新的纪念品？

她走进客厅，准备要打电话通知卡穆索警长拉若怀孕的消息，这也许能让警方查案出现新动力。不过，她转念一想，觉得自己忘了一件事。

由屋内反锁的门。

如果想要确定拉若被绑架，必须先解决这个疑点，要是她能发现一些蛛丝马迹，证明拉若并非出于自由意志而离开公寓，那么，即可确定她是杰里迈亚·史密斯案的第五名受害者。

我遗漏了什么？

她学到的第三课，就是每间屋子都散发着一股住客的独特味道。

这间公寓的气味是什么？潮湿，桑德拉第一个想到的就是这个，打从她一进到屋内，潮气就立刻扑鼻而来。不过，如果再仔细分辨，最潮湿的地方莫过于卫生间了，可能是污水的味道，卫生间里没看到裂缝，但气味相当强烈。她又回到卫生间，打开灯，四处张望，先查看淋浴区的水管，还有洗手台下方，最后又冲了一次马桶，但一切似乎都很正常。

桑德拉蹲下去，因为气味显然是从下方传出。她盯着地砖，发现其中一块有缺口，似乎先前曾经被人撬开过。她抬头找工具，柜架上刚好有把剪刀，她把尖头插入缝口内，居然真的撬开了。

下面藏有一道石制的地板门，被人打开之后，留下了一道小缝。

这就是潮气的来源。顺着石灰华阶梯往下走，她到达了另外一段地下秘道。不过，光凭这个新发现，依然无法证实杰里迈亚由此潜入屋内，她要找到更多的证据，唯一的方法就是自己走一趟。

桑德拉鼓足勇气，才踏出了第一步。

她到了地底，赶紧拿出口袋里的手机，借屏幕微光来导路。秘道分为左右两侧，她隐约感觉右方有风，而且远处还传来轰隆隆的声响。

她决定前往一探究竟。地面湿滑，桑德拉很担心自己会摔倒，她不断提醒自己，要小心，万一在这里受伤了也不会被人发现。这算是一种迷信吧，既然说破了，厄运就不会上身。

走了约二十米之后，前头出现一道幽光，她发现这个出口其实通往台伯河，它被连日大雨吞没，滚滚泥水混杂了各式各样的垃圾。她没有办法继续往前走，因为有道粗厚的铁栅栏封住了路。她心想，杰里迈亚想要从这里出入，也未免太难了，所以，一定是另外一个方向。在手机屏幕淡光的照引下，她开始回头，经过了通往拉若卫生间的那一段石灰华阶梯，继续往前走，另一头是宛如迷宫的重重地道。

桑德拉发现手机还有信号，立刻打电话联络总局，几分钟之后，她与卡穆索通上电话。

“我在拉若的公寓里，恐怕真的和我们猜测的结果一样，她被杰里迈亚绑架了。”

“找到什么证据了吗？”

“我发现了他掳人的秘道，藏在卫生间的地板门下面。”

“他这次真的是太狡猾了，”不过，从桑德拉的语气听起来，应该还有其他重大发现，“还有呢？”

“拉若怀孕了。”

卡穆索安静下来，没说话。桑德拉知道他在想什么，警方现在面临更大的压力：现在是两条人命危在旦夕。

“警长，请你马上派人过来。”

“我自己会过去，马上就到。”

桑德拉挂了电话，准备循原路回去，她将手机屏幕照着湿黏的地面，不过，她先前太过大意，现在才发现泥地里还有另外一组脚印。

这里还有别人。

这个神秘人一定躲在前面的地道里。桑德拉吓得动也不敢动，呼吸凝结在秘道的冰冷空气里，她的手已经抓住佩枪，但立刻察觉状况不对。她现在所站的位置相当不利，要是对方有枪，成为其狙杀目标何其容易。

他一定有枪。她很确定，尤其在那次教堂枪击事件之后。对，又是他。

她有两个选择，转身并立刻冲向阶梯，或者，赌赌运气，对着黑漆漆的地道乱开枪，希望能先击中对方。但无论是哪种方案，都充满了风险。她知道有一双眼睛正死盯着她，但感觉不出对方有任何情绪，她不禁全身发麻，就像是上次听到杀戴维的凶手在唱着《贴颊双舞》时一样的感觉。

完蛋了。

“维加警官？你还在下面吗？”她的背后传来声响。

“对，我在这里。”桑德拉大声响应，她的声音因恐惧而变成可怕的高频尖叫。

“我们是警察，”对方继续解释，“我们正在本区巡逻，刚才接到卡穆索警长的电话。”

“拜托，请你们下来接我好吗？”她不知道自己的语气已经变成了苦苦哀求。

“我们还在卫生间，马上就下去。”

就在这个时候，桑德拉听到地道里出现了脚步声，有人朝相反方向离去。

躲在黑暗之中的可怕双眼，终于逃走了。

14: 03

他们进入圣赦神父的某间庇护所，罗马到处都有梵蒂冈当局的地产，这里也是其中之一，屋内有急救箱，还有可以联网的计算机。

克莱门特已经弄来一套干净衣服，还有几个三明治。马库斯裸胸站在卫生间的镜子前面，拿着针线缝伤口——这又是另外一项他自己不知道的技能。他和以往一样，专心看着自己手中的动作，眼光始终在回避镜中的自己。

他的脸上已经有太阳穴的疤，但这次的新伤，不算是他的第二道伤疤，他的身上还有其他印记。失忆症让他无法寻索脑海中的记忆，所以他只好摸索自己的身体。过往的小伤确实留下了线索，比方说，小腿骨上如硬币大小的桃红色伤疤，或是肘窝里的那道伤口，也许是小时候骑自行车摔伤过，或者是青少年时期出了小小的居家意外。虽然有伤口，他却什么都想不起来。没有过往，多么令人伤感。而那块人骨的小主人，却看不到未来。无论是小孩尸骨，还是他自己，他们都死了，但马库斯的死法诡异，他是以逆行的方式死亡。

在前往庇护所的路上，克莱门特已经告诉他阿斯特·哥雅诗是何许人也。

七十一岁的保加利亚人，过去二十年来都住在罗马，他的事业版图广大，合法、非法的都有，承包工程，也养妓女卖淫，而且与犯罪集团关系深厚。

听完克莱门特的解释，马库斯依然想不通，到了庇护所他继续追问：“这种人怎么会和卡内斯塔利医生牵扯在一起？”

克莱门特把棉花球和消毒药水交给他之后回道：“我们应该要先查出藏人骨的人是谁，你说对吗？”

“一定是那个神秘的圣赦神父，”马库斯斩钉截铁，“他早就看过卡内斯塔利的告解内容，开始调查这个案子，随后在储藏室找到小孩的骸骨。也许这个医生心怀愧疚，所以一直不敢丢弃，所幸这位圣赦神父把那块肱骨藏起来了，还刻上阿斯特·哥雅诗的名字。这是他布下的线索，希望我们能找到。要不是他当初藏匿了证据，恐怕那块骨头早就毁于大火之中。”

“先依时间顺序来整理一下吧。”克莱门特建议。

“好……卡内斯塔利杀了一个小孩，有个叫作阿斯特·哥雅诗的恶犯也牵涉其中，但我们还不知道原因为何。”

“哥雅诗不相信卡内斯塔利：这个医生万一良心发现，很可能会搞出大问题，所以哥雅诗必须随时监视他，也难怪诊所里会出现隐藏式摄影机。”

“当卡内斯塔利自杀，哥雅诗惊觉状况不对。”

“所以他的人马立刻放火烧了郊区的那间诊所，希望能够一次销毁所有与孩童谋杀案有关的证据。还有，他们也拿走了医生自杀时所使用的针筒，以免令人生疑，引发警方介入调查真正的死因。”

“没错，”马库斯也同意克莱门特的推论，“但还有一个最根本的问题没有解决：这位备受肯定的慈善家，与哥雅诗这样的犯罪分子究竟有何关联？”

“老实说，”克莱门特回道，“我看不出来，他们根本是不同世界的人。”

“想必有条看不见的线，将他们两人牢牢绑在一起。”

“马库斯，拉若的时间真的不多，别管卡内斯塔利的案子了，先找到拉若再说。”

马库斯听到这番话，深觉有异，他继续假装处理伤口，但其实正通过镜子观察克莱门特的反应：“你说得没错，我今天也很有感触，所幸有你及时赶到诊所。要不是你，我早就被那两个人杀死了。”

他的朋友目光低垂。

“你在监视我，对吗？”

“你在胡说八道什么？”克莱门特假装在生气。

马库斯回头看他：“怎么了？有什么事瞒着我？”

“没有。”克莱门特显然很心虚。

“唐·米凯莱·富恩特神父曾经向上级提报这起案件，交出卡内斯塔利医生的自杀告解，但是在主教的要求之下，删去了忏罪者的姓名。为什么大家都这么小心？到底是哪个高层希望我们要三缄其口？”

克莱门特没说话。

“我知道，”马库斯回答，“他们之间有金钱关系，对吗？”

“卡内斯塔利应该不缺钱。”克莱门特立即反驳，但他的声音听起来软绵无力。

马库斯对准他的痛处：“这个医生最在乎的就是自己的一世英名，而且，他一直相信自己是好人。”

克莱门特知道纸包不住火：“他在安哥拉所创建的医院，确实是了不起的成就，我们无法承担失败的风险。”

马库斯点头：“所以他是拿谁的钱盖的医院？阿斯特·哥雅诗？”

“不知道。”

“但是很有可能，对吗？”马库斯生气了，“杀死一个小孩，换来成千上万的人可以活命。”

克莱门特在这种时候无法继续扮演导师，这名学生已经知道一切了。

“所以我们选择小恶，这和医生签下邪恶合约的逻辑不是一样吗？”

“那个逻辑与我们无关，而是与苍生有关。”

“所以那小孩呢？他的命就不重要吗？”马库斯停顿了一会儿，平抑怒气，“我们所侍奉的上帝，又会怎么审判这一切？”他紧盯着克莱门特的双眼，“马上就会有人为这个孩子复仇，那位圣赦神父一向都是这么设局的，我们可以选择袖手旁观，或者赶紧出手，预防悲剧重演。我们如果什么都不做，就等于是杀人犯的帮凶。”

克莱门特知道马库斯说得有道理，但是他的态度依然有些犹豫不决。最后，他终于打破沉默：“医生自杀已经是三年前的事了，但如果阿斯特·哥雅诗仍然觉得需要监控他的办公室，这说明他显然很害怕罪行曝光，换言之，那里一定还有与谋杀案有关的证据。”

马库斯露出微笑，他的朋友还是站在他这一边，没有抛弃他。“我们要找出被害小孩的身份，”他立刻补上一句，“我已经找到办法了。”

他们进入隔壁房间，里面是计算机设备，连上网络之后，马库斯开始进入警方的网站。

“你要怎么找？”克莱门特在他背后问道。

“既然神秘圣赦神父提供的寻仇机会在罗马，想必当初受害的小孩也住在这里。”

他打开失踪人口网页，点入未成年的分类项，孩童与青少年的面孔立刻出现在计算机屏幕上。许多案件都是因为父母有监护权纷争，其中一方带走小孩，这类状况不难破案，所以他们的名字很快就会消失在寻人名单上，此外，离家出走的案例发生得也相当频繁，通常几天之后就会上演全家团圆再加上一顿斥骂的戏码。有些孩子却失踪了好几年，他们的面孔会一直出现在网页上，查出确切结果之后，才会移除网页资料。他们的笑容，浮现在那些老旧模糊的照片里，天真的眼神也蒙眬了。在某些案例中，警方可以运用人像模拟图的方式绘出小孩年龄增长之后的面貌，不过，他们存活的希望十分渺茫。网站上的这些照片，往往变成墓碑的替代品，让人凭吊。

经过一连串的过滤之后，他们找出三年前发生在罗马地区的未成年失踪案例，只有两个，一男一女。

菲利普·洛卡在某天放学回家的时候不见了，但和他在一起的同学都没有发现异状。他十二岁，总是笑容灿烂，大家都看得到他上排缺了一颗门牙。那天他穿着主日学校的罩衫、橘色毛衣、蓝色马球衫、牛仔裤，还有球鞋，他的书包上挂满了童子军徽章和他喜爱的足球队标志。

艾丽斯·马丁尼十岁，有一头金色长发，戴着粉红色的镜框。她是和家人一起去公园时失踪的，当时还有她的父母和弟弟相伴。艾丽斯穿的是白色的兔宝宝运动衣，短裤加帆布鞋。最后一个看到她的人是卖气球的小贩：他看到她在厕所附近与一名中年男子说话，不过，那只是匆匆一瞥，所以也无法提供给警方任何具体描述。

马库斯还收集了网络上的媒体报道，艾丽斯与菲利普的家人都曾经现身媒体，参加谈话类节目，接受访谈，希望大家能够对这两个案子保持关注，案情却依然没有任何进展。

“你觉得我们在找的那个孩子，会不会刚好是其中之一？”克莱门特问道。

“很有可能，但希望只有一名受害者就好。时间对我们不利，那个神秘圣赦神父精心算计了一切，目前每天都会出现一起复仇谋杀案。首先，是杰里迈亚·史密斯，其中一名受害者的姐姐发现他倒卧家中，性命垂危，而且还发现了他的行凶证据。第二天傍晚，拉法艾拉·阿提耶利杀死了他的父亲，因为二十年前父亲买凶杀死了母亲与她的男友。昨天，退休警察皮耶特罗·齐尼杀死费德里克·诺尼，因为这个人不但多次袭击妇女，而且还杀死亲妹妹，以防她泄密，随后他又杀害一名女子，并将其埋尸于格洛里别墅公园。你注意到了吗？在最后两起案件中，那个神秘圣赦神父将信息告知报仇者的时间，算得刚刚好？他只给我们数小时的时间查案以及阻止他一手安排的复仇悲剧。我认为这个案子也不例外，所以，我们要加快脚步，就在今天晚上，有人准备要谋杀阿斯特·哥雅诗。”

“要靠近他没那么容易，你不知道他的保镖阵仗，他所到之处都有人护驾。”

“克莱门特，这个案子需要你的协助。”

“我？”他吓了一大跳。

“我没有办法一个人兼顾两个失踪儿童家庭，所以我们必须分头行动。只要有任何新发现，就立刻通过录音机留言给对方。”

“你要我做什么？”

“你到小女孩家，我去找小男孩的父母。”

艾托勒与卡米拉夫妇住在奥斯提亚滨海的小平房，整个家整理得很漂亮，想必动用了多年积蓄。

一个普通家庭。

马库斯经常在想，“普通”这个形容词的真正含义是什么。许多小小的梦想与期待，在历经时间的洗礼之后，已逐渐成形，并构筑成一道坚强的堡垒，对抗生活中可能出现的各种磨难。对某些人来说，最大的渴望莫过于能过安稳无忧的生活，那是一种与命运缔结的合约，双方已有默契，每天，都必须重新换约。

艾托勒·洛卡从事业务工作，所以经常不在家，他的太太卡米拉是社工人员，专门协助弱势家庭与问题青少年，不过，她现在自身难保，也成为一个亟待帮助的人。

这对夫妇靠海而居，是因为奥斯提亚不但安静，而且房价比较便宜，换言之，虽然得过通勤生活，这种牺牲却很值得。

马库斯进入这间屋子的时候，突然觉得自己好像是个入侵者，这是以前没有的感受。这户人家的门窗都加装了铁栅栏，但他打开大门依然不费吹灰之力。首先映入眼帘的是结合客厅与厨房功能的复合式空间，主色为白色与蓝色，家具不多，全部都是海洋风。餐桌似乎是由船板改造而成，上面还悬挂着集鱼灯，墙上挂着内镶时钟的舵柄，层架上摆放着一整排的贝壳。

他的鞋底隙缝里塞满了轻风夹送来的细沙。马库斯四处走动，希望能够找到与神秘圣赦神父有关的线索。他首先注意到的是冰箱，有块螃蟹磁铁压住了一张纸，显然是艾托勒留给太太的字条。

十天后回来。我爱你。

所以男主人出差去了，不过这也可能是为妻子着想所编出的谎言，搞不好他正准备刺杀哥雅诗，在衡量诸多风险之后，他决定保密，以免波及另一半。然后，他偷偷待在郊区的汽车旅馆里，闭关一个礼拜，好好准备杀人计划。不过，马库斯不能再这样胡乱猜测下去，他需要证据。他正准备继续搜查，突然觉得屋内似乎少了什么东西。

这里没有悲伤的气息。

也许他太天真了，他本来以为菲利普失踪之后，会在这对父母的生活里留下裂痕。那像是一道伤口，但它的位置不是在皮肉上，而是在物品中，只要轻轻碰触，就会看到鲜血汩汩流出。没有，那个男孩似乎已经彻底消失了，看不到照片，也没有纪念物。不过，也许只有在这样的空乏之中，才能表露他们的痛苦，马库斯感觉不到，因为只有小男孩的爸爸妈妈看得见。他突然懂了。先前在警方网站上看着小菲利普以及其他未成年失踪人口的面孔时，他不知道这些孩子的家人要如何生活下去。这和小孩死掉是不一样的，万一家里有人失踪，你必须学习如何与疑虑共存，它会渗透到每一个地方，由内开始侵蚀一切，你却浑然不觉。几小时过去了，然后是几天，甚至再等个几年也没有答案。他忍不住心想，两相比较，也许确定自己的小孩遭人杀害更能让人解脱吧。

死亡，紧紧控制你的记忆，就连最美好的部分也不放过，然后，一点一滴的悲伤渐次渗入，终让记忆变得难以承受，死亡会成为记忆的主宰者。但怀疑更可怕，因为它会夺走你的未来。

他进入这对夫妇的卧室，两人的睡衣叠放在各自的枕头上，毯子平整无皱痕，拖鞋也排列成双，一切条理分明，仿佛这种井然的秩序能消弭伤痛，还有悲剧所引发的激烈波动。他们必须驯服周边的所有对象，训练它们演出万物如常的荒谬剧，让它们不断释放出令人心安的信息，一切静好。

他终于在这幅恬然的画面中找到了菲利普。

小男孩满脸笑容，和爸妈一起出现在相框里，他没有被遗忘，也还有自己的专属角落：五斗柜上方，镜子下面。马库斯正要离开卧室的时候，却突然发现某个东西，显然他有所误会。

卡米拉的床边桌旁，放了一个婴儿监视器。

会出现这种东西只有一种原因，要掌控小孩睡眠时的状况。

马库斯大吃一惊，继续检查隔壁房间，里面原来是菲利普的房间，但小男孩的床旁边多了张婴儿床。整个房间一分为二，其中一边是菲利普所支持球队的海报，还有他写功课的书桌，另一侧是尿布桌、高脚椅、一堆婴儿玩具，甚至还有一个小小的蜜蜂音乐铃。

菲利普有个小弟弟或小妹妹了，只是他还不知道。

马库斯心想，新生命是悲伤的解药，他知道洛卡这一家人重新找回了未来，怀疑的迷雾也一扫而空。不过他还是觉得隐隐不安，这家人寻回内心平静、消除复仇之心的努力，会不会破灭成空？如果他们知道自己的长子死了呢？马库斯一直提醒自己，不要忘记假设，或许卡内斯塔利所杀害的小孩就是菲利普。

他准备离开这里，尽快赶回市区，到卡米拉的办公室，利用剩下的时间继续跟踪她。但此时马库斯听到汽车引擎声，他躲到窗帘后面，看到一台小车停在车道上，那位社工太太进来了。

马库斯吓了一大跳，他现在无路可逃，疯狂找地方躲藏，他找到洗衣房兼储藏室，躲在门后角落，准备随时伺机而动。他听到大门打开又关起，钥匙放在柜子上，高跟鞋嗒嗒地敲着地板，随即甩鞋。马库斯透过门缝偷看，她抱着两三个纸箱，赤脚走路，刚才她应该是去买东西了，回家的时间比他预期的早。不过，她的小儿子或是小女儿并没有在她身边。她走进来挂衣服，没有转身。马库斯和她之间只隔了一道薄薄的木门，她只要稍微碰触到门，一定会发现有人躲在后面。所幸她直接进入卫生间，关上了门。

马库斯听到莲蓬头水声大作，立刻离开临时避难室，他经过卫生间，回到客厅，看到餐桌上有个礼盒。

不知道为什么，这间屋子又恢复了生气。

他没有感动，反而心神不宁，简直恐慌极了："啊，克莱门特！"他喃喃自语。他们要找寻的那个家庭，似乎是属于他朋友的管辖范围。

趁卡米拉还在洗澡，他拿起厨房墙壁上的电话拨打录音机，果然听到克莱门特的留言，他的语调听起来很兴奋。

"赶快过来，艾丽斯·马丁尼的爸爸正忙着把行李搬到车上，我猜他正准备离开罗马，而且，我还有个重大发现：这家伙有黑枪。"

17:14

虽然在拉若公寓下方的秘道演出了惊魂记，但她不想告诉卡穆索警长，她心想，这和失踪女孩无关，只是她和戴维的私事而已。

而且，她再也不怕了，她发现那个人的动机隐晦不明，对方没有取她性命的意思，至少现在还没有。在她打电话给警长之前，那个人明明有机会可以下手，他不是错失良机，而是故意不动声色。

他在掌控她的一举一动。

不过，卡穆索警长似乎知道她不太对劲，桑德拉谎称自己睡眠不足，没吃东西。警长邀她去菲可广场的罗马当地传统小吃餐厅的时候，她也只好答应了。时间已经是下午，他们坐在露天座位区吃着比萨饼，享受美食的气味与周遭的气氛，放眼望去，尽是罗马的石街，建筑物的古旧立面，还有布满常春藤的阳台。

随后他们直接回到总局，卡穆索还特地向她介绍了这座漂亮的建筑物，以及他真是何其有幸能待在这里工作。桑德拉当然没有告诉他，这不是她第一次到访，先前档案室的某位同人已经让她好好见识过这间美丽的办公室。

桑德拉进入警长办公室，这里也有挑高天花板，但是装潢风格与警长的怪异服装品位天差地别，稳重、干练，根本不像卡穆索，他简直像是在屋里晃来晃去的一团油彩。卡穆索把紫色外套脱下来，搁在书桌后面的椅子上。桑德拉这才发现他的袖扣颜色是土耳其蓝，实在忍俊不禁。

“你确定拉若怀孕了？”卡穆索问道。

他们在餐厅时已经讨论过这个问题。虽然桑德拉有充分证据支持她的理论，但是女人对于某些事情的第六感，依然让这位警长难以置信。

“为什么会怀疑？”

卡穆索耸肩：“我们问过她的朋友和大学同学，没有人提到她有男朋友，就连暧昧对象也没有，从她的通话记录和电子邮件来看，似乎没在和别人交往。”

“谁说一定要有男朋友才会怀孕啊。”她一脸理所当然，仿佛这是无人不知、无人不晓的事，但她也知道警长为什么仍持保留态度，因为拉若看起来不像是那种会随便和人上床的女孩。“我在想杰里迈亚·史密斯的事。除了拉若，他都是在光天化日之下把人骗走，而且也不知道为什么他有这个本领，能让被害人喝下他给的饮料，那种男人有什么吸引力？”

“我已经追了六年，现在还是找不出原因，”卡穆索摇头，眼光低垂，“无论他要什么花招，铁定很管用。故事总是一再重演，有个女孩失踪了，我们倾尽全力要找寻她的下落，因为我们知道自己只有一个月的时间，在这三十天里，我们对她的家人和媒体讲述同一套谎言，同样轻描淡写，同样的假台词。但时限一到，尸体就会出现了。”他沉默了许久，“那天晚上，当我知道昏迷不醒的那个人是凶手的时候，我松了一口气，很开心，你知道这代表了什么吗？”

“不知道。”

“有个人在与死神拔河，我居然这么高兴，天哪，我是怎么了？这个男人固然作恶多端，但是他让我们变得和他一样邪恶，因为只有禽兽闻到死亡的气味时才会兴奋不已。我想要安慰自己，其实，他的生命步入终点，其他女孩就安全了，这等于是救人。但我们呢？谁又来救赎我们的邪念快感？”

“你是要告诉我，当你发现他又绑架了另外一个女孩的时候，你心里好过多了，因为显然这家伙罪有应得？”

“当然，不过我当然希望拉若还活着，”卡穆索露出苦笑，“虽然听起来很变态，但事实就是如此，你说对吧？”

“是，不过现在似乎得等杰里迈亚·史密斯苏醒，才能把她救出来。”

“那家伙很可能会变成植物人。”

“医生怎么说？”

“很奇怪，他们现在依然没有头绪。起初大家以为是心脏病，但为他做过许多检查之后，已经排除了这个原因。他们又怀疑是神经损伤，但到现在依然无法确定。”

“可能是毒物反应，也许是毒药。”

“他们正在做血液分析，希望能找到残留成分。”卡穆索认了，但心不甘情不愿。

“如果真的是这样的话，那么表示一定还有别人涉案，有人想杀他。”

“或者，让他死在被害者的姐姐手中……”

桑德拉想到了费加罗的案子。费德里克·诺尼被杀，与杰里迈亚·史密斯的状况有异曲同工之处，都是行刑式杀人法，两人都是罪有应得，她心想，或许应该说他们犯下的是宗教上的重罪。

“等一下，我要给你看个东西。”

桑德拉想得入神，没听到卡穆索在对她说话。

警长从计算机包里拿出笔记本电脑，打开电源之后，让她一起看屏幕：“在她失踪的前一周，建筑系举行了毕业茶会，某位毕业生的家长刚好把全程都拍摄了下来，”他打开影片存档，“这是拉若失踪前的最后影像。”

桑德拉倾身向前，眼睛紧盯着画面。摄影机在演讲厅里来回移动，现场约有三十个人，大家随意走动，三三两两在聊天，有些人开怀大笑。桌上摆放了许多饮料、杯子，还有大蛋糕，但只剩下一半。拍摄者不停穿梭，找人对摄影机说几句话，有些人挥手致意，有的则在开玩笑，摄影机在某个年轻人身上停留了许久，他在对学校近来发生的一连串事件发表看法，话中有话，惹得四周朋友哈哈大笑。他背后有个女孩，躲得远远的，似乎与这个场合格格不入。她靠在桌边，双手交叠于胸前，目光望着远方，完全无法融入四周的欢乐气氛。

“就是她。”卡穆索特别提醒，仿佛担心桑德拉不知道。

桑德拉仔细看着那女孩，她局促不安，紧咬着下唇。只有痛苦的人才有那样的神情。

“很奇怪，对吧？我不禁想到媒体公布的那些受害者照片，看起来总是在与惨剧不相干的某些场合拍摄的，婚礼、郊游，或是生日派对。也许当事人根本不喜欢这些照片，他们在摆出姿势拍照的那一刻，压根都没想到这些影像居然会出现在报纸或电视上。”

旧照里的临死微笑：桑德拉再清楚不过了。

“他们在一生当中，可能从来没想到自己会变得这么出名，人突然死了，一切也变得众所周知，诡异吧？”

卡穆索若有所感，但桑德拉已经开始发挥刑事鉴识人员的直觉，她注意到拉若的脸上出现了细微变化：“可以往前倒带吗？”

警长看着她，没有多问，但立刻照做了。

“现在，改成慢速播放。”桑德拉贴得好近，等待问题画面再次出现。

拉若的嘴唇在动。

“她在讲话。”卡穆索吓了一大跳。

“没错。”

“她在说什么？”

“让我再看一次。”

卡穆索连续播放了好几次，桑德拉正努力读唇，确认每一个音节。

“她说的是‘王八蛋’。”

警长面露疑色：“确定吗？”

桑德拉转头看着他：“对，就是这三个字。”

“她在骂谁？”

“一定是哪个男人吧。我们继续看带子，也许可以找到答案。”

他再次按下播放键，这位摄影者的镜头有点太随性了，在每个人身上停留的时间都不长，突然，摄影机仿佛随着拉若的目光急速偏向右方，桑德拉一开始的时候以为拉若看着远方，现在她才发现自己弄错了，其实她一直在看着某个人。

“这里暂停一下好吗？”

卡穆索停住画面：“怎么了？”

桑德拉注意到某个笑盈盈的男人，年龄四十岁左右，被一群女学生团团包围，他穿蓝色衬衫，领带早已松开，玩世不恭的样子，棕发，眼神清澈：典型的万人迷，他还把手放在某个女孩的肩膀上。

“这家伙就是王八蛋？”卡穆索问道。

“那张脸很有本钱。”

“你觉得他是小孩的爸爸？”

桑德拉看着警长：“有些事情，不能光看录像做判断。”

警长发现自己失言了，赶紧哈哈带过：“我以为你的第六感又有明示了。”

“这东西哪能相信，”她假装后悔自己先前讲过的话，“不过，找这家伙谈一谈，的确可能有助于厘清案情。”

“等一下，我告诉你他是谁，”卡穆索起身拿档案，“那天参加茶会的人，我们已经清查并结册，这种东西，很难说什么时候会派上用场。”

桑德拉万万没想到，在罗马的警界同人居然这么有效率。

“克里斯蒂安·罗里耶利，”警长查核过名单后确定身份，“他是艺术史讲师。”

“讯问过他吗？”

“没有这个必要，因为他和拉若没有往来，”卡穆索似乎猜到了她的心思，“就算他知道自己是小孩的爸爸好了，我猜他也不想多谈，因为他早有家室。”

桑德拉早已有了腹案："有时候要给对方一点刺激才行吧？"她的眼神里闪过一抹狡黠。

"你打算怎么着手？"卡穆索很好奇。

"我得先把照片打印出来。"

建筑系的走廊上，学生们来来去去，桑德拉一直觉得匪夷所思，大学生的专攻领域各有不同，也呈现出各式各样的系所气质，他们仿佛在配合自我族类的某种基因密码，每个人看起来都极为相似。比方说，法学院学生桀骜不驯，性好斗争；医学院学生严谨而缺乏幽默感；哲学系学生满面忧容，衣服松松垮垮；而建筑系的学生则是外表邋遢，心不在焉。

门房已经告诉她办公室的方向，现在她只需要依办公室门口贴的名牌找人即可。先前她已经在总部打印出手机里的照片，其中包括了杰里迈亚·史密斯的豪宅，还有先前在国际刑警组织客房公寓的卫生间里以手机拍摄的徕卡照片备份文件，拉若公寓的照片，最重要的是，还有圣雷孟小礼拜堂的照片。想当初她觉得这些照片没有用，一度想要删除，没想到现在居然会派上用场。

罗里耶利的办公室门没锁，他把双腿搁在书桌上，正在看杂志。影带没有骗人，这家伙的确长得潇洒，四十岁，流露些许放浪的味道，让女学生为之疯狂的教授典型。那双匡威运动鞋，释放出某种宁静革命的信息，正好勾勒出他的左派气质。

桑德拉微笑，敲门。

这位讲师抬头看她："考试延到下礼拜了。"

既然这间办公室的气氛如此轻松，她也就毫不客气地进去，直接坐了下来："我来这里，不是为了考试的事。"

“如果是要课后讨论，麻烦你等到单数日再过来。”

“我不是学生，”她拿出警徽，“桑德拉·维加，我是警察。”

罗里耶利似乎并不意外，也没有打算握手致意，只是把脚放下来以示基本礼貌而已：“好，那我该改口了。警官，有什么需要我效劳的地方？”

桑德拉一看到他要帅的模样就生气，她不禁想到了夏贝尔，这个可怜的讲师一定没想到长得好看也会害了自己。“我正在调查某个案子，有些问题需要艺术史专家解惑，有人建议我来找你帮忙。”

他吓了一跳，手肘立刻搁在桌上：“这个嘛，好，哪个案子？也许我最近刚好在报纸上看过？”

“机密案件。”

“了解。好，我听候你的吩咐。”又是一个迷死人的笑容。

桑德拉心想，再给我笑一次，我就把枪塞进你的脸。“麻烦你看一下这几个地方，然后告诉我是哪里好吗？”她交给他一叠圣雷孟小礼拜堂的照片，“我们在某名嫌犯的口袋里发现了这些照片，但不知道拍摄地点在哪里。”

罗里耶利戴上眼镜，仔细研究照片，他一次拿起一张，然后举高端详：“有墓碑，一定是小礼拜堂，看起来似乎是在教堂里。”

桑德拉盯着他，等待那一刻的到来。

“建筑风格多元，所以很难确定究竟在哪里，”他看了十多张照片之后，拿到了拉若公寓的第一张照片，“这个地方似乎……”他又看了第二张与第三张，脸上的笑意全没了，“你到底要问我什么？”他已经没有勇气看她的脸。

“你去过那间公寓，对吗？”

他把照片放在桌上，双手交叠于胸前，开始面露警觉之色：

“只去过一次，也可能是两次吧。”

“那你干脆说三次好了，绝不超过三次，这样总可以吧？”桑德拉挑衅。

罗里耶利点点头。

“拉若失踪的那个晚上，你是不是在那里？”

“不，没有，”他斩钉截铁道，“那时候甩掉她都已经超过两个礼拜了。”

“甩掉她？”桑德拉吓了一跳。

“我是说……这个，你知道我的意思吧，我是有家室的人。”

“你是该提醒我，还是更应该提醒你自己？”

罗里耶利起身，走到窗边，开始拼命抓头：“当我知道她失踪的时候，我很想去警察局，但一想到他们会问我各种问题，还有我的妻子、上级、学校……如此一来，我再也没有办法继续隐瞒下去，我的学术生涯与家庭将毁于一旦。我猜这只是拉若临时起意，不辞而别是为了引起我的注意，她迟早会回来。”

“难道你没想过这女孩可能会因为你而做出傻事？”

罗里耶利转身，他承认：“当然。”

“快一个月过去了，你居然还是闷不吭声。”桑德拉根本不打算掩藏怒火。

这男人现在显然很有压力：“我说过会帮她忙。”

“堕胎，对吗？”

他知道自己麻烦大了：“我还能怎么办？不过就是玩玩罢了，拉若自己也知道。我们从来没有约会过，也不打电话聊天，我连她手机号码都没有。”

“她失踪之后，你刻意保持沉默，现在，你成了谋杀案的嫌犯。”

“你说什么？谋杀？”他十分激动，“你们发现尸体了？”

“不需要。你有动机，有时候光这个理由就可以抓人了。”

“妈的，我没杀人！”他已经快哭出来了。

说来也奇怪，桑德拉居然觉得这个人好可怜，以往她总是遵守优秀警察的重要守则：绝对不要相信任何人，但她现在觉得他说的是真的，是杰里迈亚·史密斯带走了拉若。这种掳人手法太周密了，这位讲师如果想杀了女学生，大可以把她直接诱骗到荒郊野外，她也绝对不会起疑。就算他们在公寓里吵架，他在盛怒之下杀了她，现场也一定留有犯案痕迹才是。

她记得，死亡藏在细节里，何况也没有证据显示她已经离开人世。

“拜托你冷静一下，坐好。”

他红着眼眶看着桑德拉，乖乖回到座位上，鼻子抽抽搭搭。

桑德拉的确有正当理由同情这个懦弱的外遇男子，她想到了那条绿领带，我和这个人有什么不一样，我也欺骗了戴维。

但她不想把这个故事告诉他。

桑德拉反而好言相劝：“拉若不只是要告诉你她怀孕了，她告诉你这件事，是为了给你一个机会，如果她能够活着回来，请好好听她的心里话。”

这男人现在连一句话都说不出来。桑德拉迅速收起照片，准备离开，她正要把照片放回包里的时候，不小心手滑，照片散落一地。

罗里耶利赶紧弯下腰，一起帮她捡照片。

“我来帮忙。”

“没关系，我自己可以。”那个太阳穴带疤的神父面孔，也出现在照片堆里。

“圣赦神父。”

她看着罗里耶利，不知道自己是不是听错了：“你认识这个人？”

“我不知道他是谁，我说的是另外一张，”他拿起那张照片，交到她手上，“圣雷孟。你真的想知道这小礼拜堂的故事？或者这也只是当借口的照片？”

桑德拉接过照片，小礼拜堂祭坛上的那幅画，里面有圣雷孟：“所以你要说的是？”

“这幅画是没什么，十七世纪的作品，在神庙遗址圣母堂里面。不，其实我说的是这位圣人。”

罗里耶利站起来，走到书柜旁边，从容地取出一本书，前后翻找，终于发现了那幅作品的翻拍照，他拿给桑德拉看，随即念出照片说明：“圣赦法院是教廷处理犯罪议题的单位，圣雷孟神父是里面最重要的成员之一。在十三世纪的时候，他被赋予重任，撰写各种良心问题之分析，作为听告者的指导纲领，该文献名为《悔改圣事全集》，为各种罪行的评估与补赎建立了基本规范。”

桑德拉很自责，早知道当初应该先研究这个小礼拜堂的背景资料才是。当初那个神秘人把写有“弗雷德”的圣像卡片塞入旅馆房间，显然不只是为了设下圈套。

那个地方具有某种特殊意义。

当初她在那里差点成了枪下冤魂，当然没什么兴趣再访旧地，不过，她得找出答案。

18: 22

搜集信息，是克莱门特的天分，在这几天当中，马库斯已经彻底领教过了，他从来没有问这位年轻朋友是怎么办到的，当然一定有档案帮忙，但这不可能是唯一来源，他的上面铁定还有负责收集情报的秘密网络。长期以来，教廷不停派出好手，在对其具有威胁性的世俗机构里卧底，这是一种自我防卫的形式。

正如克莱门特经常挂在嘴边的话，梵蒂冈状似安和祥宁，但其实一直保持警戒状态。

不过，这次克莱门特真的让他吓了一跳。他们两个人现在待在棋牌室的窗边，监视马丁尼住家公寓大门的一举一动，这里挤满了赌客，每个人都在专心研究自己的牌局。

“艾丽斯的爸爸拿出两只大皮箱，放进自己的车里，”克莱门特指着对街的菲亚特休旅车，“他很浮躁，已经请了一个礼拜的假，还从银行提取了大笔现金。”

“他准备逃亡？”

“是有这个嫌疑，对吧？”

“枪呢？你怎么知道他有枪？”

“他去年曾在游乐园里对某名企图诱拐幼童的男子开枪，所幸警方及时出手制止。他当场逃逸，而现场的目击者也没有人想要出面做证，警方搜索他的公寓，没有找到手枪，自然也没办法采取进一步的法律行动。当然，他没有持枪执照，换言之，他买的一定是黑枪。”

马库斯记得这个爸爸，布鲁诺，女儿在公园里不见了。他摇了摇头：“这不就是我们要找的人吗？复仇者。”

“在失踪案发生之后，他妻子带着小儿子离家出走，他一直没有办法从创伤中走出来。在这三年当中，他自己依然在明察暗访，所以也与警察发生了不少冲突。白天他当公交车司机，晚上就继续找女儿，恋童癖徘徊的地方，流莺活跃的区域，他绝对不放过，布鲁诺相信，总有一天他能把女儿找回来。”

“我猜，他也只是要一个能让心灵平静的答案。”看到马丁尼的惨况，他忍不住想到了洛卡那一家人。小男孩的父母面对邪恶力量，却从不放弃，他们的防线虽然出现了破口，却不曾让黑暗入侵他们的生活，从来没想过要以暴制暴。“布鲁诺·马丁尼会害死自己。”

克莱门特也很清楚这一点，攻击阿斯特·哥雅诗的机会等于零，布鲁诺还来不及冲上去，就会死在保镖的乱枪之下。以为自己可以全身而退，无非是自欺欺人。

他们继续等着马丁尼出来，克莱门特顺便告诉马库斯当日的其他进展：“警察开始找拉若了。”

他不敢相信：“什么时候开始的？”

“他们发现这起失踪案与杰里迈亚·史密斯有关，这要部分归功于与他们共事的某位米兰女警。”

马库斯知道她是谁，没接话，但接下来的发展让他十分振奋。

“还有，医生已经排除杰里迈亚是心脏病发，他们认为他可能是被人下毒，正在做毒物检测，所以你的推论是对的。”

“我还知道毒物成分，”马库斯继续说道，“琥珀酰胆碱，造成肌肉麻痹，产生与心脏病发类似的效果，而且在血液中不会留下残留物质，”他脸上的得意表情藏不住，“卡内斯塔利的自杀案，似乎让我的那位神秘同人得到了灵感。”

马库斯的表现出色让克莱门特大为激赏，这位弟子已经通过了各种考验：“等到整起事件告一段落，你有什么打算？”

他最大的渴望，就是帮助别人，就像是明爱会的那位神父一样，但他语气保留：“现在还没打算——”他正要继续说下去的时候，克莱门特却推了推他的手肘。

“出来了。”

他们望向窗外，布鲁诺正走向自己的车子。

克莱门特将自己的熊猫车钥匙交给马库斯：“祝你一切顺利。”

时值晚餐时间，罗马市区的交通相当顺畅，那台菲亚特 Multipla 也一直保持稳定车速，马库斯跟车的难度不高，只需要记得保持安全距离，不要被对方发现就好。

马库斯沿途注意路标，分析布鲁诺正准备离开罗马。不过马库斯立刻发现有异状，因为他居然先在银行自动柜员机前面停车，但克莱门特明明说过布鲁诺·马丁尼先前已提取了一大笔钱。他回到车上，继续前行，过了约十分钟，他又再度停车，这次是去酒吧里面喝咖啡，里面挤满了看球赛的客人，但布鲁诺似乎是生客，他没有向任何人打招呼，也没有人认得他。喝完之后，他再次启程，这次是进入交管区，现在这个时段只允许特定车辆进入，但他居然不管擅闯所必须付出的罚金，直接从监控摄影机下方开过去，马库斯别无选择，只好继续尾随。布鲁诺此时开往通向罗马北郊的圆环，他经过收费站取好票，几分钟之后，第三次停车，这一次是为了加油。马库斯躲在加油站前方的避车处，通过后视镜观察布鲁诺，他不慌不忙，用信用卡付账加油之后，继续上路，维持正常速度。

他究竟要去哪里？马库斯不禁困惑。

布鲁诺开了十千米之后，往佛罗伦萨的方向前进，然后，他的车开进休息站，这一次，马库斯决定跟在他后面一起进去。布鲁诺在别的地方刚喝过咖啡，现在又在柜台前点第二杯咖啡，还买了一包香烟。马库斯假装在翻杂志，其实正通过杂志铁架的空隙观察布鲁诺的动静，他喝完咖啡之后，做了一件令人匪夷所思的事。

他抬头看着收款机上面的监视摄影机，动也不动，时间长达好几秒钟。

马库斯懂了，布鲁诺想要确定自己入镜，出现在监视器的影带里。

布鲁诺把咖啡杯搁在柜台桌面，随即进入位于地下室的洗手间，马库斯立刻尾随过去。布鲁诺正在洗手，马库斯确定四下无人之后，找了附近的洗手台，打开水龙头，布鲁诺通过镜子瞄了他一眼，但并未起疑。

“马丁尼先生，你在制造不在场证明，对吗？”

这句话吓到他了：“你在和我说话？”

“银行自动柜员机、加油站，再加上这里的咖啡点心区，所有的地方都有监控，刚才那家酒吧里挤满了看球赛的人，一定会有人注意到你，还有，算你聪明，故意等着被开交通罚单，就连取道高速公路也一样，因为收费站的出入口都会留下记录。你希望行踪留痕，所以到处找监视摄影机。好了，你到底要去哪里？”

布鲁诺起身进逼，眼中散发灼灼怒火：“为什么盯上我？”

马库斯也毫无惧色，大胆回视：“我想要帮助你。”

布鲁诺简直快要出拳揍人了，但他还是勉强忍住，那双强壮的双手，乃至肩膀的姿势，完全透露出他内心的暴怒，他宛若一头准备扑击的雄狮：“你是警察？”

马库斯避而不答："阿尔伯特·卡内斯塔利，还有阿斯特·哥雅诗，你知道这两个人是谁吧？"

布鲁诺没有反应。

"你认不认识他们？"

"见鬼！你到底是谁？这总可以讲吧？"

"你打算逃跑，对不对？你和我一样，都想要帮助别人。好，那个人是谁？"

布鲁诺退后一步，仿佛被人揍得鼻青脸肿："我不能说。"

"赶快告诉我，不然一切都毁了。那个人不可能因此得到期望的正义，反而会给自己招来杀身之祸，"他逼得更紧，"到底是谁？"

布鲁诺整个人靠在洗手台，伸手扶着前额："卡米拉昨天来我家，她说她儿子已经死了，还有，她知道杀人凶手在哪里。"

"卡米拉·洛卡？"马库斯万万没想到是她。

他点点头："三年前，我们两家人的小孩都失踪了，这让我们变成一家人，艾丽斯与菲利普仿佛成了一对姐弟。我和卡米拉在警局认识，自此之后，悲伤让我们紧紧相系在一起，尤其在我太太离家出走之后，卡米拉更加关心我，她是唯一了解我的人，所以当她跟我要枪的时候，我没办法拒绝她。"

马库斯难以想象，这一家人明明已经脱离谷底，甚至还孕育了新生命。原来这只是为了转移视线。现在他终于搞懂卡米拉的想法了：趁丈夫出差，独自密谋杀人计划，万一自己有个三长两短，至少还有一个人可以照顾刚出生的小孩。难怪下午没看到她带着婴儿，一定是委托别人在照顾。

"卡米拉知道你有黑枪，你交给她之后，想要制造自己的不在场证明，万一警察因为枪支追查到你头上，你可以撇得一干二净，”马库斯知道布鲁诺已经无法狡赖，“卡米拉把计划都告诉你了？”

“几天前，她接到一通神秘电话，对方告诉她，如果想要找到杀死菲利普的凶手，今天晚上得去某家饭店的房间，买凶杀人的那名男子，名叫阿斯特·哥雅诗。”

“哪间饭店？哪个房间？”

布鲁诺依然头垂得低低的，盯着地面：“其实，我仔细想过，这通电话是真是假很难说，但心存疑虑会让你相信所有事情。无消无息的痛苦让人受不了。你只希望赶快结束。没有人听得到，但对你来说，这等于是苦刑，会令人失去理智。”

“杀人绝对不会让痛苦就此结束……卡米拉·洛卡在哪里？快告诉我，求求你。”

“伊斯特拉饭店，三〇三号房。”

20: 00

晚上的气温比早晨低了好几摄氏度，空气中弥漫着薄雾，因街灯而晕染显色，她宛如在寻火，桑德拉知道，火光随时可能会出现。

在以埃及方尖碑与小象为地标的那座广场上，许多刚参加完晚间弥撒的会众仍徘徊不去，她直接穿越人群，进入神庙遗址圣母堂。回想上回的情景，与这次截然不同，现在的教堂人声喧哗，到处都是观光客与会众，有这么多人在，桑德拉安心多了。她直接朝圣雷孟小礼拜堂走去，心想一定要找出答案。

她再次站在那素净的祭坛前，凝望着圣人画像。右方的画里是担任审判者的上帝，天使各据两侧，下方摆有许多祈愿蜡烛。桑德拉心想，不知道这些微弱的烛光里，承载了多少的祝祷或救赎，这一次，她终于懂得周遭事物的意义，这里是审判之地。

灵魂法庭。

与这间大教堂里面的其他小礼拜堂相比，这间格外朴实，营造出一种恰如其分的素简风格，壁画描绘的是审判：在两位天使的辅助之下，上帝担任评判者，而圣雷孟——圣赦神父——向上帝解释案情。

桑德拉笑了，她现在知道当初对方选择这间教堂并非偶然。她不是什么弹道专家，但现在她已经可以客观分析那天早上的事。教堂空空荡荡，重重的回音让她难以从枪声判辨狙击手的位置。而经历拉若公寓地道的惊魂记之后，她猜那个人并没有杀她的意思，因为对方明明有绝佳的出手机会，却没有开枪，她心里有底，这两起事件都是同一人所为。

那个诱她进入教堂的人，显然是对她的资料有兴趣，戴维一定在这里有重大发现，而对方千方百计想要取得线索。他利用她，还制造假威胁，让她误以为自己生命有危险，同时又谎称自己与她的丈夫交情深厚，然后，他又摆了她一道，其目的只有一个：利用她抓到圣赦神父。桑德拉转身，果然看到那个人，他正站在一大群信众里面。

夏贝尔正看着她。两人之间依然保持相当距离，但现在已经没有必要躲藏了。

她把手放在运动衫的腰际，里面是枪套，这个动作是要让他知道不得轻举妄动，否则她会立刻拔枪。他举起双手，表示自己并无恶意，随即慢慢朝她走过来，摆出一副服软姿态。

“你要什么？”桑德拉先开口。

“我以为你什么都知道了。”

“你要什么？”她又问了一次，语气咄咄逼人。

夏贝尔望着画中的上帝：“保护我自己。”

“你朝我开枪。”

“的确是我把卡片塞入你的旅馆房间，让你一路追到这里来，因为我想要戴维的照片。但没想到你会发现我的手机号码，铃声大作，我也只能赶快想办法，不然我就玩完了。”

“我丈夫在这里发现了什么线索？”

“没有。”

“所以你假装救我一命，背叛我对你的信任，你和我丈夫之间的交情也是鬼扯一通，”她很想要再加一句，还和我上床，让我误以为你对我有意思，“只是为了拿到那个带疤神父的照片。”

“我是在演戏，没错，就像你一样。我知道你也在说谎，没有把全部的照片交出来。我的专长是对付骗子，记得吗？你和那个神父之间一定有秘密协议，对不对？你想请他帮你找出戴维的死因？”

桑德拉火冒三丈：“所以你才一直跟踪我，因为我可能会与他再度见面？”

“跟踪，是为了保护你。”

“住口！”桑德拉语气尖锐，脸上的表情又恶又恨，“不要再对我撒谎了。”

“不过，还有件事，我一定要告诉你，”夏贝尔的语气也很硬，“杀死你丈夫的凶手是圣赦神父。”

桑德拉全身发抖，但依然想要掩饰自己的激动："现在随你怎么说了，你真以为我会相信你？"

"梵蒂冈突然废除圣赦神父一职，难道你不觉得奇怪吗？一定是事态严重，才逼得教皇必须做出这个决定，不是吗？有些事情从来没有曝光，算是……圣赦神父行为的副作用吧。"

桑德拉没说话，她在等夏贝尔继续说下去。

"圣赦法院的资料库是研究与分析罪行的地方，但里面有条规矩：每个圣赦神父只能接触部分资料。当然，除了保密的考虑，还有另外一个原因，不能让任何人接触过多的犯罪资料。"夏贝尔发现桑德拉听得全神贯注，也就继续说下去，"他们以为只要能广泛收集犯罪记录，就能够了解人类历史的各种邪恶行为，但无论他们如何分门别类，总是不断会有跳脱模式、难以预料的罪行发生，永远会出现新的'违常之处'。这些问题应该要予以导正，所以圣赦神父不只把自己当成研究者与资料编纂者，还化身成侦探，直接介入调查，寻求正义之道。诚如某位圣赦神父所言，从这些档案之中获得的最宝贵教训就是：犯罪，会引发更多的邪行。有时候，它就像是阻挡不了的传染病，只要是人类都可能遭殃，圣赦神父万万没想到的是，他们自己也是人，也会深陷其中而无法自拔。"

"你的意思是说，有人因为长期浸淫在这些资料里而误入歧途？"

夏贝尔点点头："长期接触这样的黑暗力量，怎么可能不受影响？规定圣赦神父不能阅读太多的档案资料，自然有其道理，这是一种防护措施，却失传已久。"他的语气和缓多了，"桑德拉，你想想看，你自己是警察，当亲眼看过犯罪现场之后，你真能放下一切？或者你回家的时候，心里是否依然藏着某些苦痛煎熬与仇怨的情绪？”

桑德拉又想到戴维的绿色领带，她知道夏贝尔说得没错。

“你看过多少同人因为这个原因无法坚持下去而走入了另外一边的世界？原本一丝不苟的正直警官突然收下毒贩的贿赂；原本愿意以性命相保的同事，却为了逼供把嫌犯打得半死；滥用权力、贪污，全是那些知道自己受不了诱惑的人所犯下的行为，无论他们再怎么努力坚守防线，邪恶仍然会胜出。”

“他们是例外。”

“我知道。我也是警察，但这种事很难说。”

“你的意思是，有圣赦神父误入歧途？”

“德沃克神父不肯接受事实，反而继续秘密训练神父。他认为自己可以掌控一切状况，但这等天真态度让他赔上了自己的性命。”

“所以你也不知道是谁杀了戴维，也有可能是那个带疤的神父。”

“我大可以告诉你，对，就是他，但其实真正的答案是我不知道。”

桑德拉仔细看着夏贝尔，想要知道这番话是否真心诚意，但她突然哈哈大笑，猛力摇头：“真是白痴，我差点又上当了。”

“你不相信我？”

她满脸嫌恶地看着他：“据我所知，就连你也可能是杀死我丈夫的嫌犯。”她特别强调“我丈夫”这几个字，仿佛在宣示他与戴维之间的不同，此刻，那一晚春宵对她而言已经不重要了。

“不然你要怎样才相信我？要我帮你找凶手？”

“我的帮手很多，而且我们有更简单的解决方法。”

“好，你直说吧。”

“跟我走。有位我很信任的警长，叫作卡穆索，我们把所有事情都告诉他，他会帮我们。”

夏贝尔沉默片刻，似乎正在仔细考虑：“好，有何不可？我们现在过去？”

“何必浪费时间？你走在我前面，让我可以看到你。”

“你安心就好。”他开始向走道方向移动。

主教堂即将关门，会众也往大门涌去，夏贝尔走在桑德拉前方，相距约有两米。他行进速度缓慢，而且偶尔会回头看她，确定她跟了上来，但他立刻被门口的那一小群人淹没。桑德拉紧盯着他，夏贝尔又回头看了她一眼，还作势表示这不是他的错。桑德拉也被挤入混乱的人流，但还看得到他的头。突然之间，前面有人摔倒了，大家抱怨连连，原来有人出手推人。桑德拉惊觉状况不对，想要赶快钻出人群，她已经看不到夏贝尔的后脑勺，她奋力挤到前头，终于出了教堂。

但夏贝尔已经消失不见。

20: 34

策动卡米拉·洛卡，一通电话足矣，她不需要任何证据。

她已经知道名字，阿斯特·哥雅诗，绰绰有余。

伊斯特拉饭店位于共和广场——不过，在二十世纪五十年代之前，这里的原名是伊斯特拉广场，因为它参考了戴克里先浴场里名为伊斯特拉的半圆凹状设计。其实浴场遗迹就在不远处，很容易就可以看到——但罗马人不习惯新名称，数十年过去了，依然喜欢沿用旧名。

这间豪华饭店位于广场左侧，正好面对仙女喷泉。马库斯下了高速公路之后，又花了半小时才到达目的地，他心急如焚，希望能及时阻止卡米拉，让她不要做傻事。

马库斯不知道接下来会发生什么，他一直到现在都无法查出小菲利普的死因，这次神秘圣赦神父的信息令人难以捉摸。

克莱门特曾经这么说过："你们不相上下，你和他一样。"但事实并非如此，马库斯一直不知道那个神秘圣赦神父躲在哪里，但他知道那人一定在某处监视着他的一举一动。最后，他一定会现身。马库斯相信他们最后一定会见到彼此，而这个神秘的前辈将会向他解释一切。

马库斯走进饭店。门口站着一个戴高帽穿制服的男服务生，水晶吊灯的光芒映照在昂贵的大理石地板上，装潢风格贵气豪奢。他佯装成一般客人，在接待厅里走来走去，饭店之大，不知道要怎么才能找到卡米拉。

此时有大群年轻人涌入饭店，他们全穿着晚宴服，有个大厅服务生拿着绑了红缎带的大礼盒走到前台。

"这是给阿斯特·哥雅诗先生的礼物。"

前台人员指了指大厅尽头："生日派对的地点在楼上的天台。"

马库斯先前曾在卡米拉的家里注意到有礼盒，还发现她买了新衣服，现在他终于懂得她的用意，这都是让她混入饭店、避免旁人起疑的道具。

那个服务生和其他宾客一起排队，准备搭乘直接通往天台的电梯。先前跟踪马库斯的那两名壮汉，也站在电梯入口注意客人的一举一动。

阿斯特·哥雅诗今晚会出现在那里，有了这些严密的防护措施，想要近身攻击是不可能的事。不过，那名神秘圣赦神父送给卡米拉另外一个方法。

马库斯得抢先一步进入三〇三号房间。

饭店大门打开，大批保镖声势浩荡地走了进来，团团护拥着中间的一名瘦小老人。他年约七十岁，满头白发，满脸皱纹，皮肤有明显晒痕，眼神冷峻。

阿斯特·哥雅诗。

马库斯赶紧四下张望，担心卡米拉会突然冲出来，所幸没有，哥雅诗进入另外一部电梯。他知道自己不能再拖下去，饭店监视器很快就会注意到他形迹可疑，然后保安会过来仔细盘问他来饭店的目的。马库斯走到前台，他先前已经利用布鲁诺·马丁尼的手机打电话订房，而他的登记证件，则是克莱门特在训练之初交给他的伪造的梵蒂冈外交护照。

“卡米拉·洛卡女士到饭店了吗？”

前台人员看了他好一会儿，不知道是不是应该披露住客隐私，马库斯依然定睛望着他，最后，他还是说出来了，那位女士一个小时前已经登记入住。这个消息对马库斯来说已经足够，他谢过前台人员，同时也拿到了自己二楼房间的房卡。他搭乘另外一部电梯，那里没有哥雅诗的人马。一进电梯，他却立刻按下三楼的按钮。

电梯门打开之后，出现一排长长的走道，他四处张望，没有看到保镖，不禁觉得有异。他看过房间分布图之后，直接朝三〇三号房走去，转个角，再走十米就到了。这里也没有出现保镖，实在诡异，搞不好他们都待在哥雅诗的房间里。电子传感器旁亮起“请勿打扰”的灯示，马库斯其实没有想好托辞，但还是敲响了门。约莫二十秒钟之后，他听到有名女子在讲话，问他是谁。

“我是饭店安检人员，抱歉打扰，但您房间里的烟雾侦测器已经启动了警报系统。”

咔嚓一声，门开了，马库斯大吃一惊。眼前出现的是名年轻金发女子，最多只有十四岁而已，她半裸着身子，随意裹了条被单，那双迷茫双眼，想必是因为嗑药而失神。

“我只不过点了一支烟而已，”她回道，“难道我做错什么事了吗？”

“别担心，但我需要检查一下。”马库斯没等她答应便推开她，径自走了进去。

这是间大套房，第一个区域是客厅，暗色拼花地板，沙发区附有大尺寸等离子电视和小酒柜，角落堆放了好几个生日礼盒。看起来除了这个女孩，房内并没有别人。

“哥雅诗先生呢？”

“他在浴室里面，你如果要找他，我去叫就是了。”

马库斯没有理会她，继续走进卧室。

女孩惊慌失措，赶紧跟过去，大门也忘了关：“喂，你要做什么？”

整张大床凌乱不堪，他看到咖啡桌上有好几条可卡因，还有一沓钞票。电视正播放着音乐，音量开得震天响。

“马上给我离开。”女孩下了逐客令。

马库斯随即伸手捂住女孩的嘴，眼睛直视着她，这一招等于告诉她反抗无效，现在，她害怕了。马库斯走到浴室，伸手指了指门口。女孩点点头，对，哥雅诗在里面。电视声音实在太大，他听不到外面的状况。

“他有没有枪？”

女孩摇头。马库斯现在知道这个保加利亚老头子为什么会暂时支开保镖，都是为了这个女孩。这位寿星在参加生日派对之前，想要先玩赏一点小礼物：女人与毒品。

马库斯正要请女孩离开，却发现卡米拉·洛卡站在大门口，她的脚边还放着打开的礼物盒。她双手持枪，眼中透散出幽幽恨意。

他出于本能，立刻伸手阻挡，小女孩的尖叫声被震耳欲聋的摇滚乐所淹没，马库斯将她推到旁边，她赶紧找床角躲避，吓得不知如何是好。

卡米拉深呼吸，仿佛在努力逼出自己的全身气力："阿斯特·哥雅诗呢？"显然她知道自己的目标是个七十岁的老人。

马库斯力图镇静，他要让卡米拉恢复理性："你的事我都知道，但就算杀了人，也没办法解除你的痛苦。"

卡米拉注意到浴室下方透出微光："是谁在里面？"她已经把枪对准浴室门口。

马库斯知道只要浴室门一打开，她就会立刻开枪："听我说，你要想想自己刚出生的宝宝，叫什么名字？"他想采取拖延战术，希望能够转移她的注意力，让她心生迟疑，但卡米拉没有回答，依然紧盯着浴室。马库斯不放弃："你也该为丈夫着想，怎么能这么抛下他们两个人？"

卡米拉的泪水泉涌而出："菲利普是个体贴的好孩子。"

马库斯决定单刀直入："你有没有想过，扣下扳机之后呢？你以为自己就解脱了吗？我告诉你，一切都不会改变，生活依然充满磨难。杀人究竟会为你带来什么好处？"

"我没有其他方法可以伸张正义。"

这确是实情。目前找不到任何证据显示哥雅诗、卡内斯塔利与菲利普之间有所关联，唯一的证物是他在诊所里发现的那块人骨，也早就被哥雅诗的人马抢走。“正义无法实现，”他的语气肯定但充满怜惜，还带着些许无奈，因为他担心自己无法阻挡悲剧，“但你的选择不是只有报复而已。”他发现她的眼神似曾相识，在拉法艾拉弑父时，他也曾经看过，还有，退休警察齐尼宁可自己动手，也不愿将费德里克·诺尼送交警方的执念，也与她现在的杀人意志一样强烈。这一次，他依然无能为力，浴室门迟早会打开，而卡米拉终将开枪。

门把在动，里面的灯也关了，浴室的门随即敞开，女孩躲在床边大叫。她的目标已经出现在门口，一身雪白的浴袍，他满脸惊惶看着枪管，眼中的冷峻消失无踪——他不是那个七十岁的老人。

只是个十五岁的男孩而已。

现场一片惊慌混乱，马库斯看着卡米拉，而她紧盯着那男孩：“阿斯特·哥雅诗在哪里？”

他回答的声音太细弱了，没有人听得懂他在说什么。

“阿斯特·哥雅诗在哪里？”卡米拉怒气冲冲，又问了一次，手枪在男孩面前不停挥晃。

男孩开口：“我就是阿斯特·哥雅诗。”

“不，怎么会是你！”她无法相信。

“你说的一定是我爷爷……我的生日派对在楼上，他人在那里。”

卡米拉发现自己搞错了，双脚不停颤抖，马库斯趁机把手放在枪上，让她的手慢慢放下，卡米拉的疲倦双眼也随之低垂。“我们走吧，”他出言相劝，“留在这里没有意义，这男孩的爷爷是与你儿子的死有关，但也不能因此就杀了这孩子，对吗？这等于是没有意义的报复，根本是恣意行暴，我知道，你不会做出这种事的。”

她没有任何动作，陷入沉思，然后，她发现了一件事。

马库斯顺着她的目光看过去，发现卡米拉又在盯着那男孩白袍下露出的裸胸。

她往前逼近，男孩也向后闪躲，最后，他的背碰到墙面，无路可退。卡米拉轻轻翻开袍领，发现他的胸口有一道长疤。

马库斯全身发抖，几乎无法呼吸，天哪，他们到底做了什么。

三年前，阿斯特·哥雅诗的孙子与菲利普年纪相当，而卡内斯塔利是著名外科医生，哥雅诗买凶杀人，只为取得一颗新鲜心脏，抢救孙儿性命。

他心想，卡米拉当然不可能知情，但因为某种预感，母亲的直觉，或是第六感，让她做出这个动作，虽然她自己似乎也不知道是什么原因。

卡米拉把手放在男孩胸前，他也由她了。她站在那里，感受心脏扑通扑通的跳动，这是来自另一个地方、另外一个生命的声音。

她与男孩互望，她是不是想在男孩的眼底寻找什么？也许是一道光，告诉她这个母亲，儿子依然活在里面？或者，发现菲利普此时此刻也在凝望着她？

马库斯现在才发现，证明阿斯特·哥雅诗与菲利普之死有关的唯一证据，居然就在他孙子的胸膛里。只要将那男孩的心脏切片检查结果与菲利普家人的 DNA 进行比对，马上就能将他绳之以法。不过，马库斯不知道这样的正义是否足以宽慰这可怜的家庭，想必他们的悲痛仍将苦缠不去。所以他决定保持沉默，他现在只想赶快把卡米拉带离这个房间，这女人应该要为另一个孩子好好着想。

他鼓起勇气，打破卡米拉与小哥雅诗之间的微妙相系。他抓住她的肩头，想把她拉到门外。

她轻轻放下放在男孩胸前的手掌，宛如在珍重道别。

她跟着马库斯离开这间套房，进入走廊，准备搭电梯。卡米拉突然回头看着她的救命恩人，宛若第一次打照面："我知道你是谁，你是神父对不对？"

马库斯愣住了，不知道该作何反应，他只是点点头，等卡米拉继续说下去。

"他曾经向我提起过你。"

他懂了，卡米拉口中的那个人，想必就是那个神秘的圣赦神父。

"一个礼拜之前，他打电话给我。他说我会在这里遇到你，"卡米拉歪着头看着他，露出怪异表情，似乎很怕他，"他请我转告你，你们终究会在起点相会，但这一次你必须找到魔鬼。"

22:07

她在圣西尔维斯特广场的巴士站搭乘五十二号公交车，然后在派西艾罗路附近下车，转搭九一一到艾库立德广场，再进入维特波火车站，搭乘到罗马的区间车，这一段是连接罗马北部与市中心的区域铁路。她在这条线的终点，也是唯一的一站下车：弗拉米尼奥广场，然后转搭前往安格尼纳站方向的地铁，在福利乌斯·卡米卢斯站下车。出站之后，再转搭出租车。

每趟换乘的间隔至多不过数十秒而已，而且这条路线是她随机走的，没有任何事先规划，想跟踪她的人绝对不可能有半点机会。

桑德拉不相信夏贝尔，对于掌握她的行踪，他显然很有一套。虽然他在神庙遗址圣母堂的时候溜走了，但她确定这家伙一定潜伏在某个地方，想要继续追查她的行踪。不过，刚才她所运用的战术应该足以甩掉他。她还不能回旅馆休息，今晚还有最后一个任务没有完成。

她得去探访一个新朋友。

出租车停在杰梅里医院的大门口。桑德拉依照指示牌找到加护病房所在的那栋小楼，这个部门的工作人员称其为“边界”。

她穿越第一道门，自动式滑门，里面是等待区，一共有四排蓝色的塑料连椅，四周的墙面也是相同的蓝，就连墙挂暖气管、医护人员的制服、饮水器也都是一片蓝，高深莫测的单色调效果。

第二道门是安全门，里面是整栋建筑物的核心：加护病房，必须有特殊电子磁卡才能进入。这里有名警察在担任戒护工作，大家只要看到他，就会想起这里有危险病患，虽然，那个人目前并没有任何杀伤力。桑德拉让这位同事看过证件后，护士交给她访客须知，请她穿上鞋套、白袍与帽子，然后为她开了第二道门。

桑德拉一看到前方那道长长的走廊，立刻想到水族馆，就像热那亚的那一个，她和戴维还去过两三次。她很爱鱼，可以一直盯着看好几个小时，鱼身悠游，她不由得痴迷。现在，她面前那面逐一排开的水箱，其实是一间间的玻璃隔间病房。灯光昏暗，一片诡异的寂静。但如果仔细聆听，你会发现里面其实包含了各种声音，微弱的呼吸，或是持续而规律的隐然心跳。

这个地方似乎正在熟睡。

她的鞋底一路摩擦着走廊的塑料地板，到了护理站。两名护士正坐在控制台前面，追踪病患生命征候的显示器发出反光，映照在他们的脸庞上，而后面有位年轻医生，正坐在金属桌前写东西。

两位护士，再加一位医生，已足以应付加护病房的夜班人力需求。桑德拉自我介绍之后，向他们询问方向，她知道那个人的位置了。

她经过另一排水箱，里面的人躺在床上，宛若在宁静深海中漂泳。

桑德拉准备进入最后一间病房，突然发觉里面有个人在看她。个子不高的年轻女子，年纪与她相当，穿着白袍，她看到桑德拉，立刻起身走到门口。这间病房里有六张床，但只有一个病人，杰里迈亚·史密斯，插着管，胸部规律起伏，他五十岁，但外表看起来更加苍老。

那年轻女子看着新访客，桑德拉也回望着对方，那张脸庞让她有不知在何处见过的感觉。过了一会儿，她想起来了，不禁打了一阵寒战，有个受害者冤魂来此探望禽兽。

“特蕾莎。”

女子笑了：“我是莫妮卡，她的双胞胎姐姐。”

她不只是受害者的亲人，还是那位把杰里迈亚从鬼门关救回来的医生。

“我是桑德拉·维加，警察。”她伸手向这位女医师问好。

莫妮卡也握手回礼：“你第一次来这里吧？”

“这么明显？”

“对，从你看他的样子就知道了。”

桑德拉又再次望着床上的那个人：“为什么？”

“我也说不上来，可能是因为你像是在看水族馆里的鱼吧。”

桑德拉摇摇头，笑了。

“我说错什么话了？”

“不，没有，别担心。”

“无论是准备上夜班之前，或是在日班结束之后，每天到了这个时候，我都会在这里待个十五分钟，我也不知道自己为什么要这么做，就是觉得应该要天天过来。”

桑德拉很钦佩莫妮卡的勇气：“为什么会救他？”

“为什么大家都问我一模一样的问题？”莫妮卡反问，但她的态度并无不悦，“正确的问法应该是：我为什么没有让他死？这两件事完全不一样，你说对吗？”

“的确。”桑德拉倒是从来没想过。

“如果你问我现在想不想杀他，如果能不计后果，我当然会点头。但不做任何急救，让他就这么死去的目的又是什么？这么说吧，一般人总有寿终正寝、自然死去的最后一刻，但他不配，而我妹妹连好死的机会都没有。”

这番话让桑德拉不禁陷入沉思。她在找杀死戴维的凶手，同时她也频频提醒自己，这是为了求真相，知道她丈夫为何而死，为了伸张正义。但如果她扮演的是莫妮卡的角色，她又该如何自处？

“不，”莫妮卡继续说道，“对我来说，最痛快的报复是看他躺在病床上，没有审判，没有法官，没有法律，没有法庭交锋，没有心理评估报告，没有减刑机会。真正的复仇，是看他变成现在这个样子，自我囚禁，关在这样的牢笼里，绝对不可能有逃脱的机会。我每天都可以过来看他，望着这张脸，我知道正义终得伸张，”她又回头看着桑德拉，“能享有此等特权的受害者家属，又有多少人呢？”

“你说得没错。”

“我为他做心肺复苏术，我把双手放在他的胸前，上面还有那几个字——杀了我，”她努力压抑自己的嫌恶，“我的衣服上有他的排泄物的气味，手指头沾满他的口水，”她稍作停顿，“这份工作，让我看尽人生百态，疾病之前，人人平等。但能救人的不是医生，人只能自救，选择正确的生活，走正道。沾到病人的屎尿没关系，对我们来说稀松平常，但如果每个人直到濒死的那一刻才了解自己，也未免太悲哀了。”

莫妮卡与她年纪差不多，而且看起来个头瘦弱，却有这样的大智慧，让桑德拉不禁刮目相看，她很想再听听这位女子的见解。

但莫妮卡看了一眼手表：“抱歉浪费你这么多时间。我该走了，得去上夜班了。”

“很高兴认识你，今晚在你身上学到了好多事情。”

她笑了：“我爸爸常说，每挨一巴掌，你都有机会成长。”

桑德拉目送她消失在空荡荡的走廊，虽然她一直不愿去想那件事，如今它却再次浮现脑海。她认为夏贝尔就是杀死丈夫的凶手，而她居然与这个人上床。不过，她的确需要那样的肌肤之亲，戴维一定能够谅解。

她在病房门口拿了干净口罩，戴上之后准备进入那间小小的地狱，里面只有一个令人生厌作呕的灵魂。

桑德拉计算着走到杰里迈亚·史密斯床边的距离，六步，不，七步。她看着他，水族馆里的鱼近在咫尺。他紧闭双眼，整个房间的气氛冰冷漠然，这个人落得这般下场，不会再有任何人对他产生恐惧或心生怜悯。

病床旁有张扶手椅，桑德拉坐下来，手肘支在膝盖上，十指交缠，然后倾身向前。她希望自己有读心术，能够了解这个人为什么作恶多端。其实，这就像是圣赦神父工作的一部分：仔细检视人类的内心，探究各种行为的潜在动机。而她身为刑事鉴识摄影人员，负责的则是外在的迹证，恶行留诸世间的伤口。

她想到了徕卡相机里的那张黑色照片。

桑德拉心想，我没办法了。没有那张照片，戴维留下的提示之路，她也没办法继续下去。很可能是在拍摄时出的状况，里面的影像再也救不回来了。

只有上帝才知道他拍了什么。

事物的表象，是她获取情报的来源，但也等于是她的限制。她现在才有了体悟，如果能够好好省思自己的内心，把一切倾吐出来，找寻宽恕之路，未尝不是一件好事。要是没有其他方法，告解，也许能够纾解心中的块垒。所以，她突然开始对杰里迈亚·史密斯说话：“我想要告诉你绿色领带的故事，”她不知道自己怎么会想说这件事，但她就此开始滔滔不绝，“事情发生在我丈夫被杀前的几个礼拜。那天，他刚结束海外的长期任务，我们一如往常，庆祝我们的小别重聚，享受两人世界，我们完全不理会外面发生了什么，仿佛全世界只剩下我们两个人。你懂吗？你有过这种感觉吗？”她摇头笑了，“不，一定没有。我们相识以来，我从来不需要摆出虚情假意，但那天是例外。戴维依然问我相同的问题：‘一切都好吗？没问题吧？’这是日常问候语，没有人会说出真心话，但当我告诉他一切都很好的时候，不只是基于礼貌，其实，那真是彻底的谎言……就在他回来的几天前，我到医院去堕胎了。”桑德拉知道自己的眼眶盈满泪水，但还是拼命忍住，“我们一定会是很棒的父母，我们彼此相爱，而且也信赖对方。但他是摄影记者，总是在战争、革命与屠杀的环境里工作，而我自己是从事刑事鉴识的女警，戴维从事的是高风险职业，我每天都得被迫看到各种犯罪现场，在这样的状况下，我们要如何养育这个孩子？这么多的暴力和恐惧，对孩子并不好。”她这句话说得决绝，毫无后悔之意，“这是我犯下的过错，有生之年，我将会一直心怀愧疚，我没有办法原谅自己，是因为我从头到尾都没有告诉戴维，我趁他不在的时候，私自做出了决定。”桑德拉露出凄楚的微笑，“我从医院回家之后，发现卫生间里还留有我的验孕试纸。我的小孩，或者应该说他们从我体内取走的那个东西——还不到一个月，我也不知道该怎么称呼才好——早就留在医院里了。我觉得它死在我的肚子里，我又把它孤零零地留在那里，实在很糟糕，你说是不是？反正，我觉得应该要为那个小东西举办葬礼。所以，我找出一个盒子，把验孕试纸和准爸爸妈妈的东西放进去，戴维唯一的领带也在里面，那条绿鬃蜥。然后，我开车到特拉洛，我们常去度假的利古里亚区的小村落，把那个盒子抛入海中。”她深呼吸，“我从来没有告诉过任何人，说也奇怪，我居然会和你讲这些事情。不过现在要讲的是美好的那一部分了。我一直认为自己是那个必须付出代价的人，犯下了无法弥补的大错，事后知道但也来不及了。对那个未出生孩子的爱，我抛入海中，而我对戴维的感情也随其消失了，”她擦去泪水，“没办法，我吻他，爱抚他，与他做爱，但我没有任何感觉，那孩子在我体内为了生存而筑起的巢，已经荒芜了。我一直等到丈夫死后，才重新拾回对他的爱。”

她双手交叠于胸前，低头不动，姿势令人难受。她开始啜泣，眼泪泛流不止，但好舒畅，她停不下来，哭了好几分钟之后，她开始擤鼻子，想要让自己镇定下来。她笑了，好累，但不知道为什么，她在这里心情很愉快，再五分钟，她告诉自己，五分钟就好。

连接杰里迈亚·史密斯胸部的心电图机，还有维持生命体征的呼吸器，不断发出规律声响，对她施出了催眠放松的魔咒，她闭上眼睛，居然不知不觉睡着了。她看到戴维，还有他的微笑，那乱七八糟的头发，和善的双眼，当他发现她面容微愁或若有所思时脸上露出的促狭表情，还有他噘下唇和歪头的模样。戴维以双手轻托她的腮帮子，把她拉进怀中，给了她一个好长好长的吻。“没事了，金格尔。”她顿时松了一口气，心情平静下来，他对她挥挥手，走了，临行前还边走边唱《贴颊双舞》。虽然在桑德拉的梦中，听起来像是戴维的歌声，但其实她并不知道，吟唱者另有其人，千真万确。

有人在病房里唱歌。

22:17

看到卡米拉·洛卡突然把手放在那男孩的胸前，休会她儿子死后留下的心跳，马库斯第一次感受到那种看不见的慈悲力量。他以前一直认为，我们在浩瀚宇宙之中如此渺小，不值得上帝特别眷顾我们，但现在他改变了想法。

我们终究会在起点相会。

他将会与对手正面相迎，救出拉若，就是他得到的最大报酬。

而一切的起点，要从杰里迈亚·史密斯的别墅开始。

他把老熊猫停在大门外，现在这里已经没有警察看守，刑事鉴识人员比警察更早撤离。这里荒凉凄怆，仿佛它知道自己的秘密终将曝光。马库斯往别墅的方向走去，沿路只见满月清光，正奋力抗拒这一片幽黑。

树木在凉夜微风中摇曳，树叶发出的沙沙声响，仿佛在他的步履后方发出轻笑，荒芜花园里的雕像凝望着他，眼神空洞。

他走到别墅门口，门窗依然贴有封条。他认为那位圣赦神父不在这栋房子里面，那封口信所透露的信息很明确。

但这一次你必须找到魔鬼。

这是他最后一次的考验，只要能顺利通过，他终将知道所有答案。

这句话是否意味着他必须找寻超自然的线索？不过他再次提醒自己，那位神秘圣赦神父对魔鬼不感兴趣。事实上，在梵蒂冈，也只有他们会对魔鬼的真实性感到怀疑，他们认为，魔鬼只是人类在犯罪之后想要逃避责任与免受责罚的借口而已。

人类作恶，魔鬼才会出现。

他撕去大门封条，进入屋内，月光没有继续追随他，反而在门口止步，现在一片静悄悄，也没有人出现。

他拿出口袋里的手电筒，照亮黑暗的走廊。他还记得第一次来到这里的时候，曾经依循着画作背后的数字编码找线索，但如果那位圣赦神父希望他回到这里，想必他上次一定遗漏了什么。现在，他来到杰里迈亚·史密斯当初被发现的地方，那间客厅。

有些东西不见了，被打翻的桌子、破碗，还有面包屑，都已经被刑事鉴识人员取走，还有医护人员在急救时所使用的器材——消毒手套、纱布、针筒与插管，最重要的是那些纪念品——发带、珊瑚手环、粉红色围巾，还有那只溜冰鞋。这个恶魔在面对寂寞长夜的时候，正好可以利用这些物品，召唤那些年轻女子的亡魂出来做伴。

虽然这些东西不见了，但问题依然悬而未决。

为什么杰里迈亚·史密斯，这么一个猥琐、反社会又缺乏魅力的男人，能够赢得这些女孩的信任？在杀害她们之前的这一个月当中，他又把她们藏在哪里？拉若人呢？

马库斯的这种问法，俨然是假设拉若依然活在人世，这些日子他竭尽一切努力，拼命想要达成任务，如果结果与预期不同，他万万不能接受。

他看向四周，寻找着异常状况。他告诉自己，这绝非什么超自然的线索，而是虔信之人才能发掘的细节，但他不知道自己是否具有这样的能力。

他目光四处游移，希望能找到疑点，能够进入另外一个面向的隙缝，让邪恶势力得以扩散的缺口。

“在光明与黑暗的交界之处……我们被指派成为边界的守护者，不过，偶尔会有越界之事。”

他看着窗外，月光正在为他引路。

石雕像展开双翼，凝望着他，对他发出声声呼唤。

它在花园中间，四周还坐落了其他雕像。马库斯想起了圣经故事，路西法在堕落之前，曾经是天主最宠爱的天使，他立刻朝屋外走去。

他走到那座高大的雕像前面，苍白月光映亮了这位天使。

马库斯觉得奇怪，警察居然没有注意到这座雕像下方有问题，如果这里藏有东西，警犬应该闻得出来才是。不过，已经连续下了好几天大雨，泥巴所散发出的各种味道，可能会对动物的嗅觉造成影响。

他把双手放在基座，猛力一推，天使随之移动，露出一扇铁制地板门，没锁，他直接拉开把手。

一片漆黑，强烈潮气扑鼻而来，仿佛地洞里有恶臭，马库斯拿出手电筒，六步，进入地底炼狱。但里面没有人声，也没有其他声响。

“拉若！”他扯开喉咙大叫，然后又喊了三次，又一次，没有回应。

他步下阶梯。

光源前方是一条狭长小道，低矮的天花板，还有铺了瓷砖的地板，逐渐下斜到某个地方，想必这里以前是游泳池，但有人把它改成了密室。

马库斯拿着手电筒四处探照，希望能发现人迹，他担心自己只能找到一具沉默无声的尸体，但拉若不在这里。

只有一张椅子。

他心想，警犬没有闻到味道，还有另外一个原因，因为根本没有人尸。但这个地穴确是杰里迈亚·史密斯藏匿绑架女子一个月并将之杀害的地方。这里的墙上没有锁链，没有让他发泄虐待欲望的工具，也没有可以性交的凹室。马库斯提醒自己，受害者没有被凌辱的痕迹，杰里迈亚根本没有碰她们。这张椅子，就是所有悲剧的舞台，旁边是捆人的绑绳，还有拿来割喉的刀子，约二十厘米长，这小小的空间，就是他变态想象的极限范围了。

马库斯凑前一看，发现椅子上有个密封的信封，他打开，发现里面是拉若公寓的原始平面图，包括了卫生间地板门的位置，她的活动内容与时间表，藏毒的计划细节摘要，最后是拉若微笑的照片，但她的脸上被红笔画了一个问号，这在开什么玩笑？这句话不只是问他自己，也等于在问那个神秘的圣赦神父。然而信封里的这些资料，的确是杰里迈亚带走拉若的铁证。

但拉若不在这里，也看不到那个神秘圣赦神父的踪影。

马库斯怒火中烧，圣赦神父没有履行他的承诺。他痛骂自己，这种玩笑实在难以承受，他没办法继续待在这个地方了。正当他要转身回去的时候，手电筒不小心滑落下来，筒头光源照亮了后方，有东西。

有人躲在角落。

那个人一直在偷看，而且动也不动，从那道光的范围来看，他只发现了一只手臂，穿着黑衣，马库斯弯腰捡起手电筒，慢慢对准那个陌生人。

那不是人，而是挂在衣架上的神父黑袍。

所有谜题都解开了，难怪杰里迈亚·史密斯能够接近那些女孩，她们为什么不怕他？因为她们眼中看到的不是禽兽，而是穿着黑袍的神父。

有个黑袍口袋异常鼓凸，马库斯伸手进去，发现了一个小药瓶，还有皮下注射针筒——琥珀酰胆碱。

他没有弄错，但是口袋里的这些东西指明了另一个故事。

对杰里迈亚下毒的人，正是他自己。

他早就知道其中一名受害者的姐姐当晚在医院值班，所以他打紧急电话求救，自述的全是心脏病症状，在救护车的医护人员到达之前，他已把药剂注入体内，而且针筒可能早被他丢入角落或是塞到家具底下，医护人员在情急之下自然不会多加注意，刑事鉴识人员也会以为那是急救时留下的废弃物。

他没有假扮神父，他真的是个神父。

他的计划早从一个礼拜前就开始了。先寄匿名信给瓦莱里娅·阿提耶利谋杀案的各个重要关系人，然后，又寄电子邮件给老警察皮耶特罗·齐尼，让他知道费加罗案的新线索，接下来他直接打电话给卡米拉·洛卡，告诉她阿斯特·哥雅诗在数天之后将会出现在伊斯特拉饭店。

他就是圣赦神父。

当他出现在大家面前的时候，没有人知道他的真正身份。杰里迈亚效法卡内斯塔利医生，他也利用琥珀酰胆碱，让自己看起来像是自然发病，毒物反应检测不可能找出答案，只需要一毫克的剂量，呼吸肌就会停止运作，几分钟之后他将窒息而亡，就像是那位医生一样，这种药剂能让全身麻痹，连反悔的机会都没有。

只不过，卡内斯塔利没打算叫救护车，杰里迈亚却打电话求救了。

在警察的眼中，这个人是谁？已经毫无威胁性的连续杀人犯。医生又怎么看？昏迷不醒的病人。而马库斯看到的是？

违常之处。

琥珀酰胆碱的药效迟早会消退，杰里迈亚·史密斯随时会醒过来。

23: 59

关，停，退。又一次，关，停，退。

加护病房区的蓝色等候区，只听得到那个巨大的声响不断重复，四下无人，马库斯小心趋前，探查声音来源。

自动式滑门关起，但突然停住，然后又后退，这个动作一直连续不止，想必是有东西挡住了滑门。他看到了。

一只脚。

负责戒护的警察趴倒在地板上。马库斯看着尸体——手、深蓝色制服、橡胶鞋底的鞋——有什么东西不见了。他的头，这个警察没有头，近距离挨枪，头盖骨已经被轰得稀碎。

马库斯心想，这只是第一个。

他又倾身向前，发现警察腰际的枪套是空的。他做出赐福手势，随即起身。

他慢慢走入那塑料地板长廊，看着两侧的加护病房。所有的病人都躺在床上沉眠，无感而冷漠，机器在帮他们呼吸，似乎一切都没有改变。

这样的寂静太不真实，他心想，地狱的气氛应该就是这样吧，一个生不像生、死不像死的地方，只能靠希望维系，这宛如魔术师在玩的把戏，当你看着这些垂死的病人，问他们身在何处的时候，幻术也等于被破解了，因为他们看起来还存留人间，但其实早就消失了。

他到达护理站，发现那些人并不如他们照顾的病患一样幸运，或者，应该说算他们走运，就看你站在哪一种角度。

第一名护士仰面死在控制台前面，喉咙有一道很深的伤口，监视器上面全是她喷溅的血迹。第二个倒在门口，她想逃跑却早已来不及，子弹入胸，逼得她后退倒地。而护理站的远处，还看得到一位穿白袍的男医生，他整个人死瘫在椅子里，双手悬垂，双眼朝上瞪着天花板。

杰里迈亚·史密斯的位置在最后一间，马库斯准备踏进去，想必那张床已经没有人。

“进来。”叫他的声音，低沉沙哑，是已经插管三天的那个人在讲话，“你是圣赦神父，对不对？”马库斯愣住了，好几秒钟都不敢动，但还是慢慢走向已经开启、正在等候他的那扇门。他看到病床隔帘拉起，中央还有个隐约的人影，他决定站在门口旁边，以墙壁作为掩护。

“进来，怕什么？”

“你有枪，”马库斯回答，“我知道，我检查过警察的枪套了。”

一阵沉默。但随后有个东西滑了出来，停在他脚边，是枪。

“你自己看吧，里面装了子弹。”

马库斯颇感意外，一时不知如何反应。为什么杰里迈亚要把枪丢出来？他看起来并没有投降的意思，这只是他的游戏，他想起来了。而他别无选择，只能陪他玩下去：“所以你没枪了？”

此时他听到震耳欲聋的枪声，洪亮的回答，他有。

“万一我进去马上被你打死怎么办？”

“如果你还想救她，就别无选择。”

“赶快告诉我拉若在哪里。”

对方哈哈大笑：“其实我说的不是她。”

马库斯全身僵直，难道还有其他人质？他决定伸头一探究竟。

杰里迈亚坐在床边，身上穿着过短的病袍，稀疏的头发乱翘着，看起来像是个刚睡醒的小丑。他一手搔抓着大腿，另一手持枪，抵住跪地女子的背。

是那个女警。

马库斯现在知道第二把枪是从哪里来的了，他大步迈入病房。

现在，桑德拉被上了手铐，那是杰里迈亚枪杀驻警之后取走的战利品。她先前像个傻子一样睡着了，最后是在连续三声急促枪响中惊醒的。她睁开眼睛，赶紧摸枪套找枪，但不见了。

然后，她发现病床上已空无一人。

第四起枪击案，活生生地在她面前上演，宛如她直接以相机拍摄犯罪现场。杰里迈亚起身偷走她的枪支后，直接走到护理站，以行刑方式处决了夜班的医护人员。

安全门门口的驻警听到枪响，赶紧开锁，而杰里迈亚趁此时躲在门旁，等到门一打开，他立刻以近距离直射警察的脑袋。

桑德拉也跟了出去，她虽然手无寸铁，但总觉得自己应该找得到办法制服他。她知道这个想法没有意义，但她深觉因为自己累坏了，没有保持警觉，应该要负起责任，但还有件事很离奇。

他为什么没杀她？

走廊上没有他的踪影，她冲到出口，这时候她才发现杰里迈亚站在药品间，对她露出狞笑。桑德拉完全没料到，吓了一跳，他拿枪对着她，还把手铐丢到她面前。

“自己戴上，准备来玩游戏了。”

她只能听令照做，不知道接下来会出什么状况。

现在，她跪在加护病房的地板上，仰头看着那个太阳穴带疤的神父，以眼神告诉他没事，不要担心。神父点点头，他知道了。

杰里迈亚又是一阵哈哈大笑：“怎么样？看到我开心吗？我一直想要会会别的圣赦神父。长久以来，我一直以为只有我一个，我想你一定也有相同的感慨吧。你叫什么名字？”

马库斯无意让他占上风。

“别这样，”杰里迈亚紧紧相逼，“你已经知道我是谁了，而且，我眼前这个人这么厉害，居然能找到我，让我知道大名也不为过吧。”

“马库斯。”不过他刚说完就后悔了，“放她走。”

杰里迈亚脸色一沉："马库斯，我亲爱的朋友，抱歉，她是计划的一部分。"

"什么计划？"

"其实，她到医院来看我，真是让我又惊又喜。我本来打算抓个护士当人质，但既然她自投罗网……我们是怎么说的？"他把食指抵在唇间，抬头假装在苦思答案，"哦，对了，违常之处。"

马库斯没接话，他不想示弱。

"这女人会出现在医院，证明那个理论是对的。"

"什么理论？"

"'犯罪，会引发更多的邪行。'没有人告诉你吗？"他扮了个鬼脸，一脸不以为然，"你看，虽然我之前见过她老公，但我从来没想到会遇到她。"

桑德拉扬起双眼，看着他。

"戴维·利奥尼是优秀记者，这一点毋庸置疑，"杰里迈亚继续说道，"他在做圣赦神父的新闻专题，我也一直在偷偷跟踪他，了解他的背景，能知道他这么多的隐私，真的是……受益良多，"他看着桑德拉，"当你老公在罗马的时候，我曾经去米兰登门拜访，潜入你家，翻你的东西，但你什么都没发现。"

桑德拉想起杀手在戴维录音机里留下的歌声：《贴颊双舞》。先前她一直想不通，为什么那个禽兽会知道他们的闺房秘密。

杰里迈亚仿佛猜透了她的心思："对，小可爱，是我约你老公在那栋废弃大楼见面的。这个白痴的确做了预防措施，但他信任我，因为他以为神父基本上都是好人。不过，他在坠楼之前应该就改变想法了吧。"

桑德拉一直怀疑杀人凶手是夏贝尔，如今真相揭晓，她震惊不已。看到杰里迈亚对戴维之死的轻浮态度，再想到刚才她居然对杀夫凶手倾吐自己的内心秘密，她不禁怒火中烧。他没有昏迷，还听她讲完了堕胎的过程，知道她良心不安，这个人不但夺走了戴维的生命，现在还知道了她与戴维的另一段秘辛。

“他发现了圣赦神父的档案，马库斯，你懂吧？这个人不能留活口。”

现在桑德拉终于知道了凶手的杀人动机，而如果现在拿枪抵着她背脊的人是圣赦神父，那么夏贝尔说的一点都没错。他曾经告诉她是圣赦神父杀了戴维，她却一直不相信，果然，经年累月之后，他们也被邪恶染指了。

“反正他老婆到罗马来，就是要为夫寻仇，不过她绝对不会承认。你说对不对，桑德拉？”

她看着他，眼神充满恨意。

“其实，我可以让你以为那是一场意外，”杰里迈亚说道，“但我给了你机会，让你不但知道了真相，而且还找到了我。”

“拉若在哪儿？”马库斯打断他，“还活着吗？安然无恙？”

“当初我在计划的时候，以为你一发现我别墅里的秘密，就会立刻赶过来问我这个问题，”他停顿了一会儿，微笑地看着马库斯，“因为我知道那女孩的下落。”

“那你就说吧。”

“我的好朋友，你既然来了，何必心急，幸好你今晚及时赶过来，不然我就离开医院，消失不见了。”

“我已经识破你的计划，为什么不赶快放走这女人，交出拉若？”

“没那么简单，你要做出选择。”

“什么选择？”

“我有枪，你也有枪，今晚你要选择的是，谁该死。”他现在把枪口对准桑德拉的头，“如果你让我杀这个女警，我就告诉你拉若的下落。但如果你杀了我，救了这女人，你就再也不会有机会知道拉若的下落。”

“为什么要我杀你？”

“马库斯，你还不懂？”

杰里迈亚的声调与眼神满是沾沾自喜，仿佛马库斯本来就该知道答案，想不到他居然一头雾水。

“我等你自己说。”马库斯立刻回击。

“德沃克神父，那个老疯子在训练圣赦神父之后，也钻研出了他的心得。想要阻止犯罪，唯有以恶制恶。但你仔细想想，这是什么道理？为了熟悉各种罪行，我们必须进入黑暗世界的核心，与罪恶为伍，但有一部分圣赦神父就此堕落，再也无法复返。”

“你也一样。”

“在我之前已出现过许多例子。”杰里迈亚回道，“我还记得德沃克当年是怎么吸收我的。我的父母都是虔诚的教徒，我也深受启发。十八岁的时候，我进入神学院，德沃克神父把我带在身边，教导我如何以邪恶的角度研究世界，慢慢让我遗忘了自己的过往与身份，我也被他永远放逐在这片黑暗之海。”一滴清泪从他脸颊滑落下来。

“你是从什么时候开始杀人的？”

“我一直以为自己是站在好人那一边，这让我觉得自己高人一等，”他的话里有讽刺的意味，“但我突然觉得这也许是自己的一厢情愿，如果想要证实为真，唯一的方法就是自我测试。我绑架了第一个女孩，把她藏入地穴。你也看过那个地方，没有施虐的工具，我不是虐待狂，对于自己的所作所为，我享受不到任何快感。”这番自我辩解有一丝悲愁，“我一开始没杀她，想要找个好理由放了她，但是我每天都在拖延，她一直哭，求我放了她。我给自己一个月的时间做决定，到了最后，我发现自己是个毫无同情心的人，所以就干脆杀了她。”

特蕾莎，第一个受害者的名字，桑德拉想起来了，也是特蕾莎的姐姐莫妮卡救了杰里迈亚。

“但我还是不满足。我还是继续执行圣赦神父的任务，挖掘犯罪事实并找出罪犯，而德沃克没有发觉任何异状。我具有双重身份，一个是正义使者，另一个则是罪犯。过了一段时间，我又找了第二个女孩做相同的实验，然后是第三个与第四个。我会从她们身上拿走一件东西当作纪念品，希望久而久之能让我产生罪恶感，但结果如出一辙，我毫无感觉。各种恶行对我来说稀松平常，自己调查的案件与自己犯的案件有什么差别？我也搞不清楚了。不过，你知道最后有多荒谬吗？我犯案的次数越来越多，而我侦查的技巧也越来越高超，自从开始杀人，我已经救了数十条人命，破的案子更是不计其数。”他开始放声狂笑。

“所以如果我杀了你，等于救了这女人，但拉若会没命，”马库斯终于懂了，“但如果我不杀你，你会告诉我拉若的下落，然后杀了这女人。我无论做出哪一个选择，都是死路一条，我才是你真正的受害者，这两条路其实都一样，你只是想要证明，唯有先作恶才能行善。”

“行善一定要付出代价，马库斯，作恶却可以不花成本，随心所欲。”

桑德拉吓坏了，但她不希望自己只是个观众。“就让这畜生杀了我吧，”她说道，“让他告诉你拉若的下落，那女孩怀孕了。”

杰里迈亚立刻拿枪柄猛敲她的头。

“不准动她！”马库斯语带威胁。

“很好，这个样子我喜欢，我要看你展现行动，愤怒是第一步。”

马库斯不知道拉若怀孕了，面露惊诧。

杰里迈亚发现了他表情的变化：“是想看当场有人死在你面前，还是让另一个地方的人无望垂死？要选这女警还是怀孕的拉若？你自己决定。”

马库斯必须争取时间，也许警察会赶来也说不定，然后呢？就算这样，杰里迈亚也毫无损失。“如果我让你杀了女警，我怎么知道你一定会告诉我拉若的下落？其实，你还是可以同时杀了她们两个。搞不好你的内心正有这个打算，激怒我之后，逼我复仇，那你就真的赢了。”

杰里迈亚对他眨眨眼：“我对你下了好一番功夫，果然没白费。”

马库斯不解：“什么意思？”

“马库斯，动点你的脑袋，你怎么会想到是我？”

“卡内斯塔利医生以琥珀酰胆碱自杀，你也因而得到灵感。”

“只有这样？你确定？”

马库斯努力回想。

“拜托，不要让我失望好不好。我的胸前写了什么字？”

杀了我。他到底要说什么？

“该给你一点小提示了：不久之前，我决定让我们的部分档案机密曝光，让悬案受害者的亲友知道我所查出的真相，等于奉送给他们结案结果。但我想到自己也犯了罪，应该要给我的受害人家属相同的机会。所以我才会安排那一出急救戏码，伪装成自己心脏病发，如果那位年轻医生不急救，而任由我断气的话，等于也让我以死偿命了，特蕾莎的姐姐却决定要让我活下去。”

桑德拉心想，当初的抉择实在不妙，莫妮卡不想做坏事，但邪道找到了其他出口展现其力道，他们现在之所以在这里，就是因为莫妮卡是个好人。何其荒谬。

“还有，虽然我已经事先安排好了一切，甚至为了怕大家误会，我还在胸前刻了字……但大家都视而不见，这让你联想到了什么？”

马库斯努力回想：“瓦莱里娅·阿提耶利的谋杀案，床后方的沾血英文字，恶（EVIL）。”

“很好，”杰里迈亚似乎很满意，“每个人都把它当成了恶（EVIL），但其实是实况（LIVE）。因为地毯上有三角形的血印，所以大家都朝邪教的方向去思考，没有人想到那只是摄影机三脚架而已。答案一直出现在大家的面前——杀了我。但没有人注意，没有人想看那几个字。”

现在，马库斯终于知道这场荒谬剧的灵感从何而来：“费德里克·诺尼的案子，每个人看到的都是一个坐轮椅的男孩，而没有人会想到他是杀死妹妹的凶手——因为他没办法走路。你也一样——看起来是个昏迷不醒、无法继续伤天害理的人，只有一个警察在担任戒护，医生确定你不是心脏病发，但还找不出确切原因，其实，你只是为自己施打了琥珀酰胆碱，药效很快就会退散。”

“马库斯，我们要处理这种事情，真是难为我们了。如果当初皮耶特罗·齐尼不是以同情的目光看待费德里克，早就可以将他绳之以法，如果这女警不是因为看我可怜，也不会向我倾吐堕胎的事，她现在居然担心起拉若怀孕了！”杰里迈亚的笑声充满嘲弄。

“你这个畜生，我哪有同情你！”桑德拉跪得难受，背脊疼痛，但她依然在想办法脱逃，应该要趁杰里迈亚分心的时候赶紧挣脱，马库斯——现在她知道这个圣赦神父的名字了——也有机会夺下他手中的枪，之后再对这王八蛋严刑逼供，一定要让他说出拉若的下落。

“我还是看不出你给了我什么启发。”马库斯回道。

“早就潜移默化了，所以你才能一路追到这里来。现在，你必须自己决定要不要继续走下去，”他望着马库斯，神情肃穆，“杀了我。”

“我不杀人。”

“你确定吗？能够挖掘犯罪真相，你的内心一定也充满邪恶力量，你就像我一样，你看看你自己就会明了一切。”杰里迈亚调整枪口位置，瞄着桑德拉的头部，另一只手伸到背后，摆出行刑的姿势，准备进行枪决。“我数到三，你时间不多。”

马库斯举枪，对准杰里迈亚：好一个完美目标，距离这么近，杀人易如反掌。不过，他先看了那女警一眼，知道她想要自己挣脱逃跑，只要等她一有动作，他会立刻开枪，但只是伤人，而非杀人。

"一 ——"

桑德拉没给他机会继续数下去，她突然站起来，以肩头的力量顶掉杰里迈亚手中的枪，但正当她要奔向马库斯的时候，突然觉得背部出现一阵抽搐，她以为自己中弹了，不过还是努力躲到马库斯背后寻求掩护。桑德拉现在才发现自己没听到枪响，她赶紧伸手摸背，有个东西插在肋骨之间，她知道那是什么。

"我的天。"

针筒。

杰里迈亚纵情狂笑，在床边不断前俯后仰，他开心嚷叫："琥珀酰胆碱。"

马库斯看着杰里迈亚突然从背后抽出的那只手，想必他也早已预见女警的挣逃动作。

"医院里能找到的东西可说是无奇不有，你说是吧？"

他在杀死门口的警察之后，立刻着手准备秘密武器，难怪会看到他出现在药品间，但现在知道已经太迟了。她开始觉得四肢僵麻，喉咙发紧，没有办法转头，双腿也不听使唤，她倒在地上，身体抽搐，完全无法控制，她没办法呼吸了，仿佛这个房间里没有空气，她心想这里真的像水族箱，她第一眼看到的时候就有这种感觉，不过她的周边没有水，纯粹只是缺氧。

马库斯望着那女子，看她双手乱舞，出现发绀症状，不知该如何帮她是好。

杰里迈亚指着床边的胶管："想要救她，要把这东西塞入她的喉咙里，不然，你就按警报器找人也可以，但前提是先杀了我，否则想都别想。"

马库斯看着自己放在地上的手枪。

"她只有四分钟，最多也只有五分钟可以活命。过了前三分钟之后，会引发脑部损伤，永远无法复原。马库斯，你要记得一件事，在善恶的边界有一面镜子，你如果仔细看，一定会找到真相，因为你也——"

枪声大作，打断了他的话，杰里迈亚双臂张瘫，向后倒下去，头斜倚在床边。

马库斯扣下扳机后，已经对杰里迈亚与他自己手中的枪失去兴趣，他现在只关心面前这名女子："请你一定要撑住。"他走到门口，启动火灾警报器，这是最快的求援方法。

桑德拉不知道出了什么事，只发觉自己正逐渐失去意识，仿佛有熊熊烈火在狂烧她的肺，她动不了，也没办法哭喊，她的体内正发生急剧变化。

马库斯跪在她旁边，执起她的手，在这场与死神拔河的无声战役里，他想帮忙却无能为力。

"走开！"他后头传来呵斥声，马库斯让到一旁，看到一名身着白袍的瘦小年轻女子抓住桑德拉的双臂，将她拉到邻近的空床，马库斯见状，也趋前帮忙抬脚，随即放手让医生处理。

她从急救车上取出喉镜，置入桑德拉的喉咙，然后冷静地塞入软管，随即连接到呼吸器，她又拿起听诊器聆听桑德拉的胸腔。

“心跳已经逐渐恢复正常，”她说道，“应该来得及。”她看着杰里迈亚太阳穴上的弹口，又望着马库斯太阳穴的疤，两者何其相似，她吓了一大跳。

马库斯现在才认出她。莫妮卡，特蕾莎的姐姐。这一次，她救了桑德拉的命。

“快走。”

马库斯一时反应不过来，不明白年轻女医生的意思。

“快走，”她再次重复，“没有人会懂你为什么要杀他。”

他依然迟疑不决。

“但我很清楚。”她又多加了这一句。

他再次看着桑德拉，她的脸上已逐渐恢复血色，甚至连那睁得大大的双眼也露出些许微光，他放心了，摸了摸她的手臂之后，走向工作人员通道的出口。

一年前　普里皮亚季

普里皮亚季

◎罗马

夕阳余晖洒落切尔诺贝利。

那座核电站，静静矗立在河边，状如一座冒烟的火山。它看起来虽然死气沉沉又无害，但其实它展现了前所未有的杀伤力，而且在未来的数千年之中，依然会引发无数的死亡与畸形。

从这条路上望过去，追猎者可以清楚地看到反应炉，其中也包括引发史上最严重核灾的四号反应炉，如今它已被铅与水泥混合制成的石棺所覆封。

柏油路面到处都是坑洞，他那台老旧沃尔沃汽车的悬吊系统每遇颠簸必定发出凄声抗议。接下来经过的这片广大区域本来是一大片蓊郁林地，在核灾之后，满载放射性物质的强风让树木为之变色，当地居民依然不知道这些植物究竟是怎么了，只能为其取了别名：红森林。

这场沉默浩劫发生于1986年4月24日[1]，凌晨1点23分。

在一开始，苏联当局想要尽量把事件压下来，一直等到出事三十六小时之后，这个区域才开始进行疏散。

普里皮亚季距离反应炉并不远。透过挡风玻璃，追猎者看到了这座鬼城的轮廓。在那些与反应炉同时间起造的高耸水泥建筑物之间，没有光，也没有任何生物迹象。事发之前，这里有四万七千名居民，是座有咖啡馆、餐厅、电影院、剧院，以及两间运转良好的医院的现代化城市，其生活条件比苏联的许多地方都来得优越。

1　此处为作者笔误，实际应为4月26日。

现在，它只是一张可怖的黑白明信片。

有只小狐狸突然穿过街道，追猎者赶紧踩刹车，以免辗轧到小动物。自从人类消失了踪影，大自然的力量趁势崛起，许多动植物也占地为王。吊诡的是，这里居然变得像是某种人间天堂，但辐射毕竟会有长期影响，未来会有什么状况，实难预料。

追猎者带了一台盖格辐射计数器放在驾驶座旁边，它持续发出规律的电子鸣响声，宛如从另外一个象限而来的密码信息。他买通了乌克兰官员，取得了禁区通行证，由此得以进入废弃电厂三十千米以内的范围，但他时间不多，必须趁夕阳薄光消失之前完成调查，而天就快要黑了。

路旁出现许多废弃的军方车辆。当初为了紧急疏散居民，军方出动了卡车、直升机、坦克车，以及其他的运输装备。等到任务结束的时候，这些交通工具所受到的辐射污染已经太过严重，所以干脆就直接丢弃不用了。

他看到一块生锈的招牌。俄语的“欢迎光临”。

郊区有座游乐园，在事故发生之后，不知情的孩子还在白天继续玩耍，而这也是辐射云所侵袭的第一个地方。巨大的摩天轮被酸雨严重侵蚀，如今只剩空枯的骨架而已。

马路中央放置了许多水泥路障，阻挡汽车进入，铁刺网上挂着危险标志。追猎者停好车子，准备继续步行。他从后备箱取出行李袋背在肩后，再加上手中紧抓的盖格辐射计数器，他即将冒险进入鬼城。

才刚踏进去，他就听到鸟儿啾哗不止，这些清脆啭鸣伴随着他的脚步声，在建筑物之间的通道发出了巨大回声。天光消失得很快，而且气温也越来越低。有时候他觉得听到空荡荡的街上传出其他的回音，幻听吧，或者是古老的声音，一直被囚禁在这个时间已经不具任何意义的地方。

狼群在废墟里四处穿梭。他听得到狼嗥，地上的灰色脚印让人感觉它们无所不在，狼群虽然站得远远的，却一直紧盯着他。

他打开随身携带的地图，开始找寻目标。每栋建筑物的立面上都有以白漆标写的数字，他锁定的是一〇九号大楼。

迪马·克洛维辛曾经与父母住在十一楼。

追猎者知道，想要调查连续杀人犯，必须从第一起案件开始，而非最后一起。因为凶手初犯案的时候还没有经验，犯错的可能性也比较高。第一个受害者仿佛某种原爆点，一连串无可避免的灾难的起点，通过这些对象，能更加了解连续杀人犯的底细。

就追猎者所掌握的资料，迪马应该是这个变形人所化身的第一个对象，那时候他才不过八岁，还没有被送到基辅的孤儿院。

他必须爬楼梯，因为电梯没电，吊诡的是，这些地方却充满辐射的能量，盖格计数器数值蹿升，追猎者知道屋内比户外更危险，因为物品会沾有残留辐射。

追猎者拾级而上，陆续看到这栋公寓里当年的残迹，那些在紧急疏散之后没有被盗匪洗劫带走的东西。没吃完的餐点，没下完的棋局，放在墙挂暖气管上、等着烘干的衣服，还有，来不及整理的床铺。每个人都仓皇而逃，这座城镇成为留存个人记忆的集体记忆场，相册、最私密珍贵的物品、传家宝，所有的东西都在等待主人归返，但永远不可能实现了。一切都戛然而止，像是戏剧结束时的舞台布景，演员都离开了，露出那些假道具。这像是时间的幻术，一种悲戚的寓言，看到了生死交织，也见证了过往与它的永不复返。

专家认为，人类若想再次踏入普里皮亚季，需要再等十万年。

追猎者进入克洛维辛的公寓时，发现屋内保持得很完整。狭长的走廊通接三个房间，另外还有厨房与浴室。有些地方的壁纸已经脱落，湿气横行，一切都布满了灰，宛如披上了一层透明帘纱。

追猎者开始逐一检查各个房间。这对夫妻的卧室相当整齐，所有的衣服都放在衣橱里。

在迪马的小卧室里，除了他的床，一旁还放了行军床。

厨房餐桌摆设了四人份餐具。

客厅里到处都是喝光的伏特加酒瓶，追猎者知道原因。当初核灾消息传到普里皮亚季的时候，当局卫生部门刻意放出假消息，告诉民众喝酒可以降低辐射量，其实，这只是一种让民众意志消沉、防范他们抗议的诡计。桌子上又是四个酒杯，这个数字不断出现，证明了一件事。

克洛维辛家里还有一位客人。

追猎者望着柜上相框里的全家福，爸爸、妈妈，还有一个小孩。

他们的脸已经被破坏得面目全非。

追猎者转身，发现入口处摆了四双鞋，男鞋、女鞋，还有两双童鞋。

他拼凑这些细节，得到初步结论：变形人在核电厂出事之后的几个小时之内进入这间公寓，克洛维辛夫妇虽然不知道这小孩是谁，但也狠不下心把一个孤单害怕的小孩送交警察局。

他们根本没想到这等于是引狼入室，所以他们不但准备了热食，还让他和迪马睡同一个房间。然后，一定出事了。很可能是在半夜，克洛维辛一家三口消失在空气中，而变形人就此取代了迪马的位置。

尸体呢？最重要的是，那个孩子是谁？究竟是从哪里蹦出来的？

夜色已经围袭这座鬼城，追猎者从行李袋中拿出手电筒，准备离开这栋大楼，他打算等到明天的同一时段再过来，他不能在这里待一整夜。正要下楼的时候，他突然又想到了另一个问题。

为什么他挑的是克洛维辛这一家人？

他以前从来没想过这个问题，变形人选择他们一定有原因，绝非随机犯案。

因为，他并非远道而来，也不是来自什么特别的地方，不过就在附近而已。

追猎者将手电筒对着克洛维辛隔壁的那一户人家，大门是关着的。

黄铜招牌上刻有名字：亚纳多利·佩特洛夫。

他看了看手表，外面已经天黑，等一下他开车的时候，必须关掉头灯，以免被乌克兰的禁区驻警发现行踪，所以他再多待一会儿也无妨。答案近在眼前，让他不禁莫名兴奋，也让他忘记了最基本的预防措施。

自己的直觉是否准确？他想要立刻知道答案。

昨天

04: 46

尸体在流泪。

这次他没有打开床边的灯，也没有拿签字笔在墙上加注新的细节。一片漆黑，他静静地躺着，想要搞清楚方才梦境中的情景。

布拉格旅馆的枪击事件被召唤入夜梦，他正在回想最后的细节。

碎玻璃。三声枪响。左撇子。

将关键词重新排列组合之后，他解开了谜团。

杰里迈亚·史密斯最后曾经说了这几句话："在善恶的边界有一面镜子，你如果仔细看，一定会找到真相。"

他现在知道自己为什么那么讨厌照镜子了。一人挨一枪，他自己，还有德沃克，但杀手不是左撇子，而是他自己的镜面反射。第一枪打碎了镜子。

没有第三个人，只有他们两个人而已。

几个小时之前，他在杰梅里医院的加护病房杀了人，态度毫不迟疑，而回家之后，他也猜到了布拉格事件的真相，只不过，他是靠梦境回想起最后一幕的。但他还是不知道自己为什么在布拉格，还有他的导师为什么也会在那里，以及他们的谈话内容。

马库斯知道自己刚才杀死了杰里迈亚·史密斯，而先前他也做过一模一样的事，拿枪杀死了德沃克。

拂晓时分，雨势又起，涤净了罗马的纷扰暗夜。

马库斯走在雷戈拉区的小巷里，暂时找了个门口避雨，他抬头望天，想着这场雨恐怕还有的下。他竖起风衣衣领，继续往前走。

到达朱利亚路之后，他走入教堂。这是他第一次来到这里，克莱门特约他在地下室见面。马库斯走下石阶，立刻发现此处非比寻常，这是地底坟场。

十九世纪初拿破仑颁布卫生敕令，要求死者的下葬地点必须远离居住区。在此之前，每一间教堂都有自己的墓地。但这间很不一样，所有的摆设——分枝烛台、装饰品、雕像——全都是用人骨做的，就连让信徒在入口圣水盆处沾点圣水的时候，也可以看到墙上镶入的人骸。这些尸骨依种类不同，分别放置在不同的壁龛里面，数目成千上万。这个地方不只是阴森而已，简直是奇诡。

克莱门特双手反剪置后，正弯腰研究一堆头骨下方的碑文。

"为什么要选这个地方？"

克莱门特转身看他："昨晚我听过你的留言之后，觉得这里再适合不过了。"

马库斯伸手指向四周："我们在哪儿？"

"十六世纪末，慈善团体开始收尸，他们希望能好好安葬那些在罗马街头、乡下，或是台伯河岸发现的无名尸。这些死者可能是自杀、被人谋杀，或者就只是单纯的贫困而亡，估计这里一共埋了八千具尸体。"

克莱门特的态度未免太冷静了。马库斯在那通留言里详述了当晚的事发经过与最后的结果，但他的这位年轻朋友似乎无动于衷："为什么我觉得你毫不在乎？"

"因为我们早就知道了。"

那股傲慢的语气激怒了他："谁？你刚说'我们'，但你没讲清楚究竟是哪些人，你上面还有谁？我有权利知道。”

“你知道我不能说，但你的表现让我很满意。”

马库斯摇头：“为什么？最后我只能开枪杀死杰里迈亚·史密斯，拉若依然不知去向，还有，这一年来我丧失记忆，什么都想不起来，但昨晚我想起了第一件事……我杀了德沃克。”

克莱门特从容不迫：“有名犯下重案的死刑犯，一直被关在戒备最为森严的监狱里，等待被处决，整整等了二十年。五年前，他被诊断出罹患脑癌，开刀之后，他却丧失了记忆，必须一切从头学起。他不懂自己为什么必须被关在监狱里，为什么会被判刑，因为他根本想不起来自己曾经犯下滔天大罪。现在他认为自己是另外一个人，与那杀人无数的恶魔截然不同，其实，他说自己根本不敢杀生，他要求赦免，他说如果不能无罪开释，那就等于把一个无辜的人处死。心理学家诊断之后，发现他不是在骗人，绝非为了逃避死罪而编出的谎话。但这还不算是真正的问题，如果人必须为自己的行为负责，那么过错的位置在哪里？身体、灵魂，还是他的认同？”

马库斯全懂了：“你知道我在布拉格做了什么事。”

克莱门特点点头：“枪杀德沃克，你犯的是道德之罪。你如果不记得的话，就无法忏悔告解，既然无法告解，也就无法获得赦免。不过，基于相同的理由，这也就等于不曾犯罪，所以你也自然得到了宽恕。”

“所以你一直瞒着我。”

“有一段话，圣赦神父总是挂在嘴边，你记得吗？”

马库斯想起来了：“在光明与黑暗的交界之处，一切都可能发生——那片幽暗之地，万物扑朔迷离，一片混乱，我们被指派成为边界的守护者，不过，偶尔会有越界之事……我必须将其驱回黑暗世界。”

“在边界徘徊总是充满风险，有些圣赦神父犯下致命错误之后，立刻被黑暗世界所吞噬，再也回不来了。”

“你是说，我在失忆之前，也曾经出现杰里迈亚·史密斯的问题？”

“不是你，是德沃克。”

马库斯震惊无语。

“是他带枪进入那间旅馆房间的，你只是想要拿走他的枪自保而已。你们发生了激烈争吵，随即发生枪击。”

“你怎么会知道事情经过？”马库斯立刻反驳，“你又不在现场。”

“德沃克在到布拉格之前，已经先告解过了，案号为c.g.785-34-15，他犯了违反教皇命令与背叛教廷的重罪，他也是在那个时候透露圣赦神父仍有秘密活动，他八成发现出问题了：有人违反规定取用档案资料，四个女孩被绑架杀害，却一直无法破案，德沃克神父开始怀疑是自己的人马所为。”

“圣赦神父一共有多少人？”

克莱门特叹气：“我们真的不知道，但希望有人知道全部的名单。在德沃克的告解内容中，他没有提到任何名字，只说：‘我犯了错，必须自己弥补。’”

“他为什么要来找我？”

“我们猜测他想要杀光所有的圣赦神父，而你是第一个。”

马库斯难以置信：“德沃克要杀我？”

克莱门特拍了拍他的肩膀：“抱歉，我本来也不想让你知道。”

马库斯凝望着某个骷髅的眼窟，这个人是谁？叫什么名字？长什么模样？有没有人爱过他？他是怎么死的？是好人还是坏人？

要是德沃克之前真的杀死他的话，恐怕也有些人会对着他的尸体议论纷纷，因为他和所有的圣赦神父一样，都是没有身份的人。

我不存在。

“杰里迈亚·史密斯在死前曾经说过：‘我犯案的次数越来越多，而我侦查的技巧也越来越高超。’我不禁自问，为什么我没有办法记得自己母亲的声音，却对寻索犯罪证据如此在行？为什么我已经忘记了一切，却没有丧失我的天赋？是不是人类的内心都有善恶两面，只是自我选择的路途不同？”马库斯看着他的年轻朋友，“我是好人还是坏人？”

“现在你知道自己杀了德沃克与杰里迈亚·史密斯，犯了道德之罪，所以你必须告解，交由灵魂法庭做出审判。但我确信你终将获得赦免，因为有时候与邪道交手，难免会惹来一身血腥。”

“那拉若呢？杰里迈亚死了，拉若的下落也就此石沉大海，这可怜的女孩不知道怎么样了。”

“马库斯，你的任务已经结束了。”

“她怀有身孕。”

“我们救不了她。”

“连她的小孩也没有机会？不，这叫我怎么能接受？”

“你看看，”克莱门特指着周边的人骨，“这里的意义叫作怜悯。无论这具无名尸先前做了什么，但总会给他们一个宗教仪式，让他们安息。我之所以约你在此见面，无非是希望你能够给自己多一点怜悯。拉若可能会死，但不是你的错，所以不要再继续折磨你自己了，如果你不能先原谅自己，得到灵魂法庭的赦免也没有意义。”

“所以我自由了？怎么跟我想象中的不一样？不是应该很开心才是吗？”

“还有一项任务，”克莱门特露出微笑，“也许可以减轻你心头的负担。”他拿出档案交给马库斯。

他低头看着编号：c.g.294-21-12。

“虽然之前的营救没有成功，但你依然还有机会。”

09: 02

加护病房区里，出现了一幅超现实的场景。警方与刑事鉴识人员正忙着进行屠杀案发生之后的侦查工作，他们在一堆昏迷的病患之中忙进忙出，毕竟一时之间很难把病患安置到其他地方，而且这些病患也不可能干扰调查，所以就干脆继续让他们留在那里。结果每个警察的动作都变得很安静，而且他们还刻意压低声音交谈，仿佛担心自己会吵醒病人。

桑德拉坐在走廊的椅子上，看着这些同事，不禁猛摇头，她忍不住心想，也许这一切都是因为她的愚蠢而起。医生坚持她必须继续留院观察，她却签下自动出院书。其实她还是很不舒服，但她只想要赶快回到米兰，再次回到自己的生活轨道，然后，重新开始。

马库斯，她想起那位带疤的圣赦神父的名字了，真希望能与他再见一面，亲口谢谢他，当时她虽然无法呼吸，但神父紧紧相握为她灌注了坚持下去的勇气。

黑色裹尸袋里的杰里迈亚·史密斯被送走了，当他们把他从桑德拉的面前推过去的时候，她居然没有任何感觉。昨晚宛如一场死亡体验，已经完全释放了她的怨怒与报复之意，因为在那生死攸关的时刻，她觉得自己与戴维好近。

莫妮卡先是以自己专业的医学技术把桑德拉从鬼门关拉了回来，随后又开始在警察面前演戏，顶替马库斯的角色，扛下了杀人的责任。当然，她早就在警方抵达之前拭去马库斯留在枪上的指纹，并且自己握枪留下指纹。她一再强调，这不是报复，而是自卫，看起来他们是相信了这种说法。

桑德拉看着莫妮卡朝自己走过来，虽然被反复诘问，但她似乎并未出现倦容。

“还好吗？”她笑意盈盈，很开心。

“很好。”桑德拉开口回答，也顺势清了清喉咙。因为先前插入了喉管，所以她的声音依然沙哑，而且全身肌肉都在犯疼，不过那最可怕的麻痹感总算是没了。在麻醉师的协助之下，她体内的琥珀酰胆碱药效已经逐渐退去，这简直是宛如重生。“如果我没记错的话，令尊曾经说过，‘每挨一巴掌，你都有机会成长。’”

她们两人畅怀大笑。莫妮卡昨晚会再次回到加护病房区，纯属意外。桑德拉没有多问，这是莫妮卡自己说出来的，她也不知道是什么动力让她想回来：“也许是因为我们先前聊了那么一会儿吧。”

桑德拉不知道该谢的是莫妮卡的临时起念，还是命运，或是偶尔在冥冥之中自做安排的某个人，无论他是上帝还是戴维，对她来说并无太大差别。

莫妮卡靠过去抱她，此时一切尽在不言中，两人相拥了好一会儿之后，这位年轻女医生又对她吻颊告别。

她目送莫妮卡离去，居然没注意到卡穆索警长已经走了过来。

“她真是个好女孩。”卡穆索说道。

桑德拉闻声回头，警长今天走蓝色系：蓝外套、蓝衬衫、蓝领带、蓝长裤，唯一的例外是他的那双白鞋，幸好他的头发和鞋子不是蓝色的，不然他就会像只变色龙一样，完全隐没在蓝色的陈设与墙壁里。

“我已经和你的长官通过电话了，迪·米凯利斯督察说他会从米兰过来，亲自接你回去。”

“我的天，不要啊，你怎么没阻止他？我打算今晚就回去了。”

“他告诉我一件有关你的事，很有趣。”

桑德拉有不祥的预感。

“维加警官，显然你是对的，恭喜。”

她吓了一大跳：“恭喜什么？”

“瓦斯暖炉与一氧化碳的那个案子。丈夫洗完澡之后，出来杀死太太和儿子，然后他又回到浴室里，昏倒之后撞到头，死了。”

案情推演得很漂亮，但结果如何还不确定：“法医接受了我的理论？”

“不只是接受，而且是完全赞同。”

桑德拉不敢相信，这真是太好了，她心想，真相永远是最好的安慰。就像戴维的案子一样，现在她已经知道凶手是谁，也觉得该放手了。

“医院的所有部门都装有监视摄像头，你知道吗？”

警长冷不防丢出这句话，让桑德拉吓得全身战栗，她从来没想到这件事，莫妮卡与她合力编造出来的证词恐怕会被拆穿，马库斯也有危险：“你看过带子没有？”

卡穆索扮了个鬼脸：“因为连日暴雨，加护病房区的摄像头全部出故障了，所以没有留下任何监控数据，好可惜，你说是吧？”

桑德拉松了一口气，但绝对不能被警长识破。

但卡穆索的话还没说完："你一定知道杰梅里医院属于梵蒂冈所有，对吧？"

这句话绝对不是随口问问，他在迂回套话，但桑德拉假装不知道。

"跟我说这个干吗？"

卡穆索耸了耸肩，斜眼瞄着她，但他不打算继续深究下去："哦，只是好奇罢了。"

桑德拉没给他机会继续发问，立刻从椅子上站起来："可不可以请你派人送我回旅馆？"

"我载你过去吧，反正我现在没事。"

她堆出假笑，掩饰自己的失望之情："太好了，但我想先去一个地方。"

卡穆索开的是蓝旗亚 Fulvia 古董车，车况维持得极好，桑德拉一坐进去，还以为自己进入了时光隧道，车内气味怡人，像是刚从展示间领出的新车。大雨依然下个不停，车身却洁净得不得了。

桑德拉给了他地址，两人沿着威内托路，听着二十世纪六十年代的流行金曲，她觉得自己仿佛置身在费里尼电影《甜蜜的生活》的场景里。

这趟时光逆旅的终点到了：国际刑警组织客房公寓的建筑物外面。

桑德拉爬阶梯的时候，心中满怀期待，希望能够再次遇见夏贝尔。她知道机会微乎其微，但仍抱有一丝希望，她有千言万语想要告诉他，而最重要的是她希望能听到他表示些什么，比方说，虽然她犯蠢隐藏自己的行踪，但还是很高兴她死里逃生。如果昨天晚上能让他一路跟踪到杰梅里医院，情势也许会有所改观，毕竟夏贝尔只想要保护她而已。

但她真正想听到的，莫过于他亲口说出希望未来能再次相见，他们两人曾经上过床，她也喜欢他，不希望就此断了联络。她虽然还不想承认，但其实自己已经对他一见倾心。

桑德拉走到梯台处，发现大门是开着的，她毫不迟疑，带着满心喜悦走进去。厨房传出声响，她赶紧过去找人，但眼前出现的是另外一名男子，身着体面西装。

她只能勉强挤话："嘿。"

他满脸诧异："没带你丈夫来？"

桑德拉一头雾水，但她好心急，想赶紧弄清楚状况："其实，我要找人，托马斯·夏贝尔。"

那男人想了一会儿："可能是先前的房客。"

"我猜他是你同事，你不认识他吗？"

"据我所知，这套房只委托我们这一家中介出售，但我们公司没有这个人。"

桑德拉慢慢懂了，不过她还是有些茫然："你们是房地产公司的？"

"难道你没有看到我们在门口贴的招牌？"他语调夸张，"这间公寓要卖啊。"

她不知道该作何反应，要生气还是惊讶："卖多久了？"

这个问题似乎让对方很困惑："这房子已经六个月没人住了。"

桑德拉愣住了，现在她想不出任何合理的解释。

那男子靠过去。"我在等某个买家，"他开始献殷勤，"但如果你有意想看看的话……”

“不用，谢谢，”桑德拉回道，“是我弄错了，不好意思。”她语毕旋即离开。

“如果你不喜欢家具的风格，可以不要啊，我们会从房价里扣除。”

她匆匆冲下阶梯，到了一楼的时候已经头晕目眩，只能先倚在墙上，休息个几分钟之后，才回到卡穆索的车上。

“你脸色苍白，要不要我送你回医院？”

“我没事。”这是谎话，她勃然大怒，夏贝尔又骗了她，会不会他说的一切全是假话？所以那一晚春宵到底算什么？

“你到这间公寓是为了什么事？”

“找一个在国际刑警组织工作的朋友，但他不在那里，我也不知道该去哪里找他。”

“如果你有需要的话，我可以帮忙，国际刑警组织罗马办公室的人我倒是认识几个，只要打通电话就行了，不麻烦。”

她觉得自己一定要查个水落石出，否则她没有办法带着满腹疑问回米兰：难道真的是她一厢情愿，这个男人对她没有丝毫好感？

“谢了，感激不尽。”

13: 55

布鲁诺·马丁尼走到自家公寓地下室的停车间，他已经把那里改装成了实验室，修弄东西等于是他的休闲娱乐，他喜欢修小家电，对木工与机械也多有涉猎。停车间的金属铁卷门高高拉起，马库斯看到布鲁诺正在里面修理伟士牌摩托车的引擎。

大雨直落宛如水帘，马丁尼没有注意到马库斯正缓步走来，直到他站到眼前的时候才发现。他跪在摩托车旁边，一抬头就认出了马库斯："你又来干什么？"

这个男人体格魁梧，强健的肌肉足堪面对生命中的所有试炼与磨难，不过，女儿失踪却让他充满了无力感，他的急躁个性成了他唯一的护身符，让他还不至于完全崩溃，马库斯实在不忍苛责。

"可以聊聊吗？"

布鲁诺没接话，想了一会儿才开口："进来吧，你全身都湿了。"他站起来，双手在满是油渍的工作裤上抹了抹："今天早上我和卡米拉·洛卡通过电话，她很生气，正义永远无法实现了。"

"我来这里不是为了这件事，很遗憾，我爱莫能助。"

"有时候，还是不要知道真相比较好。"

布鲁诺会说出这句话，让马库斯吓了一跳，这个父亲不惜一切，就是为了把女儿找回来，他不但买黑枪，而且让自己变成了寂寞的复仇者，马库斯不确定自己是不是应该来这一趟。"你呢？还是想知道艾丽斯怎么了吗？"

"三年来，我拼命找她，仿佛她还活着，但我的悲伤程度，宛如她已经死了。"

"这不算答案。"马库斯的态度依然尖锐。

"你知道求死不能的感觉是什么吗？"布鲁诺继续说话，但微微敛目，"只能毫无选择，继续活下去，永不凋萎。但你想想看，这是什么样的无期徒刑？好，在我还没找出真相之前，我不能死，我必须好好活着，继续接受煎熬。"

"为什么要对你自己这么严苛？"

“三年前，我还有抽烟的习惯。”

马库斯不知道他为什么会提这件事，但依然让他说下去。

“那天，我们全家人在公园，艾丽斯被人掳走的时候，我跑去抽烟，她妈妈也在，但我应该要看好她的，我是她爸爸，那是我的责任，我却漫不经心。”

对马库斯来说，这个答案已经够了。他拿出口袋里的档案，那是克莱门特先前交给他的资料。

编号 c.g.294-21-12。

他打开之后，取出一张纸：“接下来我要告诉你一件事，不过有个条件——不可以问我是怎么知道的，也绝对不能告诉别人消息来源，同意吗？”

布鲁诺一脸疑惑地看着他：“好。”他的声调里隐然有了变化，那是期待。

马库斯小心翼翼：“三年前，艾丽斯被一个男人绑架，带到了国外。”

“怎么会这样？”

“他是精神病患，以为自己死去的妻子在你女儿身上还魂再生，所以才会下手绑架她。”

“所以……”他难以置信。

“对，她还活着。”

布鲁诺的双眼盈满泪水，这个魁梧男子已经快哭出来了。

马库斯将那张纸交到他手上：“所有的追查线索都在这里，但你一定要答应我，不可以一个人行动。”

“好。”

“在这张纸的最下面，附有一位失踪人口专家的电话号码，她对于孩童案件尤为拿手，你一定要与她联络。就我所知，她是位很优秀的警官，名叫米拉·瓦斯克兹。”

布鲁诺看着手中的那张纸，激动无言。

“我该走了。”

“等等。”

马库斯停下脚步，但布鲁诺没说话，他的胸膛正因无声低泣而不断起伏。马库斯知道他现在的想法，这个爸爸不是只想着艾丽斯，他的脑中开始浮现全家人团圆的画面，先前他连想都不敢想。他在失踪案发生过后的种种反应，逼得另一半携子离家，他们现在终于有机会可以破镜重圆。

“不要让卡米拉·洛卡知道这件事，”布鲁诺说道，“至少，现在还不行，要是她知道艾丽斯还有一线生机，菲利普却再也不可能回来的话，她一定很难承受。”

“我没打算告诉她，而且，她还有自己的家人。”

布鲁诺抬头，满脸惊讶：“什么家人？她丈夫两年前离家出走，现在已经有了新对象，而且还生了宝宝。正因为如此，我们两人才走得这么近。”

马库斯想到卡米拉的冰箱上，螃蟹磁铁压住的那张字条。

十天后回来。我爱你。

天知道那张字条放在那里多久了，不过，现在有别的事让他心头一惊，但他现在还不确定究竟是怎么回事。“我该走了。”他没时间听布鲁诺表达谢意，已经立刻转身，再次冲入那滂沱的水帘中。

车流因大雨而受阻，他花了将近两个小时才到达奥斯提亚。他在面海处的某个圆环下车，随即开始步行。

没看到卡米拉·洛卡的车子，但马库斯依然在外面站了好一会儿，确定没人之后才走进屋内。

此情此景，和他上次到访时几乎一样，海洋风家具，还有鞋底卡的细沙，但厨房里的水槽没关紧，不断在滴水，与外面的倾盆大雨融汇在一起。

他直接走入卧室，枕头上还放着那两套睡衣，他没弄错，记得很清楚，女主人一套，男主人一套。小摆饰与其他物品也依然整整齐齐。他记得第一次来这里的时候，以为这种洁癖是一种逃避焦虑的方式，可以远离儿子失踪后的混乱心绪，一切都恰如其分，十分完美。他心想，这是违常之处，应该要仔细观察才是。

五斗柜上的相框里，菲利普正看着他微笑，马库斯觉得自己充满了动力。卡米拉的床头桌上挂着婴儿监视器，那是让新手妈妈监察宝宝睡眠动静的电子配备。

他又想到了隔壁房间。

他走入儿童房，这里原本是菲利普的个人空间，现在却一分为二，引发马库斯好奇的是那张尿布桌、成堆的玩具，还有婴儿床。

婴儿在哪里？为什么我没看到？幕后又有什么秘密？他想起布鲁诺的话：她丈夫两年前离家出走，现在已经有了新对象，而且还生了一个宝宝。

儿子失踪之后，卡米拉又得承受另一个重大打击，她深爱的那个男人抛弃了她，但伤人的背叛不在于第三者，而是他们的孩子，那等于是菲利普的替代品。

马库斯心想，可怕的并非失去孩子，而是生活会不顾一切继续往前走。而且，卡米拉·洛卡为人母的期待，从来没有消逝。

他注意到了问题，但这一次，不是因为出现了什么，而是遗漏。

在那张小床旁边，没看到婴儿监视器的另一个子机。

接收器在卡米拉的房间，那发射器呢？

马库斯回到主卧室，坐在床头桌旁边，伸手取出那台婴儿监视器，打开电源。

持续不断的噪声，宛如来自黑暗世界的难解之音。马库斯把耳朵都贴过去了，想要听出端倪，但什么都没有。他把音量调到最大，噪声回荡在整个房间，他竖耳等待了好几秒钟，宛如潜入低语深海，想要找到里面的细微变化，异样的色泽。

他听到了，扩音器里的浑浊迷音里，还有另外一个声音，很规律，不是机器，而是来自生物，呼吸声。

马库斯抓着婴儿监视器，在房子里面到处兜转，希望能找到信号的来源，他告诉自己，一定就在不远的地方，这种装置的有效范围最多不过数百米，所以音源到底在哪里？

他打开所有的门，查看所有房间，最后又开了后门，透过纱窗看到一团模糊的荒芜花园与工具房。

马库斯从后门走出去，他现在才注意到四周邻居距离此处都有相当距离，而且这间房子种满了高耸的松树，形成了天然屏障，这里真是再理想不过了。他沿着碎石小路走向那间工具房，大雨无情地直落，湿地加上逆风，寸步难行，仿佛黑暗力量想要劝他打消念头，但最后他还是走到工具房前，门口挂有一具大锁。

他张望四周，马上找到自己所需要的工具。草地里插了一根充作洒水器支架的铁杆，马库斯把婴儿监视器丢在旁边，用双手抓住铁杆，拼命拔出来，随即拿起它用力破坏挂锁。铁链终于断了，大门也出现好几厘米的开口，马库斯立刻冲了进去。

阴暗天光钻入了小屋，他看到里面有一堆垃圾，还有小小的暖炉，婴儿监视器的子机搁在地上的床垫旁，他还看到上面有一团薄毯——而且，那团东西在蠕动。

“拉若？”他轻声呼唤，等了许久都没听到答案，“拉若？”他这次喊得更大声了。

“是我。”难以置信的声音。

马库斯赶紧靠过去，她被裹在臭烂的毯子里面，疲倦，脏兮兮，但还活着。“别担心，我是来找你的。”

“求求你，拜托。”拉若哭个不停，她还不知道这个人是来救她的。

马库斯抱着她走入雨中，穿过草地小径，这一路上，拉若只是频频重复那几个字，当他们终于走到小屋后门的时候，马库斯却停下了脚步。

卡米拉·洛卡站在走廊上动也不动，她的手里拿着一串钥匙和几个购物袋：“他把她带过来的，他说，我可以留下她的小孩……”

马库斯知道她口中的“他”正是杰里迈亚·史密斯。

卡米拉看着马库斯，又望着拉若：“她不想要那个孩子。”

犯罪，会引发更多的邪行，杰里迈亚曾经这么说过。卡米拉走入了人生歧途，但这是因为她受到了许多苦难，所以才会变成这种模样，她接受了恶魔的赠礼。马库斯也终于懂得她为什么能骗得过他，因为她创造了一个平行世界，对她来说，那里的一切都是真的，她情感恳切，不是在演戏。

马库斯没有理会卡米拉，但取走了她手中的车钥匙，继续抱着拉若往前走。

卡米拉呆站在那里，看着他们离开，终于体力不支而倒地。她自言自语，声音细弱难辨，只是不断重复着那句话：“她不想要那个孩子……”

22: 56

迪·米凯利斯督察把铜板塞入咖啡机，准备为桑德拉买咖啡。这位长官所展现的关心与体贴让她觉得受宠若惊，她没想到自己这么快又回到杰梅里医院。

他们在一个小时前接到卡穆索的电话。那时候她正在打包行李，准备离开旅馆，与特地来接她的长官一起搭火车回米兰。起初她以为警长要讲的是夏贝尔的消息，但他只说现在国际刑警组织正在处理，而杰里迈亚·史密斯的案件有了最新发展，所以她和督察立刻亲自赶赴医院。

拉若还活着。

状况还不是很清楚，这位建筑系女学生在罗马郊区购物中心的停车场被人发现，消息来源是某通匿名电话。对方仅提供了简单信息，只说拉若在紧急出口的旁边。现在，这女孩正在医院里接受检查。

其实，卡穆索警长与他的手下早已根据拉若的证词与车内的文件前往奥斯提亚逮捕人犯，只是桑德拉还不知情而已。她不知道杰里迈亚·史密斯的涉案程度有多少，但她很确定一件事：这个案子能够欢喜收场，想必有马库斯努力的痕迹。

她心想，对，一定是他，拉若一定会提到某个太阳穴带疤的神秘救援者，警察找得到他吗？她希望不要。

拉若获释的消息一曝光，大批媒体立刻将医院团团包围，记者、摄影师全在一楼守候，拉若的父母还没有出现，毕竟从南部赶到罗马需要相当的时间，但她的朋友们全赶过来了，桑德拉还发现当中出现了克里斯蒂安·罗里耶利，那位艺术史讲师，同时也是拉若孩子的父亲。他们匆匆交换眼神，这个举动胜过千言万语，想必那天在大学办公室里的会谈的确产生了效果。

根据目前出炉的检验报告，这个女学生的临床状况没有问题，还有，她虽然承受了巨大压力，但对于未出生的宝宝并没有造成影响。

迪·米凯利斯走到桑德拉身旁，对着塑料杯猛吹气："总应该给我一点解释吧？"

"你说得没错，但我得先警告你，一杯咖啡的时间是不够的。"

"那我看恐怕得等到明天早上再离开了，今晚就待在这里吧。"

桑德拉接过咖啡："我希望自己放下警察的身份，以朋友的角度告诉你来龙去脉，你可以接受吗？"

"这是什么话，你不想当警察啦？"督察在调侃桑德拉，但发现她脸色严肃，态度也立刻转变了，"戴维死的时候，我没有好好陪你，至少现在我可以听你说话。"

在接下来的两个小时当中，桑德拉把事情经过全告诉了他，她知道可以信赖这位长官，他的道德操守一直是她师法的典范。迪·米凯利斯让她畅所欲言，只在需要厘清几个关键时打断她。桑德拉讲完之后，整个人也轻松多了。

"你说的是圣赦神父？"

"对，"她语气坚定，"你从来没听说过吗？"

迪·米凯利斯耸耸肩："我入行这么久了，什么光怪陆离的事情没见识过。的确，有时候之所以能破案，完全靠的就是线报或是机运，根本无法解释。但我倒是从来没联想到有这样的组织帮助警方调查犯罪案件。你也知道，我是虔诚的教徒，当我再也无法忍受每日所见的丑恶时，如果能相信某些不理性却美好的事物，的确能够抚慰人心。"

督察轻抚她的手臂，马库斯在消失于加护病房与她的生命之前，也曾经对她做出相同的动作。桑德拉在此时发现督察背后有人，两名穿西装打领带的男子正在向警察问路，他指着他们的方向。

那两名男子真的走过来了，其中一人开口问道："桑德拉·维加？"

"我就是。"

"可不可以耽误你几分钟？"另一名男子接口。

"没问题。"

他们提醒桑德拉，此为机密案件，然后把她拉到旁边说话，并出示证件："我们是国际刑警组织的人。"

"怎么了？"

年长的那位先开口："卡穆索警长今天下午打电话过来，询问某位干员的信息，他说是帮你找人，那位警官的姓名是托马斯·夏贝尔，我们想要确定你是否真的认识他？"

"认识。"

"你最后一次看到他是什么时候？"

"昨天？"

那两个人互看一眼。"确定吗？"年轻干员问道。

桑德拉开始不耐烦了："我当然确定啊。"

"你见到的是这个人吗？"

他们拿出一张印有照片的证件，桑德拉趋前细看："虽然他长得很像夏贝尔，但我真的不知道这个人是谁。"

他们又再次交换眼神，这次看起来多了一丝紧张不安："可不可以请你与我们的人像模拟图像专家见面，叙述你看到的那个人的容貌细节？”

桑德拉忍不住了：“好，两位，可不可以请哪位告诉我现在是什么情形？看起来我似乎是在状况外。”

年轻的那位看了一眼长官，得到默许之后，终于开口：“托马斯·夏贝尔先前最后一次与我们联络的时候，正在卧底调查某个案件。”

“为什么要强调‘先前’？”

“因为他自此之后就消失无踪，这一年多来，我们再也没有接到他的消息。”

桑德拉目瞪口呆，脑中一片空白：“对不起，如果你们的干员是照片里的这个人，而且也不知道他后来出了什么事，那我遇到的那个人又是谁？”

一年前　普里皮亚季

普里皮亚季

罗马

狼只在荒弃的街道上彼此呼喊，对着黑暗的天空嗥叫，现在，它们成了普里皮亚季的领主。

追猎者站在一〇九号大楼的十一楼，听到一阵阵的狼嗥，他正在研究该如何打开亚纳多利·佩特洛夫家的大门。

狼群发现入侵者尚未离去，开始找寻他的行踪。

在这种状况下，他得等到天亮才能离开。低温再加上门锁难解，让他的双手疼痛不堪，但最后还是顺利打开了。

这间公寓与隔壁的大小相同，一切都保持得很完整。

窗户的隙缝全塞满了碎布和绝缘胶带，避免外面的空气进入屋内，想必亚纳多利在核电厂出事之后，立即采取了阻挡辐射的防范措施。

门内挂着他的核电厂工作制服，上面夹有附照片的名牌。亚纳多利年约三十五岁，金色直发，额前还有刘海，戴粗框眼镜，蓝色眼眸空洞无神，细薄嘴唇上有淡色汗毛，其职称为涡轮技师。

追猎者张望屋内，家具简朴，客厅里有印花丝绒沙发和电视机，角落放置了两个玻璃展示柜，但里面空无一物。还有一个大书柜，占据了某面墙的大部分面积。追猎者上前细看，里面多为动物学、人类学和民族学的资料，作者有达尔文、洛伦兹、莫理斯、道金斯等著名学者，主题涉及动物学习进程、物种环境制约，乃至本能与外在刺激的关系等，这不太像是一般涡轮技师会有兴趣的读物。下层的书架则摆放了许多练习簿，大约有二十本，每一本都有编号。

追猎者还没有什么具体想法，但目前已经得到一个重要结论：亚纳多利独居，这里看不出有其他家人或是小孩的生活痕迹。

他的内心突然涌现一股不安，现在，他被迫待在这里一整个晚上，不能生火，因为燃烧会助长辐射的作用。他没有带食物，身边只有水，他猜自己应该可以找到毛毯和罐头，不过他发现卧室衣橱里根本没有衣服，橱柜里也空空如也，种种迹象显示亚纳多利早有先见之明，在切尔诺贝利事件发生之后，还没等到大规模疏散，已经先行逃离了核灾中心。他不像其他人抛下一切慌乱撤离，很可能是因为亚纳多利不相信当局在事发之后的说辞，他们不断告诉民众，安全起见要待在家中。

追猎者利用沙发靠垫与床单在客厅弄了张临时的床。他想到可以拿水洗脸擦手，至少可以去除些许辐射尘。他从袋中取出瓶子，假迪马的那只小兔子也滚落出来。他把它放在盖格计数器和手电筒的旁边，在这么诡谲的环境里，至少还有它为伴，追猎者笑了。

“老友，也许你可以帮点忙。”

那个缺了一只眼睛的填充玩具只是瞪着他，追猎者觉得自己未免太愚蠢了。

他从容不迫，先准备研究书柜里的练习簿。他随机抽了一本，六号，然后把它拿到床上开始翻阅。

没有标题，全是以俄文写出的工整小字，他翻到第一页，原来是日记。

2月14日

我打算重复第六十八号实验，但是这一次的方法应该有所改变。实验目标是要以逆转印随行为的方式，证明环境制约将会对行为造成影响，为此，我今天早上买了两只小白兔……

追猎者突然抬眼，看着身旁的玩具兔，这等巧合也未免太离奇了，不过，他从来不在乎什么巧合。

2月22日

这两只小兔分开饲养，现在已经长大为成兔，今天我要改变其中一只的生活习惯……

追猎者望着屋内的玻璃柜，那应该就是亚纳多利养动物的地方，原来这间客厅算是动物园。

3月5日

欠缺食物，加上电流刺激，造成其中一只兔子的攻击性越来越强，它的温和性格也变了，露出粗野本性……

追猎者不懂，亚纳多利想要证明什么？他为什么对于这样的动物实验如此热衷？

3月12日

我把那两只兔子放在同一个笼子里，刻意引发的饥饿感与攻击性造成同类相残的后果，其中一只开始攻击另外一只，几乎要把对方咬死了……

追猎者大为惊骇，立刻下床去拿其他练习簿，其中有些还附了照片与标题。这些兔子被迫做出违背本性的行为，实验者让它们挨饿、没水喝，或是让它们一直处于全黑或是全亮的环境中，再不然就是施以轻微电击，或是给它们吃引发精神病的药物。从这些照片中，可以看出它们的眼睛里混杂了恐惧与怒狂。每一次实验都是以残忍方式收尾，不是同类相残，就是亚纳多利自己亲手杀死两只兔子。

追猎者发现，最后一本练习簿提到还有后续内容，但是书架上找不到其他编号的练习簿，应该是都被亚纳多利带走了，他留下这些，可能是因为觉得它们没那么重要。

在最后一本的末页，出现了一段以铅笔写下的注记，令人看了格外触目惊心。

……杀戮是所有生物的天性。唯有人类会因为非必要的理由行凶，有时候纯粹是出于嗜虐，享受折磨别人的愉悦。善与恶并非只是道德的范畴而已，在过去几年当中，我已经证实了一件事：对所有的动物都可以灌输虐杀恶欲，凭什么人类就是例外？

追猎者看到这些文字，不禁全身战栗，那只玩具兔宝宝一直死盯着他，突然让他很不舒服。他赶紧伸手移开那只兔子，却不小心打翻了水瓶，地板上瞬间出现一条小河。当他拾起水瓶的时候，却发现有些水被吸进书柜下缘，追猎者又倒了一些水，结果亦然。

他检查墙面，评估客厅的比例大小，猜测书柜后面应该还有东西，也许是间密室。

而且，书柜前方的地砖上有圆形刮痕，他蹲下去，双手支地，将覆盖在沟痕上的多年积灰吹干净，大功告成之后，他站起身，果然出现一百八十度的半圆弧形。

这个书柜是暗门，经常开开关关，才会留下地板上的刮痕。

他抓住书架的一端，使尽力气却打不开，太重了，所以他决定先把书拿下来，花了好几分钟搬光所有的书。他又试了一次，终于感觉到它在旋动，过了一会儿，暗门终于开启。

里面还有另外一扇小门，上了两道门闩。

门中有个偷窥孔，旁边是电灯开关，但现在没有任何电力，自然无法使用，追猎者想一探究竟，但什么也看不到。他决定继续打开这扇小门，但门闩多年未用，早已锈蚀，颇难开启。

他终于进去了，里面一片漆黑，恶臭逼得他退避三舍，他一只手捂嘴，另一只手拿着手电筒，观察这间暗室。

这里大概只有两平方米大，天花板高度也只有一米五。

门内与墙上都贴了深色软材，应该是拿来隔音的东西。屋内还有盏低瓦数的灯，外有铁栅格保护灯体。角落有两个碗，墙面到处都是刮痕，仿佛这里曾经关过动物。

手电筒照到囚室角落，有个东西在发亮，追猎者趋前拾起那个小物，仔细端详。

蓝色塑料手环。

不，被关在这里的不是动物，他感到恐惧。

手环上刻有几个俄文单词：

基辅国立医院　产房

追猎者站起来，他没有办法继续待下去，他快吐了，赶紧冲到走廊上，紧贴着墙，生怕自己会昏倒。他努力让自己冷静下来，调整呼吸。现在他心中已经有了答案，一切的布局如此细心缜密，令人作呕，但追猎者知道他为什么会做出这种行为。

亚纳多利并非科学家，他只是虐待狂，精神病患，他的实验里潜藏了某种偏执，像是小孩拿石头砸蜥蜴的纯真恶行。这种作为并非为了好玩，他们的体内有某种诡奇的好奇心，驱使他们找寻虐死的对象，他们自己也许不知情，但其实这等于是他们享受残暴之乐的初次体验。他们知道自己杀死的是无关痛痒的小生命，不会有人因此而责骂他们，但显然小兔子已经无法满足亚纳多利的需求。

所以，他偷了一个婴儿。

他把婴儿藏在这间囚室里，把他当成天竺鼠，多年来，为了控制他的天性，在他身上做了各种实验，而且还刻意挑起他的天生虐欲。我们的善恶之别是天生的，还是后天造成的？亚纳多利想要在这个实验中找到答案。

变形人，正是这场实验的最后结果。

当切尔诺贝利事件爆发之后，亚纳多利迅速逃离这座城市，他是涡轮技师，知道状况有多么严重，但是他不能把那个小孩一起带走。

亚纳多利可能本想杀死那孩子，但临时改变了主意，也许他觉得自己一手打造出来的这个怪物已经可以面对这个世界了，要是这小孩真能活下去，也就表示他的实验很成功。所以亚纳多利决定放走这只实验天竺鼠。当时，婴儿已经变成八岁的孩子了，他在公寓里东晃西晃，终于在不知情的邻居家找到栖身之所。不过，亚纳多利忘了给小孩一个身份，所以这个变形人想要了解自己是谁，他先从迪马下手，而且他依然在进行寻索。

追猎者又有了新的压力。他的猎物被夺走了同理心，最基本的人类感情荡然无存，他吸收知识的能力无与伦比，但内心如同白纸，只不过是一面空无的镜子，唯一能引领他的只有本性。

在这栋每间房子格局相同、住满了人的大楼里，书柜之后的秘密监牢，是他的第一个巢穴。

追猎者低头沉思，现在，他的眼睛已经适应了走廊的昏暗光线，他发现门口旁的地板上有污渍。

这一次也一样，地上有血迹，小红点。追猎者弯身，伸出手指一摸，他在基辅孤儿院与巴黎公寓的时候，也曾做过相同的动作。

但这次的污渍不是干的，是鲜血。

今天

桑德拉开始在旅馆里收拾行李，这本来是昨天晚上该做的事。她又想到了那个晚上，她以为自己待在国际刑警组织的公寓里，也相信面前的那个男人叫作托马斯·夏贝尔，还有他为她所做的晚餐，两人分享的秘密，他甚至还拿出女儿玛丽亚的照片给她看，父女两人甚少见面，令他颇为惆怅。

他看起来好……诚恳。

在那两位真正的国际刑警面前，她不禁脱口质问自己遇到的究竟是谁，现在她心里想的却是另外一件事。

那晚和她上床的人是谁？

答案无解，让人心情烦闷。那男人扮演多重角色，偷偷潜入她的生活。起初，他只是电话另一头的讨厌鬼，怂恿她去怀疑自己的丈夫；然后，又扮演起救她一命的英雄，及时助她逃离狙击手的枪口攻击；之后，他虚与委蛇，取得她的信任；最后又骗了她，拿走那一组徕卡照片。

杰里迈亚·史密斯曾经说过，戴维想要找到圣赦神父的秘密档案，所以一定要杀他灭口。

假的夏贝尔是否也在寻找档案？最后的全黑照片要是能顺利显像，也许可以提供答案，但也许他对此也一筹莫展，只能放弃。

那个时候，桑德拉担心的是马库斯，假的夏贝尔拼命要找到他，部分原因可能是那张圣赦神父照片是他的唯一线索。

然后，他又出现在神庙遗址圣母堂，圣雷孟小礼拜堂的前方，解释他为什么会做出那些举动，随即再次消失，其实，他大可不必如此。

那么他真正的目的又是什么?

她想努力建构这些事件之间的合理关联，却越来越困惑，她不知道该把这个人定义为敌人还是朋友。

他是善是恶?

她不禁心想，戴维知道和自己交手的是什么人吗?他有这个人的电话号码，而且还把末三位的提示留在照片中，显然她丈夫也并非完全信赖此人，却留下线索，希望桑德拉能与此人一会，为什么?

桑德拉反复思索，却出现更多的谜团。她一度忘了打包，只是失神呆坐在床边。我是哪里出了问题?她想要尽快忘却这段经历，现在，她已经有了全新的人生计划，如果不想有任何挂碍，只能选择遗忘。但她知道自己无法忍受问题悬而未决，她会受不了。

戴维就是答案，她很确定。为什么她丈夫当初会卷进来?他是很优秀的摄影记者，但这个题材并非他平常会报道的题目。他是犹太人，几乎很少会提到上帝，他的祖父是纳粹大屠杀的幸存者，戴维认为那场浩劫所产生的恐惧，毁灭的不是人民，而是他们自己的信仰：犹太人曾见证了上帝不存在的事实，这已经构成了毁弃信仰的充分理由。

新婚不久之后，他们曾经遇到一个状况，这个事件也让两人有机会严肃面对宗教议题。桑德拉某天洗完澡之后，发现身上有个小肿块，戴维做出了典型犹太人的反应：开玩笑。

她认为这种态度反映出戴维性格的缺点，他之所以一直取笑她的健康问题，还把它当成儿戏，是因为他无力解决，因而充满罪恶感。能这样想，当然让人心里舒坦多了。他陪她去做检查，总是在开玩笑，桑德拉也很配合，让他以为自己的笑话果真能消除紧张，其实她的心情反而更糟糕，希望他闭嘴就好。这可能是他面对问题的方式，但可能不合她的口味。他们迟早都要摊牌讲清楚，而她也隐约觉得两人简直快要大吵一架。

在等候报告的那个礼拜，戴维依然嘻嘻哈哈，桑德拉想直接质问他，但她怕自己口不择言，还是忍了下来。

在报告出炉的前一天晚上，她半夜醒来，伸手想要找戴维，但他不在床上。她下床找人，房子里没有开灯，她心里纳闷，不知道他去哪里了。走到厨房门口的时候她看到了他，他背门而坐，弯着身子前后摇摆，他没注意到桑德拉在后头，不然他一定会立刻停止祈祷的动作。她回到卧室，泪湿枕畔。

所幸检查结果发现肿块为良性，但桑德拉的确需要好好找戴维谈一谈，往后的婚姻之路，一定还会遇到重重困难，光靠这种嘲讽的态度是走不下去的。她告诉戴维，那天晚上她看到他在祈祷。当然，他很不好意思，但也只好说出实话：他好怕失去她。戴维自己对死亡坦然无惧，他在新闻前线工作，早已将生死置之度外，但桑德拉不一样，要是失去了她，他不知道该怎么办，虽然自己一直回避上帝，但戴维想到的唯一办法，就是向祂祈祷。

“就算你平常不信上帝，但当你孤立无援的时候，也只能把希望寄托在祂身上了。”

对桑德拉来说，那番话太美好了，简直像是永恒之爱的宣言。但现在她坐在旅馆房间里的床边，旁边的行李打包到一半，不禁思索起戴维如果有预感自己会死在罗马，为什么留给她的告别信息是一连串的查案线索？严格来说，这些信息就是照片，因为这是他们的职业，是他们共通的语言。但是，为什么不是用其他方式？比方说录一段影片，直接讲出她在他心目中有多么重要？他也没有写信，留下只言片语，什么都没有，如果他爱她如此深切，为什么最后的信息却不是给她的呢？

她告诉自己，因为戴维担心万一他真的身亡，她会放不下。她豁然开朗。

他希望我好好活下去，让我有机会可以再享受与人相恋的滋味，成家，生小孩，不要一直过着苦寡的生活，要学习放下，而且要趁现在，不要等到好几年之后。

她要找到与他告别的方法。等她回到米兰，她会抛下所有的记忆，清光他的衣服，还有他的味道——把大茴香口味的香烟，还有那味道可怕的须后水全扔了。

不过，现在就可以展开新生的第一步，就从那通引她到罗马的最后留言开始，她还留在手机里，但她想再听一次，这将是她最后一次听到丈夫的声音。

“嘿，我打了两三次电话，但一直转到语音信箱……我时间不多，所以只能告诉你我最想念的事……我想念你上床钻进被窝时挨过来取暖的冰脚丫，我想念你逼我吃冰箱里的东西，以确定它们还没有走味，还有，我想念你半夜3点把我吵醒的尖叫声，痛喊着你抽筋了，还有，你一定不相信这件事，但我真的想念你偷偷拿我的刮胡刀去刮你的腿毛……好啦，奥斯陆冷死了，我好想赶快回去，金格尔，爱你！”

桑德拉毫不迟疑，按下了删除键：“我好想你，亲爱的。”泪水从双颊滑落，这么久以来，她第一次没喊他弗雷德。

她开始整理徕卡照片的副本，原始资料已经被那个假夏贝尔拿走了。她整拢照片，将全黑的那一张放在最上面，正准备全部撕掉的时候，动作却突然停了下来。

虽然圣雷孟是圣赦神父，但是戴维并未拍摄圣雷孟小礼拜堂的照片，当初是假的夏贝尔把圣像卡塞入她的旅馆房间门缝，引她进入圣母堂，桑德拉一直都忽略了这个细节，为什么他想把她骗到那里去?

全黑照片。

桑德拉心想，夏贝尔认为那张黑色照片是对圣赦神父档案谜团的解答，而其拍摄地点就是那座朴素的小礼拜堂，但他找不到其中的关键。

她再次看着那张照片，那全黑的画面并非摄影时的失误，她一直搞错了，戴维是刻意让它显黑的。

就算你平常不信上帝，但当你孤立无援的时候，也只能把希望寄托在祂身上了。

在回到米兰之前，她必须再去一趟神庙遗址圣母堂。

戴维的最后线索，要考验的是她的信念。

一年前　普里皮亚季

在这座鬼城里，并非只有追猎者，还有别人。

他在这里。

变形人选择了全世界最凶险、绝对不会有人猜得到的地方，作为藏身之所。

他回家了。

追猎者知道他现身了，地板上的小血点尚未凝干。

他就在附近。

他得赶紧想出对策。行李袋里有麻醉枪，但放在客厅里，他已经没有时间了。

他在监视我。

现在他只希望能赶紧逃出亚纳多利的公寓，唯一的活命希望就是回到车上，但他的车停在水泥路障处，距离相当远。狼群在外伺机而动，他必须拔腿快跑才行，现在也没有什么策略可言，只能跑，赶快跑。

他冲到门口，以全速奔下楼梯，一片漆黑，他无暇顾及脚下到底有没有踩空，万一跌倒他就完蛋了。一想到自己可能会断腿，困在这间公寓里，等敌人慢慢出现，他反而不想慢下脚步，而是决定放手一搏，一次跳好几个阶梯，还要小心闪避瓦砾堆。他气喘吁吁，背后全是汗珠，楼梯间里回荡着他仓皇逃跑的脚步声。

他上气不接下气，总算跑到街上。

四下没有任何动静，只有黑影幢幢，周边的建筑物睁着上千只空眼死盯着他，废弃车辆如空棺相迎，树木伸出细爪作抓人状，沥青地面碎裂了，宛若脚下的世界正在崩坏。他的身体承受了巨大的痛苦，肺部宛如在灼烧，每一次的呼吸都造成胸口抽痛，原来想要逃离虎口，就是这种感觉。

追猎者自己成了被追捕的猎物。

你在哪里？我知道你就在附近看着我，因为发现我在垂死挣扎而哈哈大笑，同时也准备在我面前现身。

他转弯，跑到主街上，突然发现不知自己是从哪里过来的，他已经失去方向感。他停下来，弯着腰喘气思考，看到生锈的旋转木马残骸，他知道自己距离游乐园不远，只要再跑个几百米，就可以看到他的沃尔沃汽车，快要得救了。

马上就要成功了。

虽然全身疼痛疲累，又加上寒冷与恐惧，但他还是加速快跑。与此同时，他的眼角瞄到了第一匹狼，它欺身过来，开始在后头跟追，过了一会儿，第二只也跟着出现，接下来是第三只，它们虽然与他相隔了一段距离，却紧挨不离，追猎者知道万一自己慢下来，它们一定会展开攻击。

所以他继续跑，真希望刚才有时间拿麻醉枪……

他看到自己的沃尔沃汽车，暂时松了一口气，但他不知道汽车是否遭人破坏，若真是如此，也只能说是造化弄人。但他现在还不能放弃，再跑个几米就成功了，但此时某只狼突然发动奇袭，他伸脚猛踢，虽然不算是正中要害，但也足以吓得它退回原处。

汽车并非幻象，是真的。

要是自己真能够顺利逃脱，许多事情也将因此发生改变，他突然了解到生命的真义，他不怕死，但实在无法想象会在这种地方、以这样的方式画下生命句点。

不，我不想这样死掉，千万不要。

他终于冲到汽车旁边，自己简直不敢相信，开了车门之后，狼群也放慢了动作，它们知道自己已经没有机会，逐渐隐没在幽暗之中。他焦急地寻找先前留在仪表板上的车钥匙，找到之后又担心车子无法发动，直到听到了引擎声，他终于哈哈大笑，简直不敢相信。他迅速转动方向盘，打后退挡，一切都很完美。肾上腺素的作用依然没有消退，却已经开始出现疲态，乳酸开始堆积，关节发疼，也许是该好好放松一下了。

再瞄一次车内后视镜，长方框里出现的是他依然恐惧的双眼、正在倒退的鬼城，还有，突然从后座出现的黑色人影。

追猎者还搞不清楚是怎么回事，已经痛得昏过去了。

水声让他醒了过来，从岩石不断滴落下来的水滴，他光听声音也猜得出来这是什么样的地方。他不想看，但最后还是睁开眼睛。

他躺在木桌上，天花板上挂的三盏灯泡发出幽光，耳畔传来让它们生生不息的发电机低鸣声。

他动不了，全身被五花大绑，但他也没打算要挣扎，维持这样的姿势也好。

他在洞穴里？不，这里是地下室，霉味逼人，但这里还有别的东西，金属的气味——锌，还有腐尸的臭气。

费了一番气力之后，他终于能够稍微偏头，看清楚自己到底在什么地方。这里是密室，墙面是整齐堆嵌的图样，优美，但也阴邪。

那是人骨墙。

骨头相互叠插，除了股骨、尺骨、肩胛骨，还有为了防止辐射污染从棺材上拆下来的锌条。

还有什么比这个更安全的巢穴？他很聪明，这里的一切都被辐射污染，唯一没有遭到毒害的就是地底下的死人，他一定是去墓地里挖骨头，把它们当成避难的建材。

黑暗角落有三个年久发黑的骷髅，正在幽幽凝望着他，两大一小，他猜应该是真正的迪马与其父母。

他听到变形人走过来。不需要转头看，追猎者知道是他。

耳畔传来他规律而沉静的呼吸声，他感觉到对方伸出了手，轻轻拨开他额前汗湿的头发，宛如爱抚。然后，变形人开始在他四周走动，两人的眼神终于相会。他穿着军人制服，外加一件老旧的红色高领毛衣，脸上戴着头罩，只看得到那双空茫的眼睛与突出的乱须。

他眼中的唯一表情是好奇。他微微侧头，像个在努力思索的孩子，眼底有疑惑。追猎者看着他，知道自己已无路可逃。

变形人不懂什么是怜悯，并非出于恶念，而是因为无人教导。

他紧抓着兔宝宝，轻抚着它的小头，看起来心神涣散，然后，他抱着兔子转身离开了。追猎者看过去，发现角落有个用毯子与破布做的床。他把兔宝宝放在床上，跷脚，又开始盯着追猎者。

追猎者有好多问题想问，他知道自己死劫难逃，不可能活着离开这里了。但真正令他觉得悲哀的不是死亡，而是谜团未解。为了追查变形人，他投注了大量心血，应该要知道答案，这攸关荣誉。

他如何完成变形？为什么他每次偷取别人身份的时候，都要刻意留下几滴鲜血？是当作自己的杀人记号吗？

“拜托，讲话吧。”

“拜托，讲话吧。”变形人重复他的话。

“讲什么都好。”

“讲什么都好。”

追猎者哈哈大笑，变形人也是。

“别耍我。”

“别耍我。”

他懂了，变形人不是在耍他，他在练习。

他看到变形人站起来，同时从制服的口袋中拿出一个东西，又长又亮。他一开始看不出来，但变形人逐渐靠近，他认出那是尖刀。

变形人把刀子抵住他的颊侧，沿着脸部的线条起伏，缓缓轻滑，之后他就不会这么客气了，刀锋会下得更深。现在的感觉仿佛在搔痒，舒爽又令人不寒而栗。

他心想，这就是地狱了。

变形人不只是想杀了他：很快，猎物就会变成猎人。

不过，就在这个时候，至少有个问题得到了解答。变形人扯下头罩，追猎者第一次看到他的面孔，两人从来没有如此靠近过，这应该也算是达成目标了吧。

变形人的脸上还有个东西，连他自己都没注意到的东西。

追猎者终于知道为什么会出现那个杀人记号了。

那不是记号，而是他的弱点。追猎者发现他面前的这个人不是禽兽，只是一个普通人。他和芸芸众生一样，也有自己的特征，他以多重身份掩饰自己的技巧固然高超，但他依然有掩藏不了的独特性。

追猎者快死了，但此时此刻，他松了一口气。

他的仇敌不可能继续逍遥下去。

现在

罗马的雨如黑色柩衣，让人分不清是白天抑或黑夜。

桑德拉穿过那毫不起眼的建筑立面，进入罗马唯一的哥特式教堂，迎面而来的是奢华的大理石、挑高的拱顶、富丽堂皇的壁画，此时的神庙遗址圣母堂，安静无人。

脚步声回荡在中殿右侧，她直接走向最后一个祭坛，最小、最朴素的那一个。

圣雷孟一直在静候她的到来，只不过，她先前并不知道。现在，她仿佛要走到上帝审判者与两旁天使的面前，陈述案情。

灵魂法庭。

她看到壁画前有许多信众们点燃的祈愿蜡烛，地面上满布着滴落的烛泪。在全部的小礼拜堂之中，只有这里——最朴素的一间——放置了这么多的蜡烛，只要有微风吹来，柔弱的火焰会全部顺势弯垂，风停之后，烛光又再度挺立。

先前桑德拉到这里来的时候，不知道点蜡烛的人是为了要忏悔什么样的罪行，现在她知道了——全人类的罪。

她从包里取出最后一张徕卡照片，仔细端详。这张全黑的影像里，隐含了对她的信念的考验，戴维的终极线索最为神秘，但也最充满张力。

她要找寻的不是外在的答案，而是内心的解答。

在过去的几个月里，她一直不停自问，戴维去哪里了？他的死具有什么象征意义？但她一直无法回答自己，为此失落不已。她是刑事鉴识摄影人员，一直在死亡里找寻线索，她深信只有通过这种方法，才能找出合理解释。

我通过相机观看世界，我相信细节，因为它们会告诉我先前发生了什么事。但是对圣赦神父来说，有些事情超越了我们的视线，它们也同样真实，但相机无法感知，所以有时候我要学习接受谜团，我们不可能了解一切。

面对人类存在的复杂难题，科学家陷入苦思，而宗教人士也只能止步。现在，桑德拉走入这间教堂，同样进入了边界地带，圣赦神父那一番话又在此刻浮现心头，绝非偶然："在光明与黑暗的交界之处，一切都可能发生——那片幽暗之地，万物扑朔迷离，一片混乱。"

马库斯说得很清楚，桑德拉却直到此刻才恍然大悟。真正的危险不在黑暗中，而在混沌不明的交界地带，那里的光线迷离惑人，善恶难辨，你根本无从判断。

邪恶的藏身处不在黑暗世界，而是在昏昧之地。

那里的一切都遭到扭曲，她告诉自己，没有禽兽，只有犯下可怕罪行的一般人。所以她心想，黑暗没有什么可怕的，因为里面的答案一清二楚。

她手里拿着那张全黑照片，弯下腰，将那些祈愿蜡烛一一吹熄，数十根蜡烛，花了她好些时间，烛光越来越少，黑暗如浪潮袭来，围绕着她，一切渐渐消失。

全部吹熄之后，她向后退了一步，什么都看不到。她很害怕，但她告诉自己要静心等待，最后一定能够知道答案。就像她小时候一样，躺在床上等着入睡，一开始黑暗似乎令人恐惧，但等到她的双眼逐渐适应黑暗，小房间里的玩具与洋娃娃全部神秘再现，她就能放心入睡了。如今，在这漆黑的环境中，她也安之若素，随着眼前光线的印迹渐次消退，她突然发现自己又能看清一切。

四周的图案再次显像，祭坛上方的圣雷孟不但出现了，而且还散发着光芒，上帝与两侧天使也出现了不同的光晕，就连被烟熏黑的灰泥墙面上也显现出壁画，有奉献与补赎，也有宽恕。

眼前所发生的奇迹，让她难以置信，最寒酸的角落，没有华美的大理石与墙缘装饰，现在却成了最美丽的小礼拜堂。

光秃秃的墙面上出现一道新光，形成蓝绿色的镶嵌效果，细光爬上了看似光秃的柱面，蓝色的光耀宛若海底深水，现在依然是一片黑，却是令人目眩的幽黑。

桑德拉露出微笑。磷光画。

对，画会发光，自有其合理解释，但因为内心体悟而决定吹熄蜡烛的这个关键性动作，却找不到任何理由。她抛下一切，承认自己的极限，对于不可思议的奥秘事物心悦诚服，这就是信念。

戴维留给她的最后一份赠礼，深情的信息：坦然接受我已离世的事实，不要一再追问为什么我们会发生这样的不幸，只有放下，你才能重获幸福。

桑德拉抬头，心中充满感恩。这里没有什么档案，真正的秘密是这里所蕴藏的美丽。

她听到后头传来脚步声，立刻转过头去。

“磷光画的起源，可追溯至十七世纪，”马库斯说道，“这必须归功于波隆那的某位鞋匠，他收集了某些石头，在煤块上反复烧烤，发现了异象：只要将它们置于白昼之下，它们会持续发光好几个小时，就连在黑暗中也不例外。”他又指着小礼拜堂，“数十年之后，某位不知名艺术家运用鞋匠所发现的物质，在这间小礼拜堂里作画，成就了你现在所看到的景象。你应该可以想象当时的人会有多么惊叹，他们从来没有看过这样的情景。但我们现在也不会觉得这有什么了不起，因为大家已经懂得这种现象的原理。反正，每个人都可以自由选择，可以把它当成罗马的另一个奇观，或是某种神迹。”

“我宁可把它当成神迹，真的，”桑德拉的语调里带有一丝悲凄，“但理性告诉我，那不是神迹，理性也告诉我没有上帝，戴维也不在永生幸福的天堂，但我真的希望是我错了。”

马库斯并没有因为这番话而生气：“我懂。当我失忆之后，发现自己原来是神父，我不禁心中有了疑问。而当我第一次被人带来这里的时候，那个人告诉我可以在这里找到答案。那个问题就是，如果我真的是神父，那我的信仰到哪里去了？”

“你找到答案了吗？”

“信仰不是礼物，你必须不断寻索，”他敛目，低声回道，“我在罪恶里寻找信仰。”

“我们的命运纠缠在一起，何等奇妙，你必须面对自己的记忆空缺，但我要面对的是与戴维的纠葛记忆，我被迫学习遗忘，你却拼命要唤起记忆，”桑德拉停顿片刻，看着马库斯，“现在呢？要继续寻找下去吗？”

“还不知道，但如果你问我是否担心自己也会沉沦，我可以肯定地告诉你，是的。一开始的时候，我认为自己能够以邪恶之眼观看世界，这等于是我的诅咒，但找到拉若之后，我的天赋有了意义，我虽然不记得自己过去的身份，但很庆幸现在有所作为，让我知道自己是谁。”

桑德拉点头，但觉得自己犯了大错。“我要告诉你一件事，”她沉默许久才继续说下去，“有一个人在找你，我本来以为他想找圣赦神父的档案，但我刚才发现这里的秘密是磷光画，我想他应该是另有目的。”

马库斯很震惊：“他是谁？”

“我不知道，他一直在对我撒谎，假装自己是国际刑警组织的人，其实他不是，我真的不清楚他的底细，但此人应该十分危险。”

“他找不到我。”

“不，他可以，他有你的照片。”

马库斯陷入沉思：“就算找到我，他又能拿我怎么样呢？”

“他会杀了你。”

桑德拉语气坚定，但马库斯不为所动：“为什么？”

“如果这个人不是警察，想必他的目的绝非追捕，而是杀人。”

马库斯笑了：“我已经死过一次，这种事吓不了我了。”

神父镇静自持，桑德拉也安心多了，她信赖这个人，她还记得他在医院轻抚她的手臂，带给她多么温暖的力量：“我犯了罪，一直没办法原谅自己。”

“一切都能被宽恕，就连弥天大罪也一样，不过，只是求取宽恕还不够，你必须把自己的罪恶感讲出来，这是解脱的第一步。”

桑德拉低头闭目，打开了自己的心房，说出自己堕胎的事，她一度失去又找回来的爱，还有她惩罚自己的方式，她态度坦然，隐藏在内心深处的话语汩汩流出。她本来以为这会是一种如释重负的感觉，没想到刚好相反，那未能出生的宝宝在体内所留下的空缺，如今再度被填满。这几个月来的痛苦也得到了疗愈，她正在改变，成为一个全新的人。

“我同样犯了重罪，良心不安，”马库斯等她说完之后，继续接道，“我和你一样，也夺走了别人的生命，但能就此判定我们是杀人凶手吗？有时候我们会做出这样的行为，是因为情势所逼，是为了要保护别人免于恐惧，这种状况当然会有不同的评断方式。”

这些话让桑德拉宽心多了。

“1314年，在南法的阿德什省，瘟疫蔓延，一群盗匪趁势作乱，使得人心惶惶。他们抢劫杀人、强暴妇女，居民担心害怕，几乎活不下去。所以，某些在山区的神父虽然几乎不问人间事，但依然加入抗暴的行列，拿起武器战斗，最后他们赢了。这些神父杀人溅血，谁会原谅他们？当他们回到教堂之后，民众却盛赞他们是救命恩人，由于他们行侠仗义，杜绝了阿德什省的犯罪活动，大家开始称呼这些神父为‘黑暗追猎者’。”马库斯拿起一根蜡烛，用火柴点亮之后交给桑德拉，“所以，对于我们行为的判断，并非操之在我……我们只能寻求上帝的宽恕。”

桑德拉拿起蜡烛，继续点燃下去，在上帝审判者的画像下面，烛光又逐一亮起，这位圣赦神父的预言果然成真，在光明重现的过程中，她解脱了。烛泪继续垂滴在暗色大理石地板上，桑德拉心情静和坦然，已经准备好回家了。磷光画的光芒正逐渐消退，发亮的壁画与墙缘装饰也开始暗淡无光，这间小礼拜堂又恢复成朴实无华的面貌。她点亮最后一根蜡烛，突然发现地上有红点。

红褐色的污点，不是烛泪，是血迹。

桑德拉抬头看着马库斯，他在流鼻血。

“要小心哪！”桑德拉好意提醒他，显然马库斯自己不知道。

他伸手一抹，望着染血的手指：“有时候会这样，不过流完就没事了。”

桑德拉从包里取出面纸，帮马库斯止血，他也接受了她的好意。

“有些事情我自己也不是很了解，”马库斯头向后仰，“以前，只要在自己身上发现新的线索，我都会觉得很害怕，就连流鼻血也一样。现在虽然还是不知道为什么会出现这些症状，但我接受了它们都是我的一部分。所以我想也许有一天能靠它们想起自己的过往。”

桑德拉趋前拥抱马库斯：“祝你好运。”

“再会。”

一年前　布拉格

他在普里皮亚季又多待了两三个月，因为他希望确认后无追兵。这次的对象非常难缠，其他人只需要折磨两三个小时就全招了，这个人却花了他好几天的时间，才肯说出自己的背景资料，让他得以学习模仿，变身成为这个人。说来奇怪，最难问出口的居然是他的名字。

变形人望着镜中的自己："马库斯。"他自言自语，好名字。

三天前，他到达布拉格，订了旅馆房间，这是栋老房子，从窗户看出去，尽是这座城市的黑色屋顶。

他怀有巨款，这全是从受害人手中掠夺而来的钱财，他还有一本梵蒂冈外交护照，这是他刚拿到的战利品，上面的照片也已经换成了他自己。这份文件本来就是伪造的，因为上面的资料与那人的真正背景并不相符，理由很简单。

世界上没有这个追猎者。

对变形人来说，这真是再理想不过了，成为一个没有人认识的人，自然也不可能被追缉。不过，他还不是很有把握，必须再等一等，所以，他才会来到布拉格。

他一直在复习在普里皮亚季所做的笔记——新身份的自传摘要，他只记录重要信息，剩下的部分要靠心去感知学习。

门口站了一个充满倦容、双颊凹陷的老男人，他全身素黑，手里拿着枪，但没有立刻开火。他进来之后，把门关上了，态度似乎冷静果决。

"找到你了，"老人开口，"我犯了大错，现在必须设法弥补。"

变形人没说话，也没生气，只是静静地把手上的那一叠纸放在小桌上，面无表情。他不怕，他根本不知道什么是恐惧，从来没有人教过他这件事——他只是好奇，这个老男人为什么眼眶含泪？

“我找了最得意的弟子追捕你，但如果你在此现身，就表示马库斯死了，这是我的错。”

老男人把枪对着他，变形人不曾与死亡如此接近，他一直为自己的生存本能而战，他不想死。“等等，”他说道，“德沃克，不可以这样，你不该杀人。”

那老人呆住不动，大吃一惊，倒不是因为那个人说的话，或是因为他知道自己的名字，而是他说话的声音。

变形人一开口，宛若马库斯上身。

那个老人一脸迷惘：“你到底是谁？”现在他的眼中充满了恐惧。

“这是什么意思？我是谁？你不认识我了？”他的语气近乎哀求，这是变形人唯一需要的武器，效果奇佳——幻觉。

老人面前出现了不可思议的变化，他正在目睹变形过程：“不可能，你不是他。”老人知道自己的判断无误，但依然面露迟疑，对门徒的深厚感情让他无法扣下扳机。

“你是我的恩师，我的精神导师，我的一切都要归功于你，现在你居然要杀我？”他一步接着一步走向老人。

“我不认识你。”

“在光明与黑暗的交界之处，”他开始朗声背诵，“一切都可能发生——那片幽暗之地，万物扑朔迷离，一片混乱，我们被指派成为边界的守护者，不过，偶尔会有越界之事……我必须将其驱回黑暗世界。”

老人全身发抖，他在后退，但变形人越靠越近，已有机会可以夺下老人手中的枪，而就在这个时候，他发现地毯上出现了第一滴血，变形人知道自己在流鼻血，他可以窃取别人的身份，但唯有这一点无法改变。他的真实自我，隐埋了数十年之久，但只要一流鼻血，立刻暴露无遗。

幻觉裂解，老人发现了对方的欺敌之术："妈的！"

他立刻扑上去夺枪，老人向后倒在地板上，变形人立刻拿枪指着他。

老人倒在地毯上，却开始哈哈大笑，在衬衫上抹去手上的鲜血，变形人的脸上全是鼻血。

"为什么要笑？难道你不怕？"

"在我来到布拉格之前，我已经告解过了，我死而无憾。还有，你以为杀了我就能解决所有的问题，真是太好笑了，其实，这才不过是刚开始。"

变形人发现有陷阱，他不会上当："安静一点比较好，你说是不是？我不喜欢死前还讲一堆废话，通常也只是在丢人现眼，被我杀死的那些家伙，最后总是在求情，尽说些没有意义的话，当然，这等于摆明告诉我，他们已经无话可说了。"

老人摇头："你这可怜的小傻瓜，有个比我更厉害的神父正在追查你的下落，他和你一样，有相同的本领，也可以随心所欲变换身份，只不过他不是变形人，也不杀人，他最擅长的就是使用失踪者的身份。现在，他伪装成国际刑警组织的干员，换言之，他要取得警方的档案资料轻而易举，他一定很快就会找到你的下落。"

"很好，我一定会逼你说出他的名字。"

老人又笑了，这次更忘形："你再怎么折磨我也没有用，你要搞清楚，圣赦神父没有名字，他们是不存在的人。”

变形人不知道对方是不是在吹牛，老人趁他分心奋力扑过去，他抓住了枪，还把枪口朝下，展现了令人意外的敏捷度，两人又开始扭打，但老人这次不会轻易放手。

第一声枪响，子弹击中镜子，变形人看到自己的镜像碎裂，他把枪口瞄准对方，扣下扳机，老人惊呆了，双眼与嘴巴张得大大的，子弹穿胸，他没有往后倒，反而向前扑，与变形人一起倒在地上，强烈的力道让手枪意外走火，变形人似乎看到子弹如飞影扫过眼前，最后进了他的太阳穴。

他倒在地毯上，等着最后一刻降临，他看着无数镜子碎片里的自己，他所有的身份、曾经窃取的面孔，全在里面。太阳穴的那道伤口，仿佛让他逃出了自己的心牢。

那些人凝望着他，他开始逐渐遗忘。

死去的那一刻，他已经完全忘记自己是谁。

07: 37

尸体睁开双眼。

后记

这部小说的源头，要从两次令人难以忘怀的偶遇说起。

第一次，发生在罗马，五月的某个下午，我与某位奇人神父相会。我们约在五月广场，要在黄昏见面，当然，时间与地点都是由这位强纳森神父指定，当时我想知道他口中的“黄昏”究竟是几点钟，他却一派冷静，回答我“落日之前”。我不知该如何回应是好，所以决定提前抵达。

他人已经在那里了。

在接下来的两个小时当中，强纳森神父告诉了我圣赦神父团、犯罪档案库，以及圣赦神父所扮演的角色，他一路娓娓道来，我觉得太不可思议了，以前从来没听别人说过这故事，我们穿越罗马的大街小巷，最后走到圣王路易教堂，也看到了卡拉瓦乔的《圣马太殉难》画作，这是训练神父犯罪学家的第一课。

在许多案件当中，都可以看到神父与警方的通力合作。自1999年起，意大利的神父还组成了反邪教小组，协助警方深入了解所谓的“邪教犯案”。他们的任务并非找寻恶魔，而是要找出罪犯行为里的邪魔含义，尤其是杀人犯。警方需要他们厘清犯罪动机，进一步形成有助调查的个案基本资料。

在初次会面之后的两个月当中，强纳森神父向我仔细解释了他的特殊任务，也带我造访了罗马的多处神秘地点，有时候听得我简直无法喘气，其中有些情节也已经出现在这本小说里。这位神父知识渊博，除了犯罪学，也涉猎艺术、建筑、历史，甚至是磷光画的起源。

谈到信仰与宗教的问题，他不但对我的疑虑百般宽容，而且也坦然面对我的各种批评。到了最后，我发现自己不知不觉已经完成了一趟心灵之旅，帮助我更能掌握自己的创作。

在现代社会，灵性经常被当成某种笑话，被视作喂养无知众人的无用之物，甚或变成"新世纪"的实践经验。我们丧失了判断善恶的基本能力，所以上帝只能落入基本教义派、激进主义者、讥讽漫画家的手中（因为疯狂的无神论者与宗教狂热人士并无二致）。

诸此种种，使我们难以反省内心，无法在伦理与道德，遑论在其他"政治正确"的范畴中，找寻判断人类行为的基本二分法。

善恶、阴阳。

有一天，强纳森神父告诉我，等到我准备好写故事的时候，他希望我能够"永远站在光明面"，然后他向我道别，还答应我未来必定能再度相会，那是我最后一次遇到他。后来我一直在找他，却没有结果，希望这部小说问世之后，能让我们尽快重逢。其实，我也知道可能性不高，因为我们早在当初就已经畅所欲言，该说的都说了。

第二个偶遇是N.N.，活在二十世纪初的某名人士。

他是第一个（目前也是唯一的）变形人连续杀人犯，也是犯罪学历史上最引人注目的案例之一。

N.N.并非他姓名的缩写，而是拉丁文的无名氏（Nomen Nescio）的缩写，这个名词通常指的是身份不详的人（等于是美国所使用的John Doe）。

1916年，在比利时奥斯坦德的海滩，人们发现一具年约三十五岁的男尸，死因为溺毙。他身上的衣服与文件显示此人应该是两年前在利物浦失踪的某名店员。他的家属特地从英格兰赶来认尸，却坚称不认识这个人，认为一定是搞错了。

不过，根据这些亲戚所提供的照片，这两人的外貌非常相像，但这并非唯一的近似之处，他们都喜欢吃布丁，喜欢红发妓女，都在服用治肝病的药，最重要的是这两个人的右腿都有轻微跛脚（法医是根据溺毙尸体右脚的鞋底破损状况以及脚侧的硬皮做出的推断，这表示身体的重心集中在右侧）。

除了这些相似之处，警方也在 N.N. 的生前住处找到其他欧洲国家人士的证件与个人物品，而经过深入追踪之后，发现这些人全都是突然失踪，就此杳无音信，不仅如此，依照他们的失踪时间排列，可以发现受害者的年龄越来越大。

由此我们也有了推论，N.N. 之所以对这些人下手，是要窃取身份。

警方无法寻获受害者的尸体，但判断 N.N. 在盗用他们的身份之后，随即予以杀害。

由于当时的办案技巧落后，因而缺乏有力的科学佐证，本案也逐渐被人淡忘，直到二十世纪三十年代才再度引发大众注目。当时克尔彭与费尔发表了首篇关于“弗雷格利妄想综合征”的心理学论文——此名称是依据意大利著名快速变脸演员而来——随后陆续出现其他许多讨论精神性疾病的论文，例如卡普格拉妄想综合征。这两种症候群的患者，都出现了与 N.N. 案例相对照的现象：他们认为自己的周边出现了变形人。而这些案例同时开启了其他身份认同症状的研究先河，比方说变色龙症候群，与前述的比利时 N.N. 案例相当接近，这也启发了伍迪·艾伦的灵感，让他拍出电影巨作《西力传》(*Zelig*)。

N.N. 的案例自此成为犯罪学全新领域的起点——以基因或心理学观点来研究犯罪的鉴识脑神经学。这些知识也让我们能够用另外一种方式去了解犯罪行为。比方说，某名杀人犯的大脑前额叶有问题，而且基因图谱显示其有暴力倾向，他因而获得减刑。另外一个案例是某男子拿刀刺死未婚妻，结果发现是因为嫌疑人茹素长达二十五年，体内缺乏维生素 B_{12}所致。

不过，N.N. 所展现的天赋相当独特，目前所知的类似案例仅有小说中所提到的“镜中女孩”，那位墨西哥年轻女孩是真实人物，不过，她和 N.N. 不一样，她不杀人。当然，我隐去了她的真实姓名，改称其为安洁莉娜。

N.N. 最后被葬在临海的某处小墓园，他的墓志铭上是这么写的：“溺毙之无名尸，奥斯坦德，1916年。”

致谢

首先是我的编辑史蒂芬诺·毛利，感谢他的热情与友谊。

同时，我也要感谢意大利 Longanesi 出版社的每一位同人，以及意大利之外的出版社，谢谢他们为了达成既定目标，对我的作品所投注的时间与心力。

路易基、丹妮耶拉、桂妮薇尔·贝纳博，感谢他们的建议与悉心照顾，能参与这个团队是我的荣幸。

法布里吉欧·蔻蔻——这家伙知道所有（我的）故事的奥秘——感谢他的沉着贡献，还有他一贯的阴郁。

感谢朱塞佩·史塔兹耶利为出版业所带来的热情与视野。

瓦伦提娜·佛提奇亚利，我要谢谢她的勇气与热情（要是没有她的鼓励，我不知道该怎么活下去）。

感谢艾莲娜·帕瓦纳多，她的想法令人会心一笑。

还有克里斯蒂娜·佛斯奇尼，她只要一出现，就令人感到无比温暖。

谢谢书商，他们将本书交付到每一位读者的手中，感谢他们在这个世界里所达成的美丽使命。

这本书也要感谢许多无心插柳的贡献者，以下致谢顺序为随机排列。

史戴芬诺与托马索，一直陪在我身边；克拉拉与盖亚，她们带给我许多欢乐；维托·洛·雷，谢谢他的好音乐，以及介绍芭芭拉给我认识；还有欧塔维欧·马图奇，谢谢他具有正面能量的愤世嫉俗；还有“那尼”，乔凡尼·塞瑞欧，因为他就是“夏贝尔”！瓦伦提娜，让我觉得自己像是她家中的一分子；“奇秋”佛朗谢斯科·彭左内，真是个大好人；佛拉维欧，拥有善心的邪恶之人；还有玛塔，总是牺牲小我不断行善；安托尼欧·帕多瓦诺，谢谢他教我享受人生之乐；谢谢阿姨佛朗卡，因为她一直支持我；谢谢“伊亚”玛丽亚，我们在奎里纳尔宫欢度过美好下午；还要谢谢米盖尔与芭芭拉、安洁拉与皮诺、提兹安娜、罗朗多、多那托与丹妮耶拉、阿佐拉。特别感谢艾莉莎贝塔，书中出现了许多她的身影。

还有，令我无比骄傲的琪雅拉，当然，我必须向自己的父母致上最深的谢意。

里奥纳多·帕米撒诺，我的英雄，永远令人无法忘怀。

阿奇列·曼佐提，他在1999年请我撰写唐·马可神父的故事，也引领我进入这个奇特的行业。本书主角的姓名“马库斯”就是为了要向这位伟大制作人致敬，我要感谢他的奇才与张狂，还有最重要的，挖掘编剧的一身好本领。

多纳托·卡瑞西